의리주인

義理主人

✽ 의리주인: 정치적 명분을 수립하고 유지하여 왕의 등극에 결정적
　　　　　　공헌을 한 신하를 일컫는 말.

의리주인

義理主人

강희찬 장편소설

북레시피

차
례

서序

(정조 즉위년, 1776년 여름)

활줄이 당겨지고 팽하는 작은 소리와 함께 화살은 허공을 향해 날았다. 화살의 꼬리가 저 멀리 보이는가 싶더니 뒤이어 중中이오! 하는 외침과 동시에 붉은 깃발이 펄럭였다.

규장각 동북쪽 작은 정자에 국왕과 병조판서, 수어청 대장, 그리고 홍국영이 서 있다. 국왕은 활쏘기를 즐긴다. 살을 시위에 걸고 팔을 뒤쪽으로 당겨 과녁을 겨냥한다. 두 발을 굳건히 하고 부드럽고 아름다운 동작으로 온몸을 활에 싣는다.

두 번째 화살을 떠나보내고 왕은 팔을 내렸다. 그리고 시종이 건넨 살로 다시 활을 쟀다. 공기를 가르며 화살들이 쉼 없이 공중의 어느 한 점을 통과했고 과녁 중앙은 어느새 빈틈없이 빼곡했다. 왕은 그렇게 49발을 정확히 꽂아 넣었고 시종이 건넨 손수건으로 땀을 닦았다. 과녁판에 그려진 독수리, 원숭이, 호랑이가 과녁 중앙에서 고통으로 그르렁대는 곰을 안쓰러운 눈으로 쳐다봤다.

7

타고난 궁수! 저 정도면 눈을 감고도 활을 잡을 수 있다. 이 나라를 건국한 이는 신궁이었고 그의 후손인 국왕도 그렇다. 뼛속까지 왕족인 인물이 눈앞에 있다.

그때 서쪽에서 옅은 먹구름이 빠르게 몰려오더니 툭툭 빗방울을 떨어뜨렸다. 숲과 땅이 말간 얼굴로 깨어나 축축한 숨을 내쉬기 시작했다.

바람에 날린 비가 정자 안까지 들이닥쳤고 얼굴과 온몸의 감각이 도돌도돌 일어난다. 빗소리가 귀로 파고들었고 국영은 그저 이렇게 잠시 서 있어도 좋겠다는 생각이 든다. 곧 서른, 홍국영은 나이처럼 싱그러워 보이는 관복을 입고 깔끔한 수염에 빛나는 눈을 하고 있다.

사람들은 어떻게 그가 왕의 절대적 신임을 얻게 되었는지 궁금해했다. 가문 덕택이라는 사람들도 있고 왕의 비위를 탁월하게 맞춰준 덕이라고 하는 사람들도 있었다. 하지만 그들은 알지 못했다. 왕도 우정을 나눌 수 있다는 것을.

그는 원치 않았음에도 왕의 부탁으로 조정에 남았다. 하지만 잊지 않았다. 왕의 곁에 남는다는 건 길들여지지 않은 맹수 곁을 떠나지 않는 것과 다름없음을.

맹수 등에 난 보드라운 털을 결 따라 쓰다듬을 수도, 때론 함께 뒹굴 수도 있을 것이다. 하지만 기억해야 한다. 언제고 치명적인 이빨이 몸을 뚫고 들어올 수 있다.

왕의 분노! 때로 그것을 감내해야 하고 원치 않는 왕의 사과를 받아들여야 할지도 모른다.

비가 잦아들었고 햇빛이 구름 사이로 흘러나왔다. 나뭇가지 잎에서, 비에 젖은 땅의 풀들에서 탱글탱글한 빗방울들이 반짝거린다. 하늘이 맑아지고 다시 열기가 올라온다. 여름은 아직 완연하다. 하지만 이 여름이 언제까지 계속될까.

그는 비가 내려 촉촉해진 땅속의 씨앗들을 생각한다. 물을 머금고 태양의 뜨끈한 입김에 익은 씨앗들, 그 속에서 숨 쉬고 있을 생명들을.

그때 누군가의 손이 그의 어깨를 잡는다.

"규장각 주합루 옆에 내 개인도서관을 지어주게."

그는 왕의 말에 답하지 않는다.

도서관을 지식으로 가득 채운다고 변화가 찾아올까. 지식과 실천은 다른 것이다. 물론 국왕은 선왕과 같은 사람이 아니고 한 세대 만에 세상은 몰라보게 달라질 수 있다. 국영은 그 말을 하려다 그만둔다.

국왕이 눈짓을 하자 그가 활을 잡았다. 활쏘기는 처음이다. 팔이 덜덜 떨린다.

"그렇게 떨어대면 화살이 발로 날아갈걸."

왕이 웃으며 말했다. 옆에 서 있던 병조판서, 수어청 대장이 따라 웃었다.

"제 발 하나 못 쓰게 된다고 큰일 날 일이 있겠습니까?" 답을 하고 그는 화살을 연거푸 쏘았다. 다섯 발 모두 과녁에 닿지 못하고 땅에 박힌다. 그때마다 채색기가 펄럭이고 징이 울렸다.

입가에 살짝 웃음기를 머금은 왕이 활을 건넸다. 흰 물소뿔로 만든 자신의 손때가 묻은 활을.

국영은 신중히 활을 잰다. 그리고 몸을 틀어 입을 세게 다물고 멀리 보이는 과녁을 응시했다. 붉은 두 눈을 가진 곰이 그를 노려보고 있었다. 화살이 날았다. 다섯 발 중 두 발은 호랑이 앞발에, 한 발은 독수리 날개에 꽂힌다.

"처음인데 그 정도라면 재능이 있는 거네. 좋은 눈을 가졌어."

왕이 말하고는 활을 건네받아 50번째 시위를 당겼다. 팽! 화살은 허공을 가르더니 과녁 위를 그대로 지나쳤다. 징이 울렸다. 왕은 활쏘기를 늘 이렇게 마무리 지었다.

절제와 겸양!

무엇이든 가득하면 쓰지 못한다.

국영은 왕이 이전에 했던 말을 떠올리다 저 멀리 보이는 잡목림과 그 사이사이 솟은 나무들을 쳐다본다.

새 한 마리가 섬광처럼 날아 시야에서 사라지고 구름들이 막 궁궐 담장을 넘고 있었다. 어디로 가는 걸까?

구름을 쫓는 그의 눈앞에 서양인들이 그렸다는 세계전도가 펼쳐졌다. 전에 보았던 것과는 달리 가로가 아닌 세로로 일본 땅이 길게 누워 있다. 경위도가 사용된 지도는 나라들의 위치와 크기, 지형을 말해준다. 하지만 그대로 믿어도 될지 확신이 서지 않는다.

이번엔 조선을 그린 지도를 떠올린다. 땅이 꿈틀거리더니 곳곳에서 산맥과 산이 솟아나고 땅이 파이고 강줄기가 뻗기 시작한다. 산과 강 사이에 크고 작은 장터가 들어서고 육로와 역참도 늘어간다. 육로는 위로는 대륙과 이어지고 아래로는 해로와 연결된다.

해로의 시작점에 항구가 있다. 정박해 있는 배의 돛들은 빛에 반사된 유리처럼 빛을 낸다. 바닷길을 따라가면 일본의 해안에 닿겠지. 그런데, 그 너머엔 또 무엇이 있을까.

그는 눈을 감는다.

이 땅은 무언가 잘못된 느낌이다. 어디서부터 바로잡아야 할까. 그건 법과 제도, 산업도 아닌, 보다 깊고 근원적인 무엇이다.

감은 두 눈 너머로 어떤 형체가 보였다. 총과 대포로 무장한 선박들, 낯선 이들의 눈이 해안을 노려보고 있었다.

인생을 즐기시게.
인생은 문틈 사이로 달리는
말을 보는 것 같다고 했어.

도성 밖에도 삶이 있을까

(영조 48년, 1772년)

성균관에서 국영은 한양, 지역 출신을 가리지 않고 사람들을 만났다. 그는 무엇이 세상을 움직이는지 알고 싶었고 전통과 관습이 낳은 생각이 아니라 자신만의 의미와 해석으로 삶을 이해하길 원했다. 당대 최고의 명문, 풍산 홍씨가의 일원인 그에게 사람들은 부지런히 얘기를 실어 날랐고 그는 반짝이는 눈으로 그들을 반겨 맞았다.

그는 세상의 공기로 맘껏 취하고 싶었다.

"이번 과거시험은 볼 거지?"

같은 방을 쓰는 김하유가 물었다. 덩치가 큰 하유는 무반 명문가 출신이지만 웬일인지 문과 시험을 준비하고 있었다.

"준비는 되었고?"

하유를 가리키는 국영의 턱짓에 옆에 앉아 있던 정민시가 진지한 얼굴로, 또야? 하는 표정을 지었다. 경기도 출신인 민시는 성균관에서 늘 성적이 좋았다.

"나?" 하유의 작은 눈이 커진다.

"뜨끔하기는. 시험 보는 거야 어렵지 않지." 비어져 나오는 웃음을 꾹 참고 국영이 바닥에 누우며 시큰둥하게 대답했다.

"우리 집안에선 신궁만 태어나는 것 알지?" 하유가 국영의 팔뚝을 한 손으로 움켜쥔다. "내 눈은 못 속여. 자네는 과거 때문에 이곳에 온 게 아니야."

"그건 나도 같은 생각이네." 민시가 끼어들었다.

"그럼 신궁 장수는 왜 문과를 보려 하지?"

하유의 손아귀 힘에 얼굴을 찡그린 국영이 옆으로 몸을 돌려 하유를 올려다보며 말했다. 갑작스러운 질문이었을까, 하유가 멈칫하더니 그의 옆에 조용히 누웠다. 민시도 함께 누웠고 셋은 나란히 천장을 올려다보았다.

"후우……." 하유의 무거운 한숨에 바닥이 흔들리며 가라앉는 것 같다. "평화로운 세상이잖아. 텃밭의 두엄 냄새, 밥 짓는 냄새, 꿀이 뚝뚝 떨어질 것 같은 꽃냄새…… 이 나라에서 무인은 거칠고 모자란 사람 취급을 받으니까. 장수라 해봐야 군사도 없고 전투에선 문관의 명령을 따라야 하고." 하유의 가슴이 부풀었다가 천천히 가라앉는 게 보인다.

"이 나라에 무인이 필요할까?"

국영은 누워 있는 하유의 옆모습을 쳐다본다. 머리가 워낙 커서 생긴 착시일까? 하유의 귀는 소년의 것처럼 작아 보였다.

"그대의 재능은 무관이 어울려. 그러니까 이 방엔 무관 한 명, 문관 한 명, 그리고 난…… 하여튼 분명한 건 우린 재능을 따라가야 한다는 거야." 국영이 살짝 웃고는 다시 고개를 바로하며 말했다. "이곳에 왜 왔냐고? 미래를 보러 왔지. 이곳은 조선의 미래가 모여 있는 곳이잖아."

"그게 보이는 거야?" 국영의 말에 하유가 몸을 일으켰다.

"신궁도 못 보는 미래를 내가?" 그러면서 국영은 생각했다. 이곳 성균관엔 조선 최고의 재능들이 모여 있어. 하지만 하는 일이라곤 경전 읽고 시험 답안을 외우는 게 전부지. 조선은 견고한 성城이고 사대부들은 주자학이라는 방패, 권력과 도덕이라는 칼을 들고 성을 지키지. 성벽은 당분간 무너지지 않을 테고 이단은 용납되기 어려울 거야.

그날 저녁 세 사람은 다음 날 성균관을 떠나는 민시를 환송하려 인근 주점에 나왔다.

"이제 한양에서 자주 볼 수 있는 거지?" 하유가 민시에게 묻는다. 민시는 부모님으로부터 한양에 있는 큰아버지의 양자로 가라는 말을 들은 터였다.

"잘되었지. 언제 또 한양에 올까 했는데."

"경기도 수재에게 한양은 어땠지?" 하유가 다시 물었다.

"내 고향만 하더라도 이곳에서 멀지 않은데 여긴 문명의 한복판이고 고향은 미개의 땅이랄까. 한양 친구 집에 가면 온갖 낯선 책들이, 촌닭님 오셨어요? 하고 시건방진 표정으로 놀리는 것 같은 기분이 들었다니까." 민시가 살짝 미소 지었다.

청나라에서 다양한 서적들이 수입 유통되면서 한양의 정보량이 폭발적으로 늘고 있었다. 소설도 유행이었다. 왕 또한 『삼국지연의』를 비롯해 읽지 않은 소설이 없었고 와병 중일 때도 소설 낭송 듣기를 즐긴다고 했다. 여성들도 남녀 간 사랑 얘기나 시부모와의 갈등을 다룬 책을 좋아했다. 운문의 시대가 가고 산문의 시대가 열리는 걸까.

한양에서는 또 화훼, 애완동물 키우기, 서화골동 모으기 같은 다양한 취미 생활이 성했다. 조정의 일을 바로 알 수 있고, 임금과 고관들의 얼굴을 — 지역에서는 흥미로운 이야깃거리가 될 터였다 — 성균관에서, 창덕궁 행사에서, 나들잇길에서 마주칠 수 있는 곳이 바로 한양이었다. 이 일대엔 호기심과 야망이 가득한 사람들이 모여 살았다.

"또 배운 게 있어. 조선은 한양과 지방으로 나뉘고, 한양에서도 높은 양반이 있고 낮은 양반이 있다는 거." 민시가 말하고는 국영과 하유를 애정 어린 눈빛으로 쳐다본다.

"그 낮은 양반이 나는 아니겠지?" 하유가 어딘가 못마땅하다는 얼굴로 민시를 쳐다보더니 뭔가 생각났는지 말을 이었다. "그런데 우리 셋이 조정에서 함께 일할 날이 올까? 그럼, 우리가 모실 왕은 누가 되는 걸까? 나이 드신 왕? 아니면 세손 저하?"

"아, 과거나 통과하고 그런 얘길 해야지."

국영은 손사래를 치며 말했지만 그 역시 조정이 어떤 곳일까 궁금하지 않은 건 아니었다. 조선 역사에서 최고령에, 또 가장 긴 시간 왕좌를 지키고 있는 왕. 권력은 순조롭게 넘어갈까. 듣기로 왕은 아직 사도세자의 아들, 세손인 동궁 저하를 의심스러워한다던데…… 여전히 동궁을 시험하고 있다고. 왕의 의중을 헤아리느라 신하들은 눈치를 살피고 있고. 동궁 저하가 내 또래라고 했던가? 아니지! 이런 이야긴 재미없지. 난 그곳에 있는 사람들이 어떻게 생겼는지, 그들의 일상이, 그들의 징그럽게 복잡한 삶이 더 궁금하거든!

　그는 가볍게 머리를 흔들어 생각을 떨쳐냈다. 그가 성균관에
머문 세월은 정확히 반년. 호기심을 해소하기엔 충분한 시간이
었다.

　짱짱 얼어버린 경강京江 위로 눈이 여러 번 내려앉았다. 성균
관 시절을 떠올리며 국영은 담장 너머 펼쳐진 하얀 벌판을 바
라보고 있었다. 마루의 냉기가 다리를 타고 올랐고 가늘게 그
의 목덜미를 할퀴었다. 방한모를 쓰고 팔에 털토시를 했는데도
몸이 부르르 떨린다. 올겨울은 유난히 빨리 찾아온 데다 예년에
비해 몹시 추웠다.

　그때 끼이이익 하는 소리와 함께 마당 대문이 열리고 발 하나
가 문턱을 넘었다. 각이 진 갈색 얼굴에 반듯한 코, 다소 큰 머
리, 억센 느낌의 완강한 턱. 사십 줄로 보이는 남자가 마당으로
들어섰다. 국영 집의 일을 돕는 박얼박이라는 사내다.

　"생선을 내가겠습니다."

　얼박의 입에서 하얀 입김이 뿜어져 나온다.

　"목재는 언제 내가지요?"

　대청 위, 흐트러짐 없는 자세로 국영 옆에 있던 모친 이옥이
말했다.

　내일입니다, 얼박이 답했고 이옥은 고생해주세요, 하는 말을
남기고는 방으로 사라졌다.

　기다렸다는 듯 국영이 빠르게 신을 신고는 계단을 밟지 않은
채 가볍게 마당으로 뛰어내렸다.

자리를 옮긴 마당 한쪽엔 추위 탓인지 소나무가 더 구부정해 보였고 초록색 잎은 다닥다닥 붙어 움츠려 있었다.

"재고가 바닥입니다." 검은 양털 모자를 쓴 얼박이 두 손을 소매에 넣고는 그와 눈을 맞췄다. "물건을 더 들여야 할까 봐요."

하얀 파도가 눈앞에 다가왔다가 포말을 만들더니 사라졌다.

"강이 언 탓인가? 그럼 난, 날씨가 풀리지 않기를 빌어야 하는 거야?" 이른 아침 국영의 얼굴엔 생기가 넘친다.

전국의 물산이 경강으로 몰려들고 있었다. 강 주변은 뱃사람, 일용직 노동자, 군인, 관리들로 북적였고 자연스레 장사하는 이들이 생겨났다. 그의 집도 마포진津을 중심으로 장사를 하고 있었다.

"춥지 않으신가 봐요?"

"흠, 사람 나고 돈 났다? 그런데 조선의 겨울은 점점 추워지는 것 같지 않아?"

얼박의 말뜻을 생각하며 그가 웃는다. 국영은 매끈한 얼굴 곡선에 수염 없는 깨끗한 턱, 선이 분명한 입술, 장난스러운 입매를 가졌다.

"술 한잔 어떨까? 좋은 기방을 아는데."

그의 목소리가 경쾌하게 마당으로 미끄러졌다.

"혼자 다녀오세요. 위하는 척 마시고요."

얼박은 여자가 있는 곳에서는 무슨 사연인지 술을 입에 대지 않았다. 그걸 알면서도 꺼낸 말이었다.

"인생을 즐기시게. 인생은 문틈 사이로 달리는 말을 보는 것 같다고 했어. 그대 인생이 그리 재밌어 보이지는 않거든."

"나리는 부디 그렇게 사세요. 진심이에요."

서운한 표정의 그를 얼박이 달랬다.

성균관 시절 그가 술을 먹다 왈패들에게 낭패를 겪고 있을 때 얼박이 나서 도운 게 두 사람 인연의 시작이었다. 당시 얼박은 백정 신분이었고 그는 얼박이 양인良人이 될 수 있도록 도왔다. 국영에게 그 정도 일은 수완이랄 것도 없었다.

"얘야⋯⋯."

얼박을 따라 집을 나서려는 국영을 이옥이 방문을 열며 불러 세웠다. 화롯불을 사이에 두고 둘은 마주 앉았다. 그녀는 요즘 조금씩 활력을 잃어가고 있는 것 같다. 그런 생각이 드러날까 국영은 이옥의 뒤쪽에 있는 병풍으로 시선을 옮겼다.

화조도花鳥圖. 앵무새, 꿩, 참새, 학, 오리, 공작, 할미새 각 한 쌍씩 도합 열네 마리. 병풍을 가득 채우고 있는 목련나무 가지에는 하얀 목련꽃이 가득했다. 새들은 연못 주변, 나뭇가지 위, 공중에서 평화로워 보인다.

"아버지 말이다." 그림 속을 거닐던 그의 시선을 이옥이 붙잡아 세운다. "나보다는 네가 말이 통하겠지⋯⋯."

그녀는 아들을 앞에 두고 옛일을 떠올렸다.

혼례를 앞두고 이옥은 마음이 안정되지 않았다. 갑작스러웠다. 시아버지 홍창한은 관찰사를 지낸 인물로 아버지의 친구였다. 집에 한 번 들른 적이 있다는데 기억에 없었다. 하지만 집에선 잘생기고 재기 넘치는 명문가 사위를 얻게 되었다고 그저 흡족해했다.

어머니! 지금, 제가 시집을 간다고 하셨어요? 요전 날 내뱉은 말이 여전히 귓가에 맴돌고 있는데 벌써 혼삿날이었다. 싹텄던 불안감이 자랄 틈도, 혼인이 인생에 어떤 의미인지 생각할 시간도 없이 북촌에 있는 남편의 집으로 들어왔다. 눈에 보이는 모든 것이 낯설었고 머릿속은 흐릿하고 귀에선 윙 소리가 들렸다. 그러다 눈앞의 사물이 조금씩 분간이 되기 시작했고 그제야 남편, 홍낙춘의 얼굴을 제대로 볼 수 있었다. 깔끔하고 윤이 나는 피부에 가지런한 눈썹. 아름다운 눈이었다.

눈 위를 때리는 햇살. 퍼뜩 눈을 떴다. 주변이 환했다. 늦잠을 잔 걸까? 어젯밤 함께 잠자리에 들었던 남편은 별채로 돌아갔는지 보이지 않았다. 금실로 수놓은 포근한 이불에서 빠져나와 급히 옷을 매만지고는 시부모님에게 문안 인사도 거른 채 별채로 건너왔다. 문을 여니 남편은 책상을 앞에 두고 앉아 있다. 방도 사람도 정갈하다.

문고리를 잡은 채 천천히 숨을 고른 뒤 조심스레 방으로 들어섰다. 남편은 흐트러짐 없는 자세로 붓을 쥐고 있었고 붓끝 아래에는 짙은 붉은색의 산다화 두 송이가 피어 있었다.

오늘 아침 입을 벌렸을까. 붉은 꽃잎 속의 노란 수술이 싱그럽다. 그 옆의 꽃송이는 아직 때가 이르다는 듯이 수줍게 입을 닫고는 붉게 물든 머리를 숙이고 있었다.

"혹시, 어젯밤 기분 상하신 일이라도 있었나요?"

지난밤 남편의 따뜻했던 품을 떠올리며 이옥이 조심스레 입을 열었다.

"난 이 시간을 좋아해요. 그런데 좀 더 주무시지 않고."

"……그림을 그리시나요?"

가늘게 떨리는 이옥의 목소리에 낙춘이 붓을 천천히 내려놓고는 눈을 들었다. 차가움도 뜨거움도 없었지만 사람을 설레게 하는 눈빛으로.

"부인은 뭘 좋아하오?"

대답을 해야 할까? 이옥의 얼굴이 붉어진다. 낙춘의 시선이 아직 낯설어서일까 아니면 특별히 좋아하는 것이 없다는 자각 때문이었을까?

며칠 후 이옥은 시아버지 홍창한 앞에 고개를 숙이고 앉아 있었다. 해 질 녘으로 밖에서는 하인들이 손에 물을 묻히고 식사 준비로 부산한 가운데 창호문은 붉은색이 감도는 노란빛으로 물들어가고 있을 때였다.

"낙춘인…… 낙춘인 과거를 하지 않을 게다."

그녀가 천천히 고개를 들었을 땐 네모칸의 문살들 사이로 빛이 쏟아져 들어오고 있었다.

"집안을 꾸려가지 못할 거야."

며칠 전 남편이 그림 그리는 모습을 보고 느꼈던 불안감, 당혹감의 정체가 이것이었던가.

창한은 옆에 놓인 함에서 담뱃잎을 꺼내 느린 동작으로 담뱃대에 잎을 꾹꾹 눌러 담고는 화로에서 불을 붙였다. 대통 속의 담배가 빨갛게 달아올랐다.

"저를 택하신 이유인가요?"

불편하고 무거운 침묵이 이어진 후 이옥이 내뱉은 말이었다. 며칠 동안 고개를 처박고 이리저리 쏘다니던 속마음이 별안간 튀어나와버렸다.

명문가인 낙춘의 집을 생각했을 때 확실히 기우는 혼사였다. 그녀는 어린 시절 생모를 잃었고 아버지는 글 읽는 것 외에는 할 줄 아는 게 없어서 집안은 퇴락하고 있었으니까. 관직도 돈도 없는 양반의 삶. 이옥은 그게 무얼 의미하는지 잘 알았고 미래가 보이는 듯했다.

남편이 무얼 할 수 있을까? 난 무얼 해야 하지? 그녀의 선택은 도성 밖으로 나가는 것이었다. 돈이 모이는 곳으로 갈 거야. 배 속에서 국영의 움직임이 느껴질 때였다.

"미루어서 좋을 일이 빚 갚는 것 말고 있나요? 새로 시작하는 곳에서 아이를 낳고 싶어요."

해산 후에 나가도 늦지 않는다고 만류하는 것을 고집을 피웠다. 그녀는 북촌에서 잠시 맛봤던 안락과 안식에는 미련이 없었다. 오히려 도성 밖으로 나가겠다고 결심했을 때 미세한 전율이 온몸을 휘감는 걸 느꼈다.

이옥은 창한이 내준 돈으로 하인들을 시켜 생선 장사를 시작했다. 자신도 머리에 천을 뒤집어쓰고 두려움 없이 밖을 나섰다. 사람들의 수군거림은 두렵지 않았다. 자리는 금세 잡혔다. 집 근처에 작은 창고를 하나 얻었고 장사를 돕던 북촌집 덕이 형제가 도성을 나와 강을 건넜다. 창한이 가장 명민한 하인들을 넘겨준 것이다. 그때쯤 이옥은 난방용 목재를 장사 품목에 포함시켰다. 사람들이 한양에 몰려들면서 가정용 땔나무와 건축용 목재 수요가 늘고 있었다. 벌목이 금지된 도성 안의 산은 푸르름을 유지하고 있었지만 한양 외곽의 산들은 조금씩 맨얼굴을 드러내고 있었고 도끼질은 나무들이 자라는 속도보다 훨씬 빨랐다. 장사와 생활은 안정되어갔다. 두 해 전에 박얼박이 합류했고 장사 규모는 더욱 커졌다. 국영은 어느덧 이옥을 대신해 가장 역할을 하고 있었다.

요즘 이옥은 낙춘에 대한 생각을 부쩍 많이 했다. 이십여 년의 세월은 그와의 거리를 좁히기엔 턱없이 짧은 시간이었는지도 모른다. 같은 공간에 있었지만 두 사람의 세계는 겹치지 않았으니까. 그럼에도 이옥은 체념하지도, 희망을 버리지도 않았다. 그녀는 자신이 남편을 매일 조금씩 흔들고 있다고 믿었다.

"아버지와 말이 통할까요?"

국영이 보기에 아버진 자신의 목소리에만 반응하는 사람이었고 타인과의 대화에 익숙지 않았다.

도성 밖에 자리를 잡은 지 얼마 지나지 않아 낙춘은 술을 마시고 노래를 부르기 시작했다. 타고난 재능인지 시장터에서 금세 유명해졌고 명문가 양반이 저래도 되는 거냐고 놀림이 뒤따랐다. 아들의 세계를 확장시켜줄 책임이 있는 낙춘은 그때부터 자신의 세계에서 나오려 하지 않았다. 하지만 낙춘은 요즘 흔들리고 있었다.

아버지, 누가 강요한 적이 없지 않아요? 스스로 선택한 삶이잖아요. 그는 낙춘에게 묻고 싶었다.

"저 새들이 부러우신 거예요?" 국영이 이옥에게 묻는다.

대답 대신 동그랗고 짙은 눈동자가 국영을 향해온다. 먼저 세상을 떠난 여동생들을 떠올리게 하는 눈이다.

"장사를 하든 과거를 보든 선택은 네가 해야 해!" 이옥이 말했다. "하지만, 책임은 선택한 사람의 몫이지. 그리고 변명도 안 돼."

"……"

국영은 방에서 물러나왔다. 그를 따라 나온 열기가 금세 찬바람에 실려 날아갔고 얼굴이 팽팽하게 당겨졌다. 이옥은 평생 부지런했고 언제 어디서고 침착했으며 힘든 순간엔 매번 기지와 분별력을 발휘했다. 정신력에 있어서 어느 남자에게도 뒤지지 않았다. 국영은 그런 이옥을 보며 그녀의 강인함이 자신 어딘가에 있을 거라고, 그래서 언젠가 세상이 부딪혀 온다면 쉽게 무릎 꿇는 일은 없을 거라고 믿었다.

상인들 간의 경쟁이 치열해지고 있었고 이옥은 그에게 선택을 요구하고 있었다.

집을 나온 국영은 두껍게 언 마포강 위를 걸었다. 차고 날카로운 바람에 얼굴 피부가 갈라지는 것 같다. 바람이 옆에서 얼굴을 세게 한번 때리더니 이번에는 맞바람이 불었다. 그는 바람이 좋았다. 살랑이며 간질거리는 봄바람이든 얼굴을 차갑게 얼려놓고 좌우로 잡아당기는 겨울바람이든. 비명을 지르며 달려오는 바람도 좋았다. 바람에 풀, 나무, 잎사귀의 냄새까지 실려오는 날이면 더욱 행복했다. 그는 피부로 호흡하는 남자였고 자신이 살아 있는지 의심이 들 때면 밖으로 나와 어디든 걸었다. 울퉁불퉁한 땅의 감촉, 두 다리 근육의 움직임, 얼굴 피부에 와닿는 바람을 느꼈다. 그리고 생각했다. 아직은 땅속에서 머리 위를 지나가는 바람, 반짝이는 밤하늘을 감상할 때는 아니라고.

그는 눈을 감고 꽁꽁 얼어붙은 강 아래를 상상한다. 강바닥의 바위와 나무들 사이로 물고기들이 떼를 지어 헤엄치고 있다.

발아래로부터 전해오는 기운이 몸을 위로 밀어 올린다. 조금씩 몸이 떠올랐고 그는 두 팔로 바람을 안았다. 바람이 노래를 부르기 시작했다. 그는 한참을 귀를 기울이다 다시 아래로 내려섰다.

몸 안에서 무언가가 타오르는 것을 느끼며 눈을 떴다. 눈앞에는 어느새 마포나루가 있었다. 크고 작은 나룻배, 화물선, 고깃배들이 흩어져 있다. 얼어붙은 배들은 지나가는 그에게 눈길조차 주지 않는다.

국영은 이제 도성 안 기방으로 간다.

"수화 있지?"

반쯤 열려 있던 대문을 밀었을 때 마당에서 긴 싸리비를 들고 있던 소년이 국영과 눈을 마주치고는 쭈뼛쭈뼛한다. 기생 서넛이 방문을 살짝 열어 빠끔히 모습을 드러내고는 애교 섞인 눈인사를 보냈다.

"일이 있었구나." 그가 소년을 보며 물었다.

국영은 눈이 빨랐고 귀가 예민했다. 사람들의 표정과 목소리의 변화를, 호흡하는 공기의 미묘한 뒤틀림과 막힘을 쉽게 알아차렸다. 한때 감각이 무딘 자들을 부러워한 적도 있었지만 이제는 자신을 있는 그대로 인정하기로 했다. 무딘 연장을 날카롭게 벼리는 것만큼이나 날 선 칼날을 무디게 하는 것은 어려운 일, 아니 그건 불필요한 일이었다.

27

"수화 아가씨가 연회에 못 가겠다고 해서 기방 분위기가 안 좋아요. 고집 아시잖아요."

소년의 말에 그는 속에서 웃음이 난다. 수화가 또 고집을 피운 모양이군. 내키지 않는 일은 하지 않는 여자니까. 기방 책임자는 이러지도 저러지도 못해서 속이 탈 테고.

"수화! 내가 왔네!"

국영이 큰 소리를 내고는 마루에 오르며 방문을 밀었다.

뭔가 언짢은 표정을 짓고 있던 수화가 그를 보고는 얼굴을 폈다. 국영은 자리에 앉으며 그녀를 쳐다본다. 이마 선이 반듯했고 언제 봐도 입술 선, 코, 눈매 어느 것 하나 흐릿한 것이 없다.

그녀는 평양 출생으로 서녀庶女였다. 숨길 수 없는 재색이었지만 평범한 양인에게 시집을 갔다가 남편이 죽었고 한양 구경이 하고 싶어 도성에 왔다고 했다. 여기까지가 그녀로부터 들은 얘기다.

"어느 사대부의 소실로 가는 건 어떨까?" 자리에 앉으며 그가 조심스레 말을 꺼내본다. "널 이해해줄 수 있는 사람을 찾아보자."

사실 갑작스러운 생각은 아니었다. 기방에서 시달리기보다는 어느 유복한 사대부 집에서 좀 더 여유롭게 생을 보낼 수 있으리라. 책도 읽고 학식과 지성이 있는 남편과 대화도 즐기면서.

국영은 종종 수화를 찾았다. 그리고 그녀가 말해주는 평양의 모습, 여성들이 바라보는 세상 풍경 얘기를 찬탄하며 들었다.

"날 데려갈 사람이 한양에 있을까요? 아니면…… 당신 집 별채에서 같이 지내는 건 어때요?" 그녀의 말에 놀란 그의 눈이 동그래졌다. "아, 실없는 소리예요. 친구랑 부부라니요." 수화가 살짝 짓궂은 표정을 짓는다. "그리고 난 선량한 여자를 밀어내고 가정을 망가뜨릴 마음은 없어요." 그러고는 잠시 생각하는 듯하더니 덧붙인다. "아, 미래를 자신하는 건 어리석은 건가요? 맘에 드는 사람이 나타난다면, 또 누가 알겠어요? 그런데 한양에 와서 벌써 한 해가 지났네요." 수화가 그를 지긋이 바라보았다. 그녀의 눈길은 아직 오지 않아 더 그리운 봄날처럼 따스했다. "고향이 그립기도 해요. 대동강가 절벽에 있는 부벽루浮碧樓에서의 연회, 뱃놀이…… 나 그냥 돌아갈까요?"

수화를 처음 만난 날이 생각난다. 친구가 크게 술자리를 베푼 날이었다. 세검정으로 불려온 기녀 여럿 중에 그녀는 유독 다른 분위기를 풍겼고 보는 순간부터 국영은 그녀에게서 눈을 떼지 못했다. 키가 크고 외모는 눈이 부셨는데 왠지 조선 사람이 아닌 듯한 인상이었다. 국영은 그녀를 보며 어릴 때 놀림을 좀 받았을 거라고 생각했다.

곧 평양에서 이름을 날리던 기생이라고 소개되었고 노래 한 번 불러보라는 요구가 여기저기서 터져 나왔다. 그녀는 한참 만에 마지못해 자리에서 일어섰지만 선 채로 말이 없었다. 좌중은 한껏 기대하는 눈빛으로 풍성한 쪽빛 치마에 연한 분홍 저고리를 입은 그녀를 바라보았다.

"제 노래를 아무나 들을 수는 없지 않겠어요?"

바위 아래쪽으로부터 시끄러운 물소리가 끝없이 들려오는 가운데 한참 만에 그녀 입에서 나온 말이었다. 국영은 그녀가 어떤 사람인지 알 것 같았고 분위기가 손쓸 수 없이 굳어버리기 전에 재빠르게 자리에서 몸을 일으켰다.

"아무나 들을 수 있는 노래라면 나는 듣지 않겠네. 안 그런가?" 멍한 눈빛으로 입을 벌리고 있는 친구들을 그가 주욱 둘러봤다. "언제 한번 노래를 들을 수 있을까? 연주는 내가 할 테니."

입가에 미소를 띤 채 국영은 그녀의 두 눈을 바라보았고 멈춰 있던 시간은 다시 흐르기 시작했다.

"기생의 업은 남자를 끌어당기는 거예요."

수화가 다시 입을 열었고 국영은 생각에서 깨어난다.

"남자의 눈을 사로잡는 몸짓, 치장, 그리고 예술을 익히지요. 그렇게 남자의 머릿속에 파고들어 소중한 사람들을 밀어내고 자리를 차지해요. 이건 파괴적이죠. 하지만 내 소유인 줄 알았던 미모도 결국은 조금씩 빛을 잃게 되지요. 자신의 자리를 빼앗긴 사람을 대신해 시간이 나서서 해주는 복수랄까요. 그렇게 매일 밤 거울을 보며 그 끝을 기다리다 빛이 사라지는 때가 오면 버려지는 인생이 돼요." 그는 그녀의 말을 그저 듣는다. "난 잊힐 거예요."

"아니, 그 말은 동의 못 하겠는걸. 난 언제라도 널 기억할 거야." 국영의 음성은 따뜻했다.

수화가 다시 피어난 얼굴로 그를 본다.

"그런데, 오늘은 어쩐 일이에요?"

"……그대의 노래가 듣고 싶어서."

그렇게 말하고 그는 몸을 일으켜 수화 뒤쪽에 세워져 있는 가야금을 당겨 무릎에 얹었다.

"아," 수화가 줄을 점검하는 그를 보며 입을 열었다. "궁금한 게 있어요. 근데 이렇게 기방에서 시간을 보내도 되는 거예요?"

"내가 여기 오는 게 싫은 건가? 인생에서 친구보다 중요한 건 많지 않은 것 같은데."

소문은 자라고 마음은 흔들리네

"시장에선 당신을 모르는 사람이 없던데요?" 촛불 근처에서 옷을 다듬던 주애가 말을 걸어온다. 얘기를 하고 싶은 눈치다. "젊은 사대부 하나가 시장터를 휘젓고 다니니 눈길을 끌 수밖에요."

주애는 성품이 온화하고 늘 남에게 넉넉했다. 남의 기분을 살피는 상냥함과 현명한 감수성을 지닌 여자. 어쩌다 집에 들른 가난한 사람들을 한 번도 빈손으로 돌려보낸 적이 없었고 경솔과 경박과도 거리가 멀었다. 저런 것은 타고나는 거라고 국영은 늘 흐뭇하게 주애를 보았다.

낙춘은 아들의 혼인 문제에 관여하지 않았고 이옥은 가문을 보지 않고 며느리를 찾았다. 국영은 혈통이 부족하지도 돈이 필요하지도 않았다.

네 여자를 찾았다. 주애를 보고 온 날 이옥이 한 말이었다. 그는 그날 자신의 대답이 떠올라 웃음이 난다. 어머니, 그 성격에 어떻게 신랑 얼굴 한번 안 보고 시집 오셨어요?

"지식은 경험과 관찰, 실험을 통해 얻을 수 있지. 시장터는 오감으로 세상을 가르쳐주니까."

"포도청 대감 집에 도적이 들었다는 말은 들으셨어요? 도적떼가 무서움이 없는 걸까요?"

반짇고리를 정리하며 국영의 말을 듣던 주애가 물었다.

"도적질을 본래부터 좋아하는 사람이 있으려고. 살길을 못 찾은 거겠지."

작은 도둑 뒤에 있는 건 말단 관리, 지역의 수령과 관청, 그리고 나라라는 큰 도둑일지도 모른다. 요즘 장터에서는 먼바다, 어느 섬에 대한 이야기가 인기가 있었다. 가혹한 세금과 부역, 억압과 수탈이 없는 공평무사하고 정의로운 곳. 사람들의 마음은 흔들리고 있었다.

국영은 생각을 멈추고 앞에 놓인 작은 책상을 밀고 주애의 손을 잡아당겼다. 얼굴 앞까지 다가왔던 그녀가 손을 빼며 살짝 미소를 짓는다. 더 얘기가 하고 싶은 모양이다.

"천주를 얘기하는 사람이 늘고 있어요."

"그게 상제랑 같은 건가?" 주애의 말에 그가 관심을 보인다. "나도 얘기는 들어봤지. 천주가 나를 창조하고 이 세상에 직접 내려왔다더군. 왠지 단군 이야기 같기도 하고…… 천국과 지옥이라는 것은 불교와 비슷한 것 같고 말이지."

그는 이전에 서학에 대해 들었던 말을 떠올렸다. 인격을 가진 신이 내 인생을 인도한다고?

"나는 아직 그 책을 못 봤는데 당신은?"

"저도 잘은 알지 못해요." 방 안 불빛 속에서 주애의 눈은 천

진하게 보였다. "양반도 남녀 간의 차별도 없는 새로운 세상이라던데요."

"⋯⋯."

"그런데 양반 없는 세상은 이미 온 것 아닌가요? 돈 있는 사람이 양반이잖아요."

틀린 말은 아니다. 사람들 모두 돈을 사랑하게 됐으니까. 돈이 아니면 양반도 그 누구도 대접받기 어려운 세상이 되었다. 사람들은 돈이 된다는 소문에 추레하게 흔들린다. 그리고 사람 뒤를 졸졸 쫓는 개처럼 돈이 자신들을 따라다니길 원했다. 하지만 제아무리 뛰어난 자라도 양반의 아랫것들로 불리는 곳이 조선이었다. 얼마나 많은 재능들이 날개 한번 펴지 못하고, 맘껏 울어보지도 못하고 사라졌을까? 자기 자식들인 서얼들에게도 인색한 나라였다. 소수가 독점하고 다수가 좌절하는 나라⋯⋯ 문제 제기와 저항 없이는 특권은 사라지지 않는다. 하지만 천인, 양인, 중인들은 저항보다는 자신들도 양반이 되는 길을 걷길 원했다.

"남녀 차별 없는 세상이라⋯⋯."

주애도 수화도 남자로 태어났다면 어땠을까. 어느 장부보다 못하지 않았겠지. 누가 그녀들보다 더 나은 재능, 감정, 지력, 매력, 용기를 갖추었다고 말할 수 있지? 여자는 변덕스럽고 감상적이고 심약한 데다 의지가 박약하고 우유부단하다? 그건 진실이 아니었다. 아이를 낳고 기르는 것, 여자의 쓸모는 그게 다라고? 그는 여성들이 남성에 비해 열등하거나 남성에게 종속되는 존재라고 생각하지 않았다.

조선은 여성들에게 가혹하게 굴었다. 그래서 그녀들이 할 수 있는 일이라곤 규방에 갇혀 깊은 한숨을 내쉬며 답답한 가슴을 쓸어내리는 것뿐이다. 여성들에게만 순결을 강요하고 재혼을 금한다. 이건 살아 있는 순장과 다를 바 없다.

그녀들 역시 조선의 일부야! 조선을 이루고 있는 건 남자만이 아니라고. 하지만 여성들은 이 나라에서 공적인 목소리를 낼 수 없는 존재들이었다.

이옥은 그에게 여성들을 존중하라고 가르쳤다. 조선의 여자들은 재능과 인생에 대한 자신감을 감추고 있을 뿐이라고. 그는 관복을 입은 여성들이 조정에서 남자들과 논쟁하는 모습을 상상해본다.

"그 책을 구해봐야겠군. 적어도 노비는 없어져야 해. 인간을 가축처럼 매매하고 부모가 노비면 자식도 노비인 세상은 정상이 아니지. 역사 이래 이런 법은 없는 걸로 아는데. 성리학을 한다는 자들이 하는 짓이라는 게……."

국영은 복이 형제에게도 노비 신분을 벗겨주겠다고 설득하고 있었다. 형제는 웬일인지 ― 아마 국영 집안과 끈이 끊어질지 모른다는 두려움, 미안함 때문일까 ― 그 일을 계속 미루고 있었다.

"그런데 서학이라는 것이 제사 지내는 걸 금한다는 소문이 있던데. 산 자가 죽은 자의 영혼을 기려서는 안 된다는 걸까? 아니면 그들은 죽은 자를 두려워하지 않는 건가? 궁 안이든 여염집이든 일 년 내내 제사인 곳이 조선인데 말이지."

경복궁 왼편에 종묘와 오른편에 사직을 두어 근간으로 삼은 나라, 도성 밖 동교, 북교, 남교에 제단을 설치하고 조상과 자연신을 섬기고 홍수, 기근, 전염병, 전쟁, 가뭄을 피하기 위해 그리고 충신들, 학자들, 명나라 황제, 중국 무신들을 위해 제사를 지내는 나라였다.

"서학이 조선에서 살아남긴 쉽지 않을 거야." 혼잣말을 하며 그는 생각한다. 양반이 없고 남녀가 평등하고 조상에게 제사를 지내지 않는 세상이라…….

"그만 누울까? 오늘 제법 걸었더니 피곤하군."

잠시 생각에 잠겼던 국영이 말하자 주애가 일어나 이층농 위에 놓인 이불을 내려 자리를 곱게 폈다. 국영은 방 한쪽에 놓인 좌등과 방 가운데 있던 납촉불을 꺼서 옆으로 밀어놓고는 자리에 누웠다. 주애도 겉옷을 벗고 조용히 그의 옆에 눕는다.

주애의 몸에선 아기 냄새가 난다. 그는 생각이 많아질 때면 주애의 체취에 몸을 맡겼다. 그럴 때면 머리를 맴도는 생각들이 사라지고 잠이 들곤 했다. 그는 그녀에게서 넓은 품의 어머니를 보았고 뜨거운 여자를 느꼈고 귀여운 누이의 모습을 발견했다. 이옥이 아들의 여자를 제대로 찾은 셈이었다.

"요즘 여자들끼리만 아는 다른 얘기는 없소?"

국영이 옆으로 돌아누워 주애를 바라본다. 그는 이야기에 늘 목이 말랐다. 죽고 나서도 상제 앞에서 얘기를 풀어놓느라 사람들이 그의 뒤로 줄을 서게 되리라. 어둠이 점차 옅어지고 그녀의 얼굴이 드러났다. 이번에는 아이의 얼굴이다. 남자아이? 여자아이? 미간을 좁혀본다. 그리고 어떤 얘기라도 상관없다는 듯 그녀의 입술을 바라보았다.

"당신이 모르는 얘기요? 뭐가 있을까요? 아, 사람들이 세손 저하가 불쌍하다고 해요. 아비도 잃고, 조정에 저하 편이 없다던걸요. 안됐어요. 임금이 저리도 나이를 드셨는데 갑자기 돌아가시기라도 하면 왕위가 어떻게 될지 누가 알겠어요."

"당신이 정치에 관심 있는지 몰랐는걸."

국영이 얘기에 흥미를 느끼며 손을 뻗어 엄지손가락으로 주애의 뺨을 천천히 어루만졌다.

"제가요? 아이에게도 좋지 않을 것 같은데요. 요즘은 좋은 것만 보고 좋은 것만 들어야 하는 시기잖아요."

주애는 셋째를 가졌다. 첫아이는 돌이 얼마 지나지 않았을 때 며칠을 앓더니 그들 곁을 떠났다. 떠들썩했던 돌잔치 분위기가 채 가시기 전이었다. 아이는 차갑게 식은 몸으로 땅속에 누웠다. 그는 울었고 주애는 며칠을 자리에서 죽은 듯 누워 있었다. 둘은 아이의 작은 무덤을 그 이후로 찾지 않았다. 그리고 아들 강선이가 태어났고 이번에는 내심 딸아이를 바라고 있었다.

"정치를 업으로 하는 사람들이 많은걸요. 조선 팔도의 사대부들 모두 정치하는 사람들이잖아요. 한평생 왜 그것에 매달리는지 이해가 되지 않지만요. 정치라는 것에 내가 모르는 무언가, 벗어날 수 없는 매력이 있나요?"

매력이라…… 그는 그 단어를 곱씹어본다.

"오늘 옆집 김씨 부인과 얘기를 나누다 보니 권력자로 태어난 인생이 불쌍하게 느껴졌어요."

"세손 저하를 말하는 거요? 아니면 임금?"

그가 목소리를 가다듬고 주애의 말을 받았다.

"둘 다가 되겠네요. 저하는 빼야 할까요?"

"나는 잘 모르겠는걸." 그는 턱을 괸 채 이번에는 주애의 눈썹을 부드럽게 그리고 천천히 어루만졌다. 손가락으로 그녀의 가지런한 눈썹의 감촉이 전해져왔다.

"난 당신이 관직에 나가지 않았으면 해요. 이대로가 좋지 않아요? 그곳에서 행복해하는 당신의 모습이 그려지지 않아요." 그녀가 눈을 찡긋하고는 그의 품으로 파고들었고 국영은 그녀의 동글한 뒷머리를 쓰다듬었다.

조정은 전국의 유생들과 지연, 학연, 혈연으로 복잡하게 얽혀 있었다. 유생들은 관직에 있지 않아도 현실 정치에 적극적으로 참여했고 관료와 뜻을 합쳐 임금을 압박하고 때론 함께 행동에 나서기도 했다. 평소에는 늘 무리 지어 편을 가르고 서로를 향해 날을 세웠다. 상대편을 부패하고 탐욕에 물든 세력, 역신으로 규정하고 공격하면서 세력 싸움에 골몰했다. 권력투쟁이 발생하면 백성들의 평안과 안락을 위한 토론은 사라지고 자신의 생존과 상대방 제거에 모든 것을 걸었다. 실생활과 관련 없는, 실천이 아닌 공허한 공론들. 적어도 그는 그렇게 생각했다.

왕의 나이가 여든을 향해 가고 있었다. 귀도 잘 들리지 않고 눈도 많이 흐릿해졌다고 한다. 하지만 백성이 사랑하는 왕이었다. 어릴 적 청계천 공사 현장에서 임금을 본 적이 있었다. 그날은 공사가 마무리된 것을 축하하기 위해 포상이 있었고 큰 잔치가 열렸다. 큰 천막 아래에서 잔치를 지켜보던 임금이 신하들과 얘기를 나누며 크게 웃고 있었다. 앉은 자리 뒤에 놓인 「일월오봉도日月五峯圖」에는 산봉우리 위에 붉은 해와 하얀 달이 솟아 있었고 산에는 붉은색 가지에 짙은 초록 잎이 무성한 나무가 가득했다. 그 아래에는 검푸른 물결이 넘실댔다. 그때도 임금은 노인이었다. 멀리서 보기에도.

이런저런 생각을 하고 있으려니 주애는 어느새 잠이 들었다. 조심스레 그녀를 가슴에서 떼어낸다. 숨소리도 자는 모습도 아기처럼 평온하다. 그는 그녀의 속옷 속으로 손을 밀어 넣어 배의 곡선을 따라 어루만졌다. 그녀의 배는 여전히 활줄처럼 팽팽한 느낌을 준다. 첫아이를 가졌을 때 어떻게 저 작은 배에 아이가 들어가 있는지 가늠이 되지 않았다. 배 속의 아이가 딸이라면 주애를 닮았을까? 그는 잠든 주애의 얼굴에서 딸의 얼굴을 찾았다.

이른 아침 국영은 여느 때와 다름없이 강을 건넜고 덕이의 어물전이 있는 남대문 밖 칠패시장으로 방향을 잡았다. 본래 시전상에 쫓긴 난전들이 터를 잡았던 곳인데 지금은 소의문까지 이어져 있었다. 경강 지역과 도성을 연결하는 요지로 주로 어물과 미곡, 소금이 도소매로 거래되었고 팔도의 정보가 모이고 물가의 변동을 한발 앞서 알 수 있는 곳이기도 했다.

"나오셨어요?"

덕이의 얼굴은 웬일인지 굳어 있었고 아침부터 한바탕 움직였는지 어깨 뒤쪽에서는 하얀 열기가 올라오고 있었다.

"여전하지?" 그가 물었다.

"장사가 너무 잘 되니 탈이죠. 아시잖아요. 얼박 형님이 가격 못 올리게 하는 거. 주변에서 물건 싸게 판다고 눈치를 준다니까요."

시장에선 가격 변동이 심한 편인데 지금처럼 물건이 귀할 때도 얼박은 처음 생각한 이윤에서 더 값을 부르지 못하게 했다. 언젠가 술자리에서 그는 궁금한 마음에 왜 좀 더 이익을 남기지 않는지 물었던 적이 있었다.

그때 얼박이 술에 불쾌한 얼굴을 하고 한 말은 이랬다. 나리! 사람이 돈을 부리는 것 같지요? 돈은 생명이 있는 맹수예요. 길들여진 것 같지만 몰래 발톱을 다듬고 나무에 이빨을 갈고 있는 녀석이죠. 국영은 고개를 끄덕였고 늘 그렇듯 얼박의 말을 기억해두었다.

"장부 관리는 잘 하고 있지?" 얼박 생각을 하다 그가 말했다.

"도련님 머릿속 숫자가 제 장부보다 정확할걸요?"

"그럴 리는 없지! 하지만 재정도 회계도 모르는 사람은 장사도 나라 운영도 해선 안 된다는 게 내 신념이긴 해. 그런데 일이 있었던 모양이지?" 말을 하고 나서 그가 덕이 표정을 읽는다.

"걱정하실 일은 아니에요." 덕이가 대답하고선 그의 눈을 피해 가판 위에 있는 민어, 준치, 웅어, 쏘가리, 도미를 이리저리 옮기기 시작했다. 앞쪽에는 낙지, 소라, 조개, 새우가 놓여 있었다.

"부디 내 재미를 뺏지는 말게."

덕이의 등에 대고 그가 채근했다.

"시장에서 늘 보는 광경이에요. 오늘은 그걸 제가 겪은 게 다르긴 했지만요." 덕이가 돌아서며 그를 마주 보았을 때 국영은 덕이의 겉저고리 고름이 떨어져 나가고 없는 걸 발견한다.

"고름 없는 저고리는 늘 보는 광경이 아니지." 국영의 말에 덕이가 자신의 가슴 쪽을 내려다보더니 작게 한숨을 내쉰다.

"눈치 없는 무뢰배 놈이 앞뒤 안 보고 자판을 발로 차는 바람에……."

시전 상인은 나라에 물건을 바치는 대가로 난전을 단속할 권리가 있었다. 수요도 공급도 늘고 있는데 시전 상인들이 유통을 독점하고 자유로운 거래를 막고 있으니 사상私商들과의 마찰은 피하기 어려웠다. 시전에서 고용한 무뢰배들이 칠패시장에서 하루가 멀다 하고 행패를 부렸다. 나라는 시전상을 통해 상업을 통제하려 했지만 시전상이 오히려 사람들의 원성을 샀다.

"뒤늦게 도착한 패거리가 얼박 형님이 하는 가게라고 말려서 큰 피해는 없었어요. 그놈들도 워낙 자주 바뀌어서요."

덕이는 큰일 아니라는 듯 애써 밝은 표정을 지어 보인다.

사람들은 얼박을 빡이라 부르며 두려워하면서도 한편으론 의지했다. 얼박은 성실하고 정이 깊은 남자였고 소란하던 장터에 질서를 불러오는 존재였다.

"시전놈들 등쌀에 여기 사람들 폭발 직전이에요. 우리도 나라에 세금 내고 당당하게 장사를 하면 좋을 텐데요. 이제는 시전의 특권을 없앨 때도 되지 않았어요?"

"간단한 문제는 아닐 거야."

"놈들이 서원에, 군대에, 고관대작 집에 돈이며, 물건이며 얼마나 대고 있는지 알 수가 있어야지요."

"자네도 정치를 제법 알고 있군." 그가 소리 내어 웃었다.

시전 상인들과 권력과의 연결은 깊고 은밀했다. 그 뿌리의 깊이와 범위를 누가 알 수 있을까. 임금이 십 년을 곡괭이질을 한다면 그 실체가 조금이나마 드러날 수 있을까.

"자네 몸이 먼저고 생선은 그다음이야."

그가 덕이의 양어깨를 잡고 미소 지었다. 덕이의 기분이 풀린 것 같다.

"진이는 언제 나왔었지?" 국영이 화제를 바꿨다.

"아마, 한 달 전이죠? 궁 안에 있는 아이니 별일이랄 게 없어요."

덕이의 딸인 진이는 궁궐에서 일하는 견습나인으로 왕후가 있는 중궁전 소속이었다. 먼저 세상을 떠난 국영의 둘째 동생과는 동년배였다. 그는 진이에게 마음의 빚이 있었다. 궁에서 사람을 뽑는다는 얘기에 진이를 궁으로 들여보내자 한 것이 그였다. 궁 생활이 더 낫겠지 하는 마음과 덕이에게도 도움이 될 거라는 생각이었다. 궁인들은 봉록을 받아 집안에 보탬이 될 수 있었다. 노비 한 명이 없어지는 일임에도 이옥에게 떼를 써 진이를 궁으로 들여보냈다. 그때 그는 궁 안에서의 삶이라든가 인생을 이해하기에는 턱없이 어린 나이였다. 더구나 진이에겐 선택권이 없었다. 지금의 그라면 진이를 궁에 들여보내지 않았을 것이다.

"진이가 보고 싶군."

"딸애도 도련님을 보고 싶어 하던걸요. 다음 외출 나올 때 한번 들르라 할게요." 덕이가 진이 얘기로 신이 나는지 좋아서 웃는다. "도련님, 그런데 투전을 하는 것 같던데요. 좀 전에 여럿이 시끌벅적하게 기방에 들어가는 걸 봤어요."

"누구?"

"북촌 도련님들 말입니다."

누구인지 알 것 같다. 표정이 구겨진다. 투전 때문일까 아니면 북촌 친구라는 말에 신경이 거슬린 걸까. 투전은 조선팔도에 유행이었다. 도시나 장터, 포구 등지에서 도박판이 열렸다. 투전도 하지 않고 욕도 하지 않으면 사람들과 어울려 살 수 없다는 말이 있을 정도였다. 도성 안 군인들도 도박에 빠져들었다. 심지어 명문 사대부들도 소일거리로 삼았다. 양반 자제들이 도박판에서 빚지고 옷을 빼앗기고 망신당하는 우스운 일이 빈번했다. 친구들도 그런 부류였다. 저렇게 시간을 보내다 음서로 관직에 나갈 것이다. 그는 투전을 하지 않았다. 흥취가 없고, 아름다움이 없고 마음을 무너뜨린다고 생각했다.

"다음에 만나지."

조선에서는 변변한 물건이 나오지 않았고 청과 일본에서 물건을 들여오려니 은이 빠져나가고 나라 재정은 쪼그라들고 있었다. 중계 무역으로 청과 일본 사이에서 재미를 보던 것도 일본이 청과 국교를 회복하고 직접 무역로를 개척하면서 그 이점 또한 사라졌다. 나라가 가난하니 관직에 있는 자들이 제 살길을 찾아 백성을 괴롭혔고 지방에서는 정도가 더 심했다. 사람들이 땅을 떠나기 시작했고 도적이 늘고 사회가 요동치고 있었다. 어쩌면 투전이 사람들의 불안감을 달래주고 있는지도 몰랐다.

덕이와 헤어지고 국영은 시장길을 따라 걷는다. 옹기를 잔뜩 짊어진 지게꾼, 조랑말, 황소에 땔감을 싣고 가는 사람들, 등짐장수 부부를 지나쳤다. 지게를 세워두고 무, 배추를 파는 사람들도 보인다. 기와를 얹은 점포 앞에 가건물을 세우고 상인들은 손님과 흥정이 한창이다. 어미 손을 잡고 시장 구경을 나온 흰

옷 입은 사내아이, 붉은색, 푸른색 옷을 걸친 귀여운 여자아이도 보였다.

그때 발에 뭔가 물컹하는 것이 차였다. 옷을 여러 겹 껴입은 사내 넷이 몸을 웅크리고 길가에 앉아 있다. 투전꾼들이다. 정신을 바짝 차리러 밖으로 나왔을까 아니면 기방 갈 돈이 없었을까. 술병이 여럿 옆에 놓여 있었고 그중 한 병은 옆으로 쓰러져 있다. 짙은 녹색의 배추김치가 하얀 사기그릇에 담겨 있었다. 국영은 짜증이 이는 마음을 애써 누른다. 발에 치인 사내가 찡그린 얼굴로 욕을 하려다 말쑥한 그를 보고 입을 닫았다.

"사과의 의미로 술을 내고 싶은데." 국영이 맞은편 주점에 대고 크게 소리쳤다. "여기 술! 그리고 안주도 부탁하네."

투전꾼들이 이게 웬 횡재냐며 얼굴이 밝아졌다.

"나리, 이러지 않으셔도 되는데……." 사내 넷이 동시에 자리에서 일어서려는 걸 그가 손짓으로 만류했다.

"그런데……" 국영이 사내들을 내려다본다. "투전을 하면 추위도 안 타는 모양이지?"

"그럴 리가요. 나리! 놀리시는 거라면 술 한잔으론 안 됩니다." 그중 제일 나이 많아 보이는 사내가 손을 비비며 능글맞게 웃는다. 두 볼이 푹 꺼지고 검게 썩은 이가 입안 한가득이다. 빠진 이빨 사이로 술 냄새가 풍겼다.

"인생의 재미도 모르는 서생의 말이니 괘념치 말게." 국영이 도포 자락을 뒤로 펼쳐 앉고는 패거리를 마주하고 쓱 웃었다.

"아무렴요. 인생에 재미 빼면 뭐가 남을까요." 눈이 퀭하고 비쩍 마른 몰골의 사내가 말했다. "쇤네가 이 나이 되도록 살아보

니 술 한잔 안 마시고 살아도 돈 한 푼 못 모으긴 마찬가지고요,
기생집 안 가도 남의 집 심부름질을 못 면해요. 재미나 보며 사
는 게 잘 사는 거지요. 노름하고 주색잡기를 해도 잘 사는 사람
은 다 잘 삽니다. 오늘도 이렇게 공짜 술에 안주까지 얻어먹지
않습니까."

"그런데 자네들 무슨 일을 하는 사람들인가?"

주점에서 어린 중노미가 가지고 온 술을 받으며 그가 물었다.

"크…… 저는 얼마 전까지 평안도 은광에서 일했습죠. 이놈들
도 다 거기서 만난 놈들이죠."

한 사내가 술을 들이켜며 말했고 국영은 돈은 벌었는지 묻는다.

"은광에서 은이 나와야 돈을 벌지요. 아, 이놈은 은광이 별 볼
일 없다고 금광으로 갔다가 결국 거기서도 종을 쳤지요."

이 빠진 사내가 바로 옆에 앉아 있는 사내를 흘깃 보고는 고
소하다는 듯이 씨익 웃었다. 옆 사내가 그 말이 마음에 안 드는
지 인상을 썼다.

"이놈아! 내가 없는 말 했어? 은광보다는 금광이라며 큰소리
쳤잖아."

국영이 손을 뻗어 사내 둘을 진정시켰다. 또 다른 한 명이 잠
시 툴툴대더니 말을 이었다.

"은광이든 금광이든 모두 똑같아요. 결국 몸도 세월도 축냈지
요. 그 시간에 불알이나 만지작거리면서 여편네와 뒹굴었으면
자식이라도 더 생겼겠지요."

말을 마친 사내가 잔을 들고는 자기 말이 맞지 않느냐는 표정
으로 무리를 죽 둘러봤다.

"한양에 일감이 많다고 해서 왔는데 겨울이라 공사도 없고 강도 얼어서 보시다시피 별 볼 일이 없습니다. 하…… 이번 생은 글러 먹은 게 틀림없어요. 하긴 왕의 아들도 뒤주에 갇혀 뒈지는 세상이니 우리 같은 놈들이야 뭐."

"이놈아, 우리한테도 별 들 날이 있을지 누가 알아. 그 누구더라…… 왜, 인천 생선 장수 아들놈이 공주 아들이 돼서 떵떵거린다잖아?"

사내들이 티격태격하다 흥미를 잃었는지 다시 술잔을 주고받기 시작했다. 국영은 자리에서 일어섰다. 투전꾼들을 뒤로하고 그는 돈의문으로 방향을 잡았다. 저 앞쪽에서는 늙은 개가 오른쪽 뒷다리를 들고 성문에 오줌을 갈기고 있었다. 걷고 있는 그의 뒤로 수군거림이 따라온다.

"덕이네 주인집 홍국영이야."

"인물이 훤하구먼. 계집들이 좋아하겠어."

"그렇게 악기를 잘 다룬다지?"

"머리가 비상하다던데. 한번 들은 숫자는 잊지를 않는다더군. 그러니 덕이도 빡도 꼼짝을 못 할 수밖에. 어리숙하면 사람을 부릴 수 있겠나. 하늘이 한 사람에게 뿔과 이빨을 동시에 주지 않는다 했는데 그런 일도 있는 모양이지. 그나저나 머리 좋지, 인물 좋지, 집안도 좋은 자가 공부는 안 하고 왜 시장터나 돌아다니고 기방 출입이나 하는 거지?"

"머리 좋고 인물이 좋으니까 그러는 거지. 조정에서 싸움질하고 귀양 가고 하느니 한량질에 기집질로 세월 보내는 게 좋은 거 아니여?"

"그건 너 같은 무지렁이 놈 생각이고."

"뭐여! 내가 무지렁이면 글자도 모르는 네놈은 부지깽이여?"

여기저기서 봇물이 터진다.

"아비가 누구래요?" 호기심이 동한 한 아낙이 물었다.

"이 사람아, 몰라? 낙춘이, 홍낙춘이."

몇 사람은 아하 하는 표정이고 또 몇은 알고 있었다는 듯 킬킬댔다.

"아, 그 노래 잘하는 양반? 닮았네. 수염 없는 것만 빼면 빼닮았어."

그에게는 익숙한 일이었다. 그는 사람들의 수군거림이 싫지 않았다. 그의 세계에는 아직 채워야 할 빈 공간이 많이 남아 있었다. 국영은 자신에 대해 떠드는 소리를 도포의 뒷자락에 길게 늘여 단다. 그리고 앞으로 경쾌하게 걸어 나갔다.

운명이 앞서 기다리고 있으리니

6월. 봄이 지나고 어김없이 여름이 찾아왔다. 국영은 마포나루 근처에서 귀를 살랑살랑 움직이며 귀여운 표정을 짓고 있는 꽤나 잘생긴 노새를 골랐다. 말은 특별한 경우가 아니면 타지 않았다. 노새는 말처럼 발을 높이 들고 걷지 않았고 그는 사람들을 위에서 내려다보는 것이, 그런 마음이 드는 것이 싫었다. 노새가 좋았다. 오늘은 옥류동에 있는 친구 현기환의 집에 가는 길이다. 기환 집은 유명한 역관 집안이었다. 역관은 일정량의 무역을 할 수 있었고 기환의 가문은 그 권한 덕을 아니, 정확히 말하면 권한을 사용할 수 있는 능력이 있었다.

노새는 그를 태우고 번잡하고 소란한 시장을 지나 숭례문을 통과한다. 시야에 저 멀리 백악산이 들어온다. 하얀 구름이 드문드문 떠다니는 파란 하늘 아래 산이 불뚝 솟아 있었고 산 아래쪽에는 소나무가 울창하고 위쪽으로는 하얀 바위들이 보였다. 한껏 부풀어 올라 터질 것 같은 꽃봉오리를 닮았다. 한없이 맑은 날이다.

그는 노새의 등 위에서 긴장을 풀고 기분 좋게 흔들렸다. 얼마나 갔을까. 순간 예감이 좋지 않다. 쉬이이 하는 소리. 소리는 우렁차고 고압적이다. 저 앞에서 한 무리의 사람들이 다가오는 게 보였다. 대여섯 명의 사내들이 밀고 있는 초헌 위에는 관복을 입은 고관인 듯한 남자가 앉아 있었다.

어디로 노새의 머리를 돌려야 하나 머뭇거리다 때를 놓쳤다. 그는 급하게 내려 머리를 숙이면서 노새를 길옆으로 끌었다. 초헌에 누가 앉아 있는지는 중요하지 않았다. 산책길의 흥취가 깨진 것이 못내 원망스럽다. 그는 행렬이 어서 지나가기를 허리를 굽힌 채 기다렸다. 멍하니 고개를 숙이고 신발을 쳐다보고 있는데 뭔가 불편한 느낌이 든다. 주위가 고요하다. 수레가 멈춘 듯했다. 조심스레 고개를 들었다.

그의 눈에 외바퀴가 달린 초헌을 메고 있는 하인들이 보인다. 경직된 표정들이다. 조금 더 위로 시선을 들었다. 붉은 관복을 입은 남자가 초헌 위 의자에 앉아 국영을 내려다보고 있었다.

"넌, 낙춘이 아들 아니냐?"

대부 홍인한이었다. 홍인한은 사도세자의 처 혜빈궁 홍씨의 아비 홍봉한의 이복동생이다. 봉한, 인한 형제는 국영의 할아버지 홍창한과는 8촌 종형제지간이었다.

초헌 위에서 인한은 상대방이 자신이 뭔가 잘못한 건 아닐까 ― 정말 그런지도 몰랐다 ― 움츠러들게 만드는 눈빛을 하고 있었다. 국영은 인한을 가문 모임에서 몇 번 본 적이 있었다. 가문에서도 인한은 함께 있기 부담스러운 인물로 통했다. 오입쟁이까지는 아니더라도 여자를 좋아했고 늘 추문이 뒤따랐다. 하지만 인한은 자신에 대한 사람들의 평가에 거리낌이 없었다. 어쩌면 악명을 은근히 즐기는 듯했고 그것을 남과 다른 자신의 취향과 우월한 개성에 대한 찬사로 여기는 듯했다. 그런 그가 지금은 예조판서로 있었다. 사람들은 예와 가장 거리가 먼 인물을 그 자리에 앉혔다고 임금의 총기가 알만하다고 수군댔다.

"네. 대감! 홍국영입니다."

할아버지라고 불러야 할까 잠깐 망설이다 안전한 길을 택했다. 그러고는 머리를 한 번 더 숙였다. 옥으로 만든 구슬갓끈이 얼굴 앞에서 흔들렸다.

"흠…… 낙춘인 잘 있느냐? 광증은 여전하고?"

국영은 인한이 빈정댄다고 생각했고 허리를 숙인 채 고개를 천천히 들었다.

"아버님은 광증이 없으십니다."

"허허!" 짜증이 밴 목소리다. "과거도 하지 않고 그림이나 그리고 노래나 부르고 다니는 것이 광증이 아니다? 핏줄과 가문에 대해 자긍심이 있는 사람이라면 어찌 그리하겠는가. 풍산 홍씨는 명문가 중에서도 가장 앞서 있다는 걸 모른단 말이냐."

국영의 말대답에 기분이 상했는지 인한이 한 손으로 수염을 거칠게 쓸어내리며 꾸짖는 목소리를 냈다. 관복은 새 옷처럼 말끔했고 관모에는 빛이 났다. 위엄 있는 풍모로 앉아 있는 모습이 '나는 고관이다'라고 외치는 자 같았다. 그 표정만 아니라면, 훌륭한 용모였다. 한양에서 풍산 홍씨 가문은 준수한 용모로 이름이 나 있었다.

"네 아비는 조선에 대해서도 가문에 대해서도 책임을 지지 않으려는 자야. 그 재주면 벌써 나와 함께 큰일을 도모하고 있을 것을."

국영은 고개를 숙이고 입술을 깨물었다. 얼굴이 굳는다.

"타고난 운명을 거스르는 것처럼 어리석은 게 없지. 그 꼴이 뭐란 말이냐."

운명이라…… 인간의 삶을 지배하는 것이 운명이라고? 그럴지도 모른다. 사람들은 살면서 상상력 너머에 있는 것들을 수없이 마주치게 되니까.

"더 이상 가문 망신시킬 생각은 말거라. 그동안 네 집이 보여 준 모습으로도 충분하니까! 하…… 너나 네 아비 같은 별종이 어디서 튀어나왔는지." 위에서 침을 뱉듯 갓 위로 떨어진 말이었다.

가문 망신을 시키는 자가 누구지? 적어도 인한은 자신은 아니라고 생각하는 모양이다.

"뭣들 하느냐. 어서 가지 않고."

쉬이이. 수레 소리가 사라진 후에도 그는 고개를 들지 않는다. 눈이 뜨거워지고 있었다. 저자를 좀 더 자주 만나야겠어. 어떤 인간인지 궁금해지는군.

한참 만에야 허리를 펴고 고삐 끈을 꼭 쥐고 있던 손에서 힘을 뺐다. 국영은 땀이 밴 손으로 노새의 갈기를 천천히 쓸어내렸다. 손으로 전해지는 부드러움에 마음도 함께 가라앉는 것 같다. 그는 보채는 아이를 다독이듯이 여러 번 같은 동작을 반복하다 힘차게 몸을 솟구쳤다.

흐흥. 노새가 등 위의 무게를 느끼고는 이제야 준비가 되었냐는 듯 머리를 좌우로 한 번씩 흔들었다. 노새의 옆구리를 뒤꿈치로 살짝 차자 노새는 몸을 한번 들썩하고는 힘 있게 한 발을 들어 올렸다가 한 걸음 내디뎠다. 터벅…… 터벅…….

국영의 마음과 달리 노새는 느긋하게 걷는다. 아무래도 전쟁터에서는 쓸 수 없겠다고 그는 생각한다.

그는 다시 노새에게 몸을 맡기고 좌우로 흔들렸다. 왼편 저멀리 경희궁이 보이고 중앙관청 거리에 들어섰다. 거리 우편에는 한성부, 이조, 의정부 건물이 있고 좌편에는 병조, 사헌부, 예조 건물이 늘어서 있다. 그리고 각 관청 대문에는 군졸들이 지키고 서 있었다. 노새는 돌기둥만 남아 있는 광화문 앞에서 왼편으로 방향을 틀었다.

히잉……. 노새가 잠시 멈춰 또 한 번 몸을 부르르 떨었다. 머리를 한번 쓰다듬어주자 노새는 기분 좋은 발걸음으로 이번엔 오른쪽 방향으로 길을 잡았다. 저 멀리 인왕산을 보는지 노새가 멈춰 섰다가 다시 한 발 한 발 천천히 길을 따라 올라갔다. 조금만 더 가면 기환 집이다.

저 멀리 큰 대문 집이 보인다. 사람 키 두 배 높이의 문 앞에 누군가 나와 있었다. 키가 유난히 작은 기환의 집 하인이다. 노새 위에 앉아 있는 국영을 보자 하인이 함빡 웃고는 머리를 꾸뻑한다. 그러고는 노새에서 내려서는 그에게서 고삐 끈을 건네받았다.

"잘 지냈지?" 동전 몇 닢을 건네며 국영이 환하게 웃었다.

문이 열렸다. 오늘 들른다고 며칠 전 인편에 말을 전해두었다. 대문을 열고 들어서면 안채와 사랑채를 가르는 중문이 있다. 오른편으로 돌아 사랑채 쪽으로 걷는다. 수도 없이 드나든 익숙한 곳이다. 사랑채 앞쪽 바깥담 아래에는 소나무 세 그루가 있고, 나무 아래로 분재가 주욱 놓여 있는 화단이 담을 따라 길게 이어져 있다. 언제 봐도 탄성을 자아내는 것들이다. 이것이 돈이 주는 아름다움일까?

"화분갈이하러 온 분이신가?"

잠시 넋을 놓고 있는데 뒤쪽에서 소리가 들려온다. 그는 고개를 돌려 날렵한 동작으로 계단을 올라 신발을 벗고 사랑채 마루에 섰다. 기환이 환히 웃으며 국영의 손을 잡았다.

"홍대감, 얼마 만이지?" 기환의 얼굴은 벌써 장난기로 가득했다. 둘은 어릴 적부터 친구였고 학당을 함께 다녔다. 기분이 울적할 때는 기환만한 벗이 없었다. 기환과 어울릴 때 국영은 부자연스럽지 않았고 편안함을 느꼈으며 한없이 즐거웠다.

"대감이라니! 청나라에서 안목은 팔지 않는 모양이지?" 그가 응수했다. 그러곤 대답할 틈도 주지 않고 기환의 허리에 팔을 두르고 방으로 들어갔다. 반년 만이었다. 기환은 역관 자격으로 청나라 연경에 다녀왔다. 체류 기간까지 합쳐 왕복 다섯 달이 걸렸다. 기환에게도 첫 연행단 경험이었다. 연행 출발 전 둘은 몇 번을 만났고 들뜬 마음에 시간 가는 줄 몰랐다.

"흠."

"흐음……."

자리에 마주 앉은 둘 사이에 흥미로운 무언극이 펼쳐졌고 서로 먼저 말을 하지 않으려 애써 입을 꾹 눌렀다. 그때 방문이 열

리고 여종이 들어왔다. 들고 온 자개 쟁반에는 술, 전병, 양갱이
올려져 있다. 갓을 벗어 내려놓는 그를 볼이 발그스름해진 여종
이 훔쳐본다. 그녀의 목이 옅은 붉은색으로 물들었다.

여종이 나가자 국영은 오랜만에 친구의 얼굴을 살폈다. 분명
뭔가 달라졌는데…… 그사이 나이 몇 살은 더 먹은 듯하고 수
염도 제법 자리를 잡았다. 얼굴에는 생기가 돈다. 이국의 공기
탓일까?

그때 기환의 어깨 너머로 병풍이 눈에 들어왔다.

"그림이 바뀌었군." 첫수는 국영의 몫이었다. "「곽분양행락도
郭汾陽行樂圖」인가?"

검은 모자에 흰수염을 길게 늘어뜨린 곽분양. 곽분양은 큰 의
자에 앉아서 손자의 머리를 쓰다듬고 있었고 자식 중 하나는 허
리 굽혀 보석으로 장식된 모자를 선물로 바치고 있다. 춤추는
무녀들…… 주위에 둘러선 시종들…… 큰 저택에는 자손들, 여
인들, 하인들이 여유와 행복이 가득한 얼굴로 맘껏 즐기며 뛰어
다니고 수를 놓고 음식을 즐기고 있다.

"그대의 마음이 화폭에 고스란히 펼쳐져 있군."

"눈치는 조선 제일이지."

"너무 적나라하지 않은가?"

곽분양은 생전에 권력과 큰 부를 누렸고 자손들까지도 부와
지위를 누렸다고 알려져 있었다. 후손들이 너무 많아 이름을 알
지 못해 인사를 하면 고개만 끄덕였다 한다.

"그림에 시비 거는 취미가 생기신 거야? 나야 좀 적나라하면
어때?" 기환이 웃는다. "고관대작을 할 사람도 아닌데. 욕망을

숨기고 살아야 하는 인생이 고달프지." 기환이 눈으로 국영을 가리켰다.

"이제 그만 내놓으셔야지." 그가 기환의 말을 무시한 채 쟁반에 놓인 전병을 하나 들고 베어 문다.

"맡겨놓은 물건이라도?" 기환이 시치미를 떼며 입을 삐죽했다. 그가 이번에는 전병을 소리 나게 깨물었다.

"성미하고는." 기환이 몸을 틀어 왼편에 놓인 탁자 뒤쪽으로 손을 뻗었다. 그러고는 빨간 비단 보자기에 싸인 무언가 넓고 각이 진 물건을 꺼냈다. 오른손을 사용해 앞에 있는 쟁반을 옆으로 밀면서 기환은 보자기를 조심스레 내려놓았다.

"음……." 그가 자그맣게 숨을 내뱉고는 매듭을 풀었다. 그러자 곧 붉은 천 위로 물건이 그 자태를 드러냈다.

서양금! 오동나무로 만든 납작한 갈색 상자 모양의 악기. 위는 좁고 아래는 넓다. 평평한 나무 상자의 몸통에는 줄들이 매여 있다. 철삿줄 네 가닥이 하나의 현을 이루었고 현은 도합 열네 줄이다. 몸통에는 긴 막대기 모양의 꿰 두 개가 세로로 고정되어 있었다.

"이 괘가 현을 분리시키고 현의 길이가 달라지니 소리가 달라지는 거야." 기환더러 들으라는 듯 그가 중얼거리더니 손으로 괘와 현을 번갈아 쓰다듬었다. 국영은 낙춘을 닮아 음악에 소질이 있었고 정확히 음을 구별해낼 수 있었다. 악기도 몇 번 만져보면 연주가 가능했다.

국영이 서양금 옆에 놓여 있던 가는 대나무 채를 집더니 현을 때렸다.

쟁쟁. 금속성 소리가 난다. 종소리 같기도 하다. 다시 채로 현을 하나하나 두드려가며 음을 감정하는 것처럼 소리에 귀를 기울였다.

"겹치는 음이 있군. 도합 열여덟 개 음이야. 흠, 아주 좋은 걸 구해왔군." 그가 채를 천천히 내려놓으며 중얼거렸다.

"그대를 속일 수 있다면 값싼 걸 사 왔을걸."

자신의 말이 맘에 든다는 듯 웃음을 터뜨리는 기환을 보며 그는 생각했다. 그래서 내가 둔하지 않은 자네를 좋아하는 거야. 그는 비범한 지성과 섬세함, 진부하지 않은 반짝임을 사랑했다. 나태하고 둔한 자, 케케묵은 머리 회전, 특히 그 머리로 남을 속일 수 있다고 믿는 자들을 이해하지 못했다.

"가야금과 소리를 한번 맞춰봐야겠어. 그럼 보다 확실히 알 수 있을 거야."

청을 통해 서양금이 들어온 지 시간이 제법 흘렀다. 하지만 사람들은 서양악기라고 신기해할 뿐 누구도 정확한 연주법을 몰랐다. 사대부 몇몇이 서재에 두고 그저 한번 소리를 내보고는 쓰다듬을 뿐이었다. 서양 물건들 모두가 같은 신세였다. 신기하다고만 할 뿐 제대로 다루는 자가 없었다.

"술자리에서 한번 신나게 연주해주어야 하네."

그는 대꾸 없이 어여쁜 아이의 볼을 두 손으로 쓰다듬듯 서양금 위로 보자기를 매듭지어 묶었다.

인사는 이 정도로 된 것 아니냐는 듯이 둘은 동시에 자세를 고쳐 잡는다.

"생각대로던가?"

높아지려는 공기의 밀도를 깨고 기환의 잔에 술을 따르며 그가 물었다. 국영의 목소리에는 호기심과 긴장감이 동시에 묻어났다.

"음……." 기환은 술잔을 입으로 가져가려다 생각이 바뀌었는지 잔을 도로 내려놓는다. "국경을 넘으니 풍광이 달라지더군. 순간 주위로 바람이 크게 한번 이는 느낌이랄까. 거리며 집이며 사람들이 사는 모습 말이야." 지난 여행을 떠올리는 듯 기환의 눈빛이 아련해진다. "그대나 나나 아는 얘기잖나. 단지 그걸 내 눈이 확인했을 뿐." 말을 마친 기환이 그 눈이 바로 이 눈이야 하고 보여주려는 듯 그를 쳐다봤다.

"……."

그래서 그대가 확인한 것이 무엇이지? 그는 기환에게 묻고 싶었다.

청은 북방 오랑캐가 세운 나라였다. 정묘호란과 병자호란으로 청은 조선에게 형제가 아니라 황제의 나라가 되었다. 십 년 간격으로 두 번의 전쟁이 있었고 두 번째 전란에서 조선이 버텨낸 시간은 육십여 일. 무능과 무기력이라는 말로밖에 설명할 수 없는 조선의 능력.

청의 군대는 꽁꽁 언 강과 들판을 지나 방어성들을 우회하여 한양으로 곧장 들이닥쳤다. 누구도 그들의 시간을 멈추지 못했고 사람들은 미처 달아나지 못했다. 여자들은 겁탈당했고 어떤 여인에게는 남자 여럿이 욕구를 풀었다. 아이들은 작대기에 꿰여 죽었다. 무고하게 도륙당한 백성들의 해골 무더기가 곳곳에 생겼고 움푹 파인 해골들의 눈은 황량한 산야를 ― 무자비한 말발굽 흔적이 남은 — 망연자실하게 바라보았다. 썩은 시체들. 시커먼 근육과 하얀 뼈. 여기저기 잘려 나가 조각난 몸뚱이.

길거리에는 아이들이 부모를 찾으며 울다가 굶어 죽어갔고 백성들은 힘없는 나라에서 태어난 죄를 목숨으로 갚았다. 이 땅에는 아직도 다리가 절단되고 등에 창을 꽂은 귀신이 돌아다닌다. 제 놈들이 백 년이나 갈까 빌었던 힘없는 자의 기도는 어느새 희미해졌다. 청은 명을 멸망시켰고 전성기를 구가하는 듯 보였다. 전쟁은 언제고 다시 올 수 있었고 무능은 치유되지 못했다.

"계속하지." 이야기를 이어가야 한다.

"야만은 누구고 문명은 어디에 있지?" 기환이 불쑥 묻는다. "오랑캐의 옷도 그렇고 변발은 다시 봐도 흉하고 우스꽝스럽더군. 그런데 긴 소매에 상투를 틀고 갓을 쓴 나는 누구일까?" 국영은 입을 다물고 그저 기환의 입을 바라본다. "그곳에서 며칠이 지나니 분명해지더군. 누가 누구를 구경하고 있는지." 기환의 입가에 쓴 미소가 떠올랐다.

국영은 앞에 놓인 술잔을 멍하니 바라본다. 어릴 적 할아버지에게서 청에 대한 얘기를 들었다. 창한은 청에 사신단으로 다녀온 적이 있었고 그때의 일을 일기로 기록해두었다. 그 일기를 읽고 또 읽으며 청나라 모습을 얼마나 그려보았던가. 창한이 일기에서 청국을 오랑캐라 무시해서일까. 힘이 세다고 해서 문명국은 아니라고 국영은 생각했다. 명은 멸망했지만 중화의 가치와 문명은 사라지지 않고 이 땅에 살아남았다는 자부심이 있었다.

일본에 통신사로 다녀온 기환 동료와의 술자리에서도 일본은 안줏거리에 불과했다. 남녀유별도 없이 살아가는 오랑캐의 섬, 기이한 왜인들의 모습을 묘사하며 셋은 웃었다. 하지만 질서정연한 공동작업장 풍경, 깨끗이 정비된 도로, 뛰어난 교량기술, 배 제조 능력, 물건으로 가득한 상점, 말끔히 정리된 가옥, 집마다 있다는 욕실 얘기는 호기로운 웃음소리와 함께 애써 흘려보냈다. 국영은 문득 그날 술자리에서 들었던 말이 기억난다. 왜놈들이 우릴 당인唐人이라 낮춰 부르더라는 얘기. 조선 사람은 중국에 혼을 빼주었으니 당나라 사람과 다름없지 않냐고.

중화의 땅을 차지한 청의 실체와 그들의 실력이 분명한 지금도 명에 대한 애정과 향수, 청에 대한 경멸과 반감이 조선을 지배하고 있었다. 생각해보면 오랑캐에 대한 적대감과 치욕을 우월감과 정신적 만족으로 달래고 있는지도 몰랐다.

그 치욕과 백성의 무고한 피를 누가 잊을 수 있을까. 하지만 취약한 권력일수록 명분에 집착했고 그럴수록 사람을 살리는 정치는 사라졌다. 살길을 만들어내지 못하는 명분은 거짓이고 허망한 것이다. 칼, 화살촉, 갑옷, 수레, 도끼, 말굽, 기와, 농업을 위한 기계, 번듯한 도로는 누가 만들지? 기술과 물질이 천시되고 장인을 착취의 대상으로 삼는 이 나라에서? 사농공상의 나라에서 돈은 어떻게 생겨날까. 요동 땅을 달렸다는 선조들의 뼈와 피는 어디로 사라졌지? 이 왕조를 향한 — 지난 400년간 몇 번이나 사라질 위기에 처했던 — 백성들의 인내가 남아 있을지 그는 확신할 수 없었다. 조선은 갇혔고 낡았어. 북방을 되찾겠다는 환상은 끝났지.

"저들의 구경거리가 되어주느라 고생했군."

국영이 애써 표정을 추슬렀다.

"위로를 받아야 할 사람은 따로 있지." 기환의 얼굴에 알 듯 모를 듯한 미소가 나타났다. "난 청에 다녀오고 나니 웬지 몸이 가벼워졌어. 어차피 난 곽분양으로 살 사람! 내가 두 눈으로 본 것들과 어깨에 지고 온 짐 모두 자네에게 넘길 거야." 기환이 그의 잔에 술을 가득 채웠다. "부디 행복하시게."

"날 사지로 밀어 넣겠다?"

순간 그의 머릿속에 홍인한의 거만한 표정이 떠올랐다.

"이 나라를 벗어난다면 모르겠지만 피할 수 있을까?"

기환이 마치 세상사를 다 안다는 얼굴로 말했다.

二

적을 찾는 법이라…… 어렵지 않지.

동궁의 머리에 잘못된 생각을 집어넣고

질 나쁜 조언을 하는 여우들을 찾으면 돼.

한여름 열기에 춤을 추고

(1772년 8월 13일 백중百中)

　팔월은 더위가 정점에 이를 때였고 구름 한 점 없는 하늘 아래 농민들은 헉헉거리며 한 알의 낟알이라도 더 얻기 위해 잡초와의 마지막 싸움을 벌였다. 작업이 끝나면 마을 일꾼들은 먹고 마시며 한자리에서 쉬었다. 음력 칠월 십오일, 백중白中 날이다.

　씨름, 풍물놀이가 이어지고 어디선가 노랫가락이 들려오기 시작하면 마을은 흥으로 들썩였다. 양반들 또한 백중을 '머슴날'이라 하면서도 함께 여흥을 즐겼다. 놀이와 환희, 일탈이 어우러지고 위아래가 하나가 되는 축제의 날이었다.

　국영은 기환과 함께 운종로 시장으로 갔다. 늘 보던 풍경이 오늘따라 새삼스럽다. 삼베, 무명, 면주를 파는 가게를 거쳐 연지와 분, 족두리를 파는 여인상점을 지났다. 가게에 앉아 있는 사람들의 얼굴도 유난히 생기있고 여유로워 보였다. 그는 시장터에서 느껴지는 활기, 온갖 것들이 뒤섞인 냄새, 오가는 흥정 소리를 좋아했고 시장 사람들을 사랑했다.

후텁지근한 날씨 때문에 땀이 흘렀지만 기분은 상쾌했다. 두 사람은 우아한 빛깔을 뿜어내는 수입 비단 가게를 뒤로하고 연초전 앞에서 멈추어 섰다.

"아, 팔소매 좀 내릴 수 없어? 제발 갓도 쓰고."

팔뚝 위로 도포 소매를 걷은 채 썬담배, 입담배, 장죽, 곰방대를 구경하는 국영을 보며 기환이 짜증을 섞어 나무랐다.

"더위는 양반을 알아보지 못해. 내가 알기론 말이야." 국영이 웬 호들갑이냐는 얼굴이다. "그런데, 사대부도 장사를 하게 하자고 누가 그러던데."

"자네가 하는 일이 그 일인 줄 알았는데?" 기환이 툴툴거리며 말을 받았다. "흥, 난 사람 노릇 제대로 하고 있는 거야. 양반도 관직을 안 하면 딴 일을 해야 해. 조선에는 생산은 안 하고 놀고 먹겠다는 사람이 왜 이리 많은지 몰라."

갓을 목 뒤로 매단 국영은 기환의 말을 들으며 생각했다. 우월한 지위와, 구분 짓기에 따른 특권이라…… 하지만 신분과 혈통이 되레 굴레가 될 수 있다는 걸 사람들은 모르는 모양이다. 관직을 얻을 수 있는 사람은 극소수이고 사대부들 대부분은 가족과 친족의 경제력에 기대어 살다가 세상과 작별하게 되겠지. 장사든 농사든 아니면 장인이 되든 뭐라도 제대로 해보지도 못하고 말이야.

"이 땅은 뜯어고칠 게 한두 가지가 아니야." 기환이 답답한 표정으로 주변을 휘이 둘러봤다. "사실, 여기는 시장이랄 수도 없어. 연경에 가보니 거긴 유통도 운송도 발달된 듯하고, 주변국과의 교역에도 적극적이야. 장사에 밝은 야만족이랄까. 하지만 우리는 농업은 본업이고 상업은 말업이라고 하면서 사람들을 땅에다 묶어두려고만 하니…… 그런데 땅이라는 것도 다 남의 것이니 뼈 빠지게 일해도 먹는 것조차 해결 못 하는 수준이고."

기환이 걷기 시작하자 국영이 따라붙으며 말을 받았다.

"조선은 농업 위에 세워진 나라잖아. 거기서 세금이 나오고 또 사람들이 땅에 붙어 있어야 노동력도 뽑아 쓸 수 있으니…… 나라의 토대가 흔들릴까봐 두려운 거지."

"토대가 무너져야 새 시대가 열리겠지." 기환이 혼잣말처럼 하더니 다시 말을 이었다. "아, 그런데 청이 어떻게 부자가 된 줄 알아? 도자기, 홍차, 비단을 만들어서 그걸 바다 건너 나라들에 팔아 은을 긁어모으는 거야. 그들은 장사에 편견이 없어. 관료들도 직접 시장에 나와서 값을 흥정하고 심지어 물건을 팔기도 해. 우리만 장사와 사람 격을 연결시킨다니까."

"그래서 내가 자네더러 역관 그만두고 장사를 하라는 거야. 그대의 격이야 떨어질 것도 없을 텐데?" 기환의 진지한 눈빛에도 불구하고 그는 또 장난스레 말을 받고는 숨이 가쁜지 기환의 팔을 잡았다. "그런데…… 우리가 가난한 이유가 장사를 무시해서라고 생각하는 거야?"

"……"

"사치와 검소는 어때?" 답이 없자 국영이 다시 물었다. 이번에는 목소리가 사뭇 진지하다. "나라에서 사치하지 말라고 하는데 심오한 무엇, 아니 정치적인 무언가가 숨어 있는 건가? 본래 있는 것도 없는 나라에서 검소하게 지내라 하니 비딱한 생각이 든단 말이지."

사람들이 물건을 사줘야 장인도, 상인도, 석공도, 예술가도 살아갈 수 있어. 그리고 물건을 까다롭게 보는 사람들이 많아져야 기술도 점점 나아질 테고. 국영은 속으로 투덜댔다.

　"사치로 망한다?" 기환이 흥미를 보인다. "세상 재물은 한정되어 있다고 철석같이 믿고 있으니 그 타령이지. 이건 모두가 가난해지자는 얘긴데. 재물은 사용하지 않으면 말라버리는 거야. 그래서 내가 말했잖아. 경제 이치를 아는 자들이 조정에 많아야 한다고." 기환이 답답한 표정을 지었다.

　"날 쳐다보지는 말게." 국영이 웃었다.

　"청과 왜는 항구를 열고 도자기와 칠기를 팔아서 돈을 벌고 있어." 기환이 걸음을 늦추며 계속했다. "우리도 해상무역을 열어야 돼! 영남지방의 면과 호남지방의 모시와 서북지방의 삼베, 전국의 인삼을 청과 일본, 그리고 바다 건너 나라들에 팔자는 거지. 그리고 그들의 비단과 담요, 예쁘고 실생활에 도움 되는 온갖 물건을 들여오면 되잖아. 고려 때만 해도 무역이 활발했다는데 조선은 주변 바다를 그저 나라를 지키는 해자로만 바라보고 완전히 고립돼서 자급자족 수준이니. 아, 일개 역관이 아는 것을······." 기환이 인상을 찡그리며 망건 밖으로 배어 나오는 땀을 손으로 훔쳤다.

　국영은 기환의 말을 들으며 생각했다. 조선은 지난 400년, 소인이 아니라 군자를 위해서, 욕망과 쾌락이 아니라 도덕의 나라를 만들어보겠다고 무던히도 애를 썼지. 하지만 주자학은 도덕적인지 몰라도 사람은 도덕적이지 않거든. 나만 보더라도 예쁘고 맛있고 재미있는 것을 좋아하는걸. 난 욕망을 눌러보겠다고 되지도 않는 싸움을 하면서 인생을 낭비하지도, 누추하게 살고 싶지도 않아.

그는 기환의 발을 주점으로 이끌었다. 술항아리가 가득한 술집 마당은 벌써 벌건 얼굴을 하고 떠들고 있는 사람들로 가득차 있었다. 그는 입 안에 향이 감돌 정도로만 술을 마셨다. 술에 약한 탓도 있었지만 굳이 술의 힘을 빌리지 않아도 흥겹게 놀 자신이 있었다. 그가 사랑하는 건 풍류지 취기와 흐트러짐이 아니었다.

"술?" 아직 저녁 식사 시간은 아니다. 기환이 자리에 앉으며 무언가를 경계하는 눈빛을 보냈다.

"함께 모여 술 한잔하는 게 백중 아닌가." 흥겨움의 신이 장터에 돌아다니는 걸까. 국영은 오늘 한결 유쾌한 모습이다. "노량진에서 산대놀이가 있어. 벌써 나흘째인데, 오늘이 마지막 공연이야. 덕이 말이 이번 놀이패들은 진짜배기라는군." 입술에 술을 조금 적신 그의 표정이 살아나고 있었다.

"사람들이 많을 텐데." 기환이 내켜하지 않는다.

"자네 인생에 재미와 추억은 어찌할 셈이야."

국영이 소리를 높였다. 기환은 대꾸하려다 틀린 말은 아니라고 생각하며 입을 닫았다.

기환은 생각이 자유분방하고 머리가 명민했지만 행동은 지극히도 신중했다. 일에서도 실수가 적고 통역할 때도 단어를 정확히 옮기는 것을 선호하는 역관이었다.

"마지막 공연이니까 가장 뛰어난 놀이패가 나올 거야. 궁금하지 않아? 그자들의 춤선과 멋들어진 목소리가?" 국영의 목소리는 마치 노래처럼 들린다. "평생 기억될 만한 연회에 우리가 없다면 얼마나 슬픈 일일까?"

"산대놀이를 본 지 오래되긴 했지."

기환의 감각과 경험은 주저하고 있었다. 국영이 오늘처럼 기분을 내며 술을 입에 댄 날이면 또 하나의 추억이 — 훗날 분명 얼굴을 붉히며 미소 짓게 만드는 — 만들어지곤 했다. 왠지 오늘이 그 날일 것 같은 기대감 아니, 어쩌면 불안감 사이에서 기환은 망설이고 있었다.

한껏 기대에 들뜬 그가 기환을 재촉했다.

"또 이상한 짓거리 하는 건 아니겠지?"

평상에 앉아 있는 기환의 몸이 국영의 시선에 조금씩 뒤로 밀려나는 것 같다. 기환은 평상 바닥을 손으로 짚었다.

"조선의 일류 역관이 경망스럽게 말본새하고는."

그가 말했고 기환은 투덜거리며 평상 아래로 다리를 뻗어 신을 찾았다.

팽팽하게 펼쳐져 높게 걸린 커다란 차일이 저 멀리 보였고 그 앞 공간을 사람들이 몇 겹인지 모르게 둘러싸고 있었다. 움직임 없는 사람들의 뒷모습이 그들의 집중력을 보여주고 있었다. 극이 한창인 모양이다. 해가 떨어지기 전까지는 얼마 남지 않았다. 과거에는 낮에 그네뛰기, 줄타기, 씨름, 곡예, 풍물이 있었고 저녁에 산대놀이가 열렸다. 마을의 너른 터에서 여러 마을 사람들이 함께 모여 놀기도 했다. 그랬던 것이 시장이 발달하면서 장터를 중심으로 사람들이 모이기 시작했다. 큰 도시에서는 상인들이 공연에 돈을 댔고 산대놀이 시간을 늦은 오후로 당겨 사람들을 끌어모았다. 탈을 쓴 놀이패들이 거리를 휩쓸고 지나가면 사람들은 가장행렬 뒤로 꼬리를 길게 만들었다. 놀이패와 함께 공연 장소에 도착한 사람들은 설렘과 한껏 부푼 기대감으로 공연 시작을 기다렸다.

군중이 점점 가까워졌고 피리, 대금, 북소리가 크게 들리기 시작한다. 빠르게 발을 놀리는 국영을 보며 기환은 생각했다. 하…… 저 무리를 뚫을 셈이군.

멈칫하는 기환을 눈치챘는지 그가 뒤돌아 기환의 손을 힘껏 끌어당겨 잡고는 주저함 없이 ― 기환의 기대에 어긋나지 않게 ― 촘촘히 짜여 틈이 보이지 않는 군중을 한 겹 한 겹 뜯어내기 시작한다. 인상을 찌푸리며 뒤돌아보는 사람들을 그는 넉살 좋은 표정으로 달래가며 지치지 않고 앞으로 나아갔다. 기환은 그런 그의 모습을 보고 확실히 나와는 다른 인간이군, 하며 갓 아래에서 얼굴이 붉어져 연신 고개를 숙였다.

몇 겹을 뚫어냈을까. 눈앞에 둥그런 공간이 나타났다. 맞은편에는 대나무 돗자리 위에 악기를 다루는 악사들이 앉아 있었다. 막 하나가 방금 끝난 모양이다. 잠시 숨을 돌리며 쉬고 있는 연주자들.

국영에게도 오랜만의 산대놀이였다. 서서히 몸에서 흥분이 퍼져나가는 걸 느낀다. 그는 사람들 맨 앞쪽에 자리를 잡았다. 그러고는 크게 숨을 고르고 제대로 즐겨보겠다는 표정으로 주위를 한번 주욱 훑었다. 어둠이 조금씩 내려앉고 있었다.

뭔가 이상한걸. 그때 그의 눈이 빛났고 고개를 살짝 갸우뚱했다. 그가 기억하는 공연장 풍경은 관중과 연기자 사이에 오가는 유쾌하고 재기 넘치는 말의 향연, 숨길 수 없이 얼굴에 드러나는 여유로움, 서로 등을 두드리며 킥킥거리는 웃음, 흥분과 기분 좋은 와글거림이었다. 그런데 저녁 어스름에 잘못 보았을까. 여유와 허세 대신 움츠린 몸짓과 웅성거림. 당혹스러운 표정과 긴장감이 공연장을 채우고 있었다. 그의 감각은 오늘 더없이 살아 있었다.

두둥. 두두둥. 북소리가 들리고 악사들이 일제히 합주를 시작했다. 악단 뒤쪽에 세워둔 병풍에서 양반 옷차림의 연기자 두 명이 나타났다. 그들은 조심하는 발걸음으로 앞쪽의 무대 공간으로 나와 관중의 앞쪽 왼편에 섰다. 사람들의 웅성거림이 멎는다. 둘은 산대놀이의 연잎이와 눈끔쩍이다. 두둥! 다시 북이 울리고 '속이 검은 중'이라는 뜻의 먹중 셋이 건들거리는 몸짓으로 무대 가운데로 걸어 나왔다. 갈색 탈에 각각 녹색, 적색, 황색 반장삼을 입고 허리에는 색띠를 두르고 하얀 고깔을 쓰고 있다.

"저기 양반들은 이곳에는 어쩐 일이지?"

초록 눈썹을 한 먹중이 고개를 갸웃하고는 음악에 맞춰 몸을 흔들면서 마당을 가로질렀다. 그러더니 흰옷에 붉은 고깔을 쓴 연잎이에게 다가서 연잎이의 얼굴을 가리고 있는 부채를 살며시 들추고는 놀라는 표정을 짓는다. 그러고는 한 발 뒤로 크게 물러서는 척하더니 다시 부채 안의 연잎이 얼굴을 살폈다.

"어떤가? 어떻게 생겼지?" 과장되게 뒷걸음치면서 무리 쪽으로 되돌아온 먹중에게 찢어진 눈을 한 다른 먹중이 궁금해하며 물었다.

"얼굴에 흉터가 있던데……."

"심하던가?"

"에이, 저 정도면 귀여운 얼굴이지." 초록 눈썹이 대꾸했다. "찢어진 눈에 돌중인 네놈도 기집들하고 잘 놀아나는데."

"이놈 봐라. 그럼 네 눈썹은 어디 사람 눈썹이야?"

먹중 둘이 티격태격한다.

"이번에는 내가 갔다 오지." 장난을 멈춘 찢어진 눈의 먹중이 태평소가 내는 삐비빅 삑삑하는 반주 소리에 맞추어 무릎을 들었다 내렸다 하면서 무대를 가로질러 눈끔쩍이에게 다가갔다. 조심스레 부채를 밀치고 눈끔쩍이를 한번 들여다보고는 뒤로 물러섰다가 또 한 번 얼굴을 살핀다.

"얼굴이 어떻지?" 자리로 돌아온 먹중에게 무리가 또 물었다.

"저자는 눈을 계속 깜빡거리던데……."

그때 입이 커다란 세 번째 먹중이 뭔가 깨달았다는 듯 고개를 크게 끄덕거리고는 손뼉을 세게 쳤다.

"양반님들이 왜 우리 같은 파계승과 상대를 해주는가 했더니만, 흉터 있는 얼굴에 깜빡거리는 눈을 갖고 있어서 다른 양반들이 끼워주지 않는 거야." 재미가 나는지 셋이 일제히 소리를 지르며 한 발을 들고 춤을 추기 시작했다.

"과거시험도 못 보고 떠돌다가 여기까지 왔구나."

먹중 하나가 노래인지 대사인지를 내뱉더니 춤을 멈추고는 다시 연잎이와 눈끔쩍이에게 다가갔다. 그러고는 하고 싶은 말이 있으면 맘껏 하라는 듯이 귀를 들이댔다. 연잎이와 눈끔쩍이가 먹중의 귀에 대고 한참을 속삭인다.

"저자들이 뭐라던가?" 자리로 돌아온 먹중에게 무리가 궁금해하며 재촉했다.

"얼굴에 흉터 있는 자는 할아버지가 남인이어서 벼슬에 나갈 수 없다던데. 그리고 눈을 깜빡거리는 자는 서얼이어서 관직에 희망이 없고. 어차피 자기들은 이번 생에는 별 볼 일 없으니 함께 한바탕 놀아보자는 거야." 먹중들이 고개를 돌려 연잎이와 눈끔쩍이 쪽을 쳐다보았다.

그러더니 먹중 하나가 갑자기 "남쪽에 사는 자는 안 되고 서쪽에 사는 자는 벼슬을 할 수 있다는 건가?" 하고 크게 외쳤다. 그러고는 한껏 어깨에 힘을 주고 사대부의 점잔 빼는 걸음걸이를 따라 했다. 관중 속에 섞여 있는 아이들이 킥킥대기 시작했다.

"어미가 첩이면 인생에 희망이 없다고?" 먹중 하나가 말하며 군중을 둘러봤다. "지금 임금은 궁에서 물 긴던 무수리를 어미로 둔 걸로 아는데…… 이 나라 임금 중에 본처 배에서 난 이가 몇이나 되는지 아는 이 있소?"

먹중이 꼿꼿이 서서 팔짱을 낀 채 크게 소리쳤다. 사람들이 입을 닫고는 눈을 어디에 두어야 할지 몰라 당황한다.

흠…… 국영의 입가가 자신도 모르게 살짝 위로 올라갔다. 문득 이전에 기환에게 했던 말이 생각난다. '흘러가는 시간은 우리가 어쩌지 못하겠지만 원한다면 아름다운 순간은 붙잡을 수 있어. 그리고 이건 어쩌면 숭고한 일이야.'

그는 자신의 인생에서 아름다운 순간들이 몇 번이나 있었을까 세어보다가 그만두었다. 그저 지금 이 순간을 즐기고 싶었다.

진짜 놀이패가 왔군. 흐릿함, 무난함은 예술이라 부를 수 없지. 그는 때로, 아니 정확히 말하면 늘 언제나 날카롭고 예민하고 교만한 것에 — 사람들이 그것에 대해 욕을 할지라도 — 끌렸다.

어둠이 무대로 몰려오고 있었다. 사람 몇이 무대 주변에 횃불을 세우려 분주하게 움직인다. 국영의 얼굴도 불빛 때문인지 꿈틀거리고 있었다.

"말들 해보시오. 사는 곳 때문에 벼슬을 못 하고 첩의 자식이라 인생이 막혀버린다면 이 나라가 풍수의 나라요? 사주의 나라요?" 관중은 입을 열지 않는다. "흥! 이 땅은 자비가 넘치는 불토정국은 아닌 게로군."

먹중들이 관중을 뒤로하고 퇴장했고 곳곳에서 수군거림이 일기 시작한다. 슬쩍 옆을 보니 기환은 무슨 생각을 하는지 앞을 응시한 채 멍하니 앉아 있다.

아아아아아……

아쟁과 피리가 울기 시작했다. 관객들 틈에 앉아 있었던 걸까. 회색 중복에 붉은 적삼을 걸치고 짚 벙거지를 쓴 자가 무대 앞으로 걸어 나온다. 산대놀이의 노장老長이다. 그가 무대 한쪽에 자리를 잡고 관객을 향해 바로 서자 뒤이어 먹중 여럿이 병풍 뒤쪽에서 우르르 몰려나오더니 노장을 발견하고 소리쳤다.

"늙은 중이 염불이나 외고 자빠져 있을 일이지 산 밑으로 왜 내려왔지?"

"산속에서는 계집 냄새를 못 맡아서 색병이 걸린 걸 치료하려고 온 거겠지." 다른 먹중이 말을 받았다.

그때 젊은 여자 역할의 소무 둘이 다소곳한 발걸음으로 등장하더니 노장 곁으로 다가가 교태를 부리기 시작한다. 그녀들의 볼과 이마 위의 연지가 저녁 어둠에 검붉은색으로 보인다. 노장이 기쁜 감정을 음탕한 몸짓으로 한껏 드러내며 소무 둘을 양쪽 팔에 끼고 안았다.

"우우우!" 사람들이 야유한다.

"퉤. 저것 보라고. 노린내 나는 늙은 중놈도 좋은 사주에 태어나면 젊은 년들이 달라붙는다니까." 먹중 하나가 침 뱉는 시늉을 했다.

"그 나이면 관 앞에서 조용히 죽을 날을 기다릴 것이지, 반백 살이나 어린 년한테 새장가를 들어? 듣자하니 눈도 기억도 가물가물하다던데 아무리 성성한 몸이 그리워도 신부방이나 찾아가겠느냐?"

관중 사이 여기저기에서 웅성거림이 터지더니 주변으로 번져갔다.

아…… 이건, 누구 얘기 같은데…… 좀 아슬아슬한걸. 국영의 얼굴에 미소가 번지기 시작했고 배 쪽은 무언가로 근질거렸다.

먹중들이 신이 나는지 크게 원 모양을 만들어 춤을 추어댔다. 횃불의 빛이 그들의 몸 위에서 살아 움직였고 마치 도깨비 무리가 음악에 맞춰 몸을 흔들어대는 듯 기괴한 인상을 풍겼다.

"이놈아! 그건 그렇고 네 손자는 어디 있지? 듣자하니 손자를 해치려는 놈들이 많다던데 여기서 기집들과 놀 게 아니라 손주나 챙기거라!"

한바탕 몸을 흔들던 먹중 하나가 대뜸 노장에게 소리친다.

국영이 가만히 몸을 일으켰다. 움직임을 느낀 기환이 몸을 돌리더니 그의 옷자락을 잡았다. 그가 별일 아니라는 눈짓을 보낸다. 그러고는 갓 앞머리를 손으로 쥔 채 허리를 살짝 숙이고서 사람들 앞쪽을 빠르게 가로질러 병풍 뒤쪽으로 갔다. 그곳에는 산대놀이 탈들이 땅바닥에 놓여 있었고 구석에는 횃불이 하나 세워져 있었다. 어둑한 공간에 앉아 있던 놀이패 예닐곱 명의 눈이 일제히 그를 향해 달려들었다.

"놀이에 낄 수 있을까 해서 왔는데……" 입을 열면서 국영은 놀이패들을 눈으로 훑는다. "구경만 하고 있자니 인생이 슬퍼지는 것 같아서 말이지."

그때 탈 하나를 손에 쥔 채 마뜩잖은 눈빛으로 자신을 응시하고 있는 나이 지긋한 남자가 눈에 들어왔다. 놀이패의 우두머리인 모양이다.

"산대놀이는 누구든 환영하는 것으로 알고 있는데."

"물론이지요."

국영을 쳐다보는 나이 든 사내의 눈이 날카롭다.

"오늘 밤이 마지막 공연일 테니 자네들도 즐겨야 하지 않을까?" 그가 주머니에서 돈을 꺼냈고 그 때문인지 아니면 국영이 흥미롭게 보였는지 사내가 씨익 웃었다.

"그럼 재밌게 놀아보시지요."

남자의 눈짓에 옆에 앉아 있던 젊은 사내가 바닥에 놓인 탈하나를 집어 획 던졌다. 그는 손을 뻗어 날아오는 탈을 잡은 뒤빠르게 말뚝이 옷으로 갈아입고 탈을 썼다.

놀이패들이 우르르 몰려 들어온다. 막이 끝난 모양이다. 탈을 벗고 앉아 쉬는 자, 다시 무대로 나가려는 자가 뒤엉켜 정신이 없다. 그는 다시 무대로 나갈 준비를 하고 있는 사람들 뒤로 가만히 다가섰다.

"오늘 말뚝이는 양반님이 하신다 하니 잘 놀아드리게."

남자의 말에 큰 웃음이 여럿 터졌다. 누군가 뒤에서 국영의 등을 떠밀었다. 시작이다! 함께 무대로 나가는 이들은 그를 포함해 다섯. 정자관을 쓴 샌님, 갓을 쓴 서방님, 복건을 쓴 도련님, 그리고 그와 쇠뚝이다.

양반 역할의 세 명은 무대로 나오자마자 까치걸음으로 그와 쇠뚝이와 거리를 벌리고 맞은편에 섰다. 국영이 호흡을 가다듬으며 관중을 천천히 둘러보았다. 기환이 그를 찾고 있는지 고개를 이리저리 돌리며 주위를 살피고 있다. 탈 속에서 국영의 입꼬리가 올라간다. 그때 주욱 세워진 횃불 근처에서 얼박이 굳은 표정으로 서 있는 모습이 눈에 들어왔다. 이런 탈가면극을 얼박이 좋아했던가?

덩러러러러! 장구 소리가 그를 깨웠다.

"이놈! 말뚝아!" 극이 시작되었다.

"네에! 말뚝이 대령이오!" 그가 양팔을 벌렸다가 모으며 허리를 굽히고 큰 소리로 대답했다.

"날이 저물었다. 잠잘 곳을 알아보거라!" 거드름 피우는 샌님의 목소리다.

그가 옆에 서 있는 쇠뚝이를 바라보며 말했다.

"저기 있는 저 세 놈이 내 상전이라네. 저놈들은 입으로 이래라저래라만 하지, 할 줄 아는 게 아무것도 없거든. 괜스레 콧대

76

는 높고 어쩌나 까다로운지. 여하튼 이 낯선 곳에서 잠잘 곳을 마련하라는데 방법이 없겠나?" 그는 이전에 봤던 산대놀이 대사를 기억해냈다.

"걱정 말게. 이곳은 내가 잘 아니 거처를 찾아보지." 쇠뚝이가 조금의 동요도 없이 그의 말을 받았다. 쇠뚝이가 한 손을 이마에 대고 이리저리 찾는 시늉을 한다. "찾았군! 사방에 이렇게 말뚝을 네 개 박고 하늘은 뻥 뚫리게 하고, 바닥에는 짚을 깔고…… 어떤가?"

쇠뚝이 말에 관중 몇이 박수를 치며 웃었다.

"이놈아! 그건 돼지들이 자는 곳 아니더냐?" 갓을 쓴 서방이 쇠뚝이 말을 알아들었는지 끼어들며 크게 꾸짖었다.

"서방님! 그럴 리가요." 그가 손사래를 치고는 관중을 보며 쇠뚝이를 나무랐다.

"이보게 친구! 내 상전들이 짐승들 거처에 감히 가당키나 한가? 짐승들은 순수하고 꾸밈없이 살다가 깨끗하게 자연으로 돌아가지. 그런데 내 상전은 탐욕스럽고 오만방자한 데다가 학식은 없어서 책 몇 권 읽고서는 그 말을 철석같이 믿을 정도로 어리석다네."

말뚝이 잘한다! 곳곳에서 박수와 환호가 터졌다.

"말뚝이 이놈아! 뭐라는 것이냐. 빨리 찾아보거라. 밤이 깊어간다. 군자가 소인처럼 아무 데서나 먹고 잘 수는 없지 않겠느냐." 샌님이 화를 벌컥 내며 들고 있던 부채를 내던졌다.

그, 말뚝이가 무대 한가운데로 걸어가 던져진 부채를 집어 올렸다. 그러고는 부채를 쫙 펴서 얼굴을 가렸다.

"군자는 의와 예를 알고 소인은 자기 이익밖에 모른다고요? 그럼 속은 좁디좁아서 매번 편을 가르고, 싸움질만 하는 게 군자란 말이오?"

옳지! 관중의 추임새가 여기저기서 들렸고 사람들이 웃고 떠들기 시작했다. 그가 기대하던 공연장의 흥분과 열기였다. "군자에게 달린 건 고환이고 소인에게 달린 건 불알인가요?" 그가 부채를 펴고 춤을 추듯 몸을 한 바퀴 휘이 돌았다. "양반은 품성이 고귀하고 천한 것들은 품성도 천하다고요? 바보천치가 아니라면 누가 그 말을 믿겠소?" 소리치는 그의 목소리를 눈치챘는지 앞쪽에 앉은 기환이 뚫어져라 그, 말뚝이를 쳐다본다.

"저런 무지렁이 놈! 저놈이 제대로 한 바퀴 돌았구나. 네가 내 상전 노릇을 하는구나. 집으로 돌아가면 피볼기를 치리라."

말과는 달리 샌님의 목소리에는 흥이 넘쳐흘렀다. 샌님이 기분이 좋은지 아들, 손자와 함께 춤을 추기 시작했다.

악기들이 일제히 목소리를 내기 시작했고 공연장은 와글거리며 금세 흥분으로 들썩였다. 관객들이 무대 앞으로 우르르 몰려나왔고 연기자들과 손을 잡고 춤을 추었다.

우린 결국 만날 사람들이었을까

산대놀이가 끝난 백중날 밤, 관객들이 떠난 공터에서 기환은 국영을 세워두고 아이를 혼내는 부모처럼 심각한 표정으로 훈계를 하기 시작했다. 짐을 정리하던 놀이패들이 둘을 힐끗거렸다. 하지만 국영은 어둠 속에서 소리 없이 웃고 있었다. 어디에서 솟아나는 기쁨인지 자신도 알 수 없었다.

밤하늘 위로 달이 솟아올랐다. 머리 위 저 높이 달을 매달아둔 채 그는 밤길을 홀로 걸었다. 유유자적 걷는 걸음걸이가 마치 춤을 추는 것 같다. 환하게 차오른 달이 그를 내려다보고 있었다.

국영은 마포진에서 배에 올랐다. 뱃머리에 앉아 눈을 감자, 배가 천천히 흔들리며 물 위로 미끄러졌다. 앞쪽에서 밤바람이 불어와 국영의 몸을 어루만졌다. 그는 행복감을 느꼈다. 눈을 감고 얼굴을 내맡겼다. 바람결에 나직한 노래가 흘러나왔다.

오늘 밤 나 그대를 만나러 탈을 쓰고 춤을 추었어요. 남들은 시름없고 점잔 빼는 삶이 좋다지만 나는 위아래로 흔들려도 소란스러운 삶이 좋아요. 피었다 지는 꽃에 눈물이 나도 나는 또 내일을 기다려요.

국영은 다음 날 아침 자리에서 일어나려다 도로 누웠다. 이후 보름 넘게 집 밖으로 나가지 못했고, 그렇게 늦여름을 떠나 보냈다.

그는 열에 둘러싸여 있다. 이불은 무거웠고 몸이 떨렸다. 머리맡에서 윙윙 소리가 난다. 가족들이 걱정스레 얘기를 나누고 있었다.

"차도가 너무 더디네요. 아침에 조금 좋아졌다가 오후만 되면 또 심해지시니 무슨 까닭인지 모르겠어요." 울음기가 섞인 주애의 목소리다. 학질이었다. 오한과 발열이 주기적으로 왔다. 오른쪽 배 부근이 결려서 몸을 굽혔다 폈다 할 수 없었고 때로 배나 가슴 쪽에서 찌르는 통증이 있기도 했다. 음식이라고는 죽을 조금 먹었을 뿐인데도 잔뜩 배부른 듯했고 갑자기 또 허기가 졌다. 음식을 먹고 나면 오히려 몸에 힘이 없었고 잠에 빠져들었다. 그리고 깨어나면 몸이 붓고 열이 나고 얼굴이 붉어졌다. 그사이 의원이 여럿 왔다 갔고 그때마다 그는 청열제를 마셔야 했다.

"승마탕이에요. 자요, 좀 드셔보세요." 깼다고 생각했는지 주애가 수저를 들고 그의 입에 탕을 조금씩 흘려 넣는다. "인삼, 갈근, 백작약, 자감초가 들어 있어요."

그가 눈을 감은 채 살짝 인상을 찡그리며 몇 모금 삼켰다.

다시 입을 닫고 눈을 감았을 때 누군가 그의 손을 당겨 손등을 쓰다듬었다. 고개를 옆으로 돌려 살짝 눈을 떠 본다. 이옥의 눈이 그를 향해 있었다.

"죽는…… 걸까요?" 그는 말을 내뱉으며 며칠 전 꿈속에서 동생들을 본 것 같다고 생각한다.

"아아아앙!" 다섯 살 아들 강선이가 죽는다는 말에 겁이 났는지 갑자기 울음을 터뜨렸다.

"임신년 대역병 때……" 이옥의 입이 천천히 열렸고 동시에 그녀의 입가에는 미소가 피어올랐다. 그는 어머니가 무슨 말을 하려는지 안다. "낮이고 밤이고 동네에 울음소리가 끊이지 않았지. 나도 겁이 났어. 그런데 네가 젖을 얼마나 세게 빨던지…… 나나 네 아비나 몸이 약한 편인데 넌 그동안 앓은 적이 없었잖니. 한번 앓을 때가 된 거야. 곧 털고 일어날 거야. 그러면 또 몇십 년은 끄떡없을 거다." 이옥이 손자 강선이를 끌어당겨 무릎 위에 앉히고 머리를 쓰다듬었다.

조선 사람들에게 죽음은 낯설지 않았다. 왕족도 양반도 서민에게도 그랬다. 전날 함께 식사를 하고 한 방에 누웠던 가족이 다음 날 아침 차갑게 몸이 식었고, 가까운 친족, 친구가 세상을 떴다는 소식이 불쑥불쑥 집 마당으로 날아들었다. 사람들 가슴 속엔 저마다 그리운 이들이 여럿 묻혀 있었고 그 충격과 상실감을 그대로 안고 살아갔다.

그래! 살아야 한다. 아직은 아니야.

"오라버니! 이제 다 나을 거예요. 내가 어제 귀신을 쫓아냈어요." 일곱 살 된 막내 여동생 자영이가 불쑥 말했다.

"아가씨, 어떻게 귀신을 쫓아내셨어요?" 주애가 밝게 웃으며 말을 받아준다.

"부엌에서 칼을 가져와 이렇게 머리를 베는 척하고." 말로는 설명이 안 되겠는지 자영이가 자리에서 일어섰다. "망할 놈의 귀신 썩 물러가! 이렇게 말하고 칼을 내동댕이치면 돼."

자영이가 칼을 바닥에 내던지는 동작을 하고는 눈을 크게 뜨고 사람들 반응을 살폈다. 모두 소리 내어 웃는다. 동생을 바라보는 그의 입가에도 미소가 번졌다.

"자영이가 잘했구나. 이제 오라비가 곧 일어날 거다." 이옥이 손을 뻗어 옆에 앉은 자영이의 머리를 쓰다듬었다.

다시 졸음이 왔다. 북촌 집이다. 이건 꿈이다! 창한이 글을 쓰고 있었고 국영은 그 옆에 바짝 붙어 앉아 있었다. 붓의 움직임을 따라 검은 글씨들이 나타났고 어느새 검은 형상이 모습을 드러냈다. 꿈틀…… 덩어리는 둘로 쪼개져 용의 형상으로 바뀌었고 조금씩 움직이더니 몸체가 커지기 시작한다. 무서워진 국영이 창한에게 달라붙었다. 할아버지! 용이에요! 그가 소리쳤다. 용 두 마리였다. 어디 보자. 정말 용이구나. 창한이 온화한 미소를 지으며 다 자라 어른이 된 국영을 당겨 안았다. 어느덧 거대해진 두 마리의 용이 천천히 공중으로 올라가기 시작했고 그는 넋을 잃은 채 위를 올려다보았다. 솟구치던 용의 얼굴이 — 이제 그의 눈에는 용의 아래턱만이 보였다 — 서로를 향하는가 싶더니 몸을 맞대어 감고 조이기 시작했다. 갑갑하다. 꿈이란 걸 알았지만 숨이 막히는 것 같다.

그는 눈에 힘껏 힘을 주었다. 허어억, 헉. 겨우 눈을 떴다. 어둠이다. 밤이었다. 가슴을 덮고 있는 이불을 손으로 한번 쓸어내렸다. 후…… 후…… 호흡을 고르며 그는 생각한다. 용이라…… 용은 날개 달린 뱀 아닌가? 뱀은 이 땅에 발을 붙이고 사는 인간이고. 그럼 하늘을 나는 인간이 두 명이라는 걸까? 좋은 꿈인가, 아니면 나쁜 꿈일까.

늦은 아침, 주애가 국영의 이마에 손을 대어보더니 머리맡에 잠시 앉아 있다가 약을 두고 나갔다. 얼마간의 시간이 흐른 뒤 그는 자리에서 일어나 앉았다. 자신이 느끼기에도 살이 많이 빠졌고 볼도 쑥 들어가 있었다. 다행히도 기운이 조금씩 되살아나고 있었다. 하지만 조금 나아지는가 싶어 일어나면 팔과 다리에 통증이 있어 다시 주저앉은 것이 몇 번이었다.

"서방님, 진이가 왔습니다."

밖에서 복이의 목소리가 들려왔다. 진이? 멍한 머리가 채 깨어나기도 전에 방문이 열렸다. 밖에서 걱정스러운 얼굴로 서 있던 진이가 그를 보더니 금세 표정이 환해진다.

"눈이 깊어지셨어요." 진이가 방으로 들어오며 말한다. 오랜만이었다. "도련님이 죽었다고 소문이 난 거 알아요?" 예상보다 심각하지 않아 다행이라는 표정을 하고서 사근사근하고 매력적인 목소리로 진이가 말했다.

"사람들이 벌써 나를 그리워하는 거야?" 밝게 얘기한다고 했지만 목소리는 자신이 듣기에도 힘이 하나도 없었다. "그런데 이제는 궁녀티가 나는구나. 주위에 뭔지 모를 빛이 감도는 것 같기도 하고."

"저, 이제 정식 나인이 됐어요. 축하받을 일인지는 모르겠어요." 자신을 놀린다는 생각이 들었는지 진이가 입을 삐물며 답하고는 말을 흐렸다. 아니, 그랬던 것 같다고 그는 생각한다. 방석 위에 자리를 잡으며 푸른색 장옷을 옆에 내려놓는 진이를 그는 물끄러미 바라본다. 진이의 움직임에 좋은 향이 났다.

"그럼, 이제 쉽게 궁에서 쫓겨나기도 힘들겠구나."

"아마 그렇겠죠?"

그녀의 눈동자에 무언가가 스쳐 지나가는 것을 보며 그는 생각한다. 진이야! 혹시 내게 원망스러운 맘이 드는 거니? 평범한 행복도 — 어쩌면 인생에서 가장 소중한 — 누리지 못하는 곳으로 널 던져 넣은 사람이 나니까. 난 네가 궁에서 어떤 삶을 살아왔는지, 또 어떻게 그걸 견뎌냈는지 모르는구나. 미안해! 그때 난 너무 어렸어.

"오늘 병문안 온 건 아니에요." 생각에 잠긴 그의 눈앞에 진이가 다시 환해진 얼굴로 앉아 있다. "도련님이 쉽게 죽을 사람은 아니잖아요."

쉽게 죽을 사람이 정해져 있는 거니? 내가 그렇게 될 뻔했다니까. 그는 속으로 말했다.

"그런데, 다음 달에 임금님의 어머니 숙빈 최씨가 시호 받은 걸 기념하는 과거가 있을 거래요. 당일에 합격자를 발표한다고 했어요." 진이의 눈이 빤히 그를 쳐다보며 '관심 있어요?'라고 묻고 있었다.

"궁에서 자주 보면 재미있긴 하겠구나." 그는 여전히 생각을 모으기 힘들었다.

진이를 보내고 그는 다시 자리에 누워 눈을 감았다. 무슨 생각을 했을까. 깨어 있는 건지 졸고 있는 건지 분명치 않았다. 그때 누군가가 그를 부른다. 그는 두 번째로 부르는 소리에 겨우 눈을 떴다. 복이가 무릎을 꿇고 그를 내려다보고 있다. 식사를 가져온 모양이다.

"밤인가?"

"해가 떨어지려면 조금 남았습니다."

눈이 초점을 맞추는 데 애를 먹었지만 그는 알 수 있었다. 이옥의 말대로 그에겐 아직 젖을 힘차게 빨아대던 생명력이 남아 있었다.

그는 자리에서 일어나 앉으며 속으로 말했다. 앞으로 몇십 년은 문제없을 거야! 그리고 상상했다. 어느 문 앞에서 그 문을 가만히 응시하는 자신의 모습을. 문이 열리면 낯선 풍경이 보이려나? 햇살이 비치는 들판, 야생화가 피어 있는 구릉. 아니면 발이 쑥쑥 빠지는 질퍽대는 땅일까. 설마 화살이 사방에서 날아드는 전장은 아니겠지? 인생은 지도에 없는 길을 가는 거라 했지. 그런데 만약 길을 잘못 들었다면 되돌아 나올 순 있으려나.

며칠이 지난 늦은 저녁 국영은 인한의 집을 찾았다. 인한의 집 앞을 지나친 적은 있어도 안으로 들어온 것은 처음이다. 긴장감과 함께 어떤 설렘이 가슴을 일정한 간격으로 두드려댔다.

하인의 안내를 받으며 마당을 지나자 눈앞에 취병翠屛이 보였다. 마당과 정원을 구분하는 살아 있는 담장. 대나무로 만든 지지대, 그리고 틀 안에는 작은 나무와 덩굴 식물이 보였다. 취병이라…… 취향이 나쁘진 않군. 날은 이미 어둑했고 저녁 바람이 느껴졌다. 가을은 저만치 와 있었다.

"대감! 손님이 오셨습니다."

하인이 전했다. 건물의 귀마루는 위엄이 있었고 내림마루는 우아했다. 툇마루 아래 섬돌 위에 놓여 있는 두 켤레의 신발이 눈에 들어온다. 그중 하나에 그의 시선이 쏠렸다. 시장에서 파는 류의 것은 아닌 듯한데…… 누가 와 있는 모양이군.

"안으로 모시거라."

방 안에서 그가 기억하는 목소리가 들려왔다. 그는 숨을 천천히 한번 내쉬고는 난간으로 둘러친 마루에 올라 하인이 연 문을 통해 안으로 들어섰다.

밝다! 눈이 밝아지는 느낌이 잠시 들더니 안쪽에서 자신을 반겨 맞는 인한의 얼굴이 보였다. 인한이 손짓으로 자리를 안내했다. 인한의 앞에 한 사내가 앉아 있다.

역시 누군가 와 있었군. 손님은 주변의 환한 빛 속에서도 굽히지 않는 무언가를 — 고급 옷감과 갓 때문일까 — 뿜어내고 있었다. 누구지? 그는 궁금해하며 인한에게 절을 했다. 인한은 흐뭇해하는 표정이다. 그때 인한의 뒤쪽 왼편에 있는 가구 하나가 눈에 들어온다. 국영의 어깨높이 정도 될까. 그의 눈이 커졌다가 다시 좁혀졌다. 방에 들어서는 순간 느꼈던 번쩍거림은 어쩌면 이것 때문일지도 몰랐다. 화각장. 투명도가 뛰어난 최고의 황소뿔로 만든 가구. 장인이 하나하나 색을 입히고 조각을 하느라 완성하는 데에 한 해가 금세 흘러간다 했다. 가구는 황색, 분홍색, 흰색, 청색이 뒤섞여 눈을 어지럽힌다. 꽃나무와 꽃, 바위,

물과 물고기가 살아 움직인다. 황소 수백 마리가 자신의 뿔을 내놓았을 것이다. 가구장 위에는 채색 분채자기와 둥그런 보름달을 닮은 백자 달항아리가 놓여 있었다. 사치스럽고 세련된 취향. 굉장한걸! 압도되는 자신을 느끼며 그는 이 정도에 놀라서는 안 된다고 스스로를 추슬렀다.

"내 집에 처음이던가?"

굵고 부드러운 목소리에 정신을 바로 하고 그가 살짝 고개를 끄덕인다.

"진작에 이런 자리가 필요했지. 혹 우리 사이에 풀 문제가 있던가? 사소한 오해라도 말이야."

그는 지난날 거리에서 인한을 마주쳤던 일을 떠올렸다.

"나와 봉한 형님에게 네 조부는 우러름의 대상이었지."

인한의 눈이 아련해진다.

그는 상황을 읽으려 애를 써본다. 한 가지는 분명하다. 오늘밤 인한은 호의적이야! 국영은 조금씩 방 안 공기에 적응해나갔고 앞에 앉아 있는 남자를 관찰하기 시작했다. 질이 좋은 가죽을 연상시키는 윤기 나는 살갗에 정확한 좌우 대칭의 얼굴. 코와 입은 크지도 작지도 않은 가운데 본래부터 그 자리가 제자리인 듯 잘 어울렸다. 고생도 불안도 없이, 특혜와 확신으로 세월을 보낸 귀태가 나는 얼굴.

"내가 너무 감상에 젖었군. 인사 나눠야겠지? 이쪽은 곧 풍산 홍씨의 얼굴이 될 사람이지. 홍국영!" 이건 무슨 소리지? 하고 그는 생각한다. "이쪽은 예조참판 정후겸. 두 사람은 오늘이 처음인가?"

정후겸? 화완옹주의 양자? 국영이 고개를 돌려 옆에 앉아 있는 남자를 본다. 앉은 모습만으로도 키가 크고 마른 체형임을 알 수 있다. 귀가 좀 크고 쫑긋하군! 후겸은 그의 눈을 피하지 않고 옅은 미소를 띤 채 예를 표했다.

사도세자의 친동생 화완옹주. 남편을 잃고 궁으로 돌아와 늙은 아비 옆에서 말벗이 되어주고 있는 딸. 왕이 가장 신뢰하는 눈과 귀. 그녀의 양자가 정후겸이었고 장터 소문에 의하면 후겸의 친부는 인천에서 생선 장사를 하는 자라 했다. 저잣거리 장사꾼의 아들이 임금의 손자가 된 것이다. 후겸을 둘러싼 소문은 우호적이지 않았다. 아니, 꽤 나쁜 편이다. 옹주의 힘을 빌려 세를 부린다느니 젊은 자가 너무 일찍 높은 관직에 올랐다느니. 그 말은 과하다 할 수 없었다. 스물 초반의 나이에 참판에 올랐으니까. 하지만 소문은 진실을 실어 나르기엔 부실한 그릇, 언제든 깨질 수 있는 것이다. 그저 농담으로, 재미로, 혹은 악의로 지어낸 수많은 이야기들. 사람들은 끊임없이 이야기를 소비할 뿐 진실에는 관심이 없다.

그래도 왜 이곳에? 정후겸은 왕의 젊은 왕비, 정순왕후의 경주 김씨 가문과 손잡고 홍봉한 공격에 앞장선 걸로 알았는데…….

"네 아비가 나를 찾아왔더구나. 네 조부의 장례 이후로 처음이었지 아마?" 인한이 생각에 빠져 있는 그를 쳐다봤다.

며칠 전 국영은 낙춘의 방을 찾았다. 주애와 결혼한 이후로는 낙춘과 제대로 대화를 나눈 적이 없었지만 자신의 미래에 대해 할 얘기가 있었다.

"아버지, 저 과거를 보겠습니다."

대뜸 방으로 들어와 말을 꺼내는 아들을 낙춘이 바라본다.

"너한텐 맞지 않을 텐데. 그런데, 준비는 되었고?"

국영은 낙춘이 남의 집 자식 얘기를 하듯 말한다고 생각한다.

"요즘 과거는 준비로 되는 게 아니죠. 아시잖습니까?" 그의 목소리가 조금 올라갔다.

"그래서?" 아들이 무슨 말을 하는지 감이 잡히지 않는다는 표정으로 낙춘이 되물었다.

"홍인한 대감에게 부탁을 해주세요. 아니면 홍봉한 대감에게. 아니, 홍인한 대감이 좋겠어요."

낙춘은 고개를 끄덕이지도 그의 말에 대답을 하지도 않았다. 국영은 그날 짧은 대화를 마친 뒤 방을 빠져나왔고 낙춘은 어젯밤 그를 불러 오늘 안국동에 가보라 했다. 아버지에겐 무척이나 용기가 필요한 일이었을 것이다. 홍인한에게 머리를 숙였을까.

"지난번 궁을 나가는 길에 내 말이 지나쳤다면 이해하거라. 그날 조정에서 수준 낮은 논쟁을 하다 나오는 길이었지." 인한의 표정이 일그러진다. "네 아비를 생각하면 늘 안타깝달까 답답하달까…… 어제 네 아비를 보니 더 그런 생각이 들더구나. 그래! 낙춘인 멀쩡하더구나. 고집은 여전했지만 말이야. 내가 벼슬을 준다고 해도……." 인한이 말을 하고는 그를 바라본다.

"풍산 홍씨는 조선을 이끌 사명과 책임이 있어. 개인의 성공과 행복, 가문의 이익만 생각하는 자들과는 혈통이 다르지."

인한이 잠시 말을 멈췄고 국영이 자신의 말을 잘 따라오고 있는지 확인하겠다는 듯 그의 눈을 다시 들여다봤다. 부담스러운 눈빛이다. 그는 인한 뒤쪽에 있는 병풍으로 시선을 피했다.

「구운몽도」! 왠지 이 방에 어울리지 않는 그림이다. 소설『구운몽』은 부귀영화가 한낱 덧없다는 내용 아닌가? 그는 그 책을 좋아하지 않았다. 굳이 조선이 아니라 당나라를 배경으로 쓴 ― 그림 속의 건물도, 사람들 복색도 모두 당나라 것이다 ― 조선 사대부들의 정신세계가 탐탁지 않았고 인생의 덧없음을 생각하기엔 자신은 너무 젊다고 생각했다.

인생은 부싯돌의 불처럼 한번 짧게 타고 사라진다. 뒤를 돌아보기 시작하면 젊음은 끝난다. 그는 젊음을 악착같이 꽉 붙들고 있을 작정이었다.

"봉한 형님도 일전에 편지를 보내왔지. 널 잘 지켜보라고." 그를 보는 인한의 눈빛은 말 가격을 매겨보려는 상인의 그것이다.

혜빈의 부친 홍봉한은 권력을 잃고 도성 밖에 있었다. 혜빈이 궁에 들어온 이후 임금은 사돈인 봉한을 자신의 뜻을 수행할 자로 점찍었고 외척인 홍봉한 그 뜻을 따라 삼십 년을 임금 곁에서 왕을 보좌하며 최근 십여 년간 권력의 정점에 있었다. 임금의 치세는 끝이 보이기 시작했고 미래권력을 둘러싼 싸움은 피할 수 없었다. 다시 당파, 계파, 개인적 이해득실에 따라 사람들은 모이고 흩어졌고 그 양상은 주로 홍봉한을 둘러싸고 펼쳐졌다. 홍봉한에 대한 파상 공격이 수년간 이어졌고 그의 시대는 그렇게 저물었다.

봉한에 이어 풍산 홍씨 가문의 새로운 머리로 떠오른 자가 홍인한이었고 조정은 화완옹주를 앞세운 정후겸, 홍인한의 풍산 홍씨, 그리고 정순왕후의 — 당시 66세의 왕은 15살의 새 왕비를 맞았고 그녀는 자신의 자궁을 시험해볼 기회조차 없었다 — 경주 김씨 가문이 서로를 노려보며 숨을 고르고 있었다. 임금의 오십 년 탕평은 인척 간의 대결로 귀결되었다.

홍봉한이 제거되었으니 홍인한이 정후겸과 손을 잡고 같은 배에 오른 걸까? 나는 오늘 그 배에 초대받은 것이고? 벌써부터 멀미가 나는 것 같은걸.

"내 너를 언젠가는 부를 생각이었어." 인한이 말을 내뱉고는 후겸 쪽으로 시선을 돌렸다. "어떤가?" 인한의 물음에 후겸은 바로 반응하지 않는다. "이리저리 눈을 굴리며 눈치만 보는 자가 아니라 민첩하게 행동할 수 있는 사람이 필요하네!"

인한의 말을 들으며 그는 어디선가 좋은 향이 난다고 생각한다. 사대부들이 흔히 사용하는 향낭은 아니다. 옆쪽이다. 그는 밖에 놓여 있던 화려한 신발을 떠올린다. 이자는 자신을 위해서는 아낌이 없는 모양이군. 그는 속으로 중얼거렸다.

"다음 달에 시험이 있지 아마?"

인한의 목소리에 힘이 실렸다.

"제 형님도 이번에 과거를 볼 겁니다." 후겸이 드디어 입을 열었다. "한 자리 더 넣는 것이야 어려울 것이 있을까요?"

후겸에게 형이 있는 모양이다.

"어떻게?" 스스로도 방법을 생각해보려는지 인한이 고개를 갸웃했고 미간을 좁히며 말을 천천히 내뱉었다.

"당일 성상께서 문제를 내실 겁니다. 그 문제를 우리가 내면 되지 않을까요?"

"하하! 그런 방법이……" 인한이 크게 웃었다. 앞에서 시원한 바람이 부는 것 같다. "문제를 알아내면 되겠군. 아니면 성상께 문제를 미리 알려드려도 되고 말이지."

왕에게 시험 문제를 미리 정해준다? 이자들에겐 그게 가능한 모양이지?

"문제를 알려드리겠습니다. 그러면 미리 답지에 쓸 내용을 내게 알려주세요." 후겸이 고개를 돌려 잠시 국영을 바라보더니 시선을 거두어갔다. 그는 머릿속으로 후겸의 얼굴을 다시 그려본다. 흠잡을 데 없는 눈썹에 갸름한 얼굴형. 사람들이 왕족의 얼굴을 상상할 때면 아, 바로 이 얼굴이지 하고 떠올릴 것 같은.

"다만 답지를 빨리 내야 합니다. 나도 시험관으로 들어가는데 늦게 낸 답지는 시험관들이 볼 겨를이 없습니다."

"그런데……" 후겸의 말에 고개를 끄덕이던 인한이 국영을 쳐다본다. "듣기로 네가 경주 김씨 쪽 사람들과 만난다는 말이 있던데."

의혹을 담아 무언가를 가늠하는 눈빛. 국영의 뜻을 확인하려는 것일까? 국영은 경주 김씨 가문과도 먼 친척이어서 교류가 좀 있었다.

"그저 몇 번 함께 어울렸을 뿐입니다."

천만에요, 만난 적이 없습니다, 따위의 발뺌은 하지 않는다. 인한의 정보망을 무시해서는 안 된다. 순간 방 안에 어색한 긴장감이 돌았고 인한은 그냥 지나칠 마음이 없어 보였다.

"열다섯을……" 답답했던 공기를 후겸이 흩뜨렸다. "뽑을 예정인데, 그럼 열세 자리가 남겠군요."

그는 왠지 후겸이 자신을 돕고 있다는 생각이 든다.

"계산이 그렇게 되는가?" 인한이 기분이 좋아졌는지 몸을 흔들었다. 그러더니 갑자기 고개를 빼어 밖을 향해 크게 소리를 냈다. "아이들은 준비되었느냐?" 어리둥절한 표정의 국영과 후겸을 보고 인한이 말했다. "이 밤을 기념해야 하지 않겠나!"

"들여보낼까요?" 밖에서 하인의 대답이 들려왔다.

곧 방문이 열리더니 화려한 색들이 안으로 쏟아져 들어왔다. 우아한 곡선과 남다른 맵시의 옷들이 황홀한 색채를, 눈부신 빛을 발하고 있었다. 방으로 여인 셋이 들어온다. 수화! 수화가 있다. 수화도 그를 발견했고 둘은 짧은 순간 눈을 맞췄다. 하인들이 뒤쪽에서 술과 안주가 놓인 상을 조심히 들고 뒤따랐다. 가야금도 들어온다.

그런데 사대부집 안에 기생을 들이다니. 새로운 유행인가? 오늘 여러 번 놀라는걸.

"경기감사로 있다 보니 너희들을 예뻐해줄 겨를이 없었구나." 인한이 그녀들을 반겨 맞았다.

"경기감영이야 서대문 밖에 있는데 그걸 핑계라고 대시는 거예요? 너무 멀리하셨습니다." 그중 나이가 있어 보이는 기생이 수만 번은 훈련했을 것 같은 교태로운 눈짓으로 말했다.

"내 너를 잊었다면 오늘 불렀겠느냐."

인한의 말에 그녀가 눈웃음을 지으며 인한 옆으로 앉았고 수화는 후겸 옆에, 또 다른 기생은 국영 옆에 자리를 잡았다.

"이 아이는……."

인한의 눈길이 수화에게 향해 있다.

"아, 수화라고 해요. 평양에서 왔는데 요즘 도성에서 최고로 치죠. 여기 계신 분들도 알 만한 몇몇 분이 얘를 소실로 들이고 싶다고 좋은 조건을 내세웠어요." 나이 든 기생이 재미있어하는 표정으로 수화를 쳐다봤다. "그 좋은 조건을 얘는 거들떠보지도 않더군요."

수화를 첩으로? 그럴 수 있겠지. 한양은 좁은 곳이고 수화라면 벌써 소문이 났을 거야. 한 번만 봐도 잊히지 않는 외모에다 말을 나눠보면 더 멋진 여자라는 걸 금세 알 수 있으니까.

"음…… 그런데 너는 양친이 다 조선 사람이더냐?" 인한의 말에 수화가 말없이 고개를 끄덕였다. 인한이 보기에도 수화의 외모가 이국적으로 보이는 모양이다.

"평양이라…… 사내들에게 인기가 많다면 잘하는 것이 있을 터." 인한이 묻는다.

"글쎄, 얘가 노래 부르고 춤추는 걸 저도 본 적이 없는데 사내들이 왜 사족을 못 쓰는지 모르겠어요." 수화가 입을 다물고 있자 인한 옆의 기생이 또 끼어들었다. "아, 지난번에는 어떤 변변찮은 사내가 얘를 힘으로 어찌하려다 글쎄……" 그녀가 잠시 말을 멈췄고 수화와 국영, 후겸을 쳐다봤다. "칼로 사내의 허벅지를 찔러서 방 안에 피가 낭자했지요. 유명한 얘기예요. 호호! 우리 기생들이 그 얘길 듣고 박수를 치고 아주 좋아했어요. 그 뒤로 사내들이 얘를 보려고 더 몰려드는 상황이죠."

이건 국영도 처음 듣는 얘기다. 최근에 있었던 일인 모양이다. 수화라면 그럴 수 있었겠지. 아마 한 번만 찌르지는 않았을 거야. 그는 속으로 웃었다.

"기생도 정절이 있던가?" 인한이 관심이 생기는 모양이다.

"제가 원치 않는 사내에게는 절 허락하지 않습니다." 수화가 입을 열었다.

"음…… 그 말은 그대가 남자를 선택한다는 말처럼 들리는 군." 인한이 묘한 미소를 보이고는 술잔으로 손을 뻗으며 수화에게서 눈길을 거뒀다.

술이 한 차례 돌았다. 국영은 반쯤 마신 술잔을 내려놓고 얘기를 더 듣고 싶다는 표정으로 인한을 쳐다보았다. 얘기를 더 끌어내야 했다. 그런 그의 생각을 읽었는지 인한이 입을 열었다.

"곧 알게 되겠지만 나랏일은 사람을 늙게 해. 이런 여흥거리마저 없다면 난 버티지 못할 거야. 아무렴." 국영은 이해가 되는 것도 같아 고개를 끄덕인다. "그런데 사람들은 뒤에서 욕을 하더군." 인한이 쓴웃음을 짓는다. "무능한 자들이 할 수 있는 일이라곤 질투, 불만, 투덜거림, 뒷말밖에 없겠지만 말이야. 아, 하긴 내가 그런 것들을 끌어모으는 재주가 있기는 하네."

잠시 얼굴을 찡그렸던 인한이 표정을 바꿨다. 뭔가 재미있는 생각이 떠오른 모양이다.

"일전에 전라도 관찰사 임기를 끝내고 한양으로 복귀했을 때 일인데, 내가 전라도를 떠났으니 백성들이 염라대왕에게 감사해야 한다고 비를 세웠다는 소문이 나 있더군. 날 위해 그곳 백성들이 작게 선정비를 세운 걸 두고 말이야. 누가 그런 소문을 내었겠나?" 후겸과 국영을 쳐다보는 인한의 눈은 재밌어하고 있었다. "백성들이 한양까지 올라왔을까? 아전들이 한양을 들락날락하지. 외직을 나가보니 아전들이 이권과 결탁해서 백성들을 수탈하더군. 내가 관할하는 곳에서는 있을 수 없는 일이지. 아전들이 날 많이 미워했을 거야."

좀 전보다 더 크게 웃고는 인한이 말을 잠시 쉬었다.

"하여튼 내 말은 나랏일도 힘써 하고, 인생을 즐기는 것도 포기하지 말라는 뜻이네. 그건 삶을 움직이는 가장 강력하고도 기본적인 동기니까."

그때 인한 옆에 앉은 기생이 가야금을 앞쪽으로 당겨 현을 타기 시작했다. 말소리와 가야금 소리가 섞여들기 시작한다.

"조정 얘기를 해볼까? 그곳에서 무슨 일이 벌어지는 줄 아는가? 충성, 헌신, 명예, 애민? 흥! 자신의 말이 진실이라고 소리치는 것, 그게 전부네. 온통 그런 소음들이지."

인한이 국영을 보았다. 너도 혹 그런 류의 사람이니? 하는 물음을 담은 눈빛이다. 그는 인한의 눈을 보며 속으로 답했다. 난 진실이 분명 존재한다고 믿습니다. 하지만 진실과 사실이 다르다는 것도, 때론 진실의 가장 큰 적이 사실이라는 것도 잘 알지요.

"그런데 내가 왜 애써 조정에서 사람들과 논쟁하는 줄 아는가? 그건 적을 찾아내고 그들을 이해하기 위함이지!"

"적이라면?"

오늘 밤 그의 입에서 나온 첫 말이었다. 인한은 어느새 지난 날 초헌 위에 앉아 그를 내려다보던 얼굴로 돌아가 있었다.

"적을 찾는 법이라…… 어렵지 않지. 동궁의 머리에 잘못된 생각을 집어넣고 질 나쁜 조언을 하는 여우들을 찾으면 돼. 내말 알아듣겠는가?"

여우들과 동궁이라…….

국영은 앞에 놓인 잔을 들었다. 옥으로 된 주황 빛깔의 잔에는 원숭이 형상이 새겨져 있었다. 원숭이가 그를 보며 킥킥 웃었다.

처음 가는 길, 길을 잃어도 좋으리

(1772년 10월~1773년 2월)

어둠의 꼬리가 국영이 내딛는 발걸음에 밟히지 않으려는 듯 조금씩 뒤로 물러섰고 저 멀리 경희궁의 모습이 보이기 시작했다. 어둠이 채 가시지 않은 하늘에는 붉은색이 감도는 고구마 모양의 잿빛 구름이 여럿 보였다. 주변이 점차 환해진다. 곧 아침 진시辰時. 옆에는 낯선 이들이 함께 걷고 있었고 뒤쪽에도 어느새 사람들이 따라붙었다.

오늘 홍화문에 이름이 붙을 자들은 누구일까. 합격자들은 모두 내정돼 있을지도 모른다고 그는 생각한다. 정시庭試는 음서로 관직에 나온 자의 승진, — 과거에 합격해야 고위직에 오를 수 있었다 — 명문가 출신 특히 한양 사대부들의 관직 임용 통로로 활용되고 있었다.

흰옷과 검은 모자의 사람들로 홍화문 앞은 장관이었다. 어림잡아 천 명은 족히 넘겠는데⋯⋯ 이 정도면 많다고 할 수 없지, 그는 스스로를 다독였다. 그때 문 바로 앞쪽에서 물결이 한번 출렁거리는가 싶더니 모여 있던 군중이 양옆으로 펼쳐지며 뒷걸음치기 시작했다. 군인들이 사람들을 정렬시키고 있었다.

그는 사람들이 만들어내는 사이 공간을 빠르게 통과했고 곧 문 바로 아래에 서 있는 얼박을 발견했다. 얼박은 저 문을 가장 먼저 통과하는 사람이 장원을 하는 줄 아는 모양이군.

"고생했네. 잠도 제대로 못 잤을 텐데."

국영이 크게 말하며 얼박에게 다가갔다.

"나리, 이번 한 번으로 끝내시지요. 전쟁터가 따로 없습니다."

얼박에게는 어울리지 않는 엄살이라고 생각하고 있을 때 군인들이 분주히 움직이기 시작했고 문이 크게 열렸다. 그는 얼박에게서 종이와 필기도구통을 받아들었고 사람들에 떠밀려 안으로 들어갔다.

사시巳時가 지나자마자 그는 시험장을 빠져나왔다. 답안은 금세 적었지만 너무 일찍 자리를 뜨면 사람들의 시선을 끌 위험이 있었다. 문밖에서는 얼박이 기다리고 있었다.

"일찍 나오셨네요."

"겨우 버티다 나왔는걸." 말을 주고받으며 둘은 성문을 빠져나와 덕이의 어물전 방향으로 걷기 시작한다. 결과가 나오기 전까지는 시간이 있었다. "지난번……" 얼마나 걸었을까. 국영이 말했다. "백중날 밤은 특별하지 않던가?"

갑작스러운 물음에 얼박의 걸음이 순간 느려졌다. 그도 걷는 속도를 늦췄다.

"모처럼 즐거웠지." 국영의 얼굴이 환하게 피어난다. "놀이패들이 제대로더군. 흠뻑 빠져들었어."

"……."

"한양이 내 손바닥보다 작은 것 같다고 내가 일전에 말하지 않던가."

말이 없는 얼박을 보며 그가 장난스레 한 손을 펴 보였다.

"사람을 찾으러 갔었어요."

얼박의 얼굴에 그늘이 스쳐 가는 걸 그는 놓치지 않는다.

이어지는 말을 기다렸지만 거기까지였다. 어느새 덕이의 가게가 저 앞에 보였다.

"벌써 시험이 끝났나요?" 다가오는 두 사람을 덕이가 반가운 얼굴로 맞았다.

"스물다섯 해 만에 끝낸 걸 벌써라고 할 수 있을까."

"그렇게 되나요?" 덕이가 머쓱해하더니 그의 눈을 바라보며 물었다. "앞으로 장사는 어떻게 하실 작정이세요?"

"내가 어디로 사라지던가?" 국영이 대꾸했다. "그동안 해오던 대로 장부는 매달 보고해주면 돼. 난 회계장부 숫자를 보면 기분이 좋아지거든. 그리고 문제가 생기면 언제든 궁으로 기별하고. 임금께 말씀드리고 언제든 달려올 테니까."

"임금께 장사하러 간다고 하시겠다고요?" 덕이의 웃음에 그가 안 될 게 무어냐는 표정을 짓더니 말을 이었다.

"그건 그렇고, 도성 안에 집을 구했으면 해."

"나리의 첫 집이 되겠군요." 얼박이 말했다.

"그런 셈이지."

"크고 화려한 집을 구할까요?" 덕이가 물었다.

"내 머릿속에 있는 집을 구해줄 수 있겠어?" 기분이 좋은지 그의 얼굴에 빛이 난다. "안채에 방 세 개, 사랑채에도 손님이 묵을 방 포함해 세 개, 그리고 부엌 두 개, 집안일을 돌볼 자들이 거처할 곳도 있어야 하고. 뜰에는 연잎이 뒤덮인 작은 연못을 만들어주고. 아! 그리고 집에서 궁궐이 보이지 않았으면 하네. 대신 시장터가 보였으면 좋겠어. 저잣거리는 내게 언제나 활력을 불어넣어주거든."

"첫 집치고는 소박하군요." 얼박이 살짝 웃더니 고개를 끄덕였다. "그런데 집을 구하는 대로 저는 보름 정도 한양을 떠나 있을 것 같습니다."

"강원도에 목재를 보러 가려나?"

곧 겨울이었다. 얼박은 때로 산지로 가서 직접 물건을 보고 왔다.

"평양으로 갑니다. 찾을 사람이 있어요."

"백중날 찾던?"

"……."

"난 언제든 도울 준비가 되어 있다는 건 알지?"

얼박은 답하지 않았지만 국영은 이 말을 꼭 하고 싶었다.

수백 명은 족히 되는 사람들이 홍화문 앞에 몰려 있었다. 그는 사람들을 헤치며 문 쪽으로 나아간다. 군중을 어깨로 밀치고, 인상 쓰는 자들을 미소로 달랜다. 사람들을 무서워하던 시절은 오래전에 지나갔다.

굳게 닫힌 자줏빛 문 위에 합격자 명단이 붙어 있었다.

장원. 서유신! 서유신은 대구 서씨로, 대대로 재상을 낸 명문가 출신이다. 음서로 이미 관직에 나와 있었고 이번에 시험을 치른 모양이었다. 흠, 역시……

정일겸? 그 이름이 중간쯤에 보였다. 이자가 후겸의 형인 모양이군.

마침내 자신의 이름이 눈에 들어왔다. 홍국영이라는 글자는 명단 맨 왼쪽에 있었다. 자기 형은 중간에 넣어주고 나는 맨 뒤로? 평생 학문이 부족한 자라는 꼬리표가 따라다니겠는걸.

그날 저녁 홍인한은 국영에게 곧 승정원에서 일을 시작할 테니 준비를 하라고 알려왔다. 예상보다 빠른 시작이다. 그는 다음 날부터 악단을 이끌고 사람들에게 인사를 다녔다. 한곳에서 풍악을 울리고 그 소리가 채 땅에 떨어지기도 전에 자리를 떴다. 아쉬워하는 사람들을 눈과 손짓으로 달래면서도 국영은 가슴이 한껏 부풀어 있음을 느낄 수 있었다. 삼일째 마지막 축하연을 마치고 그는 악단들 한 명 한 명을 힘껏 안아주었다. 그리고 다시 강을 건넜다.

이미 늦은 저녁이다. 찾아온 사람들로 며칠간 소란했을 집은 차분히 가라앉아 있었다. 그는 방으로 들어가 이옥에게 절을 하고 마주 앉았다.

"부엌에 수북이 쌓인 선물들 보았니?" 이옥은 미소를 보였지만 기뻐하는 기색은 아니다.

여흥이 채 가시지 않은 그는 머릿속으로 상황을 파악하는 데 애를 먹고 있었다.

"한 번도 내 집에 발걸음을 하지 않던 자들이 웃는 얼굴에 살랑거리는 몸짓으로 선물을 들고 마당에 들어서더구나. 그러고는 말을 거는데 소름이 돋았어." 이옥이 들리지 않는 작은 한숨을 쉬고는 물끄러미 그를 보았다.

"이상하지. 왜 이런 마음이 들까." 이옥은 그 이유를 국영이 말해주길 원하는 듯했다. 평소 뜨악하던 표정의 친척들은 얼굴 위에 부드럽게 미소 짓는 탈을 쓰고 몰려왔을 것이다. 명문가 집안 망신시킨다고, 아비는 술 먹고 시장터에서 노래를 부르고 어미는 상것들이나 하는 장사를 하고 아들은 매일 시장터에서 잡담이나 하며 기방 출입을 하는 파락호라고 발길을 끊었던 그들이…… 가문 모임에서 말 한번 건네지 않던 사람들이.

"사람들을 몰려오게 하는 이 힘은 무엇일까." 이옥이 잠시 말을 멈춘다. "막상 네가 뜻을 정했다 하니 너에게 맞는 길일까 하는 생각이 들더구나. 물론 모든 어미들은 착각 속에 살아가지. 자식을 누구보다도 잘 안다고 말이야." 애써 짓는 미소가 숨어 있던 주름을 드러냈다. "도성 밖으로 나올 때만 해도 두려움을 몰랐는데 나이가 들면 정말로 걱정이 많아지는 모양이야."

그는 이옥의 말에 고개를 끄덕이며 생각한다. 맞아요. 정말 겁이 없으셨어요. 그런데 저도 사실 두려워요. 그래도 도성 안으로 들어가보려고 해요. 두려운 감정은 늘 설렘과 손을 잡고 오거든요.

"조심해야 한다! 내 말은…… 사람들을 붙잡아 매는 그 알 수 없는 힘 말이야." 말을 마치고 이옥은 마주 앉은 그를 한동안 눈으로 쓰다듬었다.

안채에서 물러나와 보니 하늘에는 바늘이 뚫어놓은 것 같은 무수한 작은 구멍들이 빛을 쏟아내고 있었다. 그는 헤어져 다시는 볼 수 없을 연인을 쳐다보듯 목이 뻐근할 때까지 밤하늘을 올려다보았다.

"스무 해 넘게 이 집에서 살았는데."

국영은 주애와 나란히 누워 있다. 배가 불러와 그녀의 움직임은 다소 불편해 보였다. 도성 밖에서의 마지막 밤이었다.

"이렇게 빨리 일을 시작할 이유가 있어요? 시험에 붙고도 관직에 나가려면 본래 한참을 기다려야 하는 것 아닌가요? 그리고 승정원은 가장 힘들고 바쁜 곳이라면서요?"

승정원은 왕의 목구멍과 혀로 불리는 곳. 가장 가까이에서 왕의 눈과 귀, 수족 역할을 하는 곳이다.

"바쁜 것도 나름 재미있을 거야."

그는 답을 하며 왕과 중신들의 말을 빨리 받아 적으려면 초서를 좀 더 가다듬어야겠다고 생각한다.

"제가 기억하는 말과는 다른데요. 바쁘게 살아서는 그게 어디 양반이라고 할 수 있냐고, 그건 우아한 삶이 아니라고 누가 말했던가요?" 주애가 이전에 국영이 했던 말을 끄집어낸다.

그 말을 기억하는 것에 내심 놀라며 국영은 작게 웃는다. 진실을 말하자면, 그도 그 부분이 마음에 걸렸다. 하지만 두려움에 미리 사로잡힐 필요는 없었다.

"그렇게 열심히는 못 할 거요. 쉽게 바뀌는 기질이라면 천성이 아니지. 그리고 난 내 천성에 대해 불평할 마음은 없고 말이야. 그건 무의미한 일이니까. 일이 힘들면 꾀를 내서라도 쉴 테니까 크게 걱정할 필요는 없소. 그리고 난, 조정에 오래 있을 마음이 없어요."

"임금님 건강은 어때 보였어요?"

주애가 그에게 몸을 붙여왔지만 불러온 배 때문에 둘의 얼굴은 여전히 거리가 있었다. 며칠 전 그는 임금을 가까이서 보았다. 가마에서 시종들의 부축을 받으며 내리던 모습, 시험 문제를 써 내려가는 신하를 바라보는 왕의 시선, 그는 시험장 맨 앞자리에 있었다. 오후에는 시험에 붙은 자의 이름이 한 명 한 명 불렀고 그는 임금 앞으로 나아가 홍패를 받았다.

"잠시 본 것만으론 알 수 없지. 많이 늙긴 하셨더군. 얼굴은 좀 길쭉하고 귀는 좀 크고 쫑긋한 느낌이랄까. 코는 약간 크고 길면서 조금 휘어져 보였지. 몸을 가누기도 쉽지 않아 보였고 눈도 어두운 것 같고…… 이제 되었소?"

인한은 국영을 조정의 목구멍 속으로 밀어 넣었다. 조선이 어떻게 굴러가는지, 당파와 파벌이 어떻게 형성되어 있는지 그리고 왕과 동궁, 신하들 개개인이 어떤 인물인지, 바로 옆에서 그들의 숨소리와 표정 변화를 느끼며 알 수 있는 자리였다.

주애가 그의 어깨를 손으로 어루만지기 시작한다. 손가락의 떨림이 전해져온다. 그녀는 머뭇거리고 있다.

"전 당신이 저잣거리에서 파락호라고 놀림을 받더라도 지금 이대로 살기를 원했어요."

"왜지?"

"추위에 몸을 녹이고 어둠을 쫓을 수 있을 정도의 불이라면 난 충분하다고 생각해요." 그녀의 목소리가 방 안을 조금씩 채워간다. "그런데 그것이 너무 거대한 불이라면요? 우리 삶이 다 타버리고 사라지는 건 아닐까 하는 생각이 들었어요."

그는 어둠 속에서 눈을 감은 채 가만히 그녀의 말을 듣는다.

"하늘에 당신의 별이 있다면 그 경로를 사람이 바꿀 수는 없 겠지요."

그는 가족들 얼굴을 떠올린다. 미안한 마음이었을까. 그는 주 애의 손을 살며시 쥐었다.

"전 궁궐 쪽을 바라보면 음모, 형벌, 오명, 역모, 유배, 몰락, 이 런 단어들만 떠올라요. 임금이 연로하셨으니 충신과 역적이 쏟 아지는 시기잖아요."

국영의 품에서 그녀의 목소리가 작게 새어 나왔다.

"약속해요. 가족이 위험하다는 생각이 들면 다 내려놓고 돌아 와줘요. 임금이 당신을 필요로 한다 해도요."

내가 그러지 않을 이유가 뭐가 있겠어? 국영은 주애를 안은 팔에 더 힘을 주었다.

"그대는 누구인가?" 아침 문안 인사 자리. 왕의 질문에 국영 은 고개를 숙이고 머뭇거렸다. 궁에 들어온 지 이제 겨우 며칠 이 지났고 낯선 곳에서는 조심해서 손해 볼 것이 없었다. 왕은 옆에 앉아 있는 동궁에게 살짝 기대어 있었다.

"이번 과거에 붙은 홍국영입니다." 홍인한이 나선다. "임시로 승정원 주서를 맡게 되었습니다. 홍창한의 손자입니다."

인한이 임금 쪽으로 몸을 기울이며 크게 대답했다. 국영의 머 리 위로 침묵이 흐른다.

"홍창한이라…… 벌써 손자가 조정에 들어왔구나. 가까이 오 라." 왕의 목소리에선 감정을 읽어내기가 쉽지 않다.

그가 고개를 숙인 채 앞으로 나아갔다.

"고개를 들라."

눈앞에 임금이 있다. 성근 새하얀 턱수염. 주름이 가득한 얼굴 곳곳에 검버섯이 여럿 보이고 눈은 살짝 젖어 있고 눈동자는 다소 뿌연 인상을 준다. 왕 옆에 앉은 동궁의 가슴에선 발톱 세 개를 치켜세운 용이 그를 의심의 눈초리로 노려보고 있었다.

동궁은 아침부터 임금 옆을 지키는 모양이군. 다소 경직되어 보이는걸. 이 자리가 편하지 않은 걸까? 그는 시험장에서 동궁을 처음 보았다. 무예를 좋아했다는 아비 사도세자를 닮았는지 문약한 인상은 아니다.

"보기 드물게 잘생겼구나. 홍창한도 용모가 훌륭했지."

임금이 인자한 미소를 보였고 국영은 표정을 가다듬었다. 왕의 얼굴은 저잣거리의 노인처럼 평범해 보였지만 얼굴이 보잘것없다고 해서 사람까지 평범한 것은 아니다. 들리는 말로, 신하들은 임금 앞에서 벌벌 떤다고 했다.

"아이는 있는가?"

머뭇거리는 그에게 홍인한이 눈짓으로 답을 재촉한다.

"다섯 살 사내아이가 있습니다."

"다섯 살 사내아이가 하나 있다고 합니다."

홍인한이 다시 큰 목소리로 답했다. 임금의 귀가 좋지 않은 모양이다.

"궁으로 데리고 들어오라. 보고 싶구나."

신하들의 자식을 만나는 걸 임금이 좋아하는 건가. 강선이가 실수라도 하면 곤란할 텐데.

107

인한이 그의 생각을 읽었는지 웃으며 말했다.

"성상께서 이리 말씀하시니 다음에 궁으로 아이를 데리고 들어오게. 아들이 영민하다면 평생 영광스러운 추억이 될 게야."

"그리하겠습니다." 국영이 고개를 한 번 더 숙이며 대답했다. 그러고는 대신들과 함께 방을 빠져나왔다. 조정에 들어온 후 임금, 동궁과의 첫 대면이었다.

승정원은 규율이 엄했다. 한시도 긴장을 놓기 어려웠다. 전날 밤 근무를 선 자는 아침에 발행되는 조보朝報를 위해 자료를 정리해야 했고 조보는 전국 관청으로 보내졌다. 내용에 문제가 있으면 근무자가 엄한 징계를 받을 수 있었다. 실수는 없어야 한다. 조보는 수요가 많았고 베껴 장사하는 자들도 있었다.

승정원 사람들은 이른 시간에 궁에 나와 전국에서 올라온 상소며 각 관서의 보고서를 분류, 검토하고 이어 왕에게 보고할 사안을 정리하는 회의를 가졌다. 돌아가며 왕이 참여하는 회의와 경연에 배석하여 내용을 기록했다. 경연은 밤늦게까지 이어지는 경우도 있었다. 왕의 명령을 전달하고 왕이 찾는 신하들을 데려오는 일도 했다. 왕이 참여하는 각종 연회, 활쏘기, 능행, 사신 접대를 위한 모든 행사의 준비사항을 확인하고 늘 왕의 곁을 떠나지 않았다. 승정원 관리는 때로는 제사의 제관으로 때로는 시험의 감독관으로도 일했다. 궁궐문의 자물쇠를 풀고 잠그는 일에서 당일 궁의 경비 인력을 임금께 보고하고 승인받는 일까지 수많은 잡무가 있었다. 미래가 보장된 자리임에도 격무로 소문이 났고 사람들은 자주 바뀌었다.

국영은 아침 회의를 마치고 승정원 건물을 빠져나왔다. 떠오르는 해 주변으로 구름이 퍼져나가고 있었다. 피곤이 고개를 들었다가 추위에 바로 움츠러들었다. 그는 모처럼 아침 하늘을 즐기며 궁의 정문 방향으로 걸었다.

홍화문 안쪽 금천교가 끝나는 기둥 위에는 아직 잠이 깨지 않은 해태가 엎드려 있다. 국영이 다가가자 해태가 고개를 옆으로 돌리고는 이빨을 드러내고 씩 웃는다. 그는 녀석의 머리를 한번 쓰다듬은 뒤 엉덩이를 한번 툭 치고는 문을 지키고 있는 군인들에게 말을 걸었다. 그리고 그들과의 얘기에 금세 빠져들었다.

"홍주서!" 우렁찬 목소리. 궁 안 사람 모두를 깨우려면 저 정도 목청은 있어야 한다. 하유였다. 하유는 올해 초 무과를 통과했고 궁궐 수비를 담당하는 금위영에 배속되었다. 오늘 출궁 시간이 겹쳐 약속을 한 터였다. 둘은 같은 공간에 있었지만 서로 바빠 만나기가 쉽지 않았다. 그는 다가오는 하유를 보며 친구에게 군복이 잘 어울린다고 생각한다.

"그사이를 못 참고! 종일 남 얘기를 받아 적으면서 지겹지도 않은 거야?"

하유가 나무라듯이 말했고 둘은 나란히 걸으며 오래전 성균관 시절로 돌아간 듯한 기분을 즐겼다.

"난 그대가 궁에 있어서 좋아. 꼭 나를 지켜주는 것 같단 말이지." 국영이 애정을 담은 눈으로 고개를 돌려 하유를 올려다본다. 친구의 덩치가 더 커진 것 같다. 아직도 크고 있는 건가…….

"……외지로 나갈 자를 뽑던데. 승급을 시켜줄 모양이야."

한 해를 궁에서 보냈으니 하유는 직무를 바꿀 때가 된 듯했다.

"승급은 한 번에 몇 단계를 올라야 제맛이지. 좀 더 궁에 있는 게 어떨까."

"왜? 자네가 날 승급시켜주려고?"

"그거 좋은 생각인데." 국영이 바로 말을 받는다.

"요즘은 일개 주서에게도 인사권이 있는 모양이지?" 하유가 픽 웃었다.

"그건 그렇고 금위영은 어때?"

"금위영뿐 아니고 군 전체가 눈치 전쟁 중이야. 줄을 잡긴 잡아야 하는데 어떤 줄을 잡아야 하나 우왕좌왕이지."

"집안사람들은?"

"내 집? 우리 집안은 정치 얘기는 하지 않아."

"정치에 관여 않는 것이 안전하다? 명문 무관 집안의 생존법인 모양이군. 그런데, 동궁마마 쪽에 선 자도 있던가?"

"저하를 말하는 거야?"

"우스운 질문인가?"

"나도 들은 얘기지만, 저하가 유별난 면이 있다던데……" 하유가 말끝을 흐린다. "사람을 가린다고 해야 할까. 굽실대도 싫어하시고 공손하지 않다고 뭐라 하시고. 지저분하고 흐트러진 모습은 그냥 넘기는 법이 없고. 까다롭고 빈틈이 없는 데다가 남을 쉽게 믿지 못한다고 해야 할까…… 난 피곤한 상전은 질색인데. 아, 그런데 보통은 세자 시절 자신을 도왔던 관료들이 측근이 되고 나중에 그들을 중용하는 게 자연스러운 것 아닌가? 동궁을 호위하는 세손익위사 쪽 얘기 들어보면 저하 주변에 사람이 없는 모양이야. 사람들이 계속 바뀌고 있어."

"나한테도 눈길 한번 주신 적이 없지. 날 싫어하시나 하는 생각이 들 정도야. 여하튼 외지로 나간다는 생각은 당분간 잊게."

국영이 다정하게 하유의 팔을 잡았다.

"그런데 궁 얘기만 할 거야?" 하유가 그의 손을 뿌리친다. "재기발랄한 재담꾼, 풍류객 홍국영은 어디 갔지? 오늘 집에 가거든 거울 좀 봐. 얼굴이 많이 밋밋해졌어."

하유가 그를 따돌리려는지 앞쪽으로 큰 걸음을 걸었다. 그는 괜스레 얼굴을 한번 쓸어보고는 앞서가는 하유의 등을 바라본다. 그건 절대 오해지! 난 하나도 달라지지 않았어!

그는 떠오르는 태양을 바로 보며 걸었다.

그날 얼박이 평양에서 돌아왔고 늦은 밤 국영은 집에서 얼박과 마주 앉았다. 도성 안은 한 해를 마무리하고 새해를 맞을 준비로 집마다 분주했고 장터 사람들은 추위에도 활기가 넘쳤다.

"작은 집을 구했다면 불편했을 거야. 내 집에 이리 사람들이 드나들 줄 누가 알았겠어?"

그의 집은 늘 손님으로 붐볐고 그는 모두를 반겨 맞았다. 조정 사람들은 낮에는 이쪽 사람들과 어울리고 밤에는 저쪽 사람들과 어울렸다. 사람들은 궁의 안과 밖에서 행여 자신이 모르는 일이 있을까봐 불안해했다. 안개가 걷힐 때까지는 두루두루 발을 걸쳐놓는 것이 자신을 지키는 일이라고 사람들은 믿었다. 점차 누구누구는 어디에 속한 자라고 분명히 말하기가 어려워졌다. 드러나게 인한과 후겸 쪽에 서는 것이 부담스러운 자들이 국영을 찾았고 교류의 증거를 만들어두려 했다. 반대의 경우라면 조정에 새로 들어온 자와의 사귐이 무엇이 문제냐고 발을 뺄수 있을 것이다. 그는 사람들의 머릿속이, 그들의 꿍꿍이가 환히 보였다.

이번에도 얼박이 헛걸음을 한 모양이라고 그는 생각한다. 둘 사이에 한동안 침묵이 흐른다.

"그대와 함께한 세월이 제법 되었지." 국영은 자신의 인내가 얼박을 이기지 못할 거라는 걸 깨닫는다. "자네는 나를 아는데 나는 자네를 모르는 것이 늘 뭐랄까…… 서운하다고 해야 할까 손해를 보는 기분이 든달까."

"소인 얘기를 그리 궁금해하시는지 몰랐는데요."

오늘 얼박의 얼굴은 편안해 보인다.

"조선에서……" 얼박의 입이 조심스레 열렸다. "농사를 짓는다는 게, 수확량의 반은 지주에게 가고 이런저런 세금을 내고 나면 바로 독이 비는 삶이긴 하지요. 애쓰는 만큼 되는 일이면 좋으련만 농사가 하늘을 쳐다봐야 하는 일이니 답답하긴 했어요. 그래도 가족들과 행복했지요. 우리 마을은 골짜기 안쪽에 있어서 땅이 비옥하지 못했어요. 벼농사는 얼마 짓지 못했고 대부분 조, 피 같은 곡식에 무, 배추 같은 채소가 전부였지요. 마을 사람들은 그래도 삶이 그런 거라고, 묵묵히 일만 했지요. 인내가 천성이 되고 다툴 줄도 모르는 순한 사람들이었죠. 짜부라진 초가집들, 밤이 되면 골짜기 사이로 바람이 으르렁거리는 마을, 모든 것이 그대로고 조금도 변하지 않는 곳."

그 순박하고 어수룩했던 시절이 좋았던 걸까. 얼박의 얼굴에서 아련한 그리움 같은 것이 피어난다.

"음, 그해는⋯⋯" 얼박의 표정이 바뀌었다. "하늘이 뭐에 심술이 났는지 가뭄이 들어 땅이 완전히 말라버렸죠. 마을에서 몇 달 내내 굿판이 끊이지 않았습니다. 딸이 있는 여자들은 산에 올라 오줌을 누고 비를 빌었고 남자들은 용이 산다는 산꼭대기 동굴 앞에서 용을 자극한다고 건초에 불을 피웠습니다. 아이들은 흙으로 용 모양을 만들어서 땡볕에 내놓고 채찍으로 때리며 비를 빌었지요. 그 덕분인지 결국 비가 내렸어요. 마을 사람들 모두 뛰어나와 역시 사람이 죽으라는 법은 없다며 부둥켜안고 울었죠. 그랬던 것이 곡식이 한참 익어야 할 시기에 늦은 장마가 오더군요. 비를 잔뜩 머금은 시커먼 구름이 달포 동안 산과 산 사이를 덮었고 안개가 자욱하고 마을은 물 위에 떠 있는 것 같았어요. 삼 년 가뭄은 견뎌도 석 달 장마는 못 견딘다고, 그해 가을에 소출이 전 해의 반의 반이나 되었을까요⋯⋯ 경작지 대부분이 산 아래쪽 평야가 있는 마을에 사는 지주 소유였어요. 골짜기 마을에서 나는 게 얼마나 된다고 그 조금 남은 곡식을 지주가 다 걷어 갔어요. 사람들은 그날부터 굶기 시작했어요. 나무껍질에 잡초를 먹고 흙을 먹어야 할 판이었죠. 지주는⋯⋯" 얼박이 잠시 숨을 골랐다. "지주는 욕심을 빼면 껍데기만 남을 위인이었죠. 하소연도 소용없었습니다. 사람들 눈이 뒤집히는 게 보이더군요. 양식을 내어달라고 산 아래 지주 집에 몰려갔던 몇 명이 온몸에 매를 맞고 피멍이 들어 돌아왔습니다. 그날 밤 사람들이 저희 집에 찾아왔어요. 찾아가서 불을 지르자⋯⋯."

얼박은 눈을 감았다.

"얼박! 자네 함께할 거지? 오늘 그 집도, 땅 계약서도 싹 태워 버리고, 양식은 다 들고 오자고."

흙냄새를 풍기는 한 사내의 말에 얼박이 고개를 천천히 젓는다.

"벌써 그 집 주변에 사람들이 쫙 깔렸고 관아에서도 지켜보고 있어." 얼박의 목소리는 낮게 가라앉아 있었다.

"그래서? 그냥 이대로 굶어 죽는다? 자식들 굶어 죽일 거야? 이전에 그 지주 놈이 자네 처한테 한 일 기억 안 나? 그 일로 자네 처는 그렇게 됐고 딸아이도……." 얼박의 집을 찾아온 사람들이 그를 흔들었다.

"우리보고 왜 힘없는 사람들이라고 부르는 줄 알아? 필요할 때 보호해줄 사람이 없기 때문이야. 그러니 뒷감당할 수 없는 일은 하지 말아. 결국 다 잡혀서 몸만 상하게 돼." 얼박의 눈은 슬퍼 보였고 그가 할 수 있는 말은 그것뿐이었다.

얼박이 눈을 뜬다. 충혈된 눈이다.

"말은 그렇게 했어도 사람들이 무슨 힘이 있나요? 그저 한 번 더 빌어보겠다는 생각이었을 겁니다. 그렇게 사람들이 기세 좋게 고함을 치면서 지주 집으로 몰려갔습니다. 그런데 그 집 문에 닿기도 전에 낯선 사내들이 기다렸다는 듯이 몰려나왔습니다. 사람들이 맞아서 쓰러지는데 지주가 문 앞에서 웃으며 소리를 지르더군요. 자작자작 밟아서 버릇을 고쳐놓으라고."

얼박의 목소리가 떨리는 것 같다.

"말리러 갔던 저를 되레 앞장선 놈이라고 누군가가 손가락으로 가리켰습니다. 그렇게 관아에서 매질을 당하고 난 뒤 힘이 좋아 보였는지 한양에 백정으로 보내졌지요. 딸은 관비로 갔다고 들었습니다. 한마디 작별 인사도 못 했지요."

얼박이 앞에 놓인 잔을 들어 단숨에 들이켰다.

"그 일이 아니었다면 그 골짜기 마을을 떠날 일도 없었고 거기서 살다 죽었을 거예요. 그렇게 전 도성으로 들어와 성균관 인근 반촌에서 살았습니다. 처음 몇 년은 사람이 아니었어요. 몸의 살기를 스스로 느낄 정도였지요. 원망스러운 마음이 들더군요. 핏발 선 눈으로 말과 소를 쳐 죽이면서 버텼어요. 어떤 날은 사형집행자가 없어 불려가서 사람 목을 치기도 했지요. 저보다는 어린 딸년이 너무 가여웠어요. 처가 떠나고 제겐 각별한 딸이었어요."

얼박의 얘기에 그는 그만 가슴이 먹먹해진다.

"그래도 나리 덕택에 몇 년 전부터는 틈나는 대로 딸을 찾으러 다닐 수 있었지요. 백정 노릇을 하면서는 반촌을 벗어날 수 없었으니까요." 그는 얼박이 왜 양인이 되고 싶어 했는지 오늘에야 알았다. "그리고 산골짜기 좁은 하늘밖에 몰랐던 눈도 이제 제법 트인 것 같고요. 저 스스로 절 인간으로 바라보게 됐으니까요. 하늘이 준 권리가 뭔지도 알게 되었고, 지엄한 사람들이 하는 말도 제법 가려듣게 되었고요. 모든 게 나리를 만난 이후 일어난 일이죠."

그는 고개를 끄덕이며 얼박의 말을 들었다. 흐뭇한 마음이 들었다. 그가 생각하기에 조선 백성들의 몸값은 양반의 몸값과 똑같았다. 그들의 인생은 절대 하찮지 않다.

"얼마 전 딸과 같은 교방에서 춤을 배웠다는 아이를 만났습니다. 그 아이가 제 이름을 알더군요. 딸이 춤을 잘 췄고 탈춤 구경을 좋아했다고 했어요. 절 찾겠다며 딸아이가 팔도를 떠돌아다닌다고……" 얼박은 목이 메는 것 같다. "가슴이 쿵쿵거렸어요. 딸을 만날 수 있다고…… 그게 벌써 작년이에요. 우리 같은 무지렁이들은 서로 헤어지면 이 넓은 조선 팔도에서 만날 길이 없지요. 어쩌면 한양 장터에서 딸애와 옷깃이 스쳤는지도 몰라요." 얼박이 다시 천천히 술을 따랐고 빠르게 술잔을 비웠다.

"딸을 찾을 수 있다면 전 뭐든 할 겁니다."

적막이 다시 가라앉으니 밤이 숨을 내쉬는 소리가 들리는 듯했다.

"딸을 찾아야 돼요. 나리 곁을 떠난다 해도요!"

"나도 찾아보겠네. 아직 기생 신분으로 있다면 오히려 눈에 더 잘 띌 수도 있을 거야."

국영은 얼박을 보낼 마음이 없었다. 딸을 찾아주면 될 일이다. 하지만 뾰족한 방법이 떠오르지는 않는다. 만나는 기생마다 얼박의 이름을 물어야 할까…… 그는 연회 자리에 자주 불려나가는 기환과 상의해보리라 마음먹었다.

三

준비를 해야 해!
언어를 아는 자들을 길러내고
기술을 배울 준비를.

내 곁에 설 자 누구인가

(영조 49년, 1773년 여름)

"아버지! 꼭 가야 해요?" 겁먹은 표정으로 강선이가 국영을 올려다보았다. 임금은 왜 아들을 궁에 데리고 오지 않는지 재차 물었다. 왕은 진심인 모양이었다. 오늘이 약속한 그날이었고 그는 아침 일찍 강선이를 깨웠다.

"친구들에게 실컷 자랑도 할 수 있을 텐데? 궁궐 구경도 시켜주마. 재미도 있는 데다가 멋진 곳이기도 하지." 달래는 그의 옆에서 주애가 걱정되는 표정으로 강선이의 옷을 매만져주고 있었다. 마치 가서는 안 되는 곳에 아들을 보내는 것처럼. 그런 그녀를 보며 그가 빙그레 웃었다.

"걱정할 일 아니래도! 좋은 추억이 될 테니까." 말은 그렇게 했지만 사실 그에게도 내키지 않는 일이었다. 왕이 자신을 좋아하는 것과 강선이를 데려가 보이는 것은 또 다른 문제였다. 어린 아들까지 임금에게 보인 자가 있다고 사람들이 수군댈 게 틀림 없었다. 아부하는 자라는 평이 돌 생각을 하니 영 내키지 않는다.

"홍사관이 아들과 함께 왔사옵니다."

내관의 목소리가 가까이에서 들렸다. 국영은 남자의 그것이 없는 내관의 음색에서 뭔가 특별한 걸 기대했지만 별 차이점을 발견하지 못한다.

그는 살짝 고개를 돌려 강선이를 바라봤다. 그의 눈은 말하고 있었다. 아비가 함께 있으니 걱정할 것이 없다고.

내관들이 양쪽에서 방문을 열었고 둘은 문을 통과했다. 문이 열리는 소리에 왕이 천천히 자리에서 일어나 앉았다. 상태가 좋아 보이진 않는다. 아니, 정확히 말하면 오늘따라 더 초췌해 보였다. 날을 잘못 잡은 것은 아닐까 걱정하며 그는 앞쪽으로 나아가 엎드렸다. 강선이도 옆에서 따라 엎드린다.

"아이가 왔구나. 고개를 들라." 탁한 음성이다. 그가 고개를 들면서 슬쩍 옆을 보았다. 강선이는 벌써 고개를 들고 왕을 보고 있다. 다행히 긴장하는 것 같지는 않다.

"이름이 무엇인가?"

날이 일러서인지 왕의 목소리는 쉬이 회복되지 않는다.

"……."

"대답해보거라."

아이가 겁을 먹었다고 생각했는지 왕이 살짝 미소를 보이며 목소리에 부드러움을 실었다. 왕이 관심을 보인다.

"홍가 강선이에요."

목소리는 조금 떠는 듯했지만 대답은 분명했다.

"아비를 닮아서 재기가 있어 보이는구나. 책은 어디까지 보았는가?"

"도성으로 들어와 이제 공부를 시작했습니다."

그가 대신 대답했다. 사실 강선이는 글자 몇 개를 아는 수준이었다. 아들은 이제 여섯 살. 아직 뛰어놀아야 할 나이다. 그는 강선이가 여느 사대부집 아이들처럼 말을 익힘과 동시에 글을 배우는 것을 원치 않았다. 자영이도 이제야 공부를 시작한 참이었다. 그는 아들이 하루 종일 산과 들, 개울과 강가에서 그리고 장터에서 친구들과 ― 양인 집 아이이든, 노비 집 아이이든 상관없는 일이다 ― 어울려 놀기를 바랐다. 자신도 어린 시절 그랬으니까. 생각하는 힘은 다리근육에서 나온다고 그는 믿었다.

"조금 늦은 것 아닌가? 홍사관은 아들 공부에 좀 더 신경을 쓰도록 하라." 국영은 얼마 전부터 사관으로 일하고 있었다.

"망극하옵니다." 그가 머리를 조아렸다.

"잘 키워서 나라의 재목이 되게 하라. 이 아이에게 붓과 베 한 필을 내린다."

"성은이 망극하옵니다."

"짐에게 물어볼 것은 없는가?"

그냥 보내기는 아쉬웠을까. 별 탈 없이 끝나는구나 하고 안도했던 그는 다시 신경을 집중했고 왕의 얼굴을 쳐다볼 수 없어 왕의 어깨 너머에 있는 병풍으로 시선을 옮겼다. 그림 속에서 기러기 떼가 갈대숲 위를 우아하게 날고 있다. 왕의 평안과 행복을 지키는 기러기들은 살아 있는 듯 보였다.

"성상께서 물으신다."

대답이 없자 옆에 서 있던 내관이 달래듯 강선이를 재촉했다.

"임금님은 백성을 사랑하신다고 들었어요."

강선이의 입이 열렸고 또랑또랑한 목소리가 방 안을 채웠다. 사람들이 그 목소리에 귀를 세웠다. 왕의 눈도 조금 커진 것 같다.

"집에…… 아버지가 자주 오게 해주세요."

강선이는 임금의 말을 원하는 것을 말해보라는 뜻으로 이해한 듯했다. 그는 재빨리 왕의 표정을 살핀다. 다행히 왕은 입을 살짝 벌리고 웃고 있었다.

"허허! 홍사관은 집에 자주 들어가지 않는가?"

"전하, 신이 승정원 근무할 때 숙직이 잦았습니다. 요즘은 궁에서 자는 일이 많이 줄었습니다."

"아들이 아비를 사랑하는 게야. 효성이 지극한 아들이구나." 왕이 강선이의 얼굴을 한참 들여다본다. 무얼 찾고 있는 걸까? 왕의 눈이 초점을 잃는가 싶더니 다행히 제자리를 찾았다. "그대는 지금 아이와 집으로 돌아가라. 오늘은 궁으로 들어오지 말고 내일 궁으로 나오라."

"성은이 망극하옵니다."

"내관들은 이 아이에게 종이를 주라. 학문을 게을리해서는 안 된다."

그는 이쯤이면 되었다고 생각했다. 자리에서 일어나 인사하고 고개를 숙인 채 뒷걸음을 한다. 강선이에게도 뒷걸음질을 연습시킨 터였다.

"홍사관!" 물러나려는 그를 왕이 다시 불렀다.

또 무엇이 남은 건가? 그는 허리를 숙이고 고개를 들었다.

"어제 꿈에…… 세자가 나타났다." 그는 왕이 사도세자를 말하고 있다고 생각한다. "예닐곱 살이 되었을까. 어릴 때 모습이었다. 그 아이와 사이가 좋을 때였지. 난 세자에게 다가가야 할지 망설이며 자리에 서 있었다. 그때 세자가 나를 보고 웃었지. 내 눈에는 그렇게 보였다. 세자 옆에는 어미 영빈도 있었다. 영빈의 표정은…… 생각나지 않는구나." 왕이 잠시 말을 멈춘다.

"죽은 자들이 왜 나타났는가? 나를 데려가려는 것인가?"

목소리는 무엇인가에 쫓기는 듯 다급하게 들렸고 흔들리는 왕의 눈은 답을 원하고 있었다.

그는 망설이며 생각한다. 왕은 내게 무슨 말을 기대하는 걸까.

"대답하라. 그대의 생각이 듣고 싶다." 왕이 재촉한다.

그는 빠르게 머리를 굴린다. 수많은 신하와 왕족들이 왕보다 먼저 세상을 떠났지. 왕의 머릿속엔 죽음이 가득할 거야. 그런데 그들 중 한 명이 꿈에 나타났다면? 이건 나쁜 꿈일까? 하지만 그게 둘이라면?

"신의 생각에…… 그것은 좋은 꿈입니다."

"계속하라." 왕의 말이 바로 뒤따랐다.

"올해 성상의 춘추가 여든 되십니다. 세자 저하와 영빈께서 그 때문에 나타난 것이 아니겠습니까? 영빈의 표정을 잘 떠올려보십시오. 아마 웃고 계셨을 것입니다."

"음, 그러고 보니……." 왕의 얼굴이 천천히 환해진다.

"두 분 모자가 성상의 장수를 기원한 것입니다."

"그래! 세자와 영빈이 꿈에 같이 나타난 적은 없었지. 그대의 말이 옳다. 꿈에서 보니 세자는 내 맘을 알고 있다는 눈빛이었어. 서로 간의 오해로 빚어진 일이었지. 신하들의 보필은 형편

없었고. 그런데, 홍사관은 귀만 밝은 줄 알았더니 해몽도 잘하는구나."

왕이 그를 보며 흡족한 얼굴을 했다. 왕은 종종 신하들의 말이 들리지 않을 때 그에게 다시 묻곤 했다. 그때마다 그는 왕이 정말로 듣지 못했을까 아니면 생각할 시간을 벌기 위해서일까 궁금해하며 신하들의 말을 옮기곤 했다.

"아들에게 잘해주어라."

"신, 명심하겠습니다."

국영은 왕이 꾼 꿈을 대신 그려서 보여주었고 왕은 그의 말을 따라 어젯밤 꿈을 기억할 것이다.

"오늘 말을 아주 잘했다." 국영은 궁을 빠져나오며 강선이를 대견스럽다는 듯 쳐다본다. 손에 들고 있는 물건만 아니면 강선이를 힘껏 안아 들어 올려주고 싶다.

슥슥 하고 신발이 흙을 밟는 소리가 났고 길에는 우람하게 자라 있는 커다란 회화나무와 느티나무가 그들을 내려다보고 있었다. 넓적한 잎을 가진 함박꽃나무가 두 사람의 움직임을 따라 고개를 돌렸다.

둘은 한참을 걸어 궁을 빠져나온다. 처음 궁에 들어오는 사람은 길을 잃기 쉬웠다. 붉은 기둥, 오방색 단청으로 이루어진 건물들이 미로처럼 얽혀 이어져 있었다.

"그런데 아버지는 임금님 꿈속에 언제 들어가보셨어요?"

"그게 무슨 말이지?"

"임금님이 기억 못 하신 걸 사람 표정까지 알아맞히셨잖아요."

"아, 내가 그랬지!"

국영은 웃으며 생각한다. 해몽은 오늘이 처음인걸. 그저 왕의 상처와 두려움, 그리고 내가 하고 싶었던 말을 했을 뿐이야.

둘은 얘기를 나누며 집 마당으로 들어섰다. 강선이의 목소리가 들리자 주애가 방에서 마당으로 급히 내려와 아들의 손을 맞잡았다.

"임금님이 무섭진 않던?"

"아니요. 선물도 많이 받는걸요."

강선이는 신이 난 표정이다.

"잘했구나. 임금님은 나이가 많이 드셨던?"

"오래 못 사실 것 같아요." 강선이가 별일 아니라는 듯 말을 툭 내뱉었고 그와 주애가 깜짝 놀라며 서로를 쳐다봤다. "얼마 전에 죽은 마을 할아버지랑 얼굴이 비슷했어요."

같은 마을에 살던 노인을 얘기하는 것 같다. 마을에서 가장 나이가 든 노인이었다. 그는 얼마 전 있었던 노인의 장례를 기억해냈다.

"그런 얘기 하면 안 된다."

주애가 엄한 표정으로 주의를 준다. 그는 왕과 세상을 떠난 노인의 얼굴을 번갈아 떠올렸고 아들의 말이 틀린 말은 아니라고 생각하며 방으로 들어섰다. 방에는 갓난아기가 이불 위에 누워 자고 있다. 막내딸이다. 눈부신 조그만 얼굴에 개구리 같은 손과 발. 그의 얼굴에 미소가 번졌다.

"사관 일은 요즘 어떠세요?"

딸에게 눈길을 주고 있는 그를 바라보며 주애가 물었다.

"승정원 때랑 비슷해요. 대화를 받아 적고 정리하는 일이니까. 그래도 좀 더 여유가 있지. 승정원은 잡무가 워낙 많았잖소. 이제는 다시 하라고 하면 못 할 거요."

그는 지난 반년의 시간이 길고도 짧았다고 생각한다. 훗날 다시 승정원에서 일하더라도 그때는 하급직은 아닐 것이다.

"당신이 역사를 기록한다는 것이 신기하기도 하고 자랑스러워요."

"나도 그렇소. 그런데 나는 내가 낯설 때가 있어요." 아침 일찍 집에 돌아온 그는 모처럼 여유를 느끼며 얘기에 빠져들었다.

"어제 얘기를 해볼까. 성상께서 뜬금없이 백성은 편안한가 하고 신하들에게 물으셨지. 대신 중 하나가 조금의 망설임도 없이 근세에 이런 적이 없습니다, 라고 하는 거요. 성상께서 바로 화를 내시더군. 백성들이 지금 가뭄으로 고생을 하고 있는데 경이 그런 말을 하는가 하면서. 그것은 아부하는 말이다, 라고 하셨지. 내 생각도 그랬소. 그래서 그 대화를 기록하며 말미에 사관은 말한다, 라고 쓰고 백성의 마음이 애타고 힘들어하는 시기에 대신이라는 자가 임금에게 아부만 한다면 나라의 운명은 어찌 되겠는가, 라고 적어두었소." 주애는 따뜻한 눈빛으로 그의 얼굴을 바라보고 있다. "몇백 년 뒤까지 내 생각이 전해진다고 생각하니 뭐랄까……."

"뿌듯하신가요?" 주애가 눈을 빛냈다.

"내 취향은 아니라는 생각이 들더군." 말을 뱉고는 국영이 무슨 생각인지 이어 말했다. "당신, 자영이가 공부가 끝났을 테니 가서 데리고 와주시오."

사랑채에서 선생과 글공부를 마친 자영이가 주애와 함께 방으로 들어섰다. 그는 자영이의 팔소매를 잡아당겨 자리에 앉혔다. 치마 앞부분이 둥글게 모양을 만들더니 그의 다리 위로 천천히 내려앉았다. 자영의 눈 속에 국영의 얼굴이 어렸다.

"오늘 무얼 배웠지?"

다정한 눈빛으로 자영을 바라보며 그는 몇 해 전 그의 곁을 떠난 동생들을 생각한다. 고운 얼굴에 눈에는 재기가 충만했던, 단단하고 총명한 동생들이었다. 그는 죽음의 발소리가 생소했고 미처 그 소리를 알아채지 못했다.

아래 동생은 시집을 가서 조카를 낳다 죽었다. 임신과 출산은 조선 여인들에게는 지극히 위험하고 두려운 일이었다. 무탈하게 아이를 낳았다 해도 산욕열과 출산 후유증에 시달리는 여성들이 많았다.

첫째 동생이 죽고 채 몇 개월이 지나지 않았을 때 둘째가 급작스레 세상을 떠났다. 종기였다. 그는 며칠 동안 동생 곁을 지키다 동생의 기력을 돋울 붉은 소고기를 사러 반촌으로 나갔고 동생은 그를 기다리다 눈을 감았다. 복이가 약방에서 사온 고약을 등에 붙인 채로. 누가 그린 것인지 동생의 등에는 먹으로 뱀 사巳 자가 여럿 그려 있었다. 종기를 개구리로 생각한 미신 때문이었을 것이다.

세상을 보다 분명히 보라는 뜻에서 그가 선물로 준 유리거울은 차가운 손과 발로 땅속에 누워 있는 동생을 지금도 비춰주고 있을 것이다. 그는 마지막 남은 동생, 이제 여덟 살이 된 자영이를 도성 안으로 데리고 들어왔다.

"천원지방이라는 말을 배웠어요."

자영이의 반짝이는 눈과 그 눈매는 이옥을 떠올리게 한다. 이 아이에겐 어머니의 영혼이 들어 있어! 네 배필은 꼭 내가 찾을 거야. 오라비보다 모든 면에서 뛰어난 조선국 최고의 남자를. 그는 오늘도 동생을 바라보며 다짐한다.

"그 말은 무슨 뜻이지?"

"땅은 평평하고 네모나고 하늘은 둥글다는 뜻이에요."

자영이가 또박또박 대답한다.

"정말 그런 것 같니?" 얼굴에 미소를 띠고 그가 물었다.

"스승님이 사람 머리가 둥글고 발이 네모진 건 천지를 닮았기 때문이라고 하셨어요."

자신의 말을 믿지 않는다고 생각했는지 자영이가 국영을 빤히 쳐다보며 말했다. 그는 생각한다. 어떻게 내가 어릴 때 배운 말과 토씨 하나 다르지 않을까. 평평하고 네모난 땅을 몇 겹의 둥근 하늘이 에워싸고 있다고? 흥! 사람은 본래 눈, 코, 입에 숨구멍까지 온통 바깥으로 뚫려 있는 존재인데 어찌 이리 꽉 막혀 있을 수 있지? 세상이 이리 변하는 걸 보고도 눈을 감겠다는 건가. 내가 지금 맹인 선생에게 그 많은 돈을 주고 있는 거야?

"네모난 땅의 중심은 중국이라고는 말하지 않던?"

그가 다시 물었다. 자영이가 눈을 끔뻑했고 그는 그만 놀려야 겠다고 생각하며 동생을 품에 꼭 안았다.

그는 기환의 집에서 세계지도를 보았던 충격을 잊을 수 없었다. 지구는 구球이고, 광활한 우주의 작은 점에 불과했다. 지구 밖에서 보면 중국도, 그들이 오랑캐라 부르는 나라들도 모두 같왔다. 큰 바다가 조선을 둘러싼 채 끝없이 펼쳐져 있었고 세계에는 중국 말고도 큰 땅덩어리들이 여럿 있었다. 그날부터였을까. 그는 모든 것이 의심스러웠다. 그리고 그런 자신이 제법 맘에 들었다. 의심이야말로 가장 인간다운 것이고 의구심은 새로운 무언가를 향한 첫걸음이 되는 법이니까.

책을 직접 골라줘야겠어. 구닥다리 책만 읽고 부녀의 법도 어쩌고 하면서 세상을 보게 할 수는 없지. 내 동생은 조선이 구할 수 있는 최신의 지식, 가장 재밌는 이야길 맛봐야 해. 규방에 갇혀 남편만 바라보다 우울병에 걸리게 할 수는 없지. 내 집에서는 남자든 여자든 똑같은 교육을 받는 거야. 글 선생을 바꿔야겠군. 그림 선생, 음악 선생도 붙여줘야 할 것 같고. 회계장부 보는 법도 가르쳐야 해.

바삐 흘러가는 날들이었다. 국영은 이 시절이 그리울 때가 있을 거라고 스스로를 다독이며 건물들 사이를 바삐 오갔다. 궐 안 공기는 바깥과는 달랐고 조정 일은 그의 귀와 머리를 기분 좋게 간질였다. 새로움은 즐거움의 다른 이름이었고 또 다른 세상이 그의 머릿속에서 자리를 잡아가고 있었다. 그는 조선에서 일어나는 모든 일을 ― 재정, 국방, 외교, 경제와 그 외 수많은 사건들을 ― 들을 수 있었고, 왕의 상태와 신하들의 모습과 표정의 변화를 세세히 살필 수 있었다. 그는 관료들의 얼굴과 이름, 성격, 능력, 평판을 기억해두었다. 글 쓰는 속도도 갈수록 빨라졌다. 궁의 일은 악명대로 고됐지만 일을 익히는 데 어려움이 없었고 그 때문인지 아니면 그의 뒤에 인한과 후겸이 있다는 소문 때문인지 사람들은 그에게 호의적이었다.

내관과 궁녀들의 얼굴도 익혀나갔다. 궁의 내밀한 정보는 이들이 쥐고 있었고 그들은 왕의 몸에 있는 한 올의 터럭까지도 알았다. 그들이 알고 있는 정보는 돈으로든, 환심으로든 무엇이든 값을 치르고 사들여야 했다. 궁은 말들로 무성한 하나의 숲이었고 사람들은 크고 작은 나무들 사이에 숨어들어서는 무슨 일이 터지기를 기대하는 표정으로, 아무것도 놓칠 수 없다는 듯이 귀를 세우고 눈을 빛냈다.

"짐이 삼사三司 관원과 승정원의 승지, 대신들을 모두 파직했던가?" 어전회의에 나온 왕은 피곤해 보였다.

"그러합니다."

신하들의 대답에 '보류하라'라는 말이 용상 아래로 툭 떨어졌다. 지난 회의에서 왕은 입을 닫고 있는 대신들을 나무라더니 올라오는 상소가 뜸하다는 이유로 삼사 관원들도 함께 파직했다. 늙은 임금이 왕위에 있으니 더 열심히 백성을 살피고 나랏일에 게을러서는 안 된다고 했다. 승정원 관료들이 하교를 철회해달라고 요구했다가 덩달아 징계를 받았다.

"성은이 망극하옵니다."

목소리들은 말뜻과는 다르게 무덤덤하고 생기가 없다.

"짐이 도성 안 백성들에게 노역을 특별히 감면하라고 명했던가?"

"그러하옵니다."

"짐의 말은 작년에 이미 특혜를 베풀었으니 은택이 너무 지나치면 안 된다는 뜻이다. 전국에 알리라 한 것도 그런 의미이니 그리 알고 처리하라." 명이 또 거두어졌다.

왕의 명령은 바로 이행되지 않았다. 아침에 한 말이 저녁에 바뀌었고 어제의 말은 오늘 잊혔다. 신하들은 왕의 명을 일단 묻어두었다. 죽은 자에게 관직을 내리고 아침에 파직한 신하를 저녁에 다시 불렀다. 임금도 그 사실을 알고 있었고 전날 자신의 말과 행동을 다음 날 묻곤 했다. 왕의 정신은 노쇠한 육신에 갇혀 힘들어했다. 왕의 판단력과 분별력은 흐릿했고 왕의 진의를 헤아리는 것은 신하들 사이에서 놀이 아닌 놀이가 되어가고 있었다. 하지만 동시에 신하들은 왕을 두려워했다. 왕의 치세가 50년이 되어가면서 한 세대의 신하들이 은퇴하고 그 자식 세대들이 조정에 들어와 있었다. 신하들 어느 누구도 국정에 대한 지식과 경험에서 왕을 넘어서는 자가 없었다. 왕위에 오를 때 걸림돌이었던 정통성 문제는 극복되었고 신하들이 주도하는 붕당정치에서 왕이 주도하는 탕평정치로의 전환을 이루어냈으며 균역법을 통해 세제를 개혁하고 문물제도를 정비했으며 각종 악형을 없앤 왕, 왕의 권위는 절대적이었다.

"한나라와 당나라에 여든 살 임금이 있었던가?" 왕이 옛이야기를 하고 싶은 걸까. "하루하루가 쉽지 않다. 정신을 잃을 때도 있고. 이래서 어찌 종묘사직을 보존하겠는가."

고개를 숙이고 있는 신하들을 내려다보는 왕의 표정이 일그러진다. 특별할 것은 없었다. 신하들을 바라보는 왕의 표정은 늘 그랬다. 국영은 편전 앞쪽 왼편에 앉아 이 모든 것을 지켜보고 있었다.

왕은 최근 부쩍 나이 얘기를 많이 하는 것 같다. 왕이 새로 익힌 기술. 늙은 자신을 힘들게 하지 말라는 말로 신하들의 입을 막았고 나이를 핑계로 말을 바꾸고 문제가 생기면 신하들 탓으로 돌렸다. 기억이 나지 않는다고 했고 정신이 혼미해서 잘못 말했다고도 했다. 노령까지 정치적 자산으로 삼을 수 있는, 몸 전체에서 권력을 향한 집착이 뿜어져 나오는 노회한 인물. 이것이 그가 지금까지 관찰한 왕의 모습이었다. 신하들은 왕과의 정치적 싸움에서 번번이 지고 있었지만 돌파구를 찾지 못하고 있었고 상대하기 버거운 왕이 바뀌길 내심 바라고 있었다.

"논의할 만한 일이 없는가?"

왕이 다시 입을 열자 눈치를 보던 신하 중 하나가 나섰다.

"탐라에 오랑캐 십여 인이 표류해 왔다는 장계가 올라왔습니다."

"유구(오키나와)인인가? 아님 안남(베트남)인인가?"

"서양인인 것 같습니다."

"어떻게 생겼지?" 왕이 관심을 보인다.

"눈이 깊고 콧대가 이마까지 이어져 있는데 뺨에는 광대뼈가 없어 코에서 귀까지 평평하게 이어진 것이 꼭 살구씨의 모서리를 깎아놓은 것 같다고 합니다. 곱슬머리가 개털 같고 용모가 흉측하여 원숭이 같은 데다가 걸어 다니면 누린내가 사방에 퍼진다고 합니다."

"음…… 그럼 아란타(네덜란드)에서 온 것 아닌가?" 왕이 알은체를 한다.

"그것이…… 도저히 말이 통하지 않아 어디에서 온 자들인지 밝혀내지 못하고 있습니다."

조정에는 종종 해안에 표류해 온 사람들에 대한 보고가 올라왔다. 청국 어민이 가장 많았고 다음으로 왜국이 많았다. 간혹 안남인, 유구인이 탐라에 표류해 오기도 했다. 서양인이 온 건 아주 드문 경우였다.

"우리가 모르는 서양 오랑캐라…… 청국에 조공을 바치는 나라 중 하나겠지. 관례대로 청국으로 이송하면 청국이 알아서 할 것이다."

왕의 말을 들으며 국영은 표류인들이 한양에 오면 구경을 가보리라 마음먹는다. 듣기로 서양인들은 이미 청과 왜에 거주지를 확보하고 두 나라와 우호적 관계를 맺고 있다고 하던데…… 우린 아직 그들의 관심사가 아닌 모양이지만 곧 조선에도 말을 걸어오겠지. 준비를 해야 해! 언어를 아는 자들을 길러내고 기술을 배울 준비를. 물질적 측면에서는 분명 조선이 가장 끝자리에 서 있는 것 같으니까.

편전에서 신하들은 입을 닫은 채 적막을 타고 앉아 머리를 굴리고 있었다.

"내가 탕평에 대해 또 꿈을 꾸었는데 경들은 탕평이 이루어졌다고 보는가?" 왕이 오늘은 끈질기게 말을 건다. 딱히 할 말이 없을 때, 그런데 신하들에게 시비를 걸고 싶을 때 습관처럼 꺼내는 말이다.

여론에 입각해 나라를 운영해보자는 붕당정치는 양란兩亂 이후 무너졌던 조선의 통치 질서를 일시적으로 회복시켰지만 점차 한계를 드러냈다. 붕당 간의 상시적인 반목과 파벌을 피하기 어려웠고 개혁을 위한 하나된 목소리가 나오지 않았다. 이러한

폐해를 해결하고 인재를 고루 등용하기 위해 들고나온 것이 탕평이었다. 하지만 탕평은 불완전했고 왕과 신하들 간의 머리싸움은 지난 50년간 끊이지 않았다.

"신들은 당파에 상관없이 위로는 성상과 아래로는 백성들을 위해 애쓸 뿐입니다."

영의정이 입을 열고 준비한 대사를 읊었다.

"경들은 잘도 그렇게 말하는구나. 그런데 내 눈엔 왜 이 조정이 불신과 해묵은 분열로 가득 찬 걸로 보일까." 왕은 비웃음을 숨기지 않는다. "아직도 자신은 깨끗하다고 하면서 실제로는 붕당의 습속에 젖어 있는 자들이 많은 것 같은데…… 내가 잘못 보았는가?"

눈을 가늘게 뜨고 가늠하는 듯한 왕의 눈길을 신하들이 피했다.

"기우제는 준비되었느냐?"

신하들을 괴롭히는 건 이쯤 하면 되었다는 듯 왕이 말머리를 돌렸다. 가뭄이 계속되고 있었고 특히 삼남지방에 비가 적었다. 왕은 며칠째 하늘에 제사를 지내는 일을 반복하고 있었다.

기우제라…… 조선에선 농업이 절대적이니 가뭄이 들면 무엇이라도 해보려는 마음을 이해 못 할 바는 아니다. 하지만 때가 되면 비는 오는 것이고 계절과 자연현상의 변화는 음과 양으로 설명될 수 없다. 제사를 지낸다고 비가 온단 말이야? 해는 쉬지 않고 움직이고 해와 달과 별, 모두 일정한 궤도가 있는데 조선의 왕이 제사를 지낸다고 별들이 달리 움직인다고? 얼마 전에는 승려와 맹인들까지 동원해 제사를 지냈다. 그리고 그것으로는 부족하다고 생각했는지 무녀들을 땡볕에 세워두고 그녀들 중 몇이 자리에 주저앉는 걸 보고 나서야 제사를 멈추었다. 하늘과 통하는 무녀들이 고통을 받아야 하늘이 불쌍히 여겨 비를 내려줄 거라나? 그는 이런 얼토당토않은 일을 여염집도 아니고 나라에서 하고 있다는 것이 우습기도 하고 창피했다.

"비가 오지를 않는구나. 이건 분명히 정성이 부족해서 그런 것이다. 당분간 탕약을 들이지 말라." 왕이 신하들을 둘러보고는 입가를 일그러뜨렸다. "그런데…… 이게 왕만 애쓴다고 될 일인가?" 왕의 얼굴이 이번엔 확실히 구겨졌다. "그대들은 이 나라를 나와 함께 이끌어가는 사람들 아닌가? 그게 그대들 생각일 테고." 오늘 왕은 유난히 날카롭다.

"전하, 탕약은 드셔야 하옵니다." 신하 하나가 말했다.

"그대들은 조선이 허약한 것이 내 탓이라고 보는가?"

"전하, 옥체를 보존하소서." 신하 하나가 딴소리를 했다.

"내 맘을 이리 모르는가?" 왕이 역정을 내며 손을 내저었다. 나무에서 곧 떨어질 것 같은 나뭇잎처럼 왕의 손이 흔들거렸다. "당분간 승정원 관리 외에는 궁 안으로 들어오지 말라."

왕이 또 심술을 부린다. 국영은 지금의 대화를 적어야 할지 잠시 망설였다.

"전하!" 잠시 조용하던 편전에 큰 목소리가 울렸고 사람들의 고개가 소리 나는 쪽으로 향했다.

"말하라!"

"진연進宴이 계속 늦춰지고 있습니다. 속히 시행하소서!"

좌의정이 고개를 숙인 채 말했다.

"또 그 얘기인가?"

왕의 여든 생일을 축하하는 진연 문제를 신하들이 또 거론한다. 왕은 연초에 마지못해 승낙했다가 나라가 어려운데 잔치가 가당키나 하느냐며 계속 진연을 미루고 있었다. 신하들의 상소가 몇 달간 이어지는 상황이었다.

"그대들과 나는 부모 자식과 같다. 부모가 원치 않는 것을 자식이 강요한다면 이는 효라 할 수 없다."

국영은 왕의 말을 빠르게 받아 적으면서도 속으로 고개를 가로저었다. 왕은 왕실의 부모인지는 몰라도 신하들의 부모는 아니지. 부모가 자식을 귀양 보내던가? 그리고 왕실 사람들에게는 땅이며 노비며 넉넉히 내주면서 신하들은 박봉에 시달리게 한단 말이야? 내가 왕의 아들이라면 이렇게 힘들게 붓을 놀리고 있을 필요도, 때론 집에도 못 가고 궁에서 숙직을 설 일도 없을 테지. 삐딱하게 생각하는 버릇이 또 나오는 것 같아 그는 머리를 한번 흔들고 다시 오가는 대화에 정신을 집중했다.

"신, 백성을 사랑하는 전하의 마음을 모르는 바는 아니나 지존의 여든 생일을 어찌 그냥 넘어가겠습니까? 이는 제대로 된 나라라고 할 수 없을 것입니다."

불편한 공기를 깨고 나온 건 홍인한의 당당한 목소리였다. 신하들의 고개는 바닥을 마주한 채 움직임이 없다.

국영은 인한의 태도에 외경심 비슷한 감정에 사로잡힌다. 왕은 몇 년 전에도 사소한 실수를 트집 잡아 자신을 보좌한 대신들을 역적으로 몰아 귀양 보냈다. 정치적 목적을 위해서라면 없는 사건도 만들어내는 위인. 그가 그동안 관찰한 바에 따르면 조정에서 왕을 어려워하지 않는 사람은 홍인한과 정후겸 둘뿐이다.

"거창하게 하고 싶지 않다. 하례만 간단히 받으면 될 일 아닌가? 예보다 마음이 중요하다." 왕이 인한을 쏘아본다.

"이번 진연은 단순히 먹고 마시자는 것이 아닙니다. 국왕의 장수를 기원하는 것입니다. 이는 신하들의 마땅한 의무입니다."

인한 홀로 고개를 쳐들고 왕의 말을 받아쳤다. 국영은 뭔지 모를 고양과 흥분을 느꼈다.

"왜 이리 짐을 괴롭히는가? 내가 또 식사를 물리고 굶으면 경들이 내 말을 듣겠는가?" 왕의 목소리에 노기가 느껴진다. 왕이 쓴 검은 모자에 달린 두 개의 뿔이 ─ 매미 날개를 닮은 ─ 파르르 떨렸다. 인내심이 바닥나고 있다는 신호였다.

"성상께서도⋯⋯ 이 나라의 예와 법도 안에 계십니다."

인한의 말에 왕의 표정이 순간 굳었다. 그러고는 인한을 노려보았다. 분명 누가 보기에도 그랬다. 그는 왕의 입에서 '파직'이라는 말이 튀어나오는 걸 상상한다. 그럼, 홍인한은 당분간 궁에 들어오지 못할 것이다.

신하들은 어느새 더 낮게 엎드려 바닥과 하나가 되어 있었다.

"흐음." 다행히 왕의 작은 한숨이 신료들의 긴장을 누그러뜨렸다. "나는 장수한 것이 백성들 보기에 민망하고 부끄럽다."

폭발할 것 같던 왕의 목소리는 의외로 차분하다. 왕은 인한과의 싸움을 피했다.

"50년을 이 자리에 있었지만 한 것이 없다. 그런데 백성들이 가뭄으로 힘들어하는 때에 어찌 진연을 열겠는가?"

왕은 기력을 다하고 있다. 그가 알기로 십 년 전에도 똑같은 일이 있었다. 보위 40년을 축하하는 진연을 여는 문제를 놓고 신하들과 논쟁이 계속되었는데 그때는 어린 동궁이 며칠을 단식하고 왕의 마음을 바꿨다고 들었다.

"예조참판, 그대의 생각은 어떠한가?"

왕이 갑자기 정후겸을 부른다. 애정이 담긴 부드러운 음성. 후겸은 왕의 외손자. 할아버지가 외손에게 묻고 있었다.

"신, 아룁니다." 후겸이 고개를 들지 않은 채 말했다. "백성을 사랑하는 성상의 뜻에 신들이 어찌 미칠 수 있겠습니까? 신들은 백번 배워도 부족할 것입니다." 후겸의 말은 준비된 듯 매끄러웠고 왕은 작게 고개를 끄덕이며 다음 말을 기다렸다. "동궁 저하의 말을 들어보는 것이 어떻겠습니까?"

후겸의 말에 신하들의 모자가 동시에 흔들렸다. 그는 후겸의 위상을 눈앞에서 보고 있다. 신하 중 어느 누가 감히 다음 국왕이 될 사람에게 난처한 답변을 떠넘길 수 있을까. 용상 아래쪽에 앉아 있던 동궁의 시선이 후겸 쪽으로 향하더니 천천히 자리에서 일어섰다. 신료들은 여전히 고개를 숙인 채였고 오직 국영과 왕만이 동궁의 움직임을 보고 있었다. 동궁이 왕을 향해 서서는 머리를 숙였다.

"전하, 소신의 뜻은 미루어 짐작하시리라 생각합니다. 부디 소신과 중신들의 마음을 헤아려주십시오."

쩍쩍! 굳어 있던 공기가 갈라지며 소리를 냈다. 국영은 재빨리 눈을 돌려 왕의 기색을 살폈다. 그는 알 수 있었다. 왕의 인내심은 바닥이 났다.

"짐을 아직도 모르는가?" 목소리 끝이 흔들린다. "홍인한을……" 의자 팔걸이 위에 놓인 왕의 손이 덜덜 떨리는 게 보인다. "파직한다!"

결국 애써 누르고 있던 노기가 폭발했다. 왕의 머리 위쪽에 한데 뭉쳐 있던 검은 공기가 일순간 편전 전체로 퍼져나갔고 분위기가 갑자기 어두워졌다. 왕의 갑작스러운 명령에 신하들의 몸이 동시에 움찔했다.

"이 일은 더 이상 말하지 말라. 또 거론한다면 그대들이 나를 왕으로 인정하지 않는 것으로 알겠다."

호흡이 불편한지 왕이 몇 번 기침을 했다. 왕은 애민군주로 통했지만 신하들에게는 지극히 무섭고 비정했다. 자신의 뜻을 관철시키기 위해서는 신하들 앞에서 극언을 서슴지 않았고 때론 단식투쟁을 벌였으며 끊임없이 왕 이상의 권위를 갈망하고 요구했다.

홍인한 한 사람에 대한 처벌로 회의는 끝나는 걸까.

"아니! 홍인한을…… 평안감사로 보낸다."

왕의 생각은 그새 바뀌었다. 편전 바닥에 시선을 박고 눈알만 굴리던 신하 여럿이 동시에 고개를 들었고 당황하는 얼굴로 왕과 홍인한을 번갈아 보았다. 파직이래야 며칠이면 궁으로 다시 돌아올 수 있다. 하지만 평양으로 나간다면? 언제 도성으로 돌아올지 기약이 없게 된다. 예상치 못한 전개에 신하들이 동요하고 있었다. 누구도 먼저 입을 떼지 못한다.

"신! 명을 받들겠습니다!"

인한이 전장에 나가는 출정 보고처럼 필요 이상으로 힘차고 우렁찬 목소리로 외쳤다. 동시에 신하들의 얼굴에는 안도감과 존경의 빛이 빠르게 스쳐 지나갔다.

"세손도 들어라. 더 이상 할아비를 힘들게 하지 말라. 십 년 전에는 네 말을 따랐다마는 네가 왕이 되었을 때 세자가 너를 항상 이기려 든다면 어떻게 하겠느냐?"

말을 마친 왕이 못마땅한 표정으로 자리를 떴고 동시에 긴장감이 바람 소리를 내며 편전을 빠져나갔다.

사람들이 하나둘 인한에게로 몰려갔다. 편전 가운데 우뚝 서서 그들과 얘기를 나누던 인한이 갑자기 손짓으로 국영과 후겸을 부른다. 모두가 보는 자리에서 티를 내어 부르다니. 국영은 영 맘에 들지 않는다. 신료들이 자리를 비켜줬다.

"성상은 죽어서도 관 밖으로 손을 뻗어 익선관을 쥐고 있을 거야. 분명 그러고도 남을 분이지."

인한은 오히려 재미있어하는 표정이다.

"너무 몰아세우셨습니다." 후겸이 말했다.

"그리 보였나?" 인한이 작게 웃는다. "내 걱정은 말게. 나와 성상 사이는 보기보단 단단하니까. 그런데 성상은 자신과 동궁을 지켜줄 자가 누구인지 아직도 고민인 모양이야."

"왕도 이 나라의 예와 법도 안에 있다고 하신 말씀은 좀 위태해 보였습니다."

후겸이 다소 걱정되는 얼굴로 인한을 바라보았다.

"성상 앞에서 거짓을 말할 수는 없지 않은가. 조선의 국왕은 천자天子가 아니고 초월적 존재도 아니네! 이 나라는 사대부와 함께 운영돼야 하지. 그게 조선의 전통이고 우리가 이룩한 정치적 성과야. 성상은 이 사실을 의도적으로 자주 잊으시는 것 같으니 우리가 상기해드려야 하네."

인한이 후겸을 달랜다. 아니 가르치고 있었다. 국영은 인한의 말을 이해 못 하는 바는 아니었다. 왕정은 불완전한 정치체계다. 위대한 왕이 나오길 기다리며 보잘것없는 왕 열 명을 감내해야 하는 제도.

"이런 때에 조정을 비우시다니."

후겸이 말을 하고 잠시 생각에 잠기는 얼굴이다.

"곧 돌아올 거네. 오랜만에 백성들 가까이에서 일할 생각을 하니 벌써 설레는군. 여유가 있다면 평양으로 한번 초대하지."

인한은 좀 전의 일을 재미있는 놀이쯤으로 여기는 듯했다.

조정에 들어와 보니 인한에 대한 평은 도성 안에서 도는 말과는 — 자기애가 강하고, 괴팍한 데다 안하무인에 변덕스럽고 거만하기 짝이 없는 — 또 달랐다. 조정에서의 인한은 위엄, 명예, 자긍심, 위풍당당이라는 단어가 어울렸다. 물론 겉치레를 좋아하고 으스대는 태도는 숨기지 못했지만. 인한은 탁월한 행정가에 지칠 줄 모르는 정력가였고, 왕에게 어려운 말을 해야할 때 신하들을 대신해 나서는 기백을 — 오늘 바로 그 모습을 눈앞에서 보았다 — 갖고 있었다. 또 사람을 품고 베푸는 매력도 있었다. 동료들을 집으로 자주 초대해 식사 자리를 갖는 진한 인간미를 보여줬고 관리들을 평가해 보고하라는 왕의 명령에 모두에게 좋은 평가를 했다가 임금에게 한 소리 듣기도 했다. 왕 앞에 불려간 그가 한 말은 이랬다. 신이 상황을 보니 모두들 낯선 곳에서 백성을 위해 고생하고 있습니다. 몸이 아픈

자가 부지기수이고 가족들에 대한 그리움을 편지로 달래고 있었습니다. 나라에서 주는 봉록은 차마 말씀드리기조차 민망한 수준입니다. 제가 어찌 박한 평가를 할 수 있겠습니까.

동료들이 그를 따를 수밖에 없었다.

"홍사관을 동궁에게 소개해주게." 인한이 후겸에게 말했다. "이제는 동궁도 홍사관이 낯이 익었을 거야."

"저도 그 생각을 하는 중입니다." 오가는 대화를 들으며 그는 공중에 던져졌다가 땅으로 떨어지는 공깃돌을 떠올린다. "워낙 사람을 조심하시니, 때를 보겠습니다."

후겸의 말을 들으며 국영은 왠지 억지로 떠밀려 배에 오르는 기분이 들었다.

모란꽃 환하게 피어나고

(영조 49년, 1773년 가을)

국영이 막 건물을 나섰을 때 심부름을 오는지 진이가 살짝 고개를 숙이고 걸어오는 게 보였다. 진이가 그를 지나치면서 목소리를 낮췄다.

"음식만 전하고 금방 나올게요. 기다려주세요."

목소리에도 몸짓에도 조심스러움이 배어 있다. 정순왕후가 음식을 보낸 모양이다. 진이는 여동생이 오라비에게 보일 법한 미소를 짓고는 전각 안으로 들어갔다. 그녀의 뒷모습을 보며 그는 진이가 이제 여인이 ─ 싱그럽고 정숙한 ─ 다 되었다고, 일생에서 가장 아름다울 때라고 생각한다.

그는 전각 밖 담 쪽으로 자리를 옮겨 진이를 기다린다. 하지만 곧 자리를 피하고 싶다는 생각이 든다. 궁 안에서는 소문이 어떻게 날지 몰랐다. 궁에서 궁녀와 얘기를 나누는 건 조심해야 한다. 말이 한번 돌기 시작하면 봄날의 들불처럼 들판을 다 태우고 스스로 꺼지기 전까지는 손쓸 방법이 없었다.

이전에도 둘은 몇 번 마주친 적이 있었지만 그때마다 눈인사가 고작이었다. 그는 젊었고 궁녀들 사이에선 관심의 대상이었다. 그는 자신을 쳐다보는 궁녀들의 시선을 여러 번 느꼈다.

불편한 마음으로 그는 주황 빛깔의 꽃담 아래에서 서성였다. 아무래도 안되겠는걸. 다음에 진이가 궁 밖으로 나올 때 봐야겠어. 국영이 자리를 뜨려고 몇 걸음 옮겼을 때 뒤에서 그를 불러 세우는 소리가 들린다.

"가시려고요?"

그가 엉거주춤하며 뒤를 돌아보았다. 진이가 활짝 웃고 있다. 진이와 함께 있던 궁녀 하나가 흘긋 쳐다보고는 눈웃음을 지으며 자리를 피해준다.

"도련님, 내외하는 성격이 되신 거예요?"

진이가 그를 놀리는 것 같다.

"궁 안이니까."

"걱정하지 않으셔도 돼요. 저와 도련님 사이를 잘 아는 아이예요." 그의 불안감이 다소 가라앉는다. "그런데 혹 오늘 숙직이 아니시면 저녁때 댁에 한번 들를게요. 오늘 밖에 나가는 날이거든요. 새로 구하신 집 구경도 하고 싶고요."

할 말이 있는 모양이다. 분명 '집이 정말 예뻐요.' 같은 말은 아닐 것이다.

"기다리마." 그는 벌써 마음이 설렌다. 같은 공간에서 일하고 있으니 나눌 이야기가 너무나도 많았고 물어보고 싶은 것도 여럿이었다. 그는 모든 게 궁금했다. "가봐야 해." 그가 말했다. "받는 봉록에 비해 일이 너무 과중하거든. 숙직 수당도 없다니까.

아! 자영이가 글이 얼마나 늘었는지 몰라."

진이는 자영이를 귀여워했다. 그는 진이와 헤어져 걸으면서 그녀의 얼굴에 나타났던 표정들을 하나하나 떠올렸다.

그날 저녁 약속대로 진이가 그를 찾았다. 머리쓰개를 벗는 진이의 얼굴이 방 안 불빛 때문인지 낯설게 느껴진다. 그는 진이의 어릴 적 얼굴을 찾고 있는 자신을 발견한다. 하지만 그의 눈에는 한 명의 성숙한 여인이 보일 뿐이다. 순간 어떤 감정이 불쑥 고개를 들었다. 우울함, 두려움, 아쉬움…… 동생들과의 기억이 점차 희미해지고 흐릿해지고 있었다. 인간은 죽음에도, 망각에도, 저항할 수 없다.

그가 살짝 고개를 흔들며 생각을 지우고 있을 때 진이가 무언가를 품에서 꺼낸다. 매듭장신구. 자영이에게 줄 선물인 모양이다. 진이가 옆에 앉아 있는 자영이를 쳐다봤다.

"자영 아가씨, 제가 상서원 매듭장한테 배워서 만든 거예요. 이건 행복을 가져다주는 매듭, 이건 사랑을 불러오는 매듭이에요. 꼭 달고 다니셔야 해요." 진이가 매듭장신구를 자영이 겉저고리에 조심스레 달아준다. "아가씨는 아름다운 인생을 살 거예요."

주애가 진이와 인사를 하고는 자영이와 강선이를 데리고 방을 나갔다. 그는 그들의 뒷모습을 흐뭇한 표정으로 쫓다가 다시 진이에게로 시선을 돌렸다.

"네가 궁에 들어간 지 벌써 십 년이지? 이제 정식 나인도 되었고, 힘들지는 않아?"

"이제 집보다 궁이 더 편한걸요."

그 말이 어쩐지 그에겐 짠하게 들린다.

"도련님은…… 갑갑하지는 않으세요?"

"도성 안에서 사니까 조금 답답한 느낌이 있긴 해. 궁 안에 들어가면 또 한 번 갇힌 것 같기도 하고." 진이의 물음에 그는 요사이 자신의 생활을 되짚어본다.

"그래도 도련님이 역사를 쓰신다니 자랑스러워요."

진이의 얼굴이 밝아졌다. 그는 순간 진이의 옛 얼굴을 보았다고 생각했다. 햇볕에 까맣게 그을린 얼굴로 동생들과 흙장난을 하던. 옆에 서 있던 그를 해맑은 표정으로 올려다보던, 진이의 어릴 때 모습. 그리움이 밀려왔다 빠져나가면서 둘 사이에 침묵이 찾아왔다.

진이가 말을 고르려는 걸까. 그는 침묵이 흐르게 내버려 두었다. 어색함은 없었다. 국영은 밖에서 들려오는 소리에 귀를 기울인다. 깊어가는 가을에 몇 마리인지 모를 벌레들과 개구리, 두꺼비들이 함께 떠들어대고 있다. 우는 것인지, 웃는 것인지. 찌륵찌륵, 꾸륵꾸륵.

"나갈 수 있을까요? 궁을……" 그의 귀가 움직였다. 혼잣말인지 그에게 묻는 것인지 분명치 않았다. "마음에 두고 있는 사람이 생겼어요." 진이가 고개를 들었고 그는 순간 멍해졌다.

"누구인지 물어봐도 될까?" 그가 정신을 차리고 물었다.

"보신 적이 있을 거예요. 동궁마마를 시중드는 박내관."

내관! 그는 허공에 시선을 던지고 박내관의 얼굴을 떠올리려 애쓴다. 기억이 난다. 숙인 고개를 살짝 들고 그를 바라보던 눈동자.

"어떻게?"

"중궁전에서 같이 일했어요. 그냥 좋은 사람이라고만 생각했는데 그 사람이 중궁전을 떠난 뒤에 감정이 생겼어요. 아니 그 때야 안 거죠."

눈에 눈물이 고이는 걸 보이고 싶지 않은지 진이가 고개를 옆으로 돌렸다. 자책하는 걸까. 그의 머리가 빠르게 움직였다. 진이야, 이건 위험해! 내관과 궁녀라니. 너, 박내관, 잘못하면 덕이와 어쩌면 나까지…… 잠시 뿌예졌던 시야가 다시 맑아졌고 이내 무언가를 잘못한 사람처럼 고개를 숙이고 있는 진이가 눈에 들어왔다. 궁 안에 눈이 수천 개가 될 텐데. 아니지, 이건 네 잘못은 아니야. 그는 연민과 두려움 사이에서 갈팡질팡하는 자신을 발견한다.

"그 사람 옆에 있으면 제가 소녀처럼 느껴져요. 가끔 그 사람 꿈을 꾸기도 해요. 그리고 우연이라도 궁에서 마주치길 기대하면서 눈을 두리번거리고 있는 저를 발견해요."

"박내관은 네가 좋아하는 걸 알고 있어?"

그의 말에 진이가 작게 고개를 끄덕였다.

"뭐라 하지?"

"그 사람은 무서워해요. 될 일이 아니라고."

진이의 눈은 젖어 있었다.

"이 일은 누구도 알아서는 안 돼. 그게 너희 둘, 그리고 모두가 사는 길이야."

상황이 벌써 손쓸 수 없는 지경까지 간 것은 아닐까?

"전 가진 것도, 잃을 것도 없어요. 설령 있다 해도 그런 건 상관없어요."

진이의 눈이 그를 향했다. 의지와 진실이 담긴 눈. 그는 무슨 말을 해야 할지 몰라 입을 열지 못한다.

"저는 인생을 선택해보지 못했어요. 이번에는 그러지 않을 거예요. 절대로."

그래! 어쩌면 잘된 일인지도 몰라. 위험하긴 해도 안전하게만 살아서는 그게 어디 제대로 된 삶이라 할 수 있겠어? 그럴 거라면 관 속이 제일이지. 진이야, 널 탓하진 마! 내가 어떻게든 해볼게. 사랑이 뭔지도 모르고 궁에서 늙어가는 너를 보는 것도 내겐 힘들기는 마찬가지니까. 사랑은 인생에서 가장 충격적이고도 또 중요한 사건이잖아. 이건 어쩌면 축하할 일이야. 그의 가슴에 무언가가 차오르고 있었다.

"꼭 가야 할까?" 아침 회의를 마치고 국영과 후겸은 동궁이 있는 춘방春坊 방향으로 함께 걷고 있었다.

"저하더러 오라 할 수는 없지 않은가?"

후겸은 편안한 얼굴이다.

둘은 인한이 평양으로 떠난 후 가까워졌다. 국영은 후겸을 볼 때마다 매끈한 몸에 눈을 빛내고 있는 물고기를 떠올렸고 그런 후겸을 좋아하게 됐다. 후겸은 울창한 숲에서 그가 길을 잃지 않도록 친절한 안내자 역할을 했고 그는 후겸의 보호 아래 새롭고 낯선 세계가 주는 자양분을 맘껏 빨아들이고 있었다.

후겸은 입이 무거운 편이었지만 편전 회의에서 일단 입을 열면 늘 자신의 뜻을 관철시켰다. 물샐틈없는 논리와 설득력을 갖췄고 궁에서 나고 자란 사람처럼 행동은 자연스럽고 기품이 있었다. 왕의 외손이었고 어린 나이에 — 그보다 한 살이 어렸다 — 고위직에 올랐다. 왕의 총애를 받고 있는 데다 나이에 걸맞지 않게 빈틈이 없는 후겸을 사람들은 어려워했다. 그래서 어쩌면 외로웠던 걸까. 후겸은 늘 먼저 그에게 말을 걸었고 둘은 대화를 통해 은유와 재치, 통찰과 풍자가 주는 지적 희열을 즐겼다. 또 국영과 후겸은 백성들의 곤궁한 삶과 마을 장터의 활기, 조선의 고루함, 관료의 무능에 대해 생각이 같았다. 후겸과 함께 있을 땐 궁을 장악한 무거운 공기가 한결 가벼워졌고 어디선가 좋은 향이 실려 오는 듯했다.

후겸은 국영의 든든한 후원자로 자처하고 나섰다. 한번은 회의에서 졸던 국영이 — 그는 조정 회의에서 자주 졸았다 — 글을 받아 적다 종이에 먹칠을 하고 말았다. 졸고 있던 국영을 못마땅하게 지켜보던 중신 하나가 참다못해 그를 나무랐을 때 후겸이 비호하며 나섰다. 중신들의 논의가 얼마나 생산적이지 않았으면 사관이 견디다 못해 졸았겠냐고. 홍사관이 다음에도 졸면 우리 모두 성상에게 자신들을 벌주기를 청해야 마땅하다고. 후겸의 말에 왕은 오랜만에 즐거운 표정을 지으며 소리 내어 웃었다.

후겸은 또 왕의 정신이 가장 또렷한 시간에 국영이 왕 옆에 있을 수 있도록 그의 근무시간을 조정해주었다. 왕은 국영을 좋아했고 종종 그를 '내 손자'라고 불렀다. 조정에선 국영과 후겸이 단짝이라고 소문이 났고 둘이 함께 걸을 때면 사람들은 국영의 용모와 후겸의 화려함에 눈길을 빼앗겨 고개를 돌려 쳐다보곤 했다.

그는 곁에서 걷고 있는 후겸을 바라본다. 후겸은 전부터 —
강요는 아니었다 — 동궁과 화완옹주를 만나보길 권했지만 그
는 그때마다 조심스레 말을 돌렸다. 하지만 그는 오늘 미루어왔
던 일을 해치울 셈이었고 그래서 다소 긴장하고 있었다.

"어린 시절 저하와 함께 시간을 보냈던가?" 국영이 묻는다.

후겸이 고개를 끄덕인다. 후겸은 결혼 전까지 궁에서 살았다.
혜빈 홍씨는 남편 사도세자가 비극적으로 죽자 창덕궁에 있는
동궁을 왕이 있는 경희궁으로 보냈다. 왕 가까이에 있어야 사랑
도 받고 그래야 아들의 안전이 담보된다고 믿었을 것이다. 그때
사도세자의 친모인 할머니 영빈 이씨와 고모인 화완옹주가 동
궁을 보살폈다.

"어떤 분이셨지?"

"독하다 할 정도로 공부에 열심이셨지."

"그대와는 가까웠겠군."

"글쎄." 후겸의 얼굴에 회색빛의 얇은 막이 내려앉았다. "날
따랐지. 한동안은. 묘한 동질감이 있기도 했고. 언젠가 동궁이
내 손을 잡고 말하더군. 우리 둘 다 양자 신분이니 서로 돕고 지
내자고."

왕은 동궁을 사도세자의 형인 효장세자의 — 그는 어린 나이
에 죽었다 — 아들로 입적시켰다. 왕위에 오르는 데에 중대한
약점일 수 있는 죄인의 아들이라는 꼬리표를 형식적으로나마
떼어준 것이다.

"그때는 친했는데 지금은 아니라는 뜻인가?"

"결혼하고 난 궁을 나왔고 동궁과도 좀 서먹해졌지. 지금은

잘 모르겠어." 후겸이 알 듯 모를 듯 한 미소를 짓는다.

"옹주와 저하의 관계는 어떻지?" 국영이 걷는 속도를 조금 늦추며 물었다.

"저하를 아들처럼 여기시지. 성상께도 늘 저하 칭찬이시고."

"그렇군. 저하가 워낙 말씀이 없으시니…… 내가 조정에 온 지도 반년이 넘었는데." 국영은 자신과 눈이 마주쳤을 때 무심히 눈길을 피하던 동궁을 떠올렸다.

"동궁이 어떤 생각을 하는지는 누구도 모를 거네."

후겸의 말에 국영은 이전에 주애와 나누었던 대화가 불현듯 떠오른다. 권력자로 태어난 사람의 삶은 어떨까 하는. 동궁은 어쩌면 쓸데없는 소문을 잠재우는 데는 남에게 속내를 드러내지 않는 것이 제일이라고 여기는 건지도 몰랐다.

"그런데 왜 마음이 바뀌었지? 저하도 옹주마마도 만나는 걸 그리 부담스러워하는 눈치더니."

"사실, 그동안 호기심을 누르느라 무척 힘들었네."

"조정에 나온 첫날 이리저리 눈을 굴리던 자네 얼굴이 생각나는군." 이제 후겸은 그에게 가끔 농담도 했다. "그런데 오늘 마마를 뵙는 것 말이네. 지난번 얘기한 것처럼 옹주께서는 영락없는 왕족이지. 왕족의 논리로 생각하는 분이라는 뜻이야. 궁의 재산이라고 할 수 있는 나인을 밖으로 내보낸다? 그게 무슨 말이냐며 눈을 크게 뜨시는 모습이 벌써 그려지는군."

그는 진이의 일을 후겸에게 조심스럽게 상의했고 후겸은 화완옹주의 도움을 받자고 했다.

"진이라는 아이를 옹주 거처에서 일하게 한 후 때를 보는 게 어떤가? 나인 한 명을 처소로 보내달라 하는 일은 어머니한텐 어렵지 않을 거야. 내가 미리 말해두었어."

"고맙네!"

자신의 부탁에 어떤 반응을 보일지 확신할 수 없었던 그는 후 겸의 마음이 고마웠다. 물론 박내관 얘기는 하지 않았다.

"친구의 말이라면 언제라도. 그 아이를 궁 밖으로 내보낼 방 법을 함께 찾아보세."

후겸이 특유의 자신만만하고 매끄러운 미소로 말했다.

"그런데 자네는 왜 나를 동궁에게 소개시키려는 거지? 궁에 들어온 지 얼마 되지 않은 일개 사관을?"

"두고 보면 알게 되겠지. 일개 사관인지 아닌지는. 그런데 자 네 그거 아나?" 후겸이 걸음을 멈추고서 몸을 돌려 그와 눈을 맞췄다. "세상에는 두 종류의 사람이 있어. 재능에 비해 야망이 지나쳐 주변을 짜증나게 하는 자와 야망이 재능에 비해 작아서 주변을 안타깝게 하는 자. 내가 그동안 관찰한 바에 따르면 자 넨 재능에 비해 야망이 부족한 쪽이야. 내가 정확히 봤다면 말 이야. 난 자네를 볼 때마다 매번 자네 욕망에 살살 부채질을 해 주고 싶다는 생각이 들어! 국영, 그대는 가문도 좋고 매력이 넘 치지. 큰 인물이 되기 위해서는 큰 꿈을 갖는 게 먼저야." 후겸 이 한 팔로 국영의 두 어깨를 다정하게 감싸 안았다.

그의 머릿속에 불현듯 하나의 공간이, 후겸이 마련한 무대가 떠올랐다. 무대 위엔 사람들이 가득하다. 순간 그는 흐릿한 얼 굴들 중에서 자신의 모습을 본 것 같았다.

야망이라…… 그래! 난 야망도 질투도 없는 편이지. 거기에서 오는 고통도 겪고 싶지 않고. 그런데 자네는 둘 중 어느 쪽이지?

어느덧 둘은 춘방의 존현각 뜰로 들어섰다. 기다리고 있었는지 전각 문 밖에 서 있던 내관이 둘로 보고는 허리를 숙였다.

"기다리고 계십니다."

두 사람은 내관을 앞세우고 건물 안으로 들어서 복도를 따라 걸었다. 후겸은 건물 내부가 익숙한지 여유가 있어 보인다. 존현각은 지극히 소박하다. 그 흔한 벽화 하나 보이지 않는다. 동궁은 역시 재미없는 사람일까…… 얼마 지나지 않아 내관이 걷는 속도를 늦추더니 멈추어 섰다. 부지런히 눈을 굴리며 따라 걷던 그는 하마터면 내관의 등에 얼굴을 부딪칠 뻔했다. 그림도 장식도 없는 어느 방문 앞이다. 궁에서 일하는 사람들의 사무 공간에나 어울릴 법한 하얀 창호문이다.

"저하! 예조참판과 사관 홍국영이 왔습니다."

기다리고 있었다는 듯 방문이 스르륵 열렸다. 안쪽에서 문을 연 자와 ─ 박내관이다 ─ 눈이 마주친다. 국영은 고개를 숙이고 있는 박내관을 슬쩍 보고는 안쪽을 향해 머리를 숙였다. 그의 눈앞에 펼쳐진 풍경은, 소박한 서재라고 해야 할까. 곧 조선의 국왕이 될 사람의 방이라기엔 민망할 정도다.

겉치레와 허영도 때론 필요하지 않나? 특히나 궁이라면 화려함과 부요함의 상징들이 부끄러운 일이랄 순 없는데. 과하게 검소하군.

방 한가운데 놓인 커다란 탁자 위, 책 한 권이 펼쳐져 있고 그 옆에는 수북이 책이 쌓여 있다. 방 어디에도 그 흔한 백자 항아리, 그림 족자 하나 없다. 주변을 살피던 국영의 눈에 동궁이 보였다. 동궁은 그를 향해 미소 짓고 있었다. 그는 동궁의 맞은편에 앉으며 고개를 숙이고 귀를 세웠다.

"저하, 온종일 춘방 신료들과 토론을 하신다 들었습니다."

여유 넘치는 후겸의 목소리가 그의 귀를 파고든다.

"가급적 빼먹지 않으려 합니다. 해야 할 일이니까요."

동궁이 진중하게 대답했다. 국영은 고개를 들어 동궁의 표정을 보려다 그만두었다.

"저하의 학문이야 과거를 보셔도 입격하실 수준이지요."

"정참판에 비할 수 있겠소. 중신들이 부끄러워할 수준은 되지 않으려 합니다." 동궁이 온화한 목소리로 대답했다.

조선의 왕은 매일 읽고 또 읽는다. 각 지역에서 올라오는 보고서, 상소문. 조선의 국왕은 문서를 읽고 처리할 능력이 있어야 한다. 왕은 장막 뒤의 권력자가 아니라 매일 신료들과 얼굴을 맞대야 했다. 회의와 경연에서 나랏일이 결정되었고 그 방식은 왕과 신하들 간의 토론이었다. 새 정책을 시행하려면 유학경전을 널리 인용하면서 자신의 생각을 정리해 밝히는 능력, 중국과 조선의 역사적 사례를 거론하면서 정책을 밀고 나갈 수 있는 학문적 능력이 필요했다. 권력은 왕에게 있었지만 권력을 움직이는 것은 사대부였다. 사대부의 언어는 경전과 역사, 법률이다.

왕이 내리는 결정은 조정의 중신들, 삼사三司와 전국 유생들로부터의 반박과 비판을 피할 수 없었다. 회의는 매일 이어지고 수많은 눈이 왕의 말과 행동을 지켜봤다. 왕이 회의와 경연을 멀리하고 토론을 하지 않으면 조정은 더 시끄러워졌다. 신하들은 엎드려 머리를 숙일 수는 있어도 학문과 지력이 부족하고 게으른 왕에 대해서는 조금의 동정도 없었다. 어쩌면 이 때문에 조선의 왕들은 — 예외적 인물이 없었던 것은 아니지만 — 대체로 학식이 높았고 백성을 위했고 도덕군주를 지향했다. 궁은 타락과 유희가 아니라 학문과 예절이 지배하는 곳이었고, 광대가 아니라 학자들을 위한 장소였다.

동궁은 20년을 한결같이 치열하게 공부했다. 동궁은 왕성한 지식욕에 남다른 지력의 소유자였고 조선의 역사에서 학문의 폭과 깊이로 볼 때 그 나이에 이 정도의 성취를 이룬 사람은 찾기 어려웠다.

"이렇게 마주하기는 처음인가요?"

동궁의 목소리에 반응해 그의 고개가 들렸다. 국영을 보고 있는 동궁의 눈빛은 온화했다. 콧대가 우뚝해 한번 결심한 생각은 쉽게 바꾸지 않을 것 같은 인상을 준다. 그보다 네 살 어린 동궁이었지만 수염은 제법 자리가 잡혀 있었고 눈썹은 짙고 얼굴은 다소 통통해서 잘생겼다기보다는 신뢰감을 주었다. 동궁의 시선이 국영의 눈에 머물더니 떠날 생각을 하지 않는다. 그는 결국 고개를 숙였다.

"그렇습니다. 저하."

"주상께서 홍사관을 총애하세요. 기분이 좋으실 때면 홍사관을 내 손자라고까지 부르시니까요." 동궁의 음성은 부드럽다. "중신들의 말이 분명치 않으면 홍사관이 없는 자리에서도 홍사관을 찾으시지요."

임금은 동궁의 말대로 가끔 신하들이 있는 자리에서 그에게 애정을 드러내서 국영을 곤혹스럽게 했다.

"귀가 밝을 뿐 아니라 홍사관은 눈도 빠르지요."

후겸이 끼어들었다.

"그래요? 재미있군요."

잠시 정적이 흐른다.

"오늘 잘 오셨소."

오늘 그는 혼란스럽다. 그동안 그가 보아온 동궁은 엄중했고 소문 또한 동궁이 대하기 어렵고 까탈스러운 사람이라 했는데. 어느 쪽이 본모습일까?

"그런데……" 동궁의 시선이 마침내 그를 떠났다. "대부께서는 잘 계시는가요?" 동궁이 홍인한의 근황을 물었고 그는 그제야 숨을 편히 내쉬었다.

"며칠 전 서신이 왔습니다. 백성들과 가까이 있으니 젊음이 찾아온 것 같다고 했습니다. 자신은 지방관 체질인 모양이라고 즐거워하더군요."

"다행이군요. 중신들 중에 행정력이 가장 뛰어난 분이니까요." 동궁이 고개를 끄덕인다.

"그런데 말은 그리해도 한양이 그리우신가 봅니다. 평양에서 조정으로 쉴 새 없이 보고가 올라오고 있습니다." 후겸의 말에 웃음기가 묻어났다.

궁 밖에는 홍인한이 보낸 말이 가쁜 숨을 몰아쉬며 대기하고 있었다. 얼마만큼의 휴식이 주어질지 모르지만 전령은 곧 혼이 나간 사람처럼 미친 듯이 채찍질을 하며 다시 평양을 향해 달릴 것이다. 홍인한은 평안도의 행정사무, 사건과 사고, 백성들의 삶과 관련한 다양한 현안에 대해 하루가 멀다 하고 보고를 —

인한의 문건 생산력은 엄청났다 — 올리고 있었다. 평안도가 조선에서 가장 중요한 지역이 된 듯했다. 팔도에 지방관은 인한 밖에 없는 것인지 아니면 승정원에서 그가 보낸 글만 임금에게 올리는 것인지는 알 수 없었다. 어쨌든 도성을 떠나고 인한의 존재감은 오히려 더 커진 느낌이다. 하긴 한양에 있을 때도 인한의 부지런함은 타의 추종을 불허하긴 했다.

"나도 대부의 가르침이 그립군요. 하지만 능력 있는 지방관이 백성 곁에 있는 것이 우선이지요." 동궁에게 인한은 작은 외할 아버지다.

"저하." 후겸이 동궁을 부른다. 국영은 후겸의 목소리가 바뀐 걸 알아차린다. "한 가지 말씀드려도 될까요?"

방 안 공기가 변했다.

"……."

"감히 아룁니다. 저하의 사람들을 키울 때가 되지 않았습니까?" 말을 마치고 후겸이 천천히 고개를 — 왠지 우아함이라는 단어를 떠올리게 만드는 움직임으로 — 숙였다.

동궁이 고개를 끄덕이며 생각에 잠겼고 그는 순간 자신이 자리 부탁을 하러 온 모양새가 된 것 같아 불편한 마음이 들었다.

"저하, 시간이 되었습니다."

그때 문밖에서 박내관의 목소리가 들렸고 동궁이 국영의 어깨 너머로 시선을 보냈다. 다음 일정이 있는 모양이다. 그도 자리를 피하고 싶던 차였다.

"아, 이 정도로 할까요. 아침 공부가 있습니다. 내가 늦으면 춘방 관료들만 신이 날 겁니다."

동궁이 농담도 할 줄 아는군, 그는 생각한다.

두 사람은 일어나 예를 표하고는 문밖으로 나온다. 그러고는 닫히는 문을 향해 다시 머리를 숙였다. 좁아지는 문 틈새로 뭔가를 말하려는 듯한 ― 그의 착각인지도 몰랐다 ― 박내관의 눈이 보였다.

겨우 일각이 지나 있었지만 그에게는 짧지 않은 시간이었다. 방문이 열리는 순간부터 다시 그곳을 빠져나올 때까지 모든 순간을 복기할 수 있을 것 같았다.

"듣던 말과는 조금 다른걸." 존현각 앞뜰을 벗어나면서 국영이 중얼거린다.

"그렇지?" 후겸이 국영의 말을 놓치지 않는다. "사람을 소개시키면 무안할 정도로 눈길도 주지 않으시는데 오늘은 좀 다르더군. 그런데, 성상이 그림을 잘 그리시는 것 알고 있나? 옹주께서도 치장을 좋아하시고 말이야. 이 집안의 피를 받았으면 동궁도 예쁜 것을 좋아하겠지. 그대의 용모가 훌륭해서이려나?"

자신을 보며 살짝 미소 짓는 후겸에게 국영은 의아하다는 표정을 지어 보였다.

"어떤가?" 후겸이 얼굴에서 미소를 지웠다.

"……."

"동궁 말이야. 오늘 처음 제대로 얘기를 나눠본 것 아닌가?"

후겸이 동궁의 인상을 묻고 있다.

"생각보다 따뜻한 분이라는 느낌이 들더군. 아, 물론 예상대로 틈을 내주지 않는 분 같기도 하고."

"음…… 잘 봤군. 본래 차가운 분은 아니네. 여하튼 앞으로 자주 이런 시간을 갖도록 하세. 동궁, 나, 그리고 자네."

"좀 전에 저하 방에서 본 내관은 춘방에 있은 지 오래되었나?" 뭔가 원치 않는 방향으로 얘기가 흘러가는 것 같아 국영이 슬그머니 말을 돌렸다.

"박내관?" 후겸이 그를 쳐다보자 그는 고개를 주억거렸다. "한 해가 넘었지. 아마 춘방 내관과 나인 중에서 가장 오래되었을 거야." 후겸의 눈은 박내관에 대해 궁금해하는 이유를 묻고 있다. 물론 그는 답할 마음이 없었다.

"그 아비도 내관이었어. 작년에 죽었는데 입이 무겁고 행동도 조심스러워서 평이 좋았네. 박내관이 그걸 배웠겠지. 그러고 보니 박내관도 양자군 그래." 후겸이 자신의 말이 재미있는지 피식 웃는다. "한데 무슨 이유라도?" 후겸이 이번엔 정말로 궁금한 표정이다.

"얼굴 익히는 놀이를 하고 있어."

"아…… 아직 그럴 때이긴 하지."

후겸은 더 이상 묻지 않는다.

어느새 두 사람의 발은 화완옹주 거처에 이르렀다. 남편이 죽었다 해도 출가한 옹주가 궁에 사는 건 이례적인 일인데 조정 신료들은 웬일인지 입을 닫았다. 왕의 애정은 그녀에게 쏠려 있었고 입을 잘못 열었다가는 옹주에게 그리고 왕에게 미움을 살 가능성이 높았다. 딸은 아비의 귀에 대고 어떠한 말도, 날것의 감정 표현도 겁 없이 할 수 있는 존재. 왕은 옹주의 말에 늘 귀를 열어두었고 그녀는 언제나 왕을 웃게 만들 수 있는 재주가 있었다. 신하들에겐 질 것이 뻔한 싸움이었다.

건물 규모는 제법 컸고 뜰에 나인과 내관 여럿이 눈에 띄는 것을 보니 일하는 사람이 꽤 되는 것 같다.

"아뢰거라." 후겸이 전각 마루에 서 있던 나인에게 당당하고 위엄있게 말했고 총총히 안으로 사라졌던 나인이 곧 다시 나와 고개를 숙였다.

두 사람은 마루 위로 올라 나인의 뒤를 따랐다. 곧 눈앞에 큰 방문이 나타난다. 방문에는 「십장생도」가 붙어 있다. 국영은 허리를 펴고 심호흡을 하며 눈앞의 그림 속에서 숲을 거닐고 있는 하얀 사슴과 갈색 사슴들을 본다. 장수하기를 염원하는 왕실 가족에게 어울리는 그림이다.

"도착하셨습니다." 나인이 마치 사슴의 귀에 대고 속삭이듯 입을 문 가까이에 붙였다.

"들어오세요." 안에서 여인의 목소리가 작게 들린 것 같다.

문을 열자 강한 향이 코끝으로 훅 밀려들었다. 머리가 빙그르르 돈다. 아찔하다. 이렇게 젊었던가. 나와 같은 나이라고 해도 믿겠는데. 국영은 눈앞에 앉아 있는 여자를 보며 조금 당황스럽다. 옹주의 시선이 방 안으로 들어와 자리를 잡고 앉는 그를 쭉 따라온다.

"아들이 왔구나."

그녀의 시선이 잠시 후겸에게로 갔다가 빠르게 다시 그에게로 돌아왔다. 국영은 자신을 요리조리 뜯어보는 듯한 옹주의 시선이 당혹스러우면서도 한편 재미있다. 처음 보는 사람을 모두 이렇게 쳐다볼까? 그녀의 표정은 싱싱했다. 그녀는 사라능단으로 만든 옷을 두르고 있었고, 신분을 한껏 드러내는 크고 화려한 옥비녀가 머리 양옆으로 툭 튀어나와 있었다.

"아들이 언제부터인가 늘 홍사관 얘기라오. 남자 애인이라도 생긴 줄 알았지 뭡니까?" 옹주가 소리 내어 웃었다. 발랄한 웃음이다. "나인들이 홍사관이 잘생겼다고 하길래 늘 궁금했소. 오늘 보니 정말 곱게 생겼소."

"오늘 홍사관이 온 건……." 안되겠는지 후겸이 끼어들었다.

"조정엔……." 후겸은 옹주를 막기엔 역부족인 것 같다. "후겸이의 말을 알아듣는 중신들이 몇 없어요. 꽉 막힌 사람들뿐이죠." 그녀가 세상 답답하다는 표정을 지었다. "주상께서 연로하셨으니 새 시대가 와야 한다는 뜻이에요. 후겸이가 동궁을 도와 그 역할을 해야 하는데……." 옹주가 잠시 후겸을 쳐다보더니 다시 그를 보았다. "하나같이 그 모양이니."

그의 시야가 조금씩 열리기 시작한다. 방의 양쪽 구석에 익숙한 가구가 보인다. 화각장. 국영의 머릿속에 인한의 집에서 본 화각장이 떠올랐다. 그것보다는 조금 작은 크기였다. 옹주가 인한의 집에 가볼 기회는 없었을 테니 아니, 어쩌면 가봤으려나…… 인한이 옹주의 화각장을 보고 가구를 주문했을 거란 생각이 든다. 옹주 뒤에는 모란도 병풍이 놓여 있다. 지극히 화려한 수백 송이의 붉은 모란꽃. 모란은 부귀의 상징이지만 아침에 풍성했다가 저녁에 시드는 데다 냄새가 좋지 않아 사대부가에서는 인기가 없었다. 하지만 이 방에서는 더없이 어울리는 꽃이다. 옹주의 얼굴은 한 송이 커다란 모란 같았고 화원에 앉아 있는 듯 붉게 물들어 있었다.

"아들과 딸이 있지요?" 옹주가 물었다.

그가 옆에 있는 후겸을 보았다. 후겸이 살짝 미소 지으며 고개를 끄덕인다.

옹주의 말대로 후겸이 내 얘기를 많이 한 모양이군.

"마마, 그렇습니다."

"물건을 내오너라." 옹주가 앞쪽으로 기울였던 몸을 바로 세우며 말했다. 문이 열리고 나인 하나가 비단 천으로 덮인 작은 소반을 옹주 앞 책상에 내려놓았다. 남자아이를 위한 가죽신과 아기를 위한 작은 옷이다.

"아이들은 행복하게 자랄 자격이 있지요. 오늘 홍사관이 온다고 해서 준비를 했어요. 기회가 된다면 아이들이 보고 싶군요."

또? 이 집안 사람들은 아이들을 좋아하는 건가? 그는 강선이를 왕에게 데려가 보인 일을 떠올린다. 그때 후겸이 눈짓을 했다.

난감하다. 하지만 거절하면 말은 더 길어질 테고 옹주는 자신의 호의를 거절하는 것을 참지 못하겠지.

"이리 마음 써주시니 감사합니다."

"자주 오세요. 과부가 이 넓은 궁에서 무료하답니다."

국영은 옹주의 얼굴을 다시 살폈다. 동그란 턱선에 혈색이 좋고 머리는 풍성했지만 이마는 좀 넓었다. 하지만 한 치의 머뭇거림도 없이 감정에 따라 이리저리 바뀌는 표정, 아이 같아 보이기도 하면서 당당함과 생명력을 뿜어내는 자태는 그녀를 충분히 매력적으로 보이게 했다. 신하들이 옹주를 두려워하는 이유를 알 것 같다. 호의를 얻어내야 할 여자였다.

"어머니!"

후겸이 더 이상 지체할 수 없다고 생각했는지 끼어들었다.

"진이라고 했지?" 옹주가 말을 잘랐다. "주상께 말해두었다. 내일부터 이곳에서 일하게 될 거야." 그녀의 얼굴에 왕족의 위엄이 한차례 흘러내렸다. "그런데, 진이라는 아이는 홍사관 집의 노비였다지요? 노비 아이까지 신경을 쓰다니 마음도 곱군요." 그는 노비라는 말에 반응하려는 자신의 눈을 급하게 달랜다. "궁에서는 마음이 약한 자는 살아남기 힘들어요. 홍사관이 혹 여리지는 않은지 걱정이군요."

옹주가 속을 읽어보겠다는 표정으로 국영을 쳐다봤고 그는 구겨지려는 표정을 감췄다.

"마마를 모실 수 있으니 진이가 좋아하겠군요."

그가 말을 돌렸고 옹주의 얼굴은 다시 피어났다.

"궁의 나인들 모두가 내 거처로 오고 싶어 한답니다. 나는 내 사람에게 늘 후하지요." 환하게 웃으며 즐거워하는 옹주를 보니 어찌 되었든 그도 덩달아 기분이 좋아졌다. "내 시중을 들 거예요. 똘똘한 아이라고 하더군요."

옹주의 눈매가 잠시 날카로워졌다가 다시 부드러운 눈웃음으로 바뀌는 것을 보며 그는 늘 궁금했던 생각이 다시 떠오른다. 사람들이 권력을 즐기는 것일까. 아니면 권력이 사람을 놓아주지 않는 걸까.

"그런데 아들아. 동궁에게 갔다 오는 길이냐?"

옹주의 물음에 후겸이 고개를 끄덕였다.

"요즘은 어찌 그리 박절하시다니? 내 처소에 온 게 언제인지 기억도 나지 않는구나. 얼마나 떨어져 있다고 내관들 시켜서 문안 인사만 한단 말이냐. 내가 앓아누웠다고 해야 한번 오시려냐?"

그녀의 입술이 살짝 비틀리며 토라진 여인의 얼굴처럼 보였다.

"일겸 형님에게 들으니 성상을 문안하고 간혹 있는 회의에 참석하는 것 외에는 과거시험이라도 보려는지 종일 책 읽고 토론만 하신답니다."

얼마 전 후겸의 형 정일겸은 승급을 해서 동궁의 공부를 돕는 겸문학이라는 직위로 춘방 관원이 되어 일하고 있었다.

"쯧쯧." 옹주가 혀를 찬다. "동궁은 어릴 때부터 고지식했지. 책도 지독히 재미없는 것만 읽고 있을 거야. 그런데 이전에는 궁 밖에도 나가고 하시더니 요즘은 다시 틀어박히셨구나. 그러다 숨이라도 막혀 죽으면 그동안 공부한 게 얼마나 아까울까. 동궁은 상제가 허락한다면 저승에도 책을 가져가겠다고 할 사람이다." 짧은 한숨과 함께 옹주의 얼굴에 답답하다는 표정이 묻어났다. 그러다 무슨 생각이 떠올랐는지 그를 향해 눈을 빛냈다.

"그런데 홍사관은 노래를 잘 부른다지요? 악기도 잘 다루고." 뜬금없는 물음에 국영이 옹주를 쳐다보았다. "노래를 들려줄 수 있어요?"

"궁 안에서 사관더러 노래를 하란 말씀이세요?" 후겸이 무안했는지 아니 어쩌면 옹주의 말에 놀랐는지 끼어든다.

"궁은 사람 사는 곳 아니더냐." 옹주의 목소리가 그에겐 호통처럼 들렸다. "들리는 소리라고는 쑥덕쑥덕하는 소리밖에 없고, 주상은 잔치도 싫어하시니. 이 어미가 얼마나 무료한지 네가 알기나 하니?"

"기회가 되면 서양금을 연주해드리지요." 무언가 배 아래쪽에서 꿈틀거리는 것을 느끼며 국영이 말했다.

그는 엄숙하고 흐릿한 얼굴보다는 살아 있는 표정과 목소리가 좋았다. 옹주가 어디에서도 듣지 못할 얘기를 들려준다면 노래 몇 곡은 문제가 아닐 것이다. 국영의 말에 옹주의 눈동자에 빛이 어렸다.

"내가 가장 싫어하는 게 뭔지 알아요? 거짓말과 무료함이에요." 그건 그도 마찬가지였다. 옹주가 그를 똑바로 쳐다본다. "홍사관은 세상일을 잘 안다지요? 진이라는 아이를 이곳에 맡겼으니 종종 들르셔야 합니다."

답답한 가슴들

(영조 49년, 1773년 겨울)

게걸스럽게 먹어 치웠던 나라의 현안들, 왕과 조정 중신들 간의 대화, 경연장에서의 토론은 시든 채소와 식어버린 고기로 변해갔다. 인품과 경륜, 중신들 얼굴을 감싸던 빛, 귀를 말랑하게 만들었던 처음 듣는 이야기들······ 하지만 언제부터인가 식상한 연기를 하며 퇴장을 기다리는 매력 없는 배우들이 보이기 시작한다. 이건 잘 짜인 가면극, 익살극이다.

가뭄이 오고 굶는 백성이 있다. 재정이 부족하다는 고백이 있고 세금 운영에 대한 논의가 따라온다. 부족한 재정은 여유 있는 곳에서 옮겨왔다가 다시 옮겨간다. 몇몇 지방관이 파직되고 새로울 것 없는 인물이 그 자리를 채운다. 군사훈련을 해야 하는가를 두고 논쟁이 벌어지고 다시 가뭄 얘기가 나오고 기우제 준비를 했다. 왕과 중신들은 한결같이 그 자리에 있었지만 누구도 조선의 문제를 제대로 인식하는 것 같지는 않았다. 변화에 대한 뿌리 깊은 혐오. 그들은 지독히도 예민한 코로 급진적인 사람들의 냄새를 찾아냈다.

조정의 시간은 천천히 흐르고 있다. 성군이라 칭송받는 왕이었지만 이렇게 오래 살 줄은 왕 자신도 몰랐을 것이다. 모든 관심은 후계 구도에 쏠려 있었다. 하지만 그가 보기에 주변 세상은 너무나 빠르게 바뀌고 있었고 백성들의 인내심은 얼마 남지 않아 보였다. 사람들은 행복하지 않았고 재능 있는 많은 사람들이 좌절했다.

조선은 이대로 가선 안 돼! 새로운 세상이 와야 해. 그런데 어떻게? 누가 할 수 있지? 사대부들? 그는 힘없이 고개를 가로젓는다. 조선의 사대부들에겐 변화의 시간이 충분했지만, 그들은 상상력이 부족한 자들이다. 우린 백성들을 너무 오랫동안 부질없는 희망에 가둬두고 있는지도 몰라. 그는 몸과 머리가 조금씩 무거워지고 있는 걸 느꼈다.

"기분이 좋아 보여요. 역시 당신은 몸을 움직이는 일이 어울리나 봐요."

"오늘은 좀 늦을 거요." 주애의 말에 국영이 답했다. 어둠이 채 가시지 않은 새벽에 그는 입궁을 서두르고 있었다.

모처럼 행사가 많은 날이다. 이른 아침, 명나라 황제를 위한 제사가 있고 뒤이어 임진란에 참전했던 명나라 후손들이 왕을 알현하기로 되어 있었다. 조회에서는 왕의 초상화가 공개될 것이고 잠시 휴식을 취한 왕은 흥화문으로 나아가 백성들을 만날 것이다. 그리고 오후에는 성 밖으로 나가 한양에 들어온 청국 사신단을 맞이하기로 되어 있었다. 기환에게도 사신단 환영연에서 만나자고 전갈을 보내두었다.

왕이 탄 가마 뒤를 승정원 관리, 사관, 내관이 따라붙었다. 옅은 어둠이 행렬의 앞쪽에서부터 뒤쪽으로 미끄러지듯 빠져나가는 것 같더니 일행의 꼬리 쪽으로 사라졌다. 이제 가마의 앞쪽은 환한 빛으로 눈이 부시다. 명나라 황제를 위한 제사에 가는 길. 그도 처음 참여하는 행사였다.

일행이 멈춰 섰고 익선관을 쓰고 곤룡포를 걸친 왕이 내관의 도움을 받아 가마에서 내렸다. 몸이 흔들리며 위태로워 보인다. 왕이 연화문으로 들어갔고 용탑에 이르러 세 번 향을 사른 다음 예를 표했다. 뒤이어 세 번 절을 하고는 엎드린 채 한참을 움직이지 않는다. 국영은 왕이 잠든 건 아닐까 생각하다 이내 고개를 저었다. 밤에도 잠을 이루지 못하는 왕이었다.

그는 추위에 몸을 움츠리며 제자리에서 발을 여러 번 굴러본다. 옆에 선 내관이 팔꿈치로 꾹 찌르며 그에게 눈치를 준다. 그때 왕의 등에 업혀 있던 용이 꿈틀하며 움직였고 뒤에 있던 내관들이 빠르게 왕을 부축해 일으켰다. 천천히 뒤로 돌아선 왕의 눈엔 눈물이 고여 있었다.

설마, 명나라에 진심인 건가? 아니라면 나이에 대한 한탄? 백성에 대한 걱정? 자신의 치세에 대한 자부심? 아니 어쩌면 그저 너무 추웠을 수도 있었다. 왕은 눈물이 너무 잦았기에 그 눈물의 의미를 가늠하기 어려웠다.

명나라 후손들을 만나고 왕은 편전에서 완성된 초상화를 보았다. 실제보다 젊어 보이는 그림이었다. 초상화는 편전 서쪽 벽에 걸렸고 신하들은 천세를 외쳤다.

왕은 침전에서 잠시 휴식을 취한 뒤 홍화문으로 나가 도성 안에 사는 여든이 넘은 노인들을 만났다. 왕은 노인들의 수가 예상보다 적은 것에 우울해하더니 다시 가마에 올랐다. 한양에 들어온 사신단을 맞으러 가야 했다. 불편한 몸으로 왕이 출발을 명했다. 가마가 느릿느릿 움직였고 오후임에도 추위로 잔뜩 몸을 움츠린 신하들이 뒤를 따랐다. 봉황, 용, 공작이 그려진 부채들, 왕의 권위를 상징하는 깃발들, 각종 의장들이 허공에서 비틀거렸다. 하얗게 뭉쳐진 안개 속에 사람들 얼굴이 나타났다 사라지기를 반복했다. 길가에는 사람들이 왕의 행렬을 보기 위해 쏟아져 나와 있었다. 백성들에게 이보다 더 좋은 볼거리는 없었다.

돈의문을 통과해 성 밖에 있는 모화관에서 청국 사신단을 만났다. 왕은 늘 청국에 예를 다했다. 비록 현실에서는 이夷가 화華를 삼켰더라도 중화는 사라지지 않을 것이고 결국 이는 화에 동화되고 굴복할 거라고, 그전까지는 조선이 중화를 보존해야 한다고 조선의 사대부들은 믿었다.

왕이 환영 의례를 마치고 힘겹게 가마에 올라 궁으로 돌아갔고 사신단도 해 지기 전에 서둘러 숭례문을 통과해 도성 안 숙소로 향했다.

일행이 도착한 태평관은 색색깔의 의복, 풍성한 음악과 진미 그리고 잔잔한 흥분으로 가득했다. 뜰 양쪽으로 도열해 있는 신하들의 무릎 언저리에서 음악이 찰랑거렸고 이국의 향기는 바람에 실려 다가섰다가 다시 밀려갔다. 오늘 환영연은 왕 대신 동궁이 주관했고 건물 뒤쪽은 하얀 천막이 빙 둘러쳐져 무관들은 호위를 서고 있었다.

태평관 마루에서 동궁과 칙사가 마주 보고 예를 행하기 시작했고 기환과 국영은 나란히 서서 그 모습을 지켜보고 있었다. 높은 의자에 동궁과 칙사가 앉아 있었고 관원 한 명이 그 사이에서 자리를 잡고 무릎을 꿇은 채 차를 올렸다. 관원의 동작은 우아하고 여유가 있어 보인다.

"관복이 제법 어울리는걸." 기환이 환영 의례에서 눈을 떼지 않은 채 국영에게 말했다.

"어떤 옷이든 잘 소화하는 유형이지."

"시장터 한량이었던 자가 조선국 사관이라……."

"나보고 조정에 들어가라고 한 자가 누구였더라?"

기환이 국영의 대답에 픽 웃는다. 그러더니 무슨 생각이 떠올랐는지 고개를 돌려 국영을 보았다.

"그런데 얼박 말이야." 기환의 말에 국영의 눈이 커졌다. "평양에서 통역을 하는데 기생 하나가……."

자신도 모르게 국영은 숨을 멈췄다. 기환은 얼박의 딸을 찾아봐달라는 부탁을 잊지 않았고 연회에 갈 때면 기생들의 얘기에 주의를 기울이다 넌지시 그네들의 아비에 대해 물었다.

"확실치는 않아. 내가 따라가서 확인을 했어야 했는데."

그날 밤 국영은 집으로 얼박을 불렀다.

"딸이 발을 조금 전다고 했었지?"

"찾…… 찾았나요?"

국영의 말에 얼박의 굵은 목소리가 급하게 달려들었다.

"아닐 수도 있어. 그런데 내 예감엔 찾은 것 같아!"

얼박의 눈에 어느새 눈물이 차올랐다.

"처가……." 얼박이 입을 뗀다.

국영은 누군가를 만나면 눈을 빛내며 그들의 얘기를 들었다. 특히 자신이 좋아하는 사람의 얘기는 아예 상대의 옷깃을 붙잡고 들었다.

인생은 흘러 사라지는 것이 아니라 사람들 기억 속에, 추억 속에 살아남는다. 추억과 기억은 힘겨운 삶을 버티게 해주는 것이고 그게 없다면 인생은 무의미하다.

"마을 사람들에게 땅을 주던 지주가 처에게 맘이 있었어요. 제가 있는데도 말입니다. 그런데 말을 듣지 않으니 처가 간통을 했다고 소문을 냈습니다. 제가 할 수 있는 건 울고 있는 그 사람을 품에 안고 다독이는 것밖에 없었지요. 아직도 그 사람의 머릿결 감촉이 이 손에 남아 있어요."

얼박이 자신의 손바닥을 내려다본다. 슬픈 눈이다.

"그런데 처가 얼굴은 곱상해도 장부같이 대범한 데가 있는 여자였어요. 지주 집에 칼을 들고 찾아갔다가 그 집에서 쫓겨나니까 그 길로 관아로 달려갔습니다. 하소연을 했는데 아전들로부터 관아까지 찾아올 배짱을 가진 여자라면 남자 하나로 만족했겠냐고 오히려 모욕을 당했지요. 그렇게 관아에서…… 목을 맸습니다. 온 관아 사람들이 다 듣도록 울고 나서요. 그 뒤로 딸이 심하게 앓아누웠는데 자리에서 일어난 날, 마당에서 걷는 모습이 이상했어요. 어미가 죽은 충격으로 그런 거라고, 좋아질 거라고 여겼는데 결국 낫지 않았지요."

얼박의 눈이 흔들렸고 국영은 가슴이 먹먹해졌다.

"내일 평양으로 출발하게. 사신단 환영연에서 춤을 추었다고 했어." 그가 얼박과 눈을 마주쳤다. "헛걸음이 아니길 빌겠네."

국영의 얼굴도 기대감으로 상기되어 있었다. "설령 잘못짚었다 해도 난 자네가 딸을 찾을 때까지 포기하지 않을 거야. 부녀가 도성 안에서 행복하게 사는 모습을 보고 싶군."

얼박은 다음 날 새벽에 서둘러 평양으로 떠났다.

사자무를 추던 청사자, 황사자가 물러갔고 사신단의 무사귀환을 기원하는 학무가 무대 위에서 펼쳐지고 있었다.

청국 사신단은 평안도를 관통해 한양으로 들어갔다가 다시이곳을 거쳐 본국으로 돌아간다. 평안감사는 사신단을 위한 음식, 이동을 위한 말과 소, 호위군인, 그리고 일행이 지나는 길목을 지킬 병력과 짐꾼들을 동원해야 했다. 담배, — 평안도는 서초西草라 하여 담배가 유명했다 — 미역, 건해삼 같은 선물도준비해야 한다. 하지만 이런 큰 나라 행사가 있을 때마다 백성들은 곤욕을 치렀다. 세금을 내고 음식을 준비하고 노동력을 제공하고 사신단이 지나가는 길에 나아가 그들을 환영하고 환송해야 했다.

하지만 인한은 의욕을 보였다. 아니, 즐거워했다. 오랑캐들에게 조선의 문화와 예술을 보여줘야 한다고, 연회에서 멋진 춤을준비하라고 관리들을 다그쳤다. 그는 어떤 일이든 어중간하게하는 법이 없었고 어디서고 무서운 상관이었다. 인한은 아전과자신 사이에 확고하고 분명하게 선을 그었고 엄정한 규율을 요구했다.

인한은 백성의 어려움을 모르는 바는 아니었지만 이 모든 것이 국가를 위한 일이니 백성들이 그 정도의 희생은 감내해야 한다고 여겼다. 백성들이 정치를 아는가, 다른 나라와의 관계를 아는가! 인한은 생각했다.

감영의 뜰에 마련한 무대 위에서 학이 날고 있다. 하얀 깃털로 촘촘히 짜인 날개 끝은 검게 물들어 있었고 곧게 뻗은 다리는 예뻤다. 삶의 무게 따위 자신과는 상관없다는 듯 학은 대금 소리 위를 미끄러지듯 가볍게 걷는다. 기다란 목 중간엔 동그랗게 뚫린 곳이 있었고 속이 비치는 하얀 천 안으로 사람의 눈과 코가 보였다. 학이 고개를 살짝 숙이고 무언가를 찾아 무대 위를 빙빙 돌았다. 다리를 뒤로 빼기도 했다가 교차하기도 하면서 부리를 조심히 땅에 박는다.

공연을 보는 사람들의 입이 점차 벌어진다. 학이 날개를 펼때는 그들 자신도 우아한 존재가 된 듯했고 공중으로 솟는 학을 보면서 함께 어디론가 날아가고 싶었다. 사람들은 학의 부리와 입맞춤을 하고, 함께 춤을 추고, 얘기를 나눠보고 싶다는 충동에 사로잡혔다.

투두둑. 투두둑. 장구가 장대비 쏟아지는 소리를 내며 대금과 어울리기 시작했고 학은 원을 그리며 마지막 춤을 추었다. 그러고는 다시 한번 날개를 펴서 몸을 붕 띄웠다가 내려앉으며 기다란 목을 숙였다. 그제야 사람들이 참고 있던 숨을 크게 내쉬었다. 인한이 손을 뻗어 잔을 들었고 한 모금의 술이 목을 타고 넘어갔다. 정사正使의 손가락은 무대를 가리키고 있었다.

"얼굴을 보고 싶다 하십니다."

옆에 서서 통역하는 기환이 말을 옮겼다. 음악은 멎었고 학은 무대 뒤로 사라진 후였다. 인한이 눈짓을 했고 곧 새하얀 옷에 소박한 비녀를 꽂은 여인이 인한과 사신단이 있는 곳으로 와서는 무릎을 꿇고 머리를 숙였다.

"음……." 인한은 고개를 끄덕였고 사신단의 정사는 흐뭇한 표정을 지었다.

"오늘 밤 거처하는 방으로 들여보낼까요?"

인한의 말에 정사가 천천히 고개를 저었다.

"얼굴을 보고 싶었소. 조선국의 춤은 우리 청국과는 다르군요. 동작이 깨끗하고 번잡한 욕망을 사라지게 해요. 현실에 초연한 비상의 아름다움이랄까."

기환이 옮기는 말에 인한이 고개를 끄덕였다.

"정사께 술 한잔 올리거라."

인한의 말에 여자가 술을 따르고는 자리에서 일어섰고 인한이 그녀를 올려다보았다.

"관아 소속이 아닌 듯한데 평양 기생인가?"

"그렇습니다."

"본래 그러한가?"

"양인이었다가 어릴 적 기생이 되었습니다."

"부모는? 아니다." 인한이 말을 잇다가 멈췄다.

"어미는 일찍 죽었고 아비가 있는데 서로 헤어져 지금 살았는지 죽었는지 모릅니다." 그녀는 숨길 일이 아니라는 듯 머뭇거림 없이 대답하고는 곧 머리를 숙이며 물러갔다.

인한의 시선이 그녀의 뒤를 따라간다. 기환은 어디선가 본 듯한 인상이라고 생각하며 그 뒷모습을 좇다가 고개를 옆으로 천천히 기울였다.

인한의 미간이 좁혀졌다 펴졌다가 다시 좁혀졌다. 조정으로 보낼 장계였다. 한양을 떠나 있었지만 인한은 왕의 상태에 밝았다. 왕은 몸이 약했고 평생을 탕약과 인삼에 기대어 살았다. 지금은 시종의 도움 없이는 잘 걷지 못했고 극심한 피로에 시달렸으며 말하기도 어려워했다.

왕은 버티고 있어. 일이 년을 장담하기 어려울 거야. 돌아가야 해! 인한은 신중히 말을 고르며 사직을 청하는 글을 쓰고 있었다. 벌써 세 번째였다. 이번에는 반응이 오겠지.

"그리 심각한 일인가요?" 방에는 어제 관아 마당에서 학무를 추었던 기생이 불려와 있었다.

"왕이 연로하셨다." 인한이 붓을 내려놓는다.

"대감보다?"

"나를 놀리는 게로구나. 나보다 서른 해를 더 사셨지."

인한이 담담히 말을 받으며 그녀를 쳐다본다. 진한 화장도 화려한 꾸밈도 아니다. 오목조목한 얼굴. 순수하면서도 따뜻함이 깃든 눈빛. 얇은 입술. 이 아이는 치장을 좋아하지 않나 보군. 다소 마르긴 했지만 티내지 않아도 드러나는 백자의 아름다움을 지녔어. 인한은 사신단을 사로잡았던, 대금 위를 날던 학무를 떠올린다.

쪼르르륵 하고 방 안에 술 따르는 소리가 맑게 울렸다.

"이곳 날씨는 아주 거칠어." 잔을 쥐며 그가 말했다. 그는 밤이면 겨우 잠이 들었고 새벽이면 눈을 뜨고 아침이 오길 기다렸다. 긴장 속에 있던 한양 생활을 벗어나니 건강상의 문제가 드러났다. 살이 빠졌고 단조로운 식단을 유지해야 했다. 그리고 체력을 회복하기 위해 틈나는 대로 말을 탔다.

"내 나이가 몇으로 보이느냐?"

"보이는 대로 말할까요?" 뜬금없는 물음에도 그녀는 당황하는 기색 없이 입가에 살짝 미소를 보인다.

"아부하는 자들은 많다."

"예순 가까이 되어 보이세요."

갑자기 어색한 침묵이 찾아온다.

"흥! 내가 이렇게 늙어버렸다니까." 인한이 소리 내어 웃었다. "올해 쉰둘이 되었다. 문을 열어다오."

문이 열리면 답답한 마음이 시원히 뚫릴 거라 기대하는 걸까. 인한의 명령에 그녀가 조심스레 뒤로 돌아 몇 걸음에 활짝 문을 열었다. 밖에서 웅크리고 있던 바람이 재빠르게 방 안으로 밀고 들어왔고 치마가 세차게 흔들렸다. 평양은 바람의 도시였고 인한과 그녀는 바람 속에 있었다.

"다리가 불편한가?"

걷는 것이 어딘가 어색하다고 생각하며 인한이 물었다.

"큰 불편은 없습니다."

"춤을 출 때는?"

"춤출 때는 몸을 느끼지 못합니다."

"음……."

"그런데 좀 전에 왕이 연로하셨다는 말씀은 무슨 뜻인가요?"

"다음 세대를 준비해야 한다는 뜻이야." 인한이 그녀의 물음에 비밀스러운 무언가를 알려준다는 듯이 답했다.

"그럼 누가 다음 왕이 되는 건가요?"

"동궁이겠지. 아, 세자가 죽고 없으니 세손을 말하는 것이다."

그는 바로 설명을 덧붙인다.

"왕께 다른 자손은 없나요?"

"죽은 세자의 아들 둘이 더 있지. 세손의 이복동생들인데 별 볼 일 없는 자들이야. 나중에 혹 쓸모가 있을지는 모르겠지만 왕의 눈 밖에 난 지 오래되었어."

"그럼, 대감께서 그 동궁이라는 걸, 아니 동궁님을 성군으로 만들 고민을 하시는 거군요."

내가? 얘기가 그렇게 되는가? 인한은 생각한다.

"그런데 문제가 있어. 동궁이 어떤 왕이 될지 아무도 답을 하지 못하고 있어. 심지어 임금도. 그러니 저 나이에도 선왕들의 묘실로 들어가지 못하고 헤매고 계시지."

"동궁님은 자신이 어떤 왕이 될지 알고 있을까요?"

그녀의 말에 인한이 웃음기를 지우고 천천히 고개를 저었다.

"아니! 미래를 함께하겠다는 약속이 필요한 거야. 난 동궁을 어렸을 때부터 지켜봐왔어. 그런데 뭔가 석연치가 않아. 그 눈빛을 보고 있으면 무슨 생각을 하고 있는지 도통 모르겠거든. 자신의 생각을 보여주면 사람들의 의심과 불안이 사라질 테고 머리를 조아리고 천세를 외칠 텐데. 그걸 알 텐데도 입을 닫고 있으니."

동궁은 왕이 자기 아비를 죽이는 모습을 보았지. 연산군은 어미가 비명에 간 걸 나중에 알고도 그토록 망가져버렸는데, 만약 그렇게까지는 아니라 해도 동궁이 지금 이대로 왕이 된다? 평화로웠던 조선은 다시 위험해질 테고 많은 조선의 명문가가 몰락하겠지. 성상 앞에서는 그 일을 다시 꺼내들지 않겠다고, 사도세자를 왕으로 추숭하지 않겠다고 맹세를 했다지만…… 그게 일시적인 약속일지 누가 알 수 있겠어? 폭군이란 것이 별게 아니지. 내 길을 가겠다고 고집을 피우기 시작하는 순간 그 길로 들어서는 거야.

"동궁님이 약속을 하지 않으신다면요?" 그녀가 다시 물었고 인한은 생각에서 빠져나왔다.

"함께 갈 수 없을지도 몰라!" 그녀의 눈동자가 흔들렸다고 생각하며 인한은 계속했다. "아니, 함께할 수 없다면 애초에 정리를 하고 가는 것이 현명할 거야. 왕이 멋대로 역사를 해석하고 역逆과 충忠을 결정하는 걸 지켜볼 마음은 없으니까!"

그는 잔에 스스로 술을 따르며 놀라 둥그레진 눈을 하고 있는 그녀를 바라본다. 내 자리와 위신을 위해 이러는 게 아니야. 그 노회한 왕을 다룰 사람, 왕과 싸울 사람은 나밖에 없어. 그러니 이제는 한양으로 돌아갈 거야!

"너와 있다 보니 기분이 한결 나아지는구나." 인한의 얼굴은 다시 편안해졌다. "네 춤이 보고 싶구나." 그의 말에 그녀가 살짝 고개를 끄덕였고 천천히 자리에서 일어섰다.

"옷을 벗거라." 갑작스러운 말에 놀란 그녀가 순간 멈칫했지만 인한의 눈에 사내의 욕망은 없었다. 그녀는 호흡을 골랐고 인한은 천천히 눈을 감았다. 저고리를 벗는 소리가, 치마와 단속곳이 바닥에 가만히 내려앉는 소리가 들렸다. 천천히 눈을 떴다. 하얀 바지, 분홍 속적삼만 걸친 그녀가 눈앞에 있다. 그만하면 되었다는 듯 인한이 천천히 고개를 끄덕였다.

그녀의 팔이 너울거리며 물결을 만들어낸다. 인한의 몸은 물살에 떠내려갔고 곧 소용돌이를 만났다. 분홍 꽃이 소용돌이 속에서 한 바퀴, 두 바퀴 회전했고 그는 그 속으로 빨려 들어갔다. 어지럽다고 느꼈을 때 방문이 세차게 열리면서 찬바람이 몸속으로 훅 끼쳐 들어왔다. 그는 숨을 토해냈다.

눈이 젖어간다. 그는 뜨거워지는 눈을 그대로 두었다. 자신에게도 낯선 눈물이었다. 평양에 와서야 깨달았다. 자신이 울지도 못하는 병에 걸렸다는 사실을. 메마른 가슴을 안고 사는 것은 누구에게도 힘든 일이다.

바람에 흔들리던 문의 떨림이 잦아들었고 그녀는 양손을 바닥에 짚고 고개를 숙였다.

"춥겠구나. 문을 닫거라."

그녀가 다시 눈을 들었을 땐 지친 표정의 노인이 앞에 앉아 있었다.

"관아로 들어올 수 있느냐?"

인한이 말했고 그녀의 눈이 커졌다.

"매이고 싶지 않아요. 대감께서 부르신다면 관아에는 언제고 오지요."

"내가 이곳을 떠날 때까지만이다."

"……."

그녀가 무언가를 말하려다 그만두었다.

"밖에 있느냐? 군사 둘을 붙이고 이 아이를 가마에 태워라. 내일 아침에 다시 데리고 오라!"

평안감영 위로 며칠의 시간이 조용히 지나갔다. 인한은 저녁상 앞에 앉아 그녀를 기다리고 있었다. 공기가 한 겹 한 겹 방 안에 내려앉았다. 음식을 물끄러미 바라보던 그의 시선이 방문 쪽으로 옮겨갔다.

"아직인가?"

주위 사람들을 저녁마다 주눅 들게 했던 그 목소리가 문을 뚫었다. 요 며칠 인한은 활기가 넘쳐 보였고 관아는 묘한 불안감 속에서도 익숙지 않은 평온함을 즐기고 있었다. 동요하는 방문 밖의 공기가 안까지 전해졌지만 대답이 없었다.

"물었다!" 그가 다시 한번 채근했다.

"아비가 찾아왔다 합니다." 밖에서 잔뜩 움츠린 아전의 목소리가 들려왔다.

인한은 지난밤 아비를 찾고 있다고 했던 그녀의 말이 생각난다. 그때 방문이 열리는 소리가 들렸고 파란 치마 아래 하얀 버선발이 한 걸음 한 걸음 다가오는 게 보였다. 발을 디딜 때마다 보이는 짧은 머뭇거림…… 그가 고개를 들어 그녀를 맞았다. 미처 울음을 다 쏟아내지 못한 얼굴에서 흐느낌의 흔적이 흘러내리고 있었다. 인한은 생각한다. 감격의 상봉을 한 것인가?

"대감……." 그를 부르는 목소리는 떨고 있었다.

"앉거라." 그가 말을 하며 젓가락을 들었다.

자리에 앉은 그녀의 얼굴에서 눈물이 주르륵 떨어졌다.

"아버지가……."

"함께 먹자꾸나."

"이젠 더 이상 떠돌고 싶지 않아요. 아버지와…… 함께 가겠습니다." 애원을 담은 그녀의 눈빛이 인한을 향했다.

"내가 평양에 있을 때까지는 이곳에 있으라고 하지 않았는가." 그는 젓가락을 소리 나게 내려놓았다. 그녀가 놀란 눈으로 인한을 쳐다보았다.

"물러가라. 내일 아침 네 아비를 보겠다."

날이 밝았고 석축 위, 너른 마루 한가운데 놓인 의자에는 인한이 앉아 있었다. 청색 융복에 홍색 허리띠를 둘렀고 지휘봉인 등채를 들었다. 관아 뜰에는 남녀 둘이 고개를 숙인 채 꿇어앉아 있었고 아전과 군사들은 눈치를 보며 도열해 있었다. 인한의 시선이 아래 마당으로 향한다. 방으로 불러 얘기를 나누려다 이곳으로 자리를 옮기긴 했는데 이유는 기억나지 않는다. 괜한 일을 벌인 걸까 하는 생각이 설핏 머리를 스쳤다. 길게 끌기에는 우스운 일이었다.

"한양에서 왔는가?" 인한의 첫마디는 부드러웠고 수하들의 긴장도 따라서 수그러든다.

"그렇습니다."

"오랜 기간 헤어졌었다고? 네 딸 덕에 내 평양 생활이 견딜 만하구나."

인한의 얼굴에 옅은 미소가 나타났고 감영 사람들은 처음 보는 인한의 얼굴에 의아했다. 아침 공기는 찼고 사람들은 몸을 움츠리며 인한의 다음 말을 기다린다.

"들었겠지만 네 딸은 평안감영 소속이다. 내가 평양을 떠날 때 저 아이도 이곳을 나갈 것이다. 오래 걸리지 않을 거라 약속하지." 인한이 타이르듯 말했고 뒤이어 수하들의 시선이 부녀로 보이는 남녀의 머리에 꽂혔다.

남자로부터 대답이 없자 인한이 작게 고개를 끄덕이며 위엄 있게 말했다.

"저자를 한양까지 데려다주라. 감영에서 가장 잘 달리는 말을 내주고 여비도 넉넉히 주어라."

인한의 명령이 떨어졌다. 일은 이렇게 마무리되는 듯했다.

"대감!"

어디선가 들려온 짧고 굵은 외침. 자리를 뜨려던 사람들은 멈 칫한다. 소리가 나는 쪽으로 고개를 돌리니 마당에 꿇어앉아 있 던 남자가 불꽃이 이는 눈으로 얼굴을 드는 게 보였다.

"백정일을 하면서 죽지도 못하고 찾고 찾던 딸이었습니다." 인한이 자리에서 일어서려다 다시 앉았다. "부디…… 부디 저희 부녀를 불쌍히 여겨주십시오."

"음……" 인한의 입에서 새어 나온 작은 신음 소리가 계단을 타고 내려와 뜰에 낮게 깔렸다. "오래 걸리지 않을 것이다. 한양 에서 기다리라!" 인한의 목소리에서 온기는 사라졌다.

"떠나지 않겠습니다. 딸 곁에 있겠습니다. 딸도 저와 함께 가 길 원합니다." 남자의 말에 사람들의 놀란 눈썹이 일제히 위로 올라갔다가 내려왔다.

"어허! 네 딸이 원한다고 되는 일이 아니다." 인한은 속에서 뭔가 올라오려는 것을 애써 누르며 말했다. "내 말을 믿지 못하 는가? 아니면…… 내가 문서라도 써주길 바라는 건가? 이곳에 선 내 말과 법 사이에 구별이 없다. 세금도 군사도 재판도 내 관 할이지. 이곳은 내 법정이고 재판관도 바로 나니까."

남자의 얼굴은 땅과 마주하고 있었고 눈치 없는 새들은 나뭇가지에서 마냥 즐겁게 떠들고 있었다.

"오래 할 얘기가 아니다." 단호한 표정의 인한이 등채로 의자 팔걸이를 여러 번 내려찍자 군사 여럿이 부녀에게로 다가가 몸에 손을 댔다. 딸은 힘없이 일어섰지만 아비, 얼박은 꿈쩍하지 않는다. 자리를 뜨려던 인한의 얼굴이 굳었다.

"이, 이것이⋯⋯" 인한의 호령에 수하들의 몸이 움츠러들었다. "백정이라고 했던가? 그래서 말귀를 못 알아듣는 것이고!"

큰 소리에 부녀를 일으켜 세우던 군사의 몸이 움찔했다.

"딸은 저와 함께 가길 원합니다. 조선의 백성은 지주에게 속박당하고 나라에 매여 있고⋯⋯ 그런데 이제는 가족과 함께 있을 자유도 없는 것입니까? 나라라는 것이 백성의 자유와 행복을 위해 있는 것이 아니라면 무엇을 위해 존재하는 것입니까?"

얼박의 목소리가 커졌다. 사람들의 얼굴이 굳었고 그 위로 침묵이 내려앉았다.

"뭐⋯⋯라?" 노여움으로 떨리는 인한의 목소리에 아전들과 군사들은 당황하며 인한과 얼박을 곁눈질했다.

얼박의 말에 놀란 그녀가 아버지! 하고 나직이 외치며 털썩 주저앉아 얼박의 소매를 잡았다. 얼박이 딸의 눈을 보았고 그녀가 고개를 저었다. 얼박은 다시 이마를 땅에 조아렸다. 머리가 땅에 닿았는지 쿵하는 소리가 들린 것 같다.

"처가 억울하게 죽은 뒤 딸은 다리를 절게 되었고 저는 짐승을 잡는 백정이 되었습니다. 가족의 운명 어디에도 우리의 선택은 없었습니다. 감히 말하건대 잘못도 없었지요."

얼박이 호소했다.

인한은 지그시 눈을 감았다. 찾아왔다는 아비를 돌려보내라 하면 그만이었을 것이다. 그는 자신을 탓했다. 스스로의 위엄을 보여주려고 했던 걸까. 감영 수하들이 모두 모인 자리에서 이런 꼴을 당하다니! 오늘 일은 또 하나의 이야깃거리가 되어 한양으로 쫓아오겠지. 인한은 눈을 떴고 다물었던 입을 열었다.

"네 말은 모든 사람이 다 똑같은 인간이라는 것인가?" 낮게 깔린 한숨에 노여움이 묻어났다. "조선에선 이제 백정들도 저런 생각을 하는 모양이구나. 하고 싶은 말을 다 하고 살겠다? 사대부와 신하들을 이끄는 나도 임금 앞에서 단 몇 마디만을 할 뿐인데?" 인한의 목소리가 돌연 커졌다. 아전들과 군사들은 상황이 끝났음을 알았다. 더 이상의 말은 오가지 않을 것이다.

"저자를 데리고 가서 내가 한 말을 잘 일러주거라!" 인한이 말하며 머리를 숙이고 있는 수하들을 둘러보았다. 그리고 의심의 눈초리로 다시 한번 다그쳤다. "혹시 그대들도 저자와 같은 생각인가?" 인한의 말에 수하들이 몸 둘 바를 몰라하며 허리를 더 깊게 숙였다. 인한이 자리를 떴고 얼박과 딸은 끌려 나갔다.

자리를 옮겨 걸으며 인한은 무언가 자신을 휘감는 것을 느낀다. 어찌할 수 없이 치밀어오르는 분노였다. 아랫니를 꽉 눌렀다. 요즘은 백정들까지도 고개를 쳐들고 조선이 어떻고 사대부가 어떻고 한단 말인가. 그것도 감히 내 앞에서 그 눈초리와 말대답이라니.

다 똑같은 사람이다? 백성의 자유? 이 나라의 풍속이, 적서의 구분, 귀천의 명분이 흔들리고 있는 건가?

왕부터가 우릴 인정하지 않고 무시하고 있으니. 흥! 이렇게 되면 이제 조선은 왕과 백성밖에 남지 않겠군. 사대부가 설 자리는 없을 테고 말이야. 왕이 뭐라고 했더라…… 백성과 자신은 동반자라고? 백성을 위한 정치를 자신의 전유물로 여기는 건가? 사대부는 조선에서 필요 없는 존재가 되는 것이고?

어전회의 장면이 떠오른다. 그는 임금과 눈을 마주하며 편전에 홀로 서 있었고 중신들은 옆에서 고개를 숙이고 있었다. 그는 사대부와 중신들의 중심이었다. 평양에 와서야 깨달았다. 어느 것도 거저 얻은 것은 없었다. 안락, 아니 어쩌면 모르는 사이 건강까지 내어주고 맞바꾼 자리였다. 그는 몸이 아프면서 약해졌던 마음에 다시 날카롭게 날을 세웠다.

한양으로 돌아가서 조선을 바로잡아야 한다!

四

역사책에 써진 우리 셋의 이름이 보이네.

그런데 이름 앞에 붙어 있는 글자는 「충」 자인가

아니면 「역」 자인가?

잠시 떠나 있으면 알게 될까

(영조 50년, 1774년)

방문이 열리고 찬바람이 들어왔다. 매운 추위에 흐린 오후였다. 옅은 먹 색깔의 구름들이 하얗게 피어난 뭉게구름 쪽으로 달려가고 있었고 앙상한 나뭇가지 위에선 멧새들이 걸터앉아 조잘대고 있었다.

"또 오셨네요." 다구에 차를 끓이던 수화가 다소 의외라는 표정으로 고개를 들었다.

"소실이 되어줄 수 있겠소?" 남자의 갑작스러운 말과 함께 방에는 겨울 날씨에 어울릴 것 같은 차가운 향이 일었다.

"그게 무슨 뜻이죠?" 그녀가 정신을 가다듬고 자신을 찾아온 정후겸에게 물었다. 눈꺼풀이 살짝 떨렸다.

"이 말에 다른 뜻은 없는 것으로 아는데. 도성 밖에 집 한 채, 하인 셋, 그리고 매달 50냥을 지불하겠소." 후겸의 눈에는 조금의 허세도 보이지 않는다.

"아직 젊으신 것 같은데…… 그 정도 능력이 되나요?"

후겸이 수화를 찾은 건 오늘이 세 번째였다. 홍인한의 집에서 처음 봤으니 네 번째 만남이 되려나. 후겸은 기방에 오면 그저 말없이 자리에 앉아 있다가 일어서곤 했다. 머릿속 생각을 조금도 드러내지 않는 눈. 남다른 옷차림과 생김새. 그녀도 호기심 비슷한 묘한 감정이 생기던 차였다. 그런데 불쑥 오늘 이런 얘기를 들은 것이다.

"보기보단 그렇소. 아, 그리고 이 계약은 내 쪽에서는 깨지 않을 것이고 그대는 언제든 깰 수 있소."

"아, 거부할 수 없는 조건이네요. 천한 기생한테는." 그녀는 흥미가 생긴다는 표정이다. "그런데 저에 대해 아무것도 모르시잖아요. 제가 어떤 사람인지 궁금하진 않으세요?"

"그래야 하오?"

당황한 빛이 잠시 스친 것 같던 후겸의 얼굴에 이내 무심한 표정이 나타났다.

"다른 사람의 얘기엔 관심이 없어 보이시네요. 누군가와는 아주 달라 보여요." 수화가 옅은 미소를 띠고 말을 하기 시작한다. "전 평양에서 나고 자랐어요. 서녀였어요. 자랄 때는 제법 교육을 많이 받았죠. 글도 읽고 시도 쓰고 그림도 그렸어요. 아름다운 시절이었죠. 그런데 막상 결혼할 때가 되니 그간 배운 건 다 쓸모가 없더군요. 서녀라고 아버진 돈 많은 양인 남자한테 절 보내버렸죠. 그게 딸한테 좋은 일이라고 생각하셨겠지만 그 이후로 저의 세계는 완전히 닫혀버렸어요." 수화의 얼굴에 그늘이 내려앉았다. "제 눈빛도, 말도 읽을 수 없는 남자였어요. 결혼 생활은 일 년 정도 했을 거예요. 남편이 갑자기 죽었거든요. 그때 수화로 이름을 바꾸고 기녀가 되었죠. 돌이켜보면 살기 위한 선택이었는지도 모르겠어요. 평양 한량들. 허세와 위선 빼면 볼 것 없는 남자들이었죠. 역겨운 대화들…… 지성도, 고결한 대의도, 야망도, 특별한 무언가를 조금도 갖고 있지 않은. 그저 일순간의 쾌락에 몸을 맡기는 자들. 가슴에 쌓이는 건 삶에 대한 혐오감과 무력감, 두려움뿐이었죠. 그러다 대동강가 절벽 위에 올랐어요. 깨끗하게 세상을 정리하려고. 한데 불쑥 한양이 보고 싶다는 생각이 드는 거예요. 그렇게 이곳까지 내려왔어요. 호기심이 절 살린 셈이죠."

"제 얘기는 여기까지예요. 어때요? 이젠 당신 차례예요. 왜, 절 원하는 거죠?" 수화의 시선이 똑바로 후겸을 향했다.

"기분 좋은 얘기는 아닐 텐데. 듣겠소?"

"아직 당신 제안에 동의하지 않았어요."

"날 못 믿는다?"

"불신이 아니라 신중함이죠."

"음…… 난 신분은 물론이고, 그게 무엇이든 남들이 갖지 못한 것으로 내 주위를 가득 채울 거요. 최고의 것들로! 난 그럴 자격이 있고 위로, 위로 계속 오를 겁니다. 그대는……" 후겸이 수화와 눈을 맞췄다. "한양에 와서 스스로를 증명했고 내 평판에도 도움을 줄 거요. 그뿐이오."

"뭇 사내들이 갖고 싶어 하는 걸 가진 남자? 그런 평판이 필요하신 거군요. 절 좋아한다 뭐, 이런 건 아니고요?"

"그게 잘못된 거요?"

"전혀요! 완벽해요. 생각보다 더요."

그 시간 국영은 전갈을 받고 급히 궁을 빠져나와 집으로 향해 뛰듯이 걷고 있었다. 집에 다다른 그는 비틀대며 마당을 가로질렀다. 주애는 눈물을 훔치고 있었고 이옥은 그런 그녀를 다독이고 있었다.

섬돌 아래 서 있던 덕이와 동네에서 약방을 하는 김의원이 다가오는 그와 눈을 맞췄고 셋은 사랑방으로 들어갔다. 방에는 얼박이 이불을 덮은 채 눈을 감고 누워 있었다. 그 모습에 다시 감정이 복받치는지 덕이가 울먹이기 시작했다.

"형님!!! 딸을 만나러 간다더니 이게 무슨 일이오? 어서 일어나시오."

국영이 자리에 털썩 주저앉으며 얼박의 손을 당겨 잡았다. 다문 입에 힘을 주며 그는 얼박의 손을 꼭 쥐었다. 얼박과 함께했던 시간들이 눈앞에 펼쳐진다. 반촌에서 그를 구하려 왈패들에게 고함을 치던 모습. 과거시험 날 밤새 홍화문 앞을 지키다 환한 웃음으로 그를 맞이하던 얼굴, 딸 소식에 기대감으로 흔들리던 눈동자. 지난날들의 장면 장면이 눈앞을 스친다. 그는 모든 것이 애틋하게 그리웠다. 어쩌면 얼박은 그에게 낙춘을 대신해서 버팀목과 의지가 되어주는 사람이었는지도 모른다.

한참을 앉아 있다가 그는 자리에서 일어나 밖으로 나왔다. 김의원이 따라 나왔다.

"얼박은 바위처럼 강한 사람이야. 곧 일어날 거야. 그렇지?" 김의원의 팔소매를 당겨 잡으며 국영이 다그치듯 말했다.

"다리가 완전히 뒤틀렸어요. 일어난다 해도 제대로 움직이기나 할지 모르겠어요. 지금 온몸이 불덩이예요."

그는 이를 꽉 누르고 또 눌렀다. 어떻게 이런 일이…… 평안 감영에 갔었던 걸까. 무슨 일이 있었던 거지? 얼박이 감영의 물건을 훔치기라도 했던가, 아니면 역모를 꾀했나. 그저 간절히 찾던 딸을 보러 갔을 뿐인데.

그는 얼굴에 짙은 그늘을 드리우고 마치 길을 잃은 사람처럼 마당에서 서성였다. 소음은 듣지 않으려 할 때 오히려 끊이지 않고 들리는 법이다. 생각은 국영의 머릿속을 집요하게 붙잡고 늘어졌다. 이내 우울감이 덮쳐왔다. 국영은 머리를 세차게 흔들고 고개를 들었다. 저 멀리 자줏빛으로 물든 구름이 보였다. 뚝딱뚝딱. 뚝딱뚝딱뚝딱. 어디선가 다듬이 소리가 일제히 일었고 담장 너머로 굴뚝에서 뽀얀 연기가 올라오고 있었다. 아이들이 몰려다니며 처마 끝에 달려 있는 고드름을 쳐서 떨어뜨렸고 두두둑 하고 무언가 부러지는 소리가 들렸다.

다행히 얼박은 의식을 회복했지만 의원 말로는 혼자서 걷기 힘들 거라고 했다. 다리가 완전히 망가졌다. 평양에 사람을 보내 알아본 바로는 인한이 의도한 일은 아니었고 수하들의 과잉 충성이 빚은 일이었다. 딸과 함께 인한을 만난 날 그의 수하들이 인한에게 불손한 언사를 했다고 얼박을 끌고 나가 태형을 가했지만 얼박은 끝까지 유순한 눈빛을 보이지도, 고개를 숙이지도 않았다. 악에 받친 군사들이 더 거칠어졌고 얼박은 몇 번을 연거푸 혼절했다고 한다. 숨이 끊어지지 않고 감영을 나온 것이 다행일 정도였다.

그는 얼박의 삶을 생각한다. 한순간에 처를 잃고 백정 일을 하다가 생사조차 알지 못한 채 헤어진 딸을 겨우 찾았는데 이제는 제대로 걷지도 못하는 불구가 된 인생. 삶은 또 한 번 얼박을 외면한 건가.

그는 분노로 떨리는 주먹을 내려다보며 중얼거렸다. 이건 분명 홍인한, 당신의 힘이 벌인 일이야. 그 책임에서 벗어날 수는 없을 거야. 두고 봐. 오만이라는 녀석은 결국 제 주인을 찾아가기 마련이거든. 당신과 난 결국 악연인 거야. 아니! 나만 악연이라고 생각하면 곤란하지. 당신 또한 관속에 누워 있다가도 번쩍 눈을 뜨고 기어 나올 정도는 돼야 해. 어떻게 한다? 그는 조정에서 살기 띤 얼굴로 인한을 노려보는 자신의 모습을 떠올리다 고개를 흔들었다. 하지만 머리에 달라붙은 생각은 쉽게 떨어지지 않았다.

"자네는 예인의 기질이 있고 영혼은 누구보다 자유롭지." 얼박의 소식을 듣고 기환이 국영을 급히 찾았다. "내가 그걸 모르지 않는데 왜 자네에게 관직에 나가라 했을까." 기환이 잠시 숨을 고른다. "아마도…… 내가 가장 자랑스러워하는 친구가 푸른 관복을 입고 활약하는 모습을 보고 싶었을 거야." 그러고는 양소매가 펼쳐진 채 벽의 횃대에 반듯하게 걸려 있는 국영의 관복을 쳐다봤다. "자네 친척들도 알아주길 바랐고."

기환이 다시 그에게로 시선을 돌리며 말했다.

"보시오! 여기 당신들이 경멸하던 홍국영이 빛나는 관모를 쓰고 있소."

웃음기를 띠었던 기환의 얼굴이 진지해진다.

"얼박 일은 불행한 사고였어. 잊게!"

기환이 말을 멈추고 국영을 바라보자 허공을 배회하던 그의 시선이 되돌아왔다.

"아니!" 기환을 바라보는 그의 눈에 분노와 후회가 담겨 있다. "난 점점 이 나라가 싫어지는 것 같아. 그리고 생각해봤는데 나 조정에서 나와야 할 것 같네. 그곳에서 전혀 행복하지 않아!"

국영이 말을 뱉고는 기환을 외면한 채 방문을 쳐다본다. 문고리를 따라 그의 시선이 동그랗게 선을 그렸다.

얼마간 시간이 흐르고 기환이 침묵을 깼다.

"그럼, 새로운 일을 해보는 건 어때? 고관이 되어 죽는다고 자손들이 더 좋은 제사상을 차려주진 않아."

"자손들이 상을 차리면 내가 귀신이 되어 돌아오긴 하고? 난 미련 없이 떠날 거야." 국영이 무덤덤하게 대꾸했다.

"자네 말이 내 말이야. 죽고 난 이후의 일까지 생각할 여유는 나도 없네. 그래서 말인데……" 기환이 눈을 빛낸다. "나 역관을 그만둘까 해. 역관이 돈이 된다는 것도 다 옛말이야. 나라법을 요리조리 피해 무역하는 상인들은 늘어나고, 점잔 빼는 역관은 설 자리가 없다니까." 기환의 눈빛이 변했다. "인삼 말인데, 삼이야 중국에서도 왜에서도 그리고 서양의 아메리카라는 곳에서도 나는 모양이지만 모두 조선 삼한텐 안 되지. 청국도 그걸 알고 있으니 값을 더 쳐주거든. 그런데 언제부터인지 사람들이 홍삼을 찾고 있어."

"붉은 색깔 인삼? 나도 본 적이 있지. 난 그게 가짜 삼인 줄 알았는데."

국영이 기환의 말에 흥미를 보인다. 시장에는 무게를 늘리기 위해 물 먹인 인삼, 납을 넣은 인삼 등 가품이 넘쳐났다. 그는 좌대에 놓인 흑적색의 삼을 본 기억이 났다.

"가짜라니! 삼을 몇 번 쪄서 말린 거야." 기환이 입을 삐죽한다. "홍삼을 구해달라고 아우성이야. 조선 홍삼을 먹지 않은 자는 장수할 꿈도 꿀 수 없다는 말이 도는 모양이야. 품질이 좋은 홍삼은 수레 수백 개에 싣고 와도 다 사겠다고 보채는 상황이지. 계산해보니 이익을 열 배, 아니 그 이상이라도 남길 수 있겠어. 이게 장사지. 몇 해만 달려들면 조선 최고의 부자가 된다는 계산이 나와."

"그 계산 난 못 믿지. 자네는 날짜 계산도 몇 번 틀린 적이 있잖아." 그가 웃었다.

"흥! 내가 산원算員도 아니고." 기환이 그의 말을 가볍게 받아내고는 얘기를 이어간다. "장담컨대 앞으로 우리가 청국과의 교역에서 돈을 벌 수 있는 길은 홍삼뿐이야. 조금 먼저 뛰어들자는 거야. 자네도 생선 이런 거는 노복奴僕들에게 맡기게. 큰 장사를 해야 해. 그게 바로 무역이지. 가난한 조선이 돈 벌 수 있는 방법은 외국과의 교역, 그것뿐이야."

"외국으로 빠져나간 돈을 다시 끌어온다? 그건 근사하군."

조정에서는 청국과의 무역역조에 대한 걱정이 끊이지 않았다. 겨울 방한모자, 비단, 심지어 조선의 무기인 활을 만드는 재료, 명품 붓을 만드는 털도 중국에서 수입해야 했다. 하지만 장인 기술자들이 착취당하는 이곳에서는 수공업이 발전할 수 없었고, 그래서 팔 물건도 없었다.

"수삼, 건삼 무역도 이제 시작 단계지만 홍삼은 몇몇만 냄새를 맡았어. 아직 누구도 주도권을 쥐지 못했네. 문제는 인삼을 기르고 캐내고 홍삼을 만들려면 칠팔 년이 걸린다는 건데……
그러니 굳이 밭을 사서 재배할 필요 없이 좋은 인삼을 좋은 가
격에 사고 홍삼은 우리가 직접 만드는 것으로 하면 될 거야. 국
경 함경도 쪽에 인삼을 키우는 자들이 몇 있지. 평안도 쪽도 좀
있고. 그자들과 계약을 해서 인삼을 사들이면 돼."

부지런히 설명하는 기환을 보며 그는 기환이 무언가에 저런
열심을 보인 적이 있었던가 생각해본다. 기환은 인생의 변곡점
을 맞고 있는지도 몰랐다.

"책임지고 홍삼을 만들 자를 찾을 거야. 최고의 홍삼을 만들
기술이 있어야 하고 사람들을 이끌 능력이 있는 자가 필요해.
파는 것은 걱정할 필요가 없고!"

기환은 자신만만한 표정으로 다소 흥분해 있었다.

"그 홍삼을 만들 자가 나는 아니겠지?" 국영이 물었다.

"흥! 자네는 인삼교역권이라든가 조정 쪽 일을 풀어주면 돼.
관리들한테 줄을 대야 하니까."

"예전에 역관 일을 그만두라고 했을 때는 그리 발끈하더니."
그가 웃는다.

"남의 말을 옮겨주는 일이 뭐 그리 행복한 일이라고. 그땐 세
상을 몰랐지. 그래도 어디에 갖다 버린 게 아니라 내 안에 쌓인
시간들이야. 나라에도 이 정도 봉사했으면 되었고. 세상 보는
시야도 넓어지고 사람 보는 눈도 생겼지."

기환이 만족해하는 얼굴로 그를 쳐다보았다.

"자네가 사람을 잘못 보는 탁월한 능력이 있긴 했지."

그는 이쯤에서 한마디 해야겠다고 생각한다.

"경제적 부를 쌓는 노력만큼 정직하게 보상을 해주는 것도 없네. 자네도 조정에 남아 있으면 사람들 물어뜯느라 이만 상하게 될 거야. 아무리 남 눈치 안 보는 자네라도 관직에 있으면 노래라도 한번 편히 부를 수 있겠어? 조정에 있는 동안 맘 편히 놀아본 적이 있던가?"

기환이 그를 설득하고 있었다.

"내가 노래를 부를 줄 아는 인간이라는 것도 잊을 정도지."

국영이 힘없이 대답했다.

"자네 뜻을 조금이라도 펴보려면 고관이 될 때까지 수십 년을 버텨야 하고 설령 그렇게 되었다 해도 원하는 걸 할 수 있다는 보장이 있어? 원치 않아도 세력 싸움에 휘말리게 될 테고, 조정에 있는 동안은 귀양 한두 번은 각오해야 할 테고, 건강을 해칠 수도 있고. 자네 인생에 뭐가 남게 될까? 조정을 떠날 땐 무엇을 이루었을까. 회한과 원한?"

그는 기환의 말을 들으며 벌써 자신이 그렇게 된 것 같은 비참한 기분이 든다.

"자네는 허명虛名을 원하는 사람도 아니고, 내가 모르는 뭔가 고귀한 대의를 품고 있는지 모르지만 그 일은 자네가 아니더라도 하겠다는 사람들이 차고 넘칠 거야. 그 시간과 노력으로 장사를 하면 큰돈을 남길 수 있어. 나와 같이 거상이 되는 꿈을 꾸어보자고. 많이 벌고 많이 베풀면 염라대왕도 우리를 예뻐하실 거네. 어때?"

그는 기환이 진심인 것을 알았다.

다음 날 아침, 국영은 편전에서 일어선 채 고개를 숙이고 있었고 맞은편에선 중신 하나가 그를 비난하고 있었다.

　"며칠 전 사관 홍국영이 허락도 없이 궁을 빠져나갔습니다. 마땅히 견책해야 합니다. 직위를 해제하소서!" 얼박의 일로 자리를 비웠던 국영은 오늘에야 조정으로 돌아왔다.

　"그러한가?" 심각한 얼굴의 신하와 달리 왕은 심드렁했다.

　"신! 보고만 올리고는 미처 허락받지 못하고 궁을 나갔습니다." 마치 다른 사람의 일인 양 국영이 고개를 숙인 채 말했다.

　"홍사관이 급한 일이 있었나 보구나."

　사람들의 시선이 쏠렸지만 그는 왕의 말에 대답하지 않았다.

　"다음에는 절차를 따르도록 하라."

　왕은 그에게 늘 호의적이었다.

　"전하! 사관 홍국영은 이번이 처음이 아닙니다. 사관이라는 중책을 너무 가벼이 여기고 있습니다. 이번에는 조정의 규율에 따라 마땅히……"

　말을 이으려는 신하를 왕이 손을 들어 막았다. 견책을 주장하던 신하가 못마땅한 얼굴로 고개를 숙였다.

　"전하!" 불편한 적막이 흐르려던 찰나 국영이 왕을 크게 불렀고 사람들의 시선이 일제히 그에게로 향했다.

　"듣고 있다. 말하라."

　"신! 사직을 청합니다."

　그렇지 않아도 오늘 사직상소를 올릴 생각이었다. 중신의 비난이 틀린 말은 아니었다. 몸이 아프다, 집에 일이 있다, 이런저런 핑계로 근무를 태만히 하고 있었으니까. 조정에 미련은 없었다.

이만하면 충분해. 사관까지 했으니 이제는 사람들도 내 집을 무시하지는 못할 거야. 그런데…… 진이는 어떡하지?

그는 진이를 죽을병에 걸리게 할 수도, 하루아침에 궁중 일을 감당하기 어려운 노인으로 만들 수도 없었다.

"왜인가?" 그의 말에 왕이 반응했고 편전의 공기가 출렁였다.

"도성 밖에 있는 부모가 병이 들었습니다. 신! 나이 어린 여동생밖에 없어 도성 밖으로 나가 부모 곁에 있고자 합니다. 직책을 감당하기 어렵습니다."

왕의 침묵이 길어졌고 그는 왕이 대화의 흐름을 잊은 건지도 모른다고 생각했다.

"사직까지 할 일인가. 부모의 병이 좋아진 뒤 다시 돌아오면 될 일이다." 왕이 한참 만에야 입을 열었다.

"전하!" 국영의 목소리가 커졌다. "조정에 도움이 되지 않는 일입니다. 사직을 허락하여주십시오."

맘대로 그만두지도 못하는 건가! 그는 왕이 원망스럽다는 생각이 든다.

"짐의 뜻대로 하라. 몇 년이 흘러도 좋다." 더 이상의 말은 허락하지 않겠다는 어조로 왕이 못을 박았다.

그는 시간이 흐른 뒤에도 왕이 용상에 앉아 있을지 생각하며 머리를 숙인 채 입을 닫았다.

"홍사관! 전하의 은혜가 하해河海와 같은데 그리하겠다고 답하지 않고 뭐 하시오. 성상을 보필하는 일은 부모를 살피는 것만큼이나 중요하지 않소." 좀 전까지 그를 비난하던 중신이 침묵을 깼고 동시에 국영의 얼굴엔 비웃음이 피어올랐다.

능력이 안 되면 물러나야 해. 난 그럴 작정인데 당신들은 뭘 위해 그 자리에 있는 거지? 세금 도둑들이 되고 싶은 건가?

"전하! 성은이 망극하옵니다." 국영은 중신들의 목소리를 흉내냈다. 연기는 그에게 어렵지 않았다.

왕이 원하는 만큼 시간을 준다 했으니 조정에 돌아오지 않으면 그만이야……

회의가 끝났고 신료들이 국영 곁으로 몰려들었다. 몇은 먼발치에서 못마땅한 눈을 하고 수군거렸다. 조정 신하들 대부분은 그를 좋아했지만 또 몇은 그를 싫어했다. 어깨를 두드리며 그와 눈을 맞춘 사람들이 하나둘 자리를 떴다. 사람들이 떠나가자 후겸이 그의 곁으로 다가왔다.

"나도 쉬고 싶은걸." 그의 속마음을 알고 있다는 듯이 후겸이 국영을 바라보았다. "조정의 겨울은 춥지." 소란 떨 일이 아니라는 듯 후겸이 말했다.

"옹주께 인사드리지 못하고 간다고 말씀드려주게."

국영이 말을 돌린다. 그는 진이 생각을 하고 있었다. 진이에게 궐 안에서는 절대 박내관을 만나서는 안 된다고 주의를 주었지만 둘이 궐 밖에서 만나는 것까지는 말릴 수 없었고 그래서 그는 늘 마음이 불안했다.

"그렇지 않아도 옹주께서 자네가 왜 오지 않는지 여러 번 물으셨지." 후겸이 그의 어깨를 두드리고는 우아하게 몇 걸음 걷더니 갑자기 몸을 돌렸다.

"곧 돌아올 거지? 자넨 조정에서 할 일이 많아."

후겸과 헤어지고 국영은 옹주의 처소로 간다. 옹주를 볼 마음은 없었다. 진이를 만나보리라. 전각 앞뜰에 도착한 그는 신선한 공기를 깊게 들이마셨다. 초록을 머금은 찬 공기에 기분이 좋아진다. 나인 몇이 건물을 빠져나오다 그를 보고는 눈이 동그래진다. 그녀들 뒤쪽에서 진이가 건물을 나오는 게 보였다. 국영의 얼굴이 밝아졌다.

"일이 있는 거야?"

그는 뭔가 일이 있었다는 걸 직감한다. 말을 건네고는 진이가 무슨 말이든 해주기를 기다렸다.

"많이요." 진이는 약간 풀이 죽은 얼굴이다. "어제 외출을 나가서 박내관을 만났어요. 밤새 함께 있었어요."

진이의 말에 그의 눈이 커졌다.

"우리는 이제 오누이가 되었어요."

오누이? 그는 그 말뜻을 생각해본다.

"아침에 궁에 돌아와서 몸이 아프다고 핑계 대고 이제껏 울었어요. 눈물샘이 다 마른 것 같아요."

그러고 보니 진이의 얼굴은 부어 있었다.

"그런데 이상해요. 눈물에 감정도 같이 쓸려 내려갔나 봐요. 이제는 박내관 생각을 해도 슬프지 않아요. 원래 그런 건가요?"

"그걸 내가 어찌 아니?"

빤히 쳐다보며 묻는 진이에게 국영이 말했다.

"도련님은 이런 일에 경험이 많은 줄로 알았는데요."

"내가?"

그가 어이없다는 표정을 지었다.

"여자들이 도련님한테서 눈을 못 떼잖아요. 궁에서도 도련님 얘기만 나오면 다들 심장박동이 빨라지는 것 같던걸요."

"그게 보이는 거야?"

"여자들의 심장은 얼굴에 있어요."

"아, 그건 몰랐는걸. 그런데 난 한번 좋은 사람은 계속 좋던데." 그가 대답한다.

"그런가요? 그럼 제 감정은 사랑이 아니었을까요?" 진이가 그에게 생각할 틈을 주지 않는다. "이럴 줄 알았으면 입맞춤이라도 실컷 해볼 걸 그랬어요. 바보같이."

진이가 입술이 맞닿을 때의 감촉을 떠올리기라도 하는 듯 정말로 아쉬워하는 표정을 지었다.

"그런데 왜 갑자기?"

"어제 내관과 나인 하나가 중궁전에서 껴안고 입을 맞추다가 궁 감찰부에 걸렸어요. 두 사람 모두 내일 태형을 당하고 출궁당할 거예요."

아…… 궐 안에선 이런저런 일이 일어난다. 하지만 그는 이런 얘기는 흘려듣곤 했다. 사람들의 비밀스러운 일까지 알고 싶은 마음은 없었다.

"그랬구나."

"박내관이 그 일 때문에 급히 보자고 한 거예요. 겁이 많은 남자거든요. 그런 겁쟁이를 좋아했다니. 사랑이라는 게 겁을 먹어 포기할 정도로 그렇게 하찮은 것인가요? 실망이에요."

얼굴을 찡그리던 진이가 서둘러 말을 보탰다.

"아, 그래도 그 사람은 좋은 사람이에요."

"그럼 이제는 끝난 건가? 아, 내 말은 관계 말이야. 둘 사이에 혹시 문제가 될…… 아, 그럴 리가 없지."

그가 아차하고 말을 거둬들였다.

"무슨 생각을 하신 거예요? 내관이잖아요."

진이가 못마땅한 얼굴로 눈을 흘겼다.

어디에 있든 당신은 변하지 않아요

사람들이 국영의 집을 찾았다. 그로서도 마다할 일은 아니었다. 간단한 수인사가 끝나면 그들은 조정 일로 대화를 이어가길 원했다. 하지만 그는 그때마다 입을 닫았고 어울리지 않는 멍한 표정을 지어 보였다. 곧 홍국영이 돌아오지 않을 거라는 말이 돌았다.

"지나간 일은 되돌릴 수 없어. 그보다는 얼박의 딸 소식이나 알아봐야 하지 않겠니?"

"저도 알아요." 아들을 보러 도성으로 들어온 이옥의 말에 국영의 목소리가 커졌다. "그리고 지나간 일이 아니에요. 얼박은 지금 꼼짝도 못 하고 방에 누워 있어요."

이옥은 아들의 반응에 당혹스럽다.

"딸은 지금 평안감영에 있어요. 붙잡혀 있는 셈이죠. 곧 사람을 보내서 데리고 올 겁니다. 얼박을 보살펴줄 사람이 필요하니까요. 얼박도 딸이 보고 싶을 거고요."

"······."

방에는 가족들이 있었고 그의 맞은편엔 이옥과 주애가, 그의 양 무릎에는 자영이와 강선이가 기대어 있었다. 막내딸은 작은 이불을 덮고 눈을 껌벅이며 누워 있었다.

"임금께서 사직을 허락하지 않았다고?"

이옥의 물음에도 그는 답하지 않는다. 뭔지 모를 분노가 그를 괴롭히고 있었다. 답답한 침묵에 자영이와 강선이가 눈을 굴리며 눈치를 본다.

"궁에는 돌아가지 않을 겁니다." 얼마간의 시간이 흐른 뒤 그의 입에서 나온 말이었다.

"재미있는 곳이라고 하셨잖아요?" 강선이가 그를 올려다보며 끼어들었다. 아이는 긴 시간을 말없이 견뎌내기가 쉽지 않다. 국영은 무심한 표정으로 강선이의 볼을 한 손으로 쓸어내렸다.

"글쎄."

"난 아버지가 궁에 가는 것이 좋은데. 선물도, 맛있는 것도 갖고 오시잖아요."

"그곳에 있다 보니 어느새 삶을 사랑하는 법을 잊어버렸어."

말을 했지만 국영은 아들이 자신의 말을 이해하리라 기대하지 않았다.

이옥은 아이의 머리를 쓰다듬고 있는 국영을 바라보며 아들에게 시간이 필요하다고 생각한다. 그녀가 자리에서 몸을 일으키자 자영이와 강선이가 아쉬운 표정을 지었다.

"늦었어요. 주무시고 가세요." 국영은 화난 듯 퉁명스럽게 들리는 자신의 목소리가 불편하다. 감정 통제가 되지 않는다. 어쩌면 그는 이옥에게 투정을 부리고 있는지도 몰랐다.

"아버지가 혼자 계신다." 이옥의 말은 그에게 꾸지람으로 들렸다. 낙춘과 이옥이 잔병치레를 한 지는 오래되었지만 국영은 왕 앞에서의 핑계와 달리 아직 도성 밖 집에 가보지 않았다. "자영이는 오라비 말 잘 듣고 강선이도 책 읽는 것 게을리하면 안 된다." 말을 마친 이옥이 방을 나서려다 뒤돌아서서 자신을 바라보는 아들의 눈을 보았다.

"도피와 자학은 안 된다. 사람들 속에 있어야 해. 그럼 다시 생에 대한 의지가 타오르게 될 거다."

"전 어머니와 달라요." 그가 받아치듯 말하고는 이옥을 보았다. 가시 돋친 말에도 이옥의 눈빛은 온화함을 잃지 않는다.

"아니! 넌 내 아들이야." 이옥이 잠시 말을 멈추고 그의 눈을 응시했다. "그리고 그 사람도 그리되고 너도 경황이 없는 것 같으니 당분간은 내가 장사를 챙길 거야. 복이, 덕이에게도 그리 말해두었으니 그리 알아라! 넌 박얼박 그 사람을 대신할 사람을 찾아야 해!"

방을 나서는 이옥을 따라 가족 모두 우르르 일어났고 그는 집을 나서는 이옥의 뒷모습을 좇았다. 이옥은 그의 기억과는 달리 작은 몸의 여인이었다.

겨울의 낮은 짧았고 밖은 어느새 어둠이 내려앉고 있었다. 사랑채로 건너온 지 얼마나 지났을까. 밖은 어두워졌다. 마당으로 나가 잠시 찬 공기를 쐴까 하던 차에 방문이 열렸다. 이옥을 배웅하러 갔던 노복이 누군가가 보내온 편지를 들고 서 있다. 그는 봉투 속 종이를 꺼냈다.

얘기 들었어요. 상심이 크겠군요. 당신이 유달리 좋아하던 사람인데. 그래도 집 안에만 틀어박히지는 마세요. 어울리지 않으니까. 전 당신의 우스운 재담이 늘 그리워요. 소식이 하나 있어요. 축하해줄지 아니면 상의가 없었다고 기분 나빠할지 모르겠네요. 저, 소실로 가게 될 것 같아요. 정후겸 참판 알죠? 제 걱정은 마요! 제가 원해서 결정한 일이니까. 어디에서 뭘 하든 자신을 잃지 않는 것이 중요하잖아요. 그건 당신에게도 마찬가지겠죠. 당신은 어디에서고 변함없이 제 친구 홍국영이에요.

얘기가 그렇게 흘러가고 있었던가. 후겸과 수화가…… 그러고 보니 둘이 어울리는군. 그래, 정말 잘 어울려. 그는 허공의 한 점을 응시하다가 고개를 작게 흔든다. 잘된 일이야! 그는 수화에게 바로 답장을 써 보냈다. 축하한다고, 후겸은 명민하고 아주 근사한 친구라고.

수화 일로 이런저런 생각을 하고 있는데 밖에서 인기척이 나더니 방문이 열렸다. 하유와 민시가 왔다. 둘 다 일을 마치고 집에 들르지 않은 모양이었다. 하유는 무관복장이었고 민시도 관복 그대로다. 민시는 국영이 조정에 들어온 지 반년 뒤 과거에 붙었고 지금은 사관으로 일하고 있었다.

"우리가 만나기로 되어 있었던가?"

국영의 얼굴에 미소가 피어올랐다. 우울할 때는 친구들과 얼굴을 마주하는 것이 효험이 있다.

민시는 동료 사관으로서 얼굴을 자주 보았지만 말수가 적어 그의 말상대로는 불합격이었다. 반면 궐을 수비하는 하유는 특별히 약속을 잡지 않으면 만나기 어려웠다. 이렇게 셋이 한자리에 앉은 건 성균관 시절 이후 처음이었다.

"주상께서 어디로 날 귀양 보내라 하시던가? 사관 나리와 금위영 군관이 이렇게 함께?"

"멀쩡하구먼." 하유가 획 하고 던진 모자가 툭 소리를 내며 바닥에 떨어졌다. "기운 빠진 자네를 놀려줄 수 있을 줄 알았는데." 그를 보자 마음이 놓이는지 하유가 농을 걸었다. "소식 들었어? 나 세손익위사 우시직이 되었어." 세손익위사는 왕세손을 호위하는 곳이다. 하유가 직이 바뀐 모양이다.

"그건 몰랐는걸. 하급 무관이 자리를 옮긴 일 정도는 사람들이 내게 얘기해주지 않아."

"일개 하급 문관이 국왕 앞에서 부모 핑계 대고 휴가 내고 놀고 있다는 소문은 들었나?" 하유가 지지 않는다.

두 사람이 말로 대거리하는 걸 가만히 듣고 있던 민시가 차분한 음성으로 끼어들었다.

"결정한 건가?"

"……."

"일은 요즘 어떻지?"

앞으로의 계획을 묻는 민시의 말에 국영은 딴소리를 한다.

"자네 자리가 비어 있는데도 일은 전혀 늘지 않았지."

민시는 그의 딴청에도 또 차분히 대답을 한다.

"주상이 여전하신가 보군."

그는 말뜻을 알아들었다. 왕은 자주 앓아누웠고 어쩌다 회의가 있는 날도 사관들은 왕의 입에서 떨어지는 말 가운데 기록할 말을 찾다가 들었던 붓을 놓아야 할 때가 많았다.

"자네! 참판 정후겸과 가깝지?" 하유가 불쑥 끼어들었다.

"글쎄. 반쪽짜리 친구라고 해두지."

"정대감 말이야." 하유가 말을 이어간다. "저하와의 사이에 뭔가 묘한 기운이 감돈단 말이지. 두 분, 가까운 친척으로 알았는데. 모두들 그리 알고 있지 않나?"

하유가 동의를 구하고 싶은 모양이다.

"둘이 자네 앞에서 싸우기라도 한단 말이야?" 국영이 물었다.

"그럴 일이 있겠나? 활쏘기로 겨룬다면 모를까." 무슨 생각을 하는지 하유의 입가가 살짝 올라간다. "그랬다면 저하를 이기기는 힘들 거야. 난 아직 직접 보지는 못했지만 저하가 놀라운 명중률을 보이는 신궁이라더군."

하유의 눈빛을 보니 동궁과 활로 겨뤄보고 싶어 하는 눈치다. 하유는 무과를 볼 때 활에서 수위를 차지했으니 그럴 만도 했다. 어쩌면 동궁이 하유의 활솜씨 얘기를 듣고 춘방으로 불러들였을 수도 있겠다는 생각이 든다. 실력자는 자신과 비슷한 실력자가 나타났다고 하면 궁금해서 참지 못하는 법이니까.

"그런데 정치에서 가능한 멀리 떨어져 있는 것이 자네 집안의 전통 아닌가?" 국영은 언뜻 의아하다.

"저하 주변 사람들을 잘 살피는 일이 내 첫 번째 임무야." 하유가 정색을 한다. "두 분 사이의 관계야 내가 어찌 알 수 있겠어? 그런데 정대감이 오면 갑자기 춘방의 공기가 달라진다는 느낌이 든단 말이야. 사람들이 정대감과 눈 한번 마주치려고,

말 한마디 더 걸어보려고 안달하는 게 보여."

"자네 눈에 그게 보인단 말이지?" 국영이 웃었다.

"눈이 하는 일이 그것 말고 다른 게 있는 모양이지?"

하유가 손가락으로 자기의 한쪽 눈을 가리켰다.

후겸은 말 한마디 없이도 눈에 띄는 인물이다. 그건 힘이었다. 왕의 외손자라는 후광에다 모친을 통해 왕의 귀에 어떤 말도 들어가게 할 수 있는 자. 또 후겸은 조정의 여론을 주도하는 홍인한과도 대놓고 귓속말을 주고받는 사이다. 사람들이 그런 후겸에게 잘보이려 하는 것은 이상하다 할 수 없었다. 하유가 직을 옮긴 지 얼마 되지 않아서 예민해져 있거나 아니면 궁의 상황에 그만큼 둔감하다는 뜻일 수도 있었다.

"그런데 나한테 할 말이 있는 것 같은데?"

그는 이쯤 해서 두 사람이 자신을 찾아온 이유를 듣고 싶다.

"한동안 얼굴도 못 보았고." 하유가 머뭇거린다. "궁이 뭔가 으스스하단 말이지."

"자네가 추위를 많이 타던가?"

국영의 농담에 하유가 쏘아본다.

"우리 집안 피에는 위험을 감지하는 능력이 있어. 훈련이나 전투에서 가까스로 목숨을 건진 이야기가 차고 넘치지." 하유의 표정이 자못 진지하다. "느낌이 좋지 않단 말이야."

"그래서 자네의 그 신통한 피가 뭐라고 속삭이던가?"

국영이 물었다.

"꼭 그렇다는 게 아니라, 무기도 들지 않고 적들에게 노출되어 있는 느낌이랄까. 여하튼 나보고 궁에 남아 있으라고 한 사람이 누구야? 이렇게 혼자 빈둥거리는 호사를 누리는 건 말도 안 되지. 돌아와! 아니면 나도 외직으로 나갈 거야. 궐에서 일해야 할 기간은 이미 채운 지 오래야."

"자네는 늘 덩치가 아까웠어. 민시! 자네는 어때? 궁을 나오고 싶나? 그대는 언제나 조용히 할 일만 하는 사람이니 조정 일이 딱 아닌가? 워낙 검소하니 문제될 일도 없고. 나를 싫어하는 사람은 몇 있던데 그대를 싫어하는 사람은 없더군."

민시가 그의 말을 표정 변화 없이 조용히 듣고 있더니 입을 뗐다.

"바람이 불고 있어. 훈풍은 아닌 것 같고." 하유와 국영이 동시에 민시의 얼굴을 본다. "내가 아는 궁은 하루하루 평온하게 시간이 흘러가는 곳이었지. 그런데 바람이 바뀌고 다른 시절이 다가오는 것 같네. 중신들이 홍인한 대감을 불러들여야 한다고 수군대고 있어. 나야 사람들과 어울리는 성격은 아니지만 그들이 눈과 머리를 이리저리 굴리며 바삐 움직이는 걸 눈치채지 못할 정도로 그리 무디지는 않아. 홍인한 대감이 곧 돌아올 것 같네. 외직에 나가 있던 중신 하나가 복귀한다는 단순한 사실보다는 훨씬 복잡한 문제지. 축 늘어져 있던 조정이 깨어난다는 신호 아닐까. 난 소란스러움은 질색인데. 집에서 책이나 보고 싶은 생각이 간절하네."

홍인한! 그가 돌아온다. 가슴이 쿵쿵거린다.

"못났군, 정말! 친구 하나 눈에 안 보인다고 의기소침해진 건가?"

또 하루가 흘렀지만 국영은 집 밖으로 나가지 않았다. 방 안 어둠 속에서 그는 파리를 내어쫓듯이 머릿속에서 생각을 하나하나 지워나가고 있었다.

밖에서 종소리가 들려왔다. 이경二㼇 정각이었다. 주애와 아이들은 벌써 잠이 들었을 것이다. 오랜만에 종각에서 들려오는 종소리를 세어본다. 눈을 감은 채 입으로 작게 소리를 냈다. 하나, 둘, 셋, ⋯⋯스물여덟, 종소리가 멈췄고 그는 입을 닫고는 턱을 손으로 쓸어내렸다. 한 번, 두 번. 동작을 반복한다. 턱수염이 제법 자라 있었다.

사대문 안에 사람이 십만은 넘을 텐데 아무리 밤이라도 이리 조용할 수 있나. 그때 그의 귀가 움직였다. 방문 밖에 달빛을 받아 생긴 그림자 하나가 서 있는 것이 보인다. 문이 천천히 열리고 누군가의 머리가 쑥 들어와 방 안을 살핀다.

"깨어 있을 줄 알았지." 하유의 목소리다. 요즘 하유가 국영을 자주 찾는다. 하유의 얼굴이 사라지고 다시 조용해졌다.

문이 크게 열렸고 달빛이 쏟아져 들어왔다. 두 명의 남자가 방으로 들어섰다. 하유는 무관복 그대로였고 뒤따라 들어오는 남자는 갓에 도포 차림이다.

"저하! 불을 켤까요?"

"그래야겠군. 불쑥 찾아온 손님이 얼굴을 보여주지 않는 건 예가 아니겠지." 그가 기억하는 바로 그 목소리. 하유가 움직이기 전에 국영이 급히 책상 위의 초를 밝혔다. 그리고 허리를 숙이고는 동궁에게 안쪽으로 앉을 것을 권했다.

"나는 오늘 손님으로 왔습니다." 사양하는 동궁의 말에 국영이 마지못해 자리에 앉았다. 그는 상황을 파악하려 애쓴다. 하유가 함께 왔다면 나쁜 일은 아닐 것이다.

"밤에 궁 밖으로 나왔던 때가 언제인지 기억이 나질 않습니다. 왕세손에 관심 있는 눈이 워낙 많아야지요." 동궁의 표정은 밝았다. "궐 밖으로 나오지 않으면 도저히 잠을 이룰 수 없을 것 같았습니다. 덕택에 김시직에 대해서도 제법 알게 되었지요. 나도 답례로 비밀 하나를 알려주었습니다. 김시직을 내가 춘방으로 불러들였어요. 오랜만에 궁에 신궁이 들어왔다 하니 궁금해서 참을 수가 있어야지요."

동궁이 고개를 돌려 옆에 앉은 하유를 보고 미소 지었다. 늘 엄한 표정만 짓던 동궁이 오늘 밤 다르게 보인다. 활력 넘치는 그의 또래 아니, 그와 하유보다는 확실히 어려 보였다.

"재미있는 인연입니다. 김시직이 홍사관과 막역한 벗이라는 말을 하던 차에 우리가 이곳을 지나가고 있었지 뭡니까."

"저하께서 신의 집에 오시니 몸 둘 바를 모르겠습니다."

"……"

이번 침묵은 확실히 어색하다.

"그런데 김시직 말로는 홍사관이 공부를 싫어한다던데 정말이오? 그리고 그대는 노래도 악기도 잘한다면서요?"

"노래와 악기는 그렇지만 공부 얘기는 사실과 다릅니다." 그가 하유를 슬쩍 보고는 대답한다. "전 예전에도 그리고 지금도 세상을 열심히 배우고 있는걸요."

국영의 말에 동궁이 살짝 고개를 갸우뚱했고 잘 이해가 되지 않는다는 표정을 지었다.

"그럼······" 동궁의 목소리와 표정이 갑자기 진지해졌다. "홍 사관이 공부한 조선의 현실은 무엇입니까?"

"······."

불현듯 긴장감이 세 사람 사이를 비집고 들어왔다.

"들으시겠습니까?"

"기다리고 있어요."

갑작스럽다. 하지만 자신의 방이어서일까. 왠지 모를 자신감 이 생긴다. 그는 호흡과 자세를 가다듬었다.

"음······ 원하신다면 말씀드리지요. 사람들의 생각이 변하고 있습니다. 도道, 수양, 명분이 아니라 세상 돌아가는 현실에 관 심을 갖는 사람들이 빠르게 늘고 있어요. 그런데 조선의 제도와 생각은 변화를 거부하고 심지어 뒷걸음질할 때가 있습니다."

그는 자신의 얘기가 동궁에게 어떻게 받아들여질까 하는 생 각에 잠시 말을 멈추고 동궁의 얼굴을 보았다.

"계속하세요."

편전에서 자주 보던 동궁의 표정이다. 그래, 계속!

"현실은 명분에 비위 맞추지 않습니다. 현실과 제도가 괴리되 기 시작하면 재능 있는 사람들은 숨 막혀하고 고통스러워합니 다. 조선의 생각은 낡았고 새로운 생각이 필요합니다." 그는 조 선을 짓누르고 있는 답답한 공기를 떠올렸다.

"새로운 생각은 무엇이죠?" 동궁이 틈을 주지 않는다.

"지금 우리가 갖고 있지 않은 것입니다. 수많은 사람들이 청 나라에 다녀와서는 오랑캐들이 저기 앞서 달려간다 하는데 실 제 우리가 배운 것이 무엇이 있죠? 달라진 현실이 없으면 그건

가짜입니다. 청나라는 육로와 바닷길로 서양 문물을 들여오고 변화를 만들어내고 있다고 합니다. 일본도 마찬가지고요. 부산 왜관에 가보면 일본이 조선을 앞질렀다는 걸 알 수 있습니다. 이제 문명은 더 이상 조선에서 일본으로 흐르지 않습니다. 언제 부터인가 조선의 배는 볼품없어졌고 청이나 왜보다 훨씬 못해 졌죠. 우린 기술력과 생산력에서 뒤처지기 시작했고 이렇게 가면 곧 조선은 아무도 거들떠보지 않는 나라가 될 겁니다."

그가 다시 말을 멈췄고 동궁의 안색을 살폈다. 평소 정리해둔 생각은 아니었다. 잘못 들으면 위험하게 들렸을 말들이다. 다행히 동궁의 눈은 그의 다음 말을 기다리고 있었다.

"물질적 삶에 대해 관심을 가져야 합니다. 기술이 삶에 미치는 영향을 생각해봐야 해요. 말과 관념이 아니라 도로와 그 길을 내달리는 수레, 선박제조 기술, 근해가 아니라 넓은 바다로 나갈 항해술, 농법 기술, 곡식을 까부는 기계, 느려 터진 개선이 아니라 폭풍처럼 달려드는 개혁이 필요하죠." 말을 하며 슬쩍 보니 하유는 이 사람이 내 친구 홍국영이에요! 하며 자못 자랑 스럽다는 얼굴이다. "우린 시대에 뒤떨어지고 있습니다. 더 심 각한 건 우리가 그걸 자각하지 못하고 있다는 겁니다."

국영이 말을 마쳤다. 그는 오늘 자신이 아는 것보다 더 많은 것을 얘기했다고 생각한다.

"음…… 오늘 얘기는 궁으로 돌아가면 일기에 적어두겠소. 사실 그대의 말을 다 이해하지는 못했다오." 동궁이 고개를 끄덕이며 그를 바라본다. "아, 그런데 오늘 내가 무슨 특별한 일이 있어 온 건 아닙니다."

동궁은 수줍음을 타는 것 같다.

"이제 돌아가야겠지? 내일이면 내가 밀행을 나갔다고 궁에서 또 수군거리는 소리가 들릴 거야."

"돌아가시겠습니까?"

하유가 자리에서 일어섰고 동궁도, 그도 일어섰다.

"양친이 몸이 좋지 않으시다고요. 쾌차를 빕니다."

방을 나서며 동궁이 말했고 그는 고개를 숙였다.

셋은 마당으로 나간다. 동궁이 대문 쪽으로 걸었고 국영이 뒤를 따랐다. 그때 앞서 걷던 동궁이 걸음을 멈추더니 천천히 뒤로 돌았다. 달이 구름에 조금씩 가리는지 환하게 보였던 동궁의 얼굴이 점차 어두워졌다.

"홍사관! 그런데 말입니다. 그대는…… 누굽니까?"

겉옷을 걸치지 않아 찬바람에 떨고 있던 국영은 순간 정신이 번쩍 났다. 갑작스러운 물음이었다. 동궁은 사람을 당황케 하는 재주가 있는 모양이다. 그는 동궁의 말을 속으로 되뇌어본다. 왠지 동궁의 음성이 떨렸던 것 같다.

"저는…… 홍국영입니다."

어떤 의도로 묻는 말인지 가늠하기 어려웠다. 그는 조정 주변을 기웃거리는 수많은 사대부 중의 하나가 아니라 그저 '나 자신'이 되고 싶었다. 누군가를 닮고 싶다는 생각을 해본 적이 없었고 또 그래서도 안 된다고 믿었다. 다만 사람들이 자신에 대해 홍국영은 홍국영이며 홍국영일 거라고 말해주길 원했다.

말을 뱉고 나니 다소 불손한 말투로 들렸으려나 하는 걱정이 든다.

"조정에는 언제 돌아올 생각이지요?"

다행히 동궁은 다시 온화한 표정이 되어 그에게 물었다.

"조정 일을 감당할 그릇이 되지 않아 인삼 무역을 할까 생각 중이었습니다."

그가 대답했고 하유가 뭔가 마음에 들지 않는지 인상을 찡그렸다. 그는 생각한다. 내가 왜 돌아가야 하지?

"그릇이요? 홍인한 대감, 정후겸 참판과 가깝다고 들었는데 그들은 알고 있습니까?"

"저는 누구에게 속해 있지도 또 누군가의 그림자 아래 있지도 않습니다." 국영은 인한의 이름에 신경이 곤두서는 걸 느낀다. 그는 부드러움보다는 까칠한 내면의 소유자였고 쉽게 날카로워졌다. "제 길은 제가 정하지요. 늘 그래왔습니다."

"흠. 새로운 사실을 알게 되었으니 나도 하나 털어놓지요. 사실 난, 그대를 계속 지켜보고 있었어요." 동궁의 눈이 그를 향해 온다. 온전히 내면을 응시하는 눈이다. "조정에 들어와 그대가 홍국영이라는 걸 증명해줄 수 있겠소?"

그가 동궁의 말뜻을 이리저리 생각하고 있을 때 안채의 방문이 열리면서 주애가 밖을 내다보는 모습이 눈에 들어왔다. 대화 소리가 그녀를 깨운 모양이다.

"당신, 나와서 인사드리세요. 세손 저하께서 오셨소."

그 말에 주애가 서둘러 자영이와 강선이를 데리고 방을 나왔다. 아이들은 잠이 깨지 않아 눈을 비비고 흔들거리며 걸었다. 주애와 자영이, 강선이가 동궁에게 허리를 깊이 숙여 인사하고는 고개를 들지 않은 채 그대로 있다.

"잠을 자는 시간에 폐가 되었군요." 밝은 목소리로 동궁이 말했다. "부인과 남매인가 보군요."

"저하, 이 아이는 딸이 아니고 제 여동생입니다. 제가 도성에 데리고 들어와 공부를 시키고 있습니다."

그의 말에 자영이의 얼굴이 붉어졌다.

"홍사관을 닮아 용모가 고운 데다 총명해 보이는군요." 자영을 신기한 듯 쳐다보던 동궁이 다시 그에게로 시선을 돌렸다. "그런데, 그 인삼 장사 말이에요. 내가 끼어도 됩니까? 나도 그 그릇이라는 것이 안 되는 것 같거든요."

동궁의 갑작스러운 방문이 있고서 그 뒤로 사흘째 눈이 내리다 그치기를 반복했다. 회색빛 하늘에서 눈발이 소리 없이 내리다가 때로는 바람에 흩날렸다. 국영은 우울한 마음에서 조금씩 벗어나고 있었다. 그는 방문을 열고 방 안에 께느른하게 누워 내리는 눈을 보다가 다시 방문을 닫고 또 누웠다. 축축한 겨울 공기에 젖어 지내는 것도 나쁘지 않았다. 정신없이 사는 것은 역시 양반의 삶이라 할 수 없다고 그는 속으로 웃었다. 오랜만에 그는 한가로움과 내면의 평온을 즐겼다.

날이 저물었고 저녁상 앞에서 멍하니 있던 국영이 방문 열리는 소리에 눈을 든다. 노복이 편지를 들고 서 있다.

홍인한이…… 돌아왔다!

후겸이 오늘 저녁 인한의 집에서 만나자고 편지를 보내왔다. 어쨌든 한 번은 봐야겠지? 확인하고 싶은 것도 있고 말이야.

국영은 무겁게 몸을 일으켜 옷을 갈아입고는 집을 나섰다. 눈

219

이 녹았다 다시 언 길에 사람들이 흙을 뿌려놓았지만 길은 엉망이었다. 북촌 방향으로 터벅터벅 걸었지만 걸음은 자꾸만 더 느려졌다. 평소의 그다운 걸음은 아니다.

인한의 집 앞에 먼저 도착해 있던 후겸이 국영을 보고는 팔을 벌려 반겨 맞았다. 후겸을 가볍게 안았을 때 그의 눈에 사람들 몇이 대문을 빠져나오는 게 보였다.

벌써 인한이 한양집에 있다는 소식이 퍼진 모양이군. 그는 돌아서서 사람들의 눈을 피했다. 귀에 익은 목소리들이 등 뒤로 스쳐 지나갔다.

겨울 끝자락에 걸쳐 있는 계절 탓인지 다시 찾은 인한의 집은 왠지 을씨년스럽고 황량한 느낌이 났다. 하인의 안내를 받아 방에 들어선 그는 반절을 했고 후겸은 고개를 숙여 예를 표했다.

"얼굴이 좋아지셨습니다." 후겸이 자리에 앉으며 말했다.

눈앞에 인한이 앉아 있었다. 일 년의 시간이 흘렀지만 평양에서 돌아온 인한의 얼굴은 아무 일도 없었다는 듯 좋아 보인다. 국영은 뭔가에 억울한 감정이 든다. 얼박의 일은 관심이 없는 건가? 아니면 잊은 건가? 그 사람은 불구가 됐는데, 당신의 말 한마디 때문에!

"평양에서는 음식도 술도 조심했지. 말도 많이 타고 유쾌한 시간이었네." 예전보다 더 큰 활력과 광채를 안고 인한은 돌아왔다. "이런 늦은 시간에 이해하게. 그대들과는 느긋이 얘기를 나누고 싶었지. 그런데 국영이 자네가 조정을 떠났다는 말이 있던데."

인한의 물음에 국영은 입을 열지 않는다. 뚱한 표정으로 보여도 상관없었다.

"아니야. 지금은 아니지." 인한이 혼잣말처럼 중얼거리고는 국영과 후겸을 물끄러미 바라보았다. "그런데 말이야……" 인한의 눈빛이 돌연 변했다. "우리에게 시간이 얼마나 남았다고 생각하나?"

무슨 시간을 말하는 거지?

"알고 있겠지만, 성상의 시간은 길지 않을 거네."

순간 국영은 긴 갈고리를 들고 왕의 처소 밖에 와 있는 죽음의 사자使者를 떠올렸다.

"그대의 형, 정일겸은 요즘 어떻지?"

"요즘 불평을 입에 달고 삽니다. 동궁이 곁을 내주지 않는다며 춘방에서 빼달라 하더군요. 하긴 뭐 하나 재미있는 얘기를 가져온 적이 없습니다."

"기대는 하지 않았지. 그럼 동궁에게 춘방에서 정일겸을 빼고……" 인한이 고개를 돌려 국영을 쳐다봤다. "홍사관을 넣는다고 하게."

후겸은 예상하고 있었던 듯 고개를 끄덕였다. 내 의사는 중요하지 않은 건가? 국영은 불쾌한 마음이 든다.

"궁에는 정참판 그대나 나를 위해 어떤 일도 마다 않겠다는 자들이 여럿 있지. 하지만 그자들이 할 수 있는 일이라곤 심부름하고 엿듣고 물건을 빼돌리는 수준이지."

청지기 같은 자들을 말하는 걸까? 후겸과 인한을 통해 낮은 자리를 얻은 자들. 주인과의 공생관계. 생계가 달린 일이니 복종과 충성을 맹세했을 것이다. 하유가 지난날 투덜대던 일이 생각난다. 춘방에 있으면 왠지 적들에 둘러싸인 느낌이라는 말.

"동궁의 머릿속에 몰래 씨앗을 뿌리고 조심스레 물을 줄 자가 필요하네." 국영을 바라보는 인한의 눈이 그 일이 너의 일이야, 라고 말하고 있었다. "빠르면 올해, 늦어도 내년이면 조선의 왕은 바뀔 거네!"

인한의 얼굴에는 결연함과 두려움이 동시에 스쳐 지나갔다.

국영은 순간 전율을 느꼈다.

"난 가끔 내가 미래를 본 건 아닐까 하는 생각이 들 때가 있네. 흐릿해서 분명히 말할 수는 없지만 말이야."

평양에서 점술이라도 배워왔다는 말인가. 그의 입꼬리가 살짝 올라갔다.

"본 걸 말해줄까?" 인한이 계속한다. "역사책에 써진 우리 셋의 이름이 보이네. 그런데 이름 앞에 붙어 있는 글자는 '충' 자인가 아니면 '역' 자인가? 그 앞 글자에 따라 우린 찬양받고 추앙받는 존재가 될 수도, 아니면 후손들에게 지탄의 대상이 될 수도 있겠지."

순간 국영은 무언가가 스멀스멀 팔뚝 위를 기어오르는 것만 같다. 인한이 말끝마다 '우리'라고 하는 말이 거북하다. '우리'라는 말을 많이 쓰는 사람들을 그는 믿지 못한다. 그의 귀는 그 말을 '나 자신'으로 바꾸어 듣는다. 아마도 그게 진실이겠지.

"제게 기대하는 것이 있으십니까?" 국영의 입이 열렸고 인한은 그를 물끄러미 쳐다본다. 이건 무슨 소리지? 하는 표정이다.

"난, 자네가 눈치가 빠른 줄 알았네만."

"아, 홍사관은 구체적으로 어떤 일을 해야 되는지 묻는 겁니다." 후겸이 끼어들었고 인한이 다소 미심쩍은 눈빛으로 고개를 끄덕였다.

"흠. 우리 모두를 위해 그리고 조선을 위해서 누군가는 움직여야 해. 난 몸이 좋지 않다는 이유로 한양 복귀를 요청했으니 조정에 나가는 데는 시간이 걸릴 거네. 그때까지 그대들이⋯⋯."

그때 밖이 소란스러워졌다. 다른 손님들이 도착한 모양이다. 흘깃 방문 쪽을 보고는 인한이 '내가 이렇게 사랑을 받고 있네' 하는 표정으로 말했다.

"이제 돌아가보시겠나? 아니면 저 사람들과 함께 이야기를 해보려나? 모두 믿을 만한 사람들이지."

"⋯⋯."

"들어들 오시게!"

후겸과 국영이 말이 없자 인한이 문을 향해 말했다. 곧 문이 열렸고 남자 셋이 들어섰다. 조정 중신들이다. 국영은 재빨리 자리에서 일어나 예를 표했다. 후겸은 일어나지 않고 앉은 채로 인사를 했다. 방에 들어선 중신들은 후겸과 국영이 와 있다는 것에 당황했는지 잠시 눈길을 주고받더니 표정을 가다듬고 자리에 앉았다.

"다들 잘 지내셨소?" 인한이 입을 열었다.

그때 다시 방문이 열리고 하인들이 술과 다과를 들여왔다.

"홍대감, 얼굴이 좋아 보이십니다."

"내 얼굴이야 항상 좋았던 걸로 기억하는데요. 그런데⋯⋯ 오늘 이조참판 서명선 대감은 안 오시는가?"

인한이 차가운 얼굴로 물었다.

서명선? 서명선은 충신 집안이라는 후광에 강직하고 비타협적이라는 평판을 가진 인물이다. 기다랗고 마른 얼굴엔 곰보 자국이 가득하고 인간적인 매력이라고는 찾아보기 힘든 꽉 막힌 인상의 남자. 그는 홍인한과 서명선이 언뜻 연결되지 않는다.

"서참판은 몸이 좋지 않다고 합니다. 대신 안부를 전해달라 하더군요."

"음. 그건 그렇고 지난 일 년 동안 어떤 일이 있었는지 얘기나 들어봅시다." 인한이 말했다.

"음…… 하……." 인한의 물음에 신음 소리 비슷한 소리만 낼 뿐 누구도 먼저 입을 떼지 않는다.

답답한지 인한이 술잔을 들며 말했다.

"일일이 설명할 필요는 없어요. 대략 어떤……." 인한의 표정과 목소리에서 조급함과 뭔지 모를 답답함이 느껴졌다.

"……."

"설마 아무것도 안 하셨다?" 인한이 목소리를 높인다. "그대들은 시간이 많이 남았다고 생각하는 겁니까?" 인한의 얼굴이 술 탓인지 흥분 탓인지 붉게 달아오르고 있었다. "어떤 대비를 하고 있느냐 묻고 있는 겁니다! 저러다 성상의 신변에 갑자기 변화가 생기시면……." 인한의 눈 속에 차가운 불꽃이 일었고 중신들은 얼른 시선을 내렸다.

"……."

"내 말은 조선이라는 배의 키를 누가 잡게 할 거냐고 묻는 겁니다." 인한이 다그친다. "지금 목으로 도끼가 떨어지고, 어디서 뭐가 날아올지도 모르는데 이렇게 시간을 흘려보낸단 말입니까? 답답합니다. 조정에 있는 사람들을 보면 내가 뭘 떠올리는지 아시오? 달팽이오. 달팽이. 행동하지 않고 안절부절못하는 겁쟁이들!"

인한의 말이 거칠어진다. 잊을 수 없는 인상적인 장면이군! 흥분하는 인한을 보며 국영은 생각한다.

"우리의 동기는 순수하고 목적은 숭고하죠."

후겸이 안되겠는지 돕고 나섰다. 그의 말과 동시에 달아올랐던 방 안의 열기가 서서히 가라앉았다. "홍대감 말씀대로 시간이 얼마 없는 건 사실입니다. 동궁이 왕위에 오르면 관용을 베풀 거라 생각하시는 건 아니겠죠?"

"물론 그건 아니오!" 대단히 용기 있는 발언을 하는 것처럼 중신 하나가 그제야 나섰다.

"난 늘 어의와 이야기를 나누는데 성상의 기력이 어제오늘이 다르게 나빠지고 있어요. 문제는 성상의 머릿속 생각입니다. 어느 시점에 어떤 결정을 내릴지…… 홍대감도 복귀하셨으니 이제 움직여야 합니다. 더 늦기 전에. 운에 맡길 수는 없어요. 우린 한 치의 빈틈도 없이, 원하고 계획하는 대로 밀고 나가야 해요. 어설프게 처신했다가는 우리의 말과 행동에 책임을 져야 할 겁니다."

"정참판, 내 말이 그 뜻이오. 그래서 우리가 조심하는 거고! 괜히 동궁 반대편에 섰다가 일이 잘못되면?" 중신 하나가 이제야 기운을 차렸는지 목소리에 힘을 실었다.

"결국 주도권 싸움입니다. 줄다리기와도 같지요. 줄을 잡고 있다가 언제 줄을 세게 당길지, 아니면 줄을 놔야 할지를 결정해야 합니다. 저와 홍대감, 그리고 여러분들께서."

후겸은 흥분하는 법이 없었고, 사고는 늘 정밀하고 현실적이었다.

"아, 그리고 홍사관은 동궁이 있는 춘방으로 갈 겁니다." 후겸이 옆에 앉아 있는 국영에게 잠시 시선을 던졌다가 다시 중신들을 바라봤다. "우리는 완벽한 하나가 되어야 합니다."

국영은 오가는 말을 들으며 갑자기 며칠 전 자신의 집을 찾았던 동궁을 떠올렸다. 자신을 보고 수줍어하던 표정, 그리고 순수한 감정이 그대로 드러나는 눈. 그런데 이 사람들은 앞으로 뭘 하려는 거지?

국영은 밤길을 홀로 걸어 집으로 향했다. 어린아이처럼 팔을 앞뒤로 힘차게 내저으면서. 눈이 내리고 있었다. 그래, 내려라! 펑펑! 그는 하늘이 만들어내는 것이라면 무엇이든 좋았다. 고개를 들어 얼굴로 내려앉는 차가운 눈을 맞으며 그는 휘몰아쳐 내려오는 계곡의 거센 물살과 그 소리를 상상한다. 계곡 물 위로 떨어진 작은 나뭇잎 하나가 스스로 방향을 정할 수는 없을 거야. 격류를 타고 내려가다 바위를 만나 창공으로 솟구칠 수도, 웅덩이를 만나 잠시 쉴 수도 있겠지. 이게 삶이야!

"계획이 살짝 바뀌었군!" 그가 작게 중얼거렸다.

그는 아직 자신이 할 일이 있을 것 같았고 그것이 무엇인지 확인해야겠다는 마음이 돌연 들었다. 날 춘방으로 보낸다 이거지? 못할 것도 없지. 그는 다시 동궁의 얼굴을 떠올렸다.

내가 스스로를 '나'라고 생각하는 것은 충분하지 않아. '나'답게 행동해야 내가 되는 거지. 난 상처받거나 억울한 감정을 키우지 않을 거야. 분노로 눈이 멀기보다는 그것 때문에 더 냉철해지는 사람이 되는 거야. 그래! 다시 한번 조정으로 들어간다!

국영이 간다. 그는 홍국영이다.

세상을 보여드릴게요

"전하! 영의정, 예조참판, 사관 홍국영이 왔습니다." 내관이 아뢴 뒤 문이 열렸다. 처소로 들어서며 그들은 일제히 허리를 숙였다. 왕은 자리에 누워 있었고 동궁은 그 옆에 앉아 있었다.

듣기로 동궁은 요즘 늘 왕 옆을 지킨다지?

누워 있던 왕의 머리가 천천히 옆으로 돌면서 기운 없는 얼굴, 흐릿한 눈이 드러났다. 왕이 얼굴을 찡그렸다가 힘겨워하며 입을 달싹거린다. 시간은 천천히 흘렀다.

"홍……사관이…… 돌아왔구나." 왕은 국영을 알아보았다. 목소리는 작았다. 그는 왕의 정신이 아직은 온전하다는 안도감과 함께 무슨 미련으로 저리 힘겹게 버티고 있을까 하는 안쓰러운 마음이 든다.

"아! 이제는 홍설서구나." 왕이 생각났다는 듯 고쳐 불렀다. 설서는 춘방에서 동궁의 공부를 돕는 정7품 관직이다. 자리는 이미 얘기가 된 듯했다. 그는 왕의 입술을 보며 귀를 세웠다.

"동궁을…… 잘…… 보필해야 한다. 가르치고…… 경계해야 한다. 싸고도는 것은…… 신하의 도리가 아니다." 왕이 손을 뻗어 옆에 있는 동궁의 무릎을 다독이다 국영을 바라본다. "내가 한 명의 손자를 또 한 명의 손자에게 보내는 이유를 잘 헤아려야 한다." 왕이 알 듯 모를 듯 한 말을 했다.

"신, 명심하겠습니다." 국영이 재빨리 대답했다. 왕의 말은 느리고 분명치 않았지만 그는 모든 말을 놓치지 않았다. 왕은 힘에 겨운지 신음 소리를 내며 바로 누웠고 옆에 선 영의정과 후겸이 눈짓을 했다. 그들은 뒷걸음으로 처소를 빠져나왔다.

"오늘도 성상이 자네를 손자라고 부르시는군."

후겸이 말했다.

"항상 저리 누워 계시나?" 국영이 말을 받았다.

"앓아눕고 일어나기를 반복하고 계시지. 오늘은 좀 더 힘들어 보이시는군. 그런데 어제 아침 동궁과 얘기를 나눴네. 자네 얘기를 꺼내니 별말 없이 고개를 끄덕이더군. 내심 당황스러웠지. 동궁을 어떻게 설득할까 잔뜩 고민을 하고 갔는데 말이야. 확실히 자네에게 호감이 있는 듯해."

"난, 학문이 짧은 사람인데 저하에게 보탬이 될까 모르겠군."

"무슨 말인가! 난 자네가 그 자리에 누구보다 적합한 사람이라고 생각해. 세상이 이리 변하고 있는데 곧 왕이 될 사람 옆에는 온통 숨 막히도록 답답한…… 뒤처진 사람들뿐이야. 경서經書에 갇혀 세상을 보는 자들이지. 우리가 늘 나누는 얘기들이지 않나. 누군가 친한 벗이 되어 동궁의 눈을 틔워줘야 해. 그대가 그 역할을 해줘야 하고."

정말 내가 그 역할만 하면 되는 건가? 후겸의 말에 그는 속으로 생각했다. 그런데, 아직 수화 얘기는 꺼내지 않는군.

"동궁의 신뢰를 얻게. 자네라면 할 수 있을 거야."

"그런데 솔직히 난, 내가 춘방에 가서 뭘 해야 하는지 모르겠어. 구체적으로 내가 그곳에서 할 일이 뭐지?"

"차차 알게 될 걸세. 지금은 동궁과 가까워지는 게 우선이야."

후겸의 말에 뭔지 모를 불안감과 함께 가슴이 뛰기 시작한다. 그는 동궁에게 확인하고 싶은 것이 있었다. 어쩌면 그것을 위해 다시 궁으로 들어왔는지 모른다.

"옹주마마를 뵈러 갔으면 하는데 같이 가겠나?"

국영이 말하자 후겸은 잠시 생각하는 것 같더니 옅은 미소로 답을 대신했다.

"또 혼자 가라?"

"그런데 그 보자기에는 뭐가 들었지?" 후겸이 묻는다.

왕의 처소를 나오면서 그는 맡겨두었던 물건을 찾아 나오는 길이었다.

"나중에 마마께 물어보게. 홍국영이 뭘 들고 왔더냐고."

"하하! 사랑을 너무 많이 받지는 말게. 돌려줄 때를 생각해서라도 말이야." 후겸이 기분 좋게 웃고는 자리를 떴다.

"어서 와요."

옹주의 목소리에서 한껏 반가움이 묻어났다.

"약속을 지키러 왔습니다."

말을 하며 그는 예를 표하고 자리에 앉았다.

"아침에 새 두 마리가 울었는데 미물들이 사람보다 나을 때가 있어요."

그녀는 호기심 가득한 눈으로 그에게 생긴 변화를 찾겠다는 듯이 국영의 얼굴을 요리조리 살핀다. 동시에 그녀는 웃고 있었다. 감정을 온전히 드러내는 거리낌 없는 표정이 그는 늘 맘에 들었다. 옹주의 시선이 국영이 옆에 놓아둔 물건으로 옮겨갔고 그는 몸을 틀어 천천히 보자기를 풀었다.

"지난번 얘기했던 서양금입니다."

그는 양금을 자리 앞쪽으로 옮기고 대나무 막대기로 현을 두드렸다. 띠잉. 떵딩. 그가 눈을 들자 옹주가 기대하는 표정으로 눈을 빛냈다. 국영이 자세를 바로 잡고 호흡을 정돈했다. 동시에 그녀도 눈을 감았다.

조정으로 다시 들어온 첫날, 옹주의 방에서 노래가 흘렀다. 이번에는 지극히도 국영다운 출발이다. 조정에서의 첫 번째 막은 끝났고 새로운 막이 오른 셈이다. 이번에는 좀 더 나답게 해볼 거야. 국영은 다짐한다.

나비야 청산 가자 벌나비 너도 가자. 노랫소리에 따라 옹주의 방이 들꽃 가득한 들판으로 서서히 변해간다. 꽃들은 미풍에 흩날리며 하나둘 공중으로 떠올라 온 세상이 어느새 꽃으로 가득 찼다. *가다가 저물거든 꽃에 들어 자고 가자. 꽃에서 푸대접하거든 잎에서나 자고 가자.* 나비들이 꽃에 매달려 휴식을 취하고 또 하늘로 날아오른다. 태양이 아쉽다는 듯 꼬리를 길게 늘였고 들판은 붉게 물들었다. 아련해지는 노랫소리와 함께 꽃들이 하나둘 가라앉았다.

가슴에 얽혀서 뭉쳐 있던 것이 사라지고 새로운 기운이 차올랐다. 오랜만에 맘껏 불러보는 노래였다. 한 곡 더 부를까 하다가 그는 가만히 채를 내려놓는다. 내일이면 사람들이 뒤에서 수군대겠지. 궁에서 그것도 왕의 딸 앞에서 노래를 불러 젖힌 궁중의 악사가 저기 있다고. 그는 떠오르는 생각에 슬며시 미소지으며 옹주를 보았다. 운 것일까? 옹주의 눈 아래로 눈물 자국이 보였다. 이런! 내 노래는 아버지에 비하면 한참을 못 미치는데. 그는 조금 부끄러운 마음이 들었다.

"나도 나비가 되었으면 좋겠다는 생각이 드는군요."

옹주의 목소리는 잠겨 있었고 방 안에는 노래의 여운이 아직 떠돌고 있었다.

"이런 멋진 공연에 답례를 안 할 수 없지요. 뭔가 근사한 선물을 주고 싶은데 뭐가 좋을까요." 본래의 목소리로 돌아온 그녀가 원하는 것이 무엇인지 말해보라는 듯이 그를 쳐다본다. "아들에게 들었어요. 춘방으로 간다지요?"

"그렇습니다. 마마!"

"이건 어떨까요."

그녀가 머릿속으로 할 얘기를 생각하는 것 같다.

"춘방으로 간다니 동궁 얘기를 해드리지요. 나보다 동궁을 잘 아는 사람은 없어요. 정말이에요." 국영은 그녀의 움직이는 입술을 바라본다. "동궁은 오라버니를 닮았어요. 아, 당연한 말이겠지만요. 오라버니는 아바마마의 사랑을 얻지 못해 늘 고통스러워했죠. 동궁도 그래요. 늘 성상의 눈 밖에 나지 않으려고 살아온 아이입니다. 그래서 두더지처럼 흙더미에 머리를 처박고 책만 파고 있지요." 그녀가 작게 한숨을 내쉰다. "겉으로는 틈이 없어 보여도 마음이 많이 여린 아이예요." 그녀의 눈이 젖어 있는 게 보였고 그는 갑작스러운 옹주의 눈물이 당혹스러웠다. "홍사관! 아, 이제는 홍설서죠? 오라버니가 그렇게 된 게 동궁의 나이 열한 살. 동궁은 그 뒤로 사람들에게 마음을 닫았습니다. 이 고모도 밀어내는걸요. 동궁은 사람을 믿지 못해요. 그럴 만도 하겠지만요. 동궁의 상처를 치유해줄 사람이 필요해요."

그는 작게 고개를 끄덕이며 왕 옆에 표정을 지우고 앉아 있던 동궁의 모습을 떠올렸다. 지난밤 집 마당에서 자신을 바라보며 궁으로 돌아오라고 말하던 동궁의 그 눈빛과 함께.

"이게 내 선물입니다. 왠지 이런 얘기가 홍설서에게 필요할 것 같아서요." 옹주의 눈은 따뜻했다. "사실, 홍설서를 처음 봤을 때 동생으로 삼았으면 좋겠다는 생각이 들었어요. 남동생을 가져본 적이 없다는 생각이 들지 뭐예요." 그녀가 아이처럼 활짝 웃었다. "오늘 행복했습니다. 나 오늘 눈물이 났어요. 그 노래를 생각하면 또 울지 몰라요."

그는 옹주가 사랑을 갈구하는 여자라는 생각이 든다. 그건 물론 근사한 일이다. 사랑이 현실에서 무기력하다고? 아니, 사랑은 재능이고 능력이지. 사랑은 결코 우습지 않아. 그리고 인생에서 끝까지 살아남는 것은 사랑이야. 그는 그렇게 믿었다.

춘방에 봄이 왔다. 국영이 춘방에 온 지 한 달이 되어가고 있었다. 그동안 그는 동궁을 유심히 관찰해오고 있었다.

"요즘 어떤 책을 보고 있습니까?"

동궁이 처음으로 국영에게 따로 말을 걸었다! 아침 공부가 막 끝나고 춘방 관료들이 자리를 비운 때였다. 방에는 그와 동궁뿐이다.

그동안 그가 지켜본 동궁의 생활은 왕의 문안과 병간호, 하루에 두세 번 있는 서연書筵 ― 관료들과 함께하는 공부 시간 ― 이 전부였다. 그것이 무엇인지는 정확히 알지 못했지만 내심 무언가를 기대하고 다시 조정으로 돌아온 그에게는 분명 당혹스러운 일이었다. 춘방에서 그의 역할은 서연에서 동궁과 토론하는 것이었지만 그에게 그 시간은 상당한 고역이었고 그저 사람들이 주고받는 말을 흘려들으며 딴생각을 하다 가끔씩 고개를 끄덕이는 게 일이었다.

"성학집요, 중용 이런 책입니까?"

그가 바로 대답을 않자 동궁이 다시 물었다.

"저하, 아닙니다."

"그럼, 대학, 주역. 그것도 아니라면…… 혹 소설, 이런 것을 읽소?"

그가 알기로 동궁은 성현들의 글만 읽고 소설은 질색을 했다.

"저하, 저는 따로 책을 읽지 않습니다."

그는 보다 분명히 말해야겠다고 생각한다.

책만 읽다 보면 책과 자신의 삶 중에 어느 것이 실제이고 그림자인지, 무엇이 실체이고 관념인지를 구분하는 능력을 잃어버리기 쉬웠다. 그가 생각하기에 조선 사대부들이 바로 그 예에 해당했다. 자신의 생각보다는 타인의 지식을 더 신뢰하고 기존의 가치를 신봉하는 이들.

책을 보지 않는다는 말에 동궁이 의외의 말을 들었다는 표정을 지었고 그는 그런 동궁을 보며 불쑥 어떤 생각이 떠올랐다.

"저하! 세상을 보시겠습니까?" 국영의 말에 동궁의 눈동자가 반응했다. "궐에 갇혀 지내시면 안 됩니다."

"지금 말이오?"

"우리에게 지금이 아니면 또 언제가 있나요?"

동궁이 잠시 생각하는 것 같더니 고개를 끄덕였고 내관을 시켜 하유를 불렀다. 방에 들어선 하유가 영문을 몰라 국영을 쳐다보았다.

"저하와 궐을 나갈 거야. 저하 처소에 누구도 출입하지 못하도록 해주게. 해 지기 전에는 돌아올 거야." 그가 하유에게 눈을 찡긋한다.

동궁은 마치 전쟁터에 출정하는 사람처럼 결연한 표정을 짓고 있었고 그는 그런 동궁의 모습이 귀엽게 느껴졌다. 동궁은 몸이 좋지 않다는 핑계로 모든 일정을 취소시켰고 국영과 하유를 데리고 처소로 향했다. 얼마 지나지 않아 푸른색 겉옷에 모자를 쓰고 동궁이 모습을 드러냈다.

"김시직! 잘 부탁하네." 국영은 옆에 있는 하유의 어깨를 두드리고는 뜰로 내려서는 동궁을 맞았다.

"역시 이래서 문과 시험을 봤어야 했어. 자네는 이런 봄날에 궐 밖 나들이나 가고 나는 아무도 없는 방이나 지키라 이거지?" 하유가 투덜댄다.

"그럼 세상 구경을 가보실까요."

국영이 동궁과 함께 처소를 빠져나갔고 하유가 부러움과 걱정이 섞인 표정으로 둘의 뒷모습을 좇았다.

두 사람은 경현당을 거쳐 금천교를 지나 흥화문을 통과한다. 정문을 지키던 파수꾼들의 시선은 나른하고 무심하다. 발걸음을 재촉하며 둘은 좀 더 걸었다. 바람이 턱에 난 수염을 간질이며 지나갔다.

"백주대낮에 이렇게 나오다니." 동궁이 주위를 둘러보며 오랜만에 휴가를 나온 군인처럼 감격해한다. 밝은 봄의 기운을 따라 초록이 번져가고 있었다. "벌써 꽤 된 일이지만 이전에 밤에 몰래 궁을 빠져나온 적이 있었어요. 궁에서 난리가 났었습니다. 내가 아바마마를 닮아 드디어 주색에 빠져들기 시작했다고 말이지요. 나한테는 가장 아픈 말이기도, 두려운 말이기도 했습니다. 나와 함께 나온 자들은 세손을 잘 보필하지 못했다고 귀양을 갔어요." 동궁이 힘없이 웃는다.

"저도 곧 가게 될까요?" 국영이 장난스레 웃었다. "저하의 땅, 저하의 백성들입니다. 이들이 무얼 먹고 어떻게 사는지, 무엇에 울고 웃는지 아셔야 합니다."

"오늘 홍설서에게 배우겠습니다." 동궁이 고개를 끄덕한다.

"가르쳐드리지요. 첫 질문입니다." 느리고 굼뜬 동작에 질색하는 그였다. "한양의 인구가 얼마나 되는지 아십니까?"

"십만이 좀 넘지 않습니까?" 동궁이 자신 없어하는 표정이다.

"그건 문서에 있는 숫자입니다. 진짜 세상이 아니지요. 아마 도성 밖 인구까지 더하면 삼십만은 족히 될 겁니다. 도성 안 인구와 도성 밖 인구가 반반이라 보시면 맞아요. 인구가 많이 늘었습니다."

"이유가 있습니까?"

"기근과 전염병이 돌면 임금이 계신 곳은 진휼이 있고 병을 돌봐준다 해서 사람들이 몰려듭니다. 그렇게 많은 사람들이 한양에 터를 잡습니다. 갖은 명목을 붙인 세금과 부역을 견디다 못한 사람들이 도망쳐 오기도 하고요. 죽은 사람, 갓 태어난 아기, 작은 그물이나 쪽배, 부서진 어살, 완만한 산등성이에도 세금을 거두는 곳이 조선입니다. 또 세력가들과 부농에게 땅을 빼앗긴 사람들이 이리저리 떠돌다 정착하는 곳이 이곳입니다."

그의 말에 동궁의 표정이 어두워졌다.

"그러면 그들이 다 어떻게 먹고 삽니까? 도성 안 시전상이나 군인, 조정 신하들, 장인들이야 그렇다 해도 도성 밖 사람들은요?" 동궁이 묻는다.

"그건 제가 잘 압니다." 국영의 얼굴이 빛났다. "예전 한양은 그저 왕의 도성이었습니다. 사방 산 위로는 성곽이 갈퀴처럼 이어지고 아래쪽으로는 사대문을 중심으로 도성을 쌓아 왕이 있는 곳을 알렸지요. 하지만 지금은 말 그대로 나라의 도읍이 됐습니다. 전국의 시장이 한양에서 연결됩니다. 경강을 통해 팔도의 산물이 한양으로 흘러듭니다. 쌀, 소금, 채소, 약재, 어류, 목재가 들어오지요. 물론 사람들과 함께요. 경강 주변은 사람들로 북적대고 짐꾼들, 품팔이꾼들은 늘 일을 기다리고 있어요. 사람들이 실어 나른 물건은 도성 밖 난전에서, 도성 안 시전에서 팔리고요. 인구가 늘면서 도성 근교에서는 채소, 과일, 약초 농사도 많이 합니다. 또 전국에서 정보를 얻으러, 장사를 하러, 과거 시험을 보러 사람들이 몰려듭니다. 그러니 먹고 자고 즐기기 위한 것들이 얼마나 많겠습니까. 시장은 세상 모든 부류의 사람들이 모이고 일거리와 이야기가 넘쳐나는 곳이지요."

그가 마치 고향 자랑을 하는 듯 술술 이야기를 풀어놓았다.

거리는 사람들로 붐볐고 둘은 어깨로 부딪혀 오는 사람들을 피해가며 걷고 있었다.

"엄청나군요."

동궁이 그의 말이 실감된다는 듯이 감탄했다.

"저는 예전에 생선과 목재 장사를 했습니다. 마포진을 중심으로 장사를 했으니 마포방이라 할 수 있습니다."

그 말에 동궁이 고개를 돌려 국영을 보았다. 그는 하마터면 아직도 장사를 하고 있다고 말할 뻔했다. 동궁은 신이 나서 말하고 있는 그를 재미있다는 듯 쳐다본다.

"시장은 세상 그 자체입니다. 이곳에서 팔리는 물건이 무엇이고, 어디에서 온 것인지, 또 물건들이 어떻게 유통이 되는지를 아셔야 합니다. 그러면 저하 머릿속에서 조선을 그려볼 수 있습니다. 사대부들은 시장을 무서워하지요. 정보가 오가고 불만이 쌓이는 곳이라고. 저하는 그러시면 안 됩니다."

"이것이 그대가 지난번 얘기한 세상 공부인 모양이군요."

동궁의 말에 그가 소리 없이 웃고는 계속했다.

"조선은 가난하고 나라 곳간도 형편없습니다. 여진족이 조선과 명나라에 모피를 수출하고 그걸로 양식과 철을 수입해서 힘을 키워 결국 청을 세웠지요. 우리도 부를 축적해야 국력을 키울 수 있습니다. 그러니 저하께서는 고갈된 국고를 다시 채울 방안, 백성들이 잘살 수 있는 방법을 찾으셔야 합니다."

그가 관찰한 바에 따르면 동궁은 비상한 기억의 소유자였다. 그는 오늘 자신이 한 말 모두를 동궁이 정확히 기억할 거라는 걸 알았다.

국영은 가게 이곳저곳을 들러 물건 하나하나를 동궁의 눈앞에 들어 보였다. 가게 주인에게 어디에서 온 물건인지를 물었고 물건을 살 마음도 없이 가격을 흥정했다.

"홍설서, 그럼 우리가 어떻게 해야 부를 쌓을 수 있소?"

부지런히 설명하고 있는 그의 어깨에 동궁이 한 손을 얹었다. 그가 하던 말을 멈추고 천천히 고개를 돌려 동궁의 눈을 보았다.

"금광, 은광을 열어야지요. 중국에 조공을 바치지 않겠다고 광산 개발을 안 하는 건 말이 되지 않아요. 인삼과 차를 재배해서 팔아야 해요. 조선은 왜와 청국의 사이에 있으니 그들의 물건이 조선을 통해 드나들도록 해야 합니다. 무역입니다! 그것 밖에는 길이 없습니다. 그런데 그 돈이 된다는 강진 황칠나무가 백성들 사이에선 악목惡木으로 불린다고 합니다. 나라에서 공물로 바치라고 하니 그 나무들 때문에 다 죽게 생겼다고 밤에 몰래 베어버린다고 합니다. 백성들에게 소유권을 주세요. 그러면 세금을 바치더라도 열심히 물건을 만들 겁니다. 또 그러면 그것들을 왜나 청국에 팔 수 있겠죠."

동궁이 말없이 고개를 끄덕였다.

"자, 이제 그럼 마포강으로 가실까요. 제가 말한 것들이 사실인지 직접 보셔야 합니다."

국영의 말에 동궁이 갑자기 소리 내어 웃었다. 궁에서는 한 번도 들어볼 수 없었던 동궁의 웃음이었다.

"그대는 지치지를 않는군요. 확실히 가만히 앉아서 책을 보기는 힘들겠어요."

둘은 숭례문을 빠져나갔다. 도성 안보다는 한결 여유가 있었다. 빠른 걸음으로 걷던 그가 뭔가를 보고는 갑자기 멈추어 섰다.

"이게 누군가. 아지 아닌가?" 국영의 목소리에는 반가움과 함께 뭔가 재미있는 것을 발견했다는 기쁨이 묻어났다. 자그마한 돗자리를 깔고 검은 모자를 쓴 채 길가에 앉아 있던 자가 머리를 들었다. 눈을 감은 모습이 맹인이라는 걸 바로 알 수 있다. "자네가 이런 누추한 시장에도 나오는가?"

"사람 목소리와 봄 햇빛이 그리울 때는 시장이 제격이지요." 아지라는 맹인이 대답했다. 아지는 행색이 초라하지 않았고 말끔한 사대부의 도포를 입고 있었다. 아지가 잠시 누구의 목소리인지 가늠하는 것 같더니 생각이 난 듯 입가에 미소를 띤 채 말했다. "나리, 오랜만입니다. 그동안 나리의 재담이 그리웠지 뭡니까. 그런데 뭔가 변화가 있으시군요. 혹시 이사를 가셨습니까?"

"도성 안으로 들어왔네."

아지의 말에 답하며 그가 멋쩍은 표정으로 동궁을 힐끗 본다.

"그러셨군요. 오랜만에 만났으니 점을 봐드릴까요? 아, 나리는 점을 안 보시지요? 그런데…… 옆에는 친구분이신가요?"

아지의 말에 그가 옆을 돌아보았다. 동궁의 눈은 웃고 있었다.

"뭐, 함께 시장을 둘러보는 길이네." 국영이 대답한다.

"괜찮으시면 친구분 점을 봐드릴까요?"

"아니, 그럴 필요는……."

대답을 하려는 그의 팔소매를 동궁이 살짝 잡아당겼다.

"그래주겠소? 나는 점을 보는 것이 처음이라오."

"앞으로 앉아주시겠습니까? 제 손이 닿을 수 있도록."

아지의 말에 따라 동궁이 길에서 쪼그려 앉았다. 동궁은 즐거워 보였다. 궁에서는 볼 수 없는 얼굴. 그는 저것이 동궁의 진짜 얼굴이라고 생각한다. 아지가 손을 뻗어 동궁의 손을 찾아 매만지기 시작한다. 그러더니 소매를 타고 동궁의 팔을, 어깨를 그리고 볼과 턱을 만진다. 동궁이 순간 흠칫했고 동시에 그가 손을 뻗어 아지를 막으려는 걸 동궁이 눈짓으로 막았다.

"어떤가? 미래가 보이는가?"

동궁이 부드러운 음성으로 말했다.

얼굴을 쓰다듬던 아지의 손이 다시 동궁의 어깨를 타고 내려오더니 팔을 천천히 쓸어내렸다. 머릿속으로 생각을 정리하는지 아지의 눈이 파르르 떨렸다.

"누…… 누구신지……."

목소리가 흔들렸고 아지가 머뭇거린다.

"점괘가 안 좋은가? 괜찮으니 말해보게."

동궁의 목소리도 조금 떠는 것 같다.

"빛과 어두움이 이렇게 치열하게 싸우고 있는 건 처음 봅니다. 얼굴상은 온갖 동물이 섞여 있다고 해야 할까요? 본 적이 없는…… 아니, 제가 봤다는 것이 아니라…… 아, 죄송합니다. 손이 떨리네요." 과연 아지의 손은 떨고 있었다. 아지가 보이지 않는 눈으로 자신의 손을 내려다본다. "감히 손댈 수 없는 분의 몸을 만졌습니다." 아지가 갑자기 엎드렸다. 그들 주위를 사람들이 힐끗거리며 지나가고 있었다.

"음…… 그런데 궁금한 것이 있네. 내가 살아 있겠는가?"

동궁의 물음에 아지가 고개를 들고는 눈을 뜬다.

"가까운 시일 내에 죽겠느냐는 말일세." 동궁이 덧붙이고는 아지의 말을 기다린다.

"죽다니요. 아직 멀었습니다."

대화가 이상한 방향으로 흐르자 국영은 "그 정도면 됐네! 우린 그만 가보겠네." 하고 아지의 말을 잘랐고 동궁도 생각에 잠긴 표정으로 일어섰다. 두 사람이 걸음을 옮기려 할 때 아지가 엎드린 채 다급한 목소리로 그들을 불러 세웠다.

"가까이에 있는 사람을 조심하셔야 합니다!" 둘은 고개를 돌려 아지를 물끄러미 바라보았고 이내 다시 걷기 시작했다.

"저하! 마음에 담아두지 마십시오. 미래를 본다는 게 얼마나 황당한 일입니까? 그저 재미라고 해도 사대부가 할 일은 아니지요. 재미라면 점보다 나은 것이 세상엔 가득해요." 국영이 말을 계속한다. "저는 한 번도 점을 본 적이 없습니다."

그는 점이고 해몽이고 믿지 않았다. 귀신이 정말 있다면 어쩌면 과거를 보는 것은 가능할지 모른다. 그런데 미래는? 그는 귀신도 모르는 것이 미래라고 생각한다. "저 아지라는 맹인, 궁 장악원에서 가야금을 연주합니다. 가야금 합을 맞추러 몇 번 찾아갔었지요. 그런데 아지가 본래 맹인은 아니었던 걸까요. 뭘 자꾸 보았다고 하는 걸 보니." 그가 웃었다.

둘은 말없이 마포강을 향해 걷는다.

"내가 아바마마 얘길 해도 되겠소?"

얼마나 걸었을까. 곁에서 차분한 동궁의 목소리가 들렸고 그는 걸음을 늦췄다.

"성상의 탓도 대신들의 잘못도 아닙니다. 아바마마의 잘못도 아니지요. 그게 내가 내린 결론입니다." 동궁이 사도세자 얘기를 하고 있다. "사람들은 내 마음속에 원망이 가득할 거라고 생각해요. 아니요! 난 누구도 원망하지 않아요. 그랬다면 지금까지 버텨내지 못했을 겁니다. 다만 그날, 울면서 아바마마에게 매달려 있다가 성상의 명령에 끌려 나가던 내 모습이 잊히지 않는군요."

"세자 저하는 저하께 좋은 아버지셨군요." 눈물범벅이 되어 울고 있는 어린 동궁의 모습을 떠올리며 그가 말을 받았다.

"내가 있기 때문에 성상께서 그런 처분을 할 수 있었다고도 생각해보았어요. 아닙니다!" 동궁이 작게 머릴 젓는다. "아바마마는 이미 왕위에 오를 수 없었어요. 그건 어쩌면 아바마마의 선택이었는지도 모릅니다. 궁에서 자신을 보필하던 수많은 사람을 죽였고 성상의 방까지 칼을 들고 가셨지요. 어찌 보면 그때는 아바마마도 성상도 온전한 정신이 아니었어요. 두 분 모두 왕좌의 무게에 짓눌렸던 거예요. 되돌릴 수도 어찌할 수도 없는 숙명…… 이런 흔해 빠진 단어 말고 더 나은 표현이 있는지는 모르겠군요."

자신에게 속마음을 털어놓는 동궁의 말에 국영이 걸음을 멈추고 고개를 돌려 동궁을 바라보았다. 동궁과 오랜 시간 마음을 나눠온 것 같다는 느낌이 든다. 그는 누구도 원망하지 않는다는 동궁의 말을 생각해본다. 그래, 어쩌면 사람들은 동궁에 대해 과한 걱정을 하고 있는지도 모른다. 동궁이 왕이 되면 조선에 다시 피바람이 불 거라고, 폭군이 될 거라고 수군대는 사람들이 있다. 그래서 죄인의 자식은 절대로 왕이 돼서는 안 된다고.

세상에는 자신의 확신에 한 점의 의혹도 없이, 그래서 무지가 안내하는 길을 따라 삶을 살아가는 부류들이 있다. 그는 그런 자들을 속으로 멍청이라고 불렀다.

"저하께서 성군이 되신다면 세자 저하께서 편히 웃으실 겁니다."

"내가요? 내가 백성을 위한 왕이 된다고요? 날 몰라서 하는 말입니다. 난 어쩌면 아바마마를 위해 왕이 되려는 건 아닐까 하는 생각이 들 때가 있어요." 동궁의 시선이 다시 땅을 향했다.

"왜 안 될 말입니까." 그의 목소리는 동궁을 부드럽게 안아주고 있었다. "아비와 아들의 관계를 부인하지 마십시오. 그러실 필요 없습니다. 다만, 왕실과 조정 중신들을 위한 나라가 아니라 백성들이 주인이 되고, 그들이 자기 자식들 자라는 모습을 흐뭇하게 지켜보며 따뜻한 겨울을 보낼 수 있도록 해주시면 됩니다. 그런 세상을 만들어주실 수 있겠습니까?"

동궁의 얼굴이 천천히 밝아진다.

평생 잊을 수 없는 끔찍한 사건이 내게 벌어졌다면? 그런데 아무도 그 일을 입 밖에 꺼내지도, 날 위로하지도, 감싸주지도 않았다면? 아마도 난 이리저리 사람들을 들이박다가 망가졌을 거야. 그런데 이 사람은 적대와 의심의 눈초리 한가운데에서, 그리고 한 나라의 지존이 되어야 한다는 중압감 속에서도 무너지지 않고 버텨냈지. 그동안 얼마나 자신을 채찍질했을까.

그는 동궁에게 말해주고 싶었다. 당신은 약하지 않습니다. 아니, 저하는 저보다 분명 강한 사람이에요.

"저도 제 아버지 얘길 해드리지요."

국영이 가슴을 펴며 흐음 하고 크게 숨을 내쉬었다.

"마포강 맞은편에 제 본가가 있습니다. 마당 한쪽에 두 그루 소나무가 있고 그 주위를 화초로 빙 두른 작은 정원이 있습니다. 아버지가 만드셨지요. 직접 잡초도 뽑고 화단도 가꾸십니다. 값비싼 것은 없습니다. 철 따라 영산홍, 장미, 백일홍, 국화가 핍니다. 화단 중간중간에는 기묘한 돌들이 세워져 있는데 방에서 보면 마치 커다란 나무 아래 산봉우리와 절벽이 꽃들에 휩싸여 있는 것처럼 근사하게 보입니다. 아버지는 그림도 그리십니다. 어느 날 자화상의 밑그림을 그리는 것을 보았는데 며칠 후에는 마당에 화톳불을 놓고 다 그린 그림을 태우시더군요. 그림은 상투를 푼 남자의 모습이었습니다. 그러고는 장터로 술을 마시러 나가셨습니다. 아마 술기운에 또 노래를 부르셨을 겁니다. 장터에서 알아주는 노래 실력이거든요."

얘기를 마치자 동궁이 그의 팔을 잡았다.

"난…… 언제까지 버틸 수 있을지 모르겠어요. 지금 춘방에서 내가 믿을 수 있는 사람은 박내관, 김시직 둘뿐이오."

춘방에서 일하는 사람은 여든 가까이 된다. 궁 안에서 동궁의 온전한 영역이라 할 수 있는 곳임에도 동궁은 고립되어 있었다. 분명, 동궁은 그렇다고 말하고 있었다.

그는 문득 동궁이 동생 같다는 생각이 들었다. 그래서 아무런 조건 없이 안아주고 지지하고픈 생각이 들었다.

"제가 저하와 함께 있겠습니다."

그의 말에 동궁의 고개가 천천히 위아래로 움직였고 얼굴은 봄날의 햇살이 눈부시게 빛났다.

　"마포강에 빨리 가보고 싶군요." 동궁이 말했다.

　아, 그렇지. 그물에 걸린 반짝이는 은빛 비늘의 물고기, 찰랑이는 물결에 조용히 흔들리는 기다란 나룻배, 하늘을 찌를 듯 높이 솟은 돛대들, 부드럽게 노를 젓는 뱃사람들의 활기찬 움직임을 볼 수 있는 곳으로 가야지. 아직 한낮이었다.

五

남이 선택해준 인생에는 분명 후회가 따라온다.

스스로 선택하고 책임져야 한다.

그는 동궁을 설득하지 않을 것이다.

마음속에 가을바람을 묻었네

(영조 51년, 1775년 가을)

낮 서연에 가는 길. 국영은 저만치에서 존현각을 빠져나오는 후겸을 보고 손을 번쩍 들었다.

"요즘 저하와 궁 밖 행차가 잦다면서?"

무슨 말이 하고 싶은 거지? 내 동선을 알고 있는 건가? 그는 반가움에 후겸을 안으려다 그만두었다.

"저하가 세상을 알 수 있도록 돕는 게 내 일이라고 생각했는데?" 그는 정색을 해본다.

"물론이지! 다만……" 국영의 반응에 후겸이 말했다. "둘이 어떤 얘기를 나누는지 궁금해서 말이지. 말을 건너 들으면 그 뜻이 제대로 전달되기 어렵거든."

"꼭 알아야 할 일이라면 내가 말하지 않았을까?"

후겸은 자신이 춘방에서 일어나는 일을 속속들이 알고 있다는 걸 말하고 싶은지도 모른다. 이건 썩 기분이 좋지는 않다.

"어련할까. 낮 공부 시간이지? 가보시게." 걸음을 떼는 것 같던 후겸이 그의 옆에 멈추어 섰다. "그런데 말이야. 난 동궁이 꿈꾸는 조선이 어떤 모습일지 상상이 되지 않아. 내겐 도통 그런 얘기를 안 하시거든." 후겸이 고개를 돌려 국영의 눈을 보았다. "자네와는 어떨까?"

그는 자신을 바라보는 후겸의 눈을 본다. 이제 시작되는 건가. 같은 배를 탔으니 노를 힘차게 저어달라고?

"아, 그건 그렇고, 나 소실을 얻었네. 기억할지 모르겠는데 홍대감 집에서 봤던…… 평양에서 왔다 했지. 돈이 꽤 들었는데 그만한 가치가 있는 여자야. 그녀를 보면 그게 뭔지 모르지만 무언가를 더 갖고 싶다는, 뭔가가 더 되고 싶다는 생각이 들어. 아, 자네는 이해 못 하려나?"

후겸은 말을 끝내고 그를 가볍게 안아주고는 멋스럽게 걸어간다. 후겸은 국영처럼 팔을 휘저으며 걷지 않는다. 그는 이제 걷는 모습만으로도 후겸을 알아볼 수 있었다.

사라지는 후겸의 뒷모습을 한동안 쳐다보다 그는 동궁을 만나봐야겠다고 생각한다. 아직 서연 시간 전이었다.

존현각 건물 안으로 들어서자 복도 저편에서 박내관이 벽에 기댄 채 뭔가를 만지작거리고 있는 게 보였다. 국영이 다가가자 박내관이 살짝 당황하며 고개를 숙였다. 박내관의 한 손엔 끌채와 작은 나무 조각이 쥐어 있었다.

"담장에 올려놓은 조각들, 자네가 한 거였군."

"소일거리로 하고 있어요. 춘방은 조용한 곳이거든요."

"기린麒麟이더군. 누가 저런 손재주를 가졌을까 생각했어."

얼마 전, 그는 존현각 담장의 사방 끝 구석에 작은 기린 형상의 조각이 놓여 있는 걸 발견했다. 용의 머리에 외뿔을 가졌고 몸은 비늘로 덮여 있는 상상의 동물, 기린.

"왕세자의 상징물이니까요. 저하를 지켜달라는 뜻으로……."

꾹 다문 입, 주위를 조심히 살피는 눈. 박내관은 확실히 국영이 좋아하는 유형은 아니다. 그래도 그는 진이 생각이 나서 박내관을 볼 때마다 말을 붙이곤 했다. 보통 돌아오는 대답이라곤 그렇습니다, 아닙니다밖에 없었지만.

박내관이 조심히 문을 열었다. 동궁은 무슨 생각을 하는지 고개를 숙인 채 앉아 있었고 그가 온 걸 알아채지 못한 것 같았다.

"저하!" 국영이 작게 불렀고 그제야 동궁이 고개를 들었다. 멍한 얼굴이다. "오는 길에 정후겸 참판을 만났습니다. 일이 있으셨습니까?" 왠지 후겸의 이름으로 말머리를 풀어야 할 것 같다.

"아, 아니에요. 일이랄 게 있나요?"

그는 문 앞에 선 채 다음 말을 기다렸지만 동궁의 답은 거기까지였다. 기다려볼까도 했지만 국영은 본래 참을성과는 거리가 멀었기에 — 물론 다른 각도에서 보자면 행동력이 남다르다고 말할 수 있을 것이다 — 조금 머물러 있다가 존현각 마당으로 나왔다. 그때 누군가가 다가왔다. 하유였다.

"저하는 뵈었고? 기운이 없으시지?"

"그걸 어찌 알지?"

"저하가 얼마나 빈틈이 없으신가. 그런데 평소와 다르게 어딘가에 정신이 팔린 듯한 때가 있으시지. 그럴 때마다 이상하게 여겼는데 내가 재밌는 사실을 발견했네." 하유가 목소리를 한껏 낮추고 그에게 속삭였다. "정대감이 춘방에 왔다 간 날 저하가 꼭 그런 모습이더라는 거지. 내 말이 맞는다니까. 오늘도 그렇잖아."

"흥미로운 추론이군." 국영이 생각에 잠긴다. "아무래도 둘은 내밀한 조정 얘기를 나눌 테고 그러다 보면 마음이 무겁고 어두워지는 거겠지. 한 명은 곧 왕이 될 사람, 또 한 명은 조정 일에 대해 모르는 것이 없는 임금의 외손이지."

"그럴까? 난 다른 건 몰라도 누가 위험한 자인지는 확실히 알지. 이 몸뚱이가 말을 해준다니까." 하유가 자기 가슴을 한 손으로 두드렸다. "정참판이 스쳐 지나갈 때 내 몸이 뻣뻣하게 굳고 털이 몇 번 곤두섰지. 난 적이 곁에 있으면 털 달린 짐승이 된다니까." 하유의 목소리가 갑자기 커졌고 그는 진정하라는 눈짓을 보내고는 주위를 살폈다.

"내 말 무시하면 좋을 것 없다니까." 하유가 투덜댔다.

그를 보지 못했는지 ─ 그랬다고 믿고 싶었다 ─ 후겸이 말 없이 휑하고 지나갔다. 후겸의 어깨는 딱딱하게 굳어 있었고 등은 화난 듯 보였다. 국영은 후겸의 뒷모습을 잠시 쫓다가 존현각으로 들어가 동궁의 방을 찾았다. 방 안은 그늘져 있었고 희끄무레한 빛이 조금 있었다. 동궁은 입술을 움직이며 뭔가를 중얼거리고 있다.

"저하!"

답이 없다. 그는 동궁이 앉아 있는 책상 맞은편에 앉는다. 동궁이 그제야 살짝 고개를 들었다가 다시 머리를 떨궜다.

"저하."

"……."

"정후겸 참판과 무슨 일이…… 있으신 건가요?" 그가 조심스레 묻는다.

"하아." 동궁의 입에서 한숨이 새어 나온다.

"저하!" 국영이 말에 힘을 준다.

"나를 위해서 하는 말 아니겠습니까?" 동궁이 그제야 고개를 들고 입을 열었다. "사람을 춘방에 넣으라는데 내가 답을 주지 않았습니다."

"이유가 있습니까?"

"정참판이 넣으라고 한 사람으로 춘방을 다 채울 수는 없는 노릇 아니겠소?"

"저는 받지 않으셨습니까?"

"아무나 받을 마음은 없어요. 그리고 홍설서는 내가 선택한 사람입니다."

"싫다고 확실히 말을 못 하셨습니까?"

"내게 도움이 될 사람이라고 하는데, 내키지 않는다고 말하기가 어려웠습니다."

동궁의 눈빛을 보며 그는 자신도 모르게 무릎 위에 놓인 주먹에 힘을 주었다. 그는 이제야 후겸과 동궁과의 관계를 어렴풋이 알 것 같다. 아니, 사실 진작부터 알고 있었는지도 모른다.

"……."

방은 조용했다. 가을이 왔고 나무들과 풀벌레들이 움직이는 소리가 대기에 떠돌아다녔다. 춘방을 감돌던 뿌연 안개가 그의 눈앞에서 조금씩 걷히고 있었다.

"두신痘神에게 음식상을 차려 올려야 할 것 같구나." 이옥이 국영을 보며 말했다. 그녀는 집으로 와달라는 주애의 전갈에 서둘러 강을 건넜고 아들의 집에서 며칠째 머물고 있었다. 국영은 궁으로 출발하지 못하고 머뭇거리고 있었다. 지금 들어가면 저녁 서연에 참석했다가 숙직을 하고 내일에나 집으로 올 수 있다.

두창痘瘡. 강선이와 이제 세 살 된 딸이 두창에 걸렸다. 어른이 되기 전, 통과의례처럼 겪어야 할 일이기는 했다. 주애는 며칠 전부터 집 안에 있는 안 좋은 냄새는 모두 없애야 한다고 부산을 떨었다.

"그럴 필요까지 있을까요?" 무엇에라도 기대고 싶은 마음을 이해 못 하는 건 아니었지만 그는 미신에 거리를 두었다.

"그런 말 마라. 만리장성 쌓다가 죽은 혼령이 두신이 되었다고 하더라. 병이란 본래 같은 것도 여러 번 앓을 수 있는데 두창은 평생 한 번이지. 신묘한 일이지. 모든 아이가 걸리는데 건강한 아이는 죽고 허약한 아이가 살아남기도 하지. 두신에게 밉보여서 좋을 것 없다. 다행히도 다 나아가는 것 같으니." 내켜하지 않는 그에게 이옥은 단호하게 말하며 나란히 누워 있는 아이들을 측은한 표정으로 바라보았다.

며칠째 열로 신음하는 아이들을 그는 그저 지켜볼 수밖에 없었다. 다행히 열이 내리는 것 같더니 이제는 종기가 생겼다. 조금씩 부풀어 오른 종기가 흰 빛깔을 띠며 약간 투명하게 보였다.

조선에는 사람들에게 해를 끼치고 병을 가져다주는 무서운 것이 너무도 많았다. 두신이 있고 호랑이 산신이 있고 용님이라 불리는 뱀이 있다. 해를 당할까 두려워서 힘 있는 사람에게는 더

254

고개를 숙이듯 사람들은 이것들을 신이라고, 님이라고 불렀다.

"가봐야 해요."

국영의 말에 이옥과 주애는 고개를 끄덕인다. 그는 이옥이 있어 마음이 놓였다.

집을 나선 그는 빠르게 걸었다. 경희궁에 도착하여 수문장들에게 눈인사를 하고 문을 통과해 금천교를 지났다. 날이 짧아지고 있었다. 그는 발아래로부터 저 앞까지 주욱 이어진 돌길을 바라보며 생각한다. 이 길은 나를 어디로 데려가는 걸까. 길 끝에는 무엇이 있을까. 낙원 아니면 진창? 기분 좋은 선선한 바람이 볼을 쓰다듬으며 지나갔고 그는 아이들을 떠올렸다. 강선이가 일어나면 경강에 데려가 배를 태워줄 거야.

아이들과 보내는 시간이 조정에 들어온 이후 점점 줄어들고 있었다. 이건 그가 원하는 바가 아니었다.

또 하나의 문을 통과했을 때 저쪽에서 두 사람이 걸어오는 게 보인다. 관복 차림의 후겸과 평복을 입은 홍인한. 그는 얼굴이 굳는 걸 느끼며 머리를 숙였다.

"국영이구나!"

인한의 목소리를 듣고 그가 고개를 들었다.

"강녕하십니까?"

"몸? 아니면 정신을 말하는 건가?" 인한이 크게 웃고는 이어 말했다. "둘 다 좋다고 해두지! 저녁 공부에 가는가?"

"그렇습니다."

"저하를 안전한 길로 모셔야 하네."

인한이 알 수 없는 말을 하며 그의 어깨를 두드리고 갔다.

두 사람을 보내고 돌아섰을 때 존현각 밖으로 나오던 박내관이 그를 보고는 "오늘 저녁 공부는 취소되었습니다."라고 말한후 다른 건물로 총총히 사라졌다. 국영은 곧장 동궁의 방으로향했다.

문밖에 서서 귀를 기울였다. 아무 소리도 들리지 않는다. 잠시 망설이다 문을 열었다. 동궁은 그림자처럼 앉아 있었고 표정은 보이지 않았다. 깊은 침묵 속으로 가라앉아 있는 것 같다. 그는 조용히 다가가 동궁의 맞은편에 앉았다.

"뭘 원하던가요?"

"춘방 사람 둘이 바뀔 겁니다."

"그것뿐인가요?"

"그뿐입니다."

"슬프십니까?"

"……"

동궁은 답을 하지 않는다. 국영도 그저 가만히 앉아 침묵에몸을 맡겼다. 동궁은 무엇에 저항하고 있는 걸까? 후겸과 인한의 도움을 받는다면 왕위 등극도 어쩌면 이후의 통치도 훨씬 수월해질 텐데. 어쩌면 동궁은 인한이 말하는 안전한 길을 믿지않는지도 모른다.

"혼자 있겠습니다."

동궁이 말했고 그는 천천히 자리에서 일어섰다.

"저하. 눈물만 흘리던 소년은 잊으셔야 합니다." 무슨 말이라도 해야겠다고 그는 생각한다. "밖에 있겠습니다. 말 상대가 필요하시면……"

말을 끝맺지 않고 국영은 방을 나왔다. 닫힌 문 안쪽에서 무언가 쿵 하는 소리가 난 것 같다. 무슨 소리일까 생각하고 있을 때 박내관이 그에게 다가왔다. 복도에는 어느새 등불이 켜져 있었다.

"저녁 공부에 오시던 분들은 돌려보냈습니다."

그는 동궁의 방에서 좀 떨어진 곳의 벽에 등을 기대고 앉으며 자신을 지켜보던 박내관의 소매를 — 갑자기 박내관의 표정을 흔들어보고 싶다는 충동이 인다 — 세게 당겨 바닥에 앉혔다. 예상대로 박내관이 잠시 당황했다가 다시 본래의 융통성 없는 얼굴로 돌아와 그를 쳐다보았다.

"저하께서 오늘은 처소에 들지 않으신다고 하셨습니다."

박내관의 말에 그의 시선이 방 쪽으로 향했다.

"자주 있는 일이오?"

"종종 방에서 밤을 새우십니다. 저는 밖에서 잠깐잠깐 잠이 드는데 깨보면 안에서는 책을 읽는 소리가……."

박내관의 목소리가 젖어 있는 것 같다. 이런! 우는 건가. 그는 고개를 떨어뜨리고 있는 박내관의 어깨를 다독이며 생각한다. 그래, 저하를 가장 가까이서 지켜보고 있는 건 이 친구지. 그때 누군가 다가오는 소리에 국영이 고개를 돌렸다.

"아이들은 괜찮은 거야?"

하유가 걱정스러운 얼굴로 다가오며 물었다. 이제 다 나아간다는 국영의 말에 하유는 동궁의 방 쪽을 힐끗 보더니 다시 건물 밖으로 나갔다.

그는 무릎에 얼굴을 묻고 냉랭한 복도에서 밤을 보냈다. 밤새 설핏설핏 자고 깨고 했던 기억이 난다. 누군가 몸을 흔들었고 어깨에 온기가 느껴졌다. 건물 안으로 들어온 햇살 때문인지 아니면 어깨를 잡고 흔드는 손길 때문인지 분간이 되지 않는다. 박내관이라고 생각하며 고개를 들었을 때 허리를 굽히고 그를 바라보는 동궁의 얼굴이 보였다. 창을 통해 들어오는 아침 햇살에 눈이 부시다. 동궁의 눈빛은 따뜻했다.

"들어갑시다." 동궁의 말에 국영은 급히 일어서려다 비틀거렸다. 몸은 굳어 있었고 한기로 으스스했다.

두 사람은 따뜻한 차를 마시며 말없이 방에 앉아 있다. 새날이 왔고 동궁의 기운도 돌아온 듯했다. 어젯밤의 침울했던 모습은 찾아볼 수 없었다. 따뜻한 차가 몸으로 스며들었고 덩달아 마음도 편안해졌다. 그만 일어나봐야겠다고 말을 하려던 차에 문이 열렸다. 하유와 민시였다. 민시는 사관 생활을 끝내고 춘방으로 왔다. 동궁이 정민시를 춘방에 보내달라 했을 때 평판이 좋은 민시를 후겸도 반대하지 않았다.

하유와 민시, 둘의 얼굴은 아침 햇살과는 어울리지 않게 굳어 있었다. 그가 무언가를 생각하기도 전에 하유가 급히 말했다. "자네! 집에 빨리……." 순간 국영은 넋을 놓았다. 시야에서 모든 것이 사라진다. 귀에는 이상이 생긴 듯 웅웅하는 소리가 계속 들렸다.

"어서 일어나!"

안타까워하며 외치는 하유를 보고 동궁이 놀라 물었다.

"무슨 일입니까?"

"저하. 홍설서의 자식들이 오늘 새벽 세상을 떠났습니다." 민시가 말했다. "그간 두창을 앓아왔는데 어젯밤 병세가 급격히 나빠지더니 새벽에 그만……."

그의 볼에선 주르륵 눈물이 흐르고 있었다. 강선아! 왜 그리 급히 갔니. 내년 봄에는 뱃놀이도 하고 꽃구경도 가려 했는데…… 아가야, 이제는 너의 작은 손을 꼭 쥐어볼 수도 없겠구나. 울음은 목에 걸려 터져 나오지 못했다.

"미안하오. 나 때문에 아이들 곁을……." 동궁이 말했다.

하유가 멍하니 앉아 있는 국영을 일으켜 세우자 그의 몸이 하유 쪽으로 기울었다.

첫아이를 묻은 곳 옆에 강선이와 어린 딸을 묻었다. 아직 서른도 되지 않은 나이에 자식 셋을 먼저 떠나보냈다. 왜 아이들이 나보다 먼저 가야 하지? 이건 불공평해. 정말로! 그는 이해할 수 없었다. 상제든 아니면 서학이 믿는다는 천주에게든 묻고 싶었다. 세상의 더러움과 죄악, 병들어 늙는 고통을 겪지 않게 하려고 데려간 거냐고. 그래도 자식 셋을…… 이건 너무 지나치지 않느냐고. 개똥밭에 굴러도 이승이 낫다는 말도 있는데! 그는 속으로 외쳤다. 이 고통은 영원히 사라지지 않겠지.

주애를 배에 태워 강을 건너게 하고 그는 다시 돌아서 걷기 시작했다. 걸음을 멈춘 곳에는 세 개의 작은 봉분이 나란히 있었다. 그는 무릎을 꿇고 무덤을 손으로 쓰다듬기 시작한다.

무덤 셋이 나란히 있구나. 나무들 사이에서 바람이 이는데 그 바람 소리가 너희들 목소리 같아 귀를 기울인다. 너희 함께 저 세상에서 만나거든 부디 정답게 놀거라. 아이들에게 들려주는 노래처럼 나직이 속삭이고 나서 그는 그제야 크게 소리 내어 울었다.

"소식 들었습니다. 그 어린 것들이……"

옹주의 눈을 보자 국영은 차오르는 감정을 억누르느라 입을 앙다물어야만 했다.

"위로를 나누지 않으면 우리는 아무 사이도 아닐 겁니다." 그녀가 책상 아래쪽에서 무언가를 꺼내며 말했다. 보자기에 싸인 평평하고 네모반듯한 무언가가 책상 위로 올라왔다. "인삼입니다." 옹주의 눈이 그를 토닥인다. "홍설서의 처가 얼마나 힘들까요? 버텨낼 수 있도록 주변에서 도와야 해요. 나도 딸아이를 잃고 힘들어할 때 아바마마가 내 살림집에 직접 오시기도 하고…… 그러다 안되겠는지 나를 다시 궁에 들어와 살게 하셨지요."

옹주의 말에 아이들이 떠난 날의 기억이 불현듯 되살아난다. 주애는 늦게 도착한 그에게 불평 한마디 하지 않았고 그저 눈물을 훔치며 남편을 바라보았다. 그는 주애를 힘껏 안아주지도, 따뜻한 시선으로 위로해주지도 못했다. 장례를 마치자마자 그는 춘방으로 나와 일을 시작했다. 슬픔을 잊기 위해서였을 것이다.

주애는 요즘 가끔 숨이 막힌다며 답답함을 호소하긴 했지만 자신의 몸에서 태어난 생명 셋을 잃었음에도 그 부재를 그럭저럭 잘 견디고 있는 것처럼 보였다. 어제는 오히려 대가 끊겨서 미안하다고 국영을 위로하려 들었다.

하지만 그 말이 진심이었을까? 난 주애의 마음을 읽어볼 생각도 하지 않았지. 그저 내 감정 속에 파묻혀 이제는 아이를 갖고 싶지 않다고, 거칠게 말을 내뱉고는 시간이 좀 지나면 양자를 들이자고만 말했어. 지금 주애는 무얼 하고 있을까. 그는 스스로를 꾸짖었다. 네 마음만 들여다보느라 아내 생각은 하지 못한 거야?

어쩌다 보니 그는 옹주에게 받기만 하는 처지였다. 국영은 조만간 그녀에게 노래를 들려줘야겠다고 마음먹는다. 지난번 그의 노래에 감격스러워하던 옹주의 모습이, 표정이 떠올랐다.

"고맙습니다." 그의 목소리는 낮게 잠겨 있었다.

"그런데," 옹주의 표정이 바뀌었다. "요즘 후겸과는 잘 지내나요?" 여느 때와 달리 조심스러운 말투다.

요사이 어땠던가? 기억을 되살려보려 했지만 생각이 나지 않는다.

"혹 후겸과 춘방 일을 얘기하나요?"

그는 옹주의 말을 되씹는다. 지난번 동궁과 나눈 얘기를 들려달라던 후겸의 말에 내심 기분이 상했던 일이 떠오른다. 그때의 감정이 되살아나려 했다. 그의 속을 아는지 모르는지 옹주가 말을 이어간다.

"아들은…… 언제나 남의 말을 조용히 듣고 고개를 끄덕이지만 결국은 모든 걸 자기 뜻대로 해야 하는 아이지요. 모든 걸 자기가 계획하고 또 틀어쥐길 원합니다. 그런 일에 즐거움을 느끼죠. 홍설서가 춘방 얘기를 해주지 않았다면 분명 서운해할 겁니다."

그는 후겸의 얼굴, 도드라져 나와 있는 그 뾰족한 귀를 떠올렸다. 그는 옹주의 말이 위협으로 들리지 않는다. 불쾌하지도 않았다.

"그러겠습니다."

국영은 달리 할 말이 없었다.

"궁 곳곳에 후겸이의 눈이 달려 있지요. 어느 곳에 몇 개나 있는지는 나도 알지 못해요. 좀 기괴한가요?" 자신의 말이 재미있다고 생각했는지 옹주가 희미하게 웃었다. "딴에는 동궁에게 해가 되는 자가 누구인지, 또 도움이 될 만한 사람은 누구인지 구분해보고 싶어 한답니다. 그런 걸 좋아하고 분명한 자기만의 방식도 있지요. 내가 모르긴 몰라도 춘방도 분명 아들의 눈과 귀로 채워져 있을 겁니다."

그 말에 국영이 작게 고개를 끄덕였다. 그건 이미 알고 있는 사실이다.

"아들의 말을 듣다 보면 가끔 심장이 두근거려요. 두려움, 걱정 뭐 그런 것들이 뒤섞이는 느낌이에요. 음침한 남자들 세계의 냄새가 나는 듯도 하고요. 그럴 때마다 그 아이를 낯선 사람처럼 바라보게 됩니다. 하지만 아들의 인생은 내 것이 아니란 걸 잘 압니다. 이미 자신만의 세계를 키워가고 있겠지요. 나는 어미로서 도울 일이 있으면 도울 뿐이에요. 아……" 그녀는 얘기가 딴 길로 새고 있다고 생각했는지 말을 멈췄다. "내 말은 후겸이를 도와달라는 뜻입니다."

그는 대답하지 않았다.

"홍설서." 옹주의 눈이 그를 조심히 바라본다. "후겸이가 하는 모든 일은 동궁을 위한 일일 겁니다. 내 아들 그리고 홍인한 대감은 동궁에게 큰 힘이 될 겁니다. 조정에서 가장 유능한 신하들 아닙니까."

국영은 두 사람의 재능과 능력을 부인하고 싶은 마음은 없었다. 둘은 조정에서 다른 사람들보다 확실히 나은 자들이었고 탁월함은 언제나 소중한 것이니까.

"아바마마가 돌아가시면 조정 중신들 포함해서 온 나라가 동궁이 왕이 된 것을 기뻐할 겁니다. 그리고 그렇게 돼야 하지요."

그건 국영도 바라는 바였다. 성상이 조선을 다스린 지 50년이 넘었다. 곧 새로운 시대가 열리겠지. 하지만 그가 느끼기에 동궁은 홍인한이 말한 안전한 길을 원치 않는 것 같다. 그리고 국영은 그런 동궁이 썩 맘에 들었다. 남이 선택해준 인생에는 분명 후회가 따라온다. 스스로 선택하고 책임져야 한다. 그는 동궁을 설득하지 않을 것이다.

"괜한 걱정일 수도 있겠지만, 요즘 아들이 홍설서 얘기를 할 때 표정이 예전 같지 않더군요." 옹주가 그를 똑바로 쳐다보았다. "후겸이의 손을 잡아주세요."

후겸과의 관계는 전과 같지 않다. 둘 사이의 친밀감과 기분 좋은 대화는 어느새 어색한 침묵과 불편한 눈빛으로 바뀌었다. 국영은 눈앞 병풍 속, 활짝 피었지만 향은 나지 않는 꽃을 바라본다. 그는 속으로 말했다. 마마, 전 이런 것은 질색입니다. 전 우아한 삶을 원해요. 빗속을, 햇살 속을, 바람 속을 걸으며 살아 있다는 기쁨을 느끼고 삶의 변화에 매번 반하고 놀라는 삶 말입니다. 조정의 일이 이런 저의 바람을 빼앗을 정도로 대단한 것입니까?

그는 갑자기 가슴이 갑갑해졌다. 밖으로 나가 계절이 바뀌는 소리와 냄새를 맡고 싶다는 생각이 들었다. 세상을 동그랗게 감싸고 끝없이 펼쳐진 하늘, 부드러운 햇살, 짙어가는 가을빛. 나무에서 떨어진 잎들은 앓는 소리를 내며 땅 위에서 뒹굴고 있으리라.

"마마! 또 뵙지요. 그때까지 행복하셔야 합니다."

적들이 사방을 뒤덮고

동궁이 급히 찾는다는 말에 국영은 박내관과 함께 동궁의 방 앞에 섰다. 박내관이 그가 도착했다는 것을 알리고는 천천히 문을 열었다.

익숙한 등이 보였고 맞은편에 앉아 있는 동궁이 뒤이어 눈에 들어왔다.

"어서 오세요." 따뜻함과 친밀함이 그를 맞는다. 아이들이 떠나고 나서 동궁의 눈은 부담스러울 정도로 부쩍 살가워졌다. "함께 차라도 나눌까 해서 불렀습니다. 둘은 편한 사이죠?"

"정참판께서 그리 말씀하셨다면야 저야 영광입니다."

자리에 앉으며 슬쩍 보니 후겸은 무표정한 얼굴 그대로 자세를 흐트리지 않는다. 방 안에 냉기가 흐른다고 그는 생각한다.

동궁이 차를 따르는 소리가 방 안을 채웠고 뒤이어 셋은 차를 홀짝거렸다. 몇 줄기의 따뜻한 물이 목을 타고 내려가는 걸 느끼며 그는 생각한다. 후겸이 나를 찾은 걸까. 아니면 저하가 나를 부른 걸까. 그랬다면 어떤 일로? 그때 잔을 내려놓는 후겸의 손이 눈에 들어왔다.

"저하! 아직도 저하에 대해 이런저런 말을 하는 자들이 있습니다." 후겸이 입을 열었다.

"그들이 뭐라 하는가요?"

"저하께 불안감을 느끼고 있습니다."

오고 가는 대화를 들으며 국영은 그동안의 궁금증이 풀리는 것 같다. 둘이 만나면 이런 얘기를 하는군.

"내 혈통을 바꿀 수는 없는 노릇 아닙니까? 성상께서 그걸 염려하셔서 나를 효장세자의 양자로 삼은 거고요." 동궁이 답답하다는 표정을 짓는다.

"저하의 반대에 선 독초 같은 자들을 뽑아낼 때가 됐습니다."

"독초라……."

동궁이 중얼거렸고 동궁의 가슴에 새겨진 용이 몸을 웅크리고는 골똘히 생각에 빠져들었다.

"저하!" 무슨 까닭인지 국영은 갑자기 두려운 마음이 들었고 이 어색한 침묵을 깨야 한다는 생각이 들었다. "명민한 자들이 반대에 선다면 모를까 어리석은 자들은 가르치고 품어야 합니다. 생각이 다를 때마다 사람을 내쫓기 시작하면 조정에는 외로운 왕만 남게 됩니다. 신하들 모두 욕망과 공포를 갖고 있는 보통의 사람들일 뿐입니다. 그들을 품으셔야 합니다."

그때 옆에서 작은 웃음소리가 들렸다.

"홍설서가 정치를 모르는 것 같습니다. 정치는 같은 편끼리 하는 것입니다. 적에게 둘러싸여 있으면 필경 죽습니다. 생각이 맞지 않는 사람은 애초에 정치에 끌어들여서는 안 됩니다. 조정을 보십시오. 정치적 지향이 다른 세력이 함께 있으니 어떻습니까? 탕평은 이상일 뿐입니다."

국영은 속으로 머리를 가로젓는다. 어쩌면 동궁이 이런 대화 때문에 자신을 부른 것일지도 모른다는 생각이 든다.

"저하! 정치에선 반드시 반대파가 있어야 합니다. 건전한 경쟁이 있어야 권력자도 추종자들도 선을 넘지 않게 됩니다. 좁은 길처럼 보여도 그 길로 가셔야 합니다."

그는 동궁이 자신과 생각이 같길 기대하며 말했다.

국영과 후겸은 방을 나와 복도를 따라서 나란히 걸었다. 그는 느낄 수 있었다. 둘 사이에는 이미 건널 수 없는 강이 흐르고 있었고 물살은 점점 사나워지고 있었다. 박내관이 배웅을 하려는지 뒤에서 따라붙었다. 국영은 후겸과 밖으로 나가고 싶지 않았고 문 앞에서 걸음을 멈췄다.

"저하께 원하는 것이 뭔지 물어봐도 될까?"

둘은 밖으로 통하는 문 앞에 나란히 서 있다.

"내 친구인 홍국영에게 말했던 걸로 기억하는데…… 함께하자. 단 네 글자. 지나친 바람일까?"

"왜 그토록 그 말이 듣고 싶은 거지? 저하가 그대와 함께하지 않을 이유가 뭐가 있겠나?"

그가 후겸을 달랜다. 아니 할 수만 있다면 그것이 회유이든 설득이든 해보고 싶었다.

"동궁의 눈빛을 보면 알 수 있네. 저하는 다른 생각을 하고 있어! 왕이 되면 분명 자신에게 권력을 집중시키려 들걸. 그게 무슨 뜻인 줄 아나? 자네에게도 나에게도 복종을 요구한다는 뜻이지. 우리 영혼을 지배하려 들걸. 그걸 받아들일 수 있겠나?"

"저하가 주무르기 쉬운 인간이 아니라는 뜻인가?"

"음……" 국영의 말에 후겸이 작게 한숨을 내쉬었다. "조선은 낡았고 뒤처졌네. 혈통이 아니라 능력, 익숙함이 아니라 낯섦이 가득한 곳으로 새롭게 태어나야 해. 그런데 생각해보게! 누가 그런 문제 의식을 가지고 있지?"

문을 응시한 채 서 있는 그의 옆얼굴에 후겸의 시선이 꽂혔다.

"자네를 처음 봤을 때, 난 벗할 만한 사람이 생겼다고 기뻤지. 그대가 궁에 들어온 이후 난 외롭지 않았어." 후겸이 잠시 멈췄다가 말을 이었다. "혹, 홍인한 대감 때문인가? 그 때문이라면 걱정할 것 없어. 잠시 그의 영향력과 허세를 이용하자는 것뿐이야. 그래! 홍대감은 조선을 되돌리길 원해. 성을 지키겠다는 거지. 하지만 난 성을 무너뜨릴 거네. 난 이미 많은 생각을 해두었어. 제대로 조선을 바꿀 잘 익은 생각들이지. 새로운 법을 만들고 기득권의 이기심에 대항하고 힘없는 백성들을 보호할 거네. 기회를 공평하게 주고 사람들이 노력하게 할 거야. 내 생각은 동궁의 설익은 생각들과는 다를 걸세. 난 그 꿈을 현실로 바꾸고 싶어!"

국영은 마음이 흔들리는 걸 느꼈다. 그는 몇 번을 숨을 들이쉬고 내쉬며 생각을 정리한다. 얼마간의 시간이 흐르고 국영은 자신이 답할 차례란 걸 알았다.

"자네와 난 생각이 똑같지. 조선은 변해야 하고 새로운 생각과 위기의식, 새로운 정보가 필요해. 하지만 난 저하를 압박하는 건 원치 않아. 이런 방식으론 저하를 바꾸지 못해. 부디 조급해하지 말게. 저하가 왕이 된 후에도 얼마든지 논쟁할 기회가 있을 거야. 그대의 토론실력은 조정에서 최고잖나. 난……" 국영이 고개를 천천히 돌려 후겸을 보았다. 친구를 바라보는 눈빛이었다. "저하에게 기회를 주고 싶어."

그는 부탁이라도 하고 싶은 심정이었고 후겸이 마음을 돌이키길 원했다. 새 시대를 이끌어 갈 사람은 그대가 아니야. 물론 나도 아니고. 자네는 인정하고 싶지 않겠지만 저하에게 맡겨야 해. 저하는 우리가 수백 년을 기다려왔던 성군의 자질이 있어! 난 그렇게 믿어.

"자네는 이해 못 하는군." 후겸이 살짝 고개를 흔들더니 일자로 다물었던 입을 열었다. "동궁은 왕이 되고 나면 우리 말을 듣지 않을 거야. 주도권을 완전히 뺏긴 뒤란 말일세. 미래는 알 수 없는 영역이 아니야. 성상을 보게. 지금 성상에게 말 한마디 제대로 하는 사람이 있나? 동궁이 20년간 받은 교육과 읽은 책들을 생각해보게. 그게 동궁을 빚은 것들이지. 동궁은 제왕의 정체성을 가진 전형적인 사대부일 뿐이야. 어디에서 가능성을 보는 건가? 자네나 나처럼 백성들의 삶을, 그들의 욕망을 알기나 하던가? 동궁은 다를 거라고 믿는 건가? 물론 난, 동궁을 국왕으로 인정할 마음이 있네. 다만 우리의 안전을 보장하고 함께 가겠다는 약속을 하라는 것뿐이야. 그뿐인데 동궁이 거부한다는 건 어떤 의미일까? 난 약속을 받아낼 수 있는 시간은 지금뿐이라고 믿네. 바로 지금 이곳에서 미래를 만들어야 해!"

그는 후겸의 목소리에서 어떤 확신을 읽는다.

"다시 묻겠네. 내 손을 잡아주겠나?"

후겸의 눈이 다시 그를 향했다.

"자네의 방식이 저하를 길들이는 거라면……" 국영이 작게 고개를 흔들었다. "난 내 맘에 들지 않는다고 해서 다른 누구의 영혼을 파괴하고 싶진 않아. 그리고 난 저하 곁에 있겠다고 약속했어." 결국 이 말을 하고야 말았다.

후겸이 준비한 공연장엔 자신의 의지로 왔다고 착각한 사람들이 모여 있었다. 하지만 동궁은 무대에 오르지 않으려 버티고 있었고 홍국영, 그는 스스로 무대에서 내려왔다.

"음…… 내가 왜 우정, 아니 호의를 보였을까. 결국 이렇게 될 것을. 아니, 어쩌면 난 진작부터 알고 있었는지도 몰라. 그런데 도무지 이해가 되지 않아. 왜 내가 아니라 동궁이지?"

후겸은 말을 마치고 두 손으로 문을 세게 밀었다. 국영의 얼굴로 문밖의 차가운 바람이 훅 불어왔다.

정후겸은 존현각을 나서자마자 그 길로 인한의 집을 찾았다.

"상의드릴 일이 있습니다."

"어떤 주제도 환영이지."

기별도 없이 찾아온 후겸에게 인한은 말했다.

"유쾌하지 않은 얘기부터 시작할까요?"

"좋은 소식도 있다는 얘기로 들리는군."

"홍설서가 떠났습니다. 동궁 편에 섰습니다."

후겸은 별일 아니라는 듯이 옅은 미소까지 보인다.

"홍국영? 기껏 춘방에 보내놨더니 동궁 편에 붙어버렸다? 흠. 제 아비처럼 아무짝에도 쓸모없는 길로 가겠다? 기회를 주지 말았어야 했어." 인한이 말하며 쓴 입맛을 다셨다. "우리에게 큰 위협은 아닐 거네. 조정에 들어온 지 얼마 되지 않은 자가 뭘 할 수 있겠나. 그리고 필요하다면 춘방에서 빼버리면 그만이야."

"홍설서를 그리 만만히 보시면 안 됩니다. 진지하게 상대하셔야 합니다." 후겸이 얼굴에서 미소를 지웠다.

"그대는 국영이를 높게 평가하는 모양이군. 그런데 좋은 소식도 있다고 했던가?"

"조정으로 돌아오세요! 오늘 저녁에 성상께 말씀드리겠습니다. 직위는 우의정이 좋을 듯하군요."

"음. 이 시점에 적절한 지위군."

인한이 앞일을 생각하는지 미간을 좁혔다.

"앞으로 사람이 더 필요합니다. 대감 쪽 사람들을 조정에 더 불러들여야겠습니다. 명단을 제게 주세요."

"알겠네. 사람 수가 힘이지! 그런데 난 그대에게 뭘 줘야 하지? 아니, 다시 묻겠네. 내게 바라는 게 뭔가? 내 뒤를 잇기를 바라는 건가?"

"대감은 아직 젊지 않습니까? 전 그리 오래 기다릴 맘은 없습니다. 이 나라를 함께 바꾸어야겠지요."

후겸이 인한의 눈을 보며 말했다.

"공동통치를 원한다?"

다음 날 국영은 존현각 마당에서 오른쪽 관자놀이를 세게 누르고 있었다. 근래에 종종 머리가 지끈지끈할 때가 있었는데 오늘은 더 심했다. 홍인한이 조정에 돌아왔다는 소식을 막 들은 참이었다.

"우의정이라……."

정승으로의 복귀는 예상하지 못했다. 평안감사로 나갔던 그에게 바로 정승의 모자를 씌운 것은 파격이라고 할 수 있었다. 그 파격을 누가 만들었을지는 어렵지 않게 알 수 있었다. 삼정승 중 가장 서열이 낮은 우의정이었지만 이번 복귀의 의미는 조정에서 가장 둔한 자라도 알 수 있으리라. 우의정은 겸직으로 왕의 건강을 살피는 내의원의 책임까지 맡는다. 왕 곁에 늘 붙어 있을 수 있는 자리.

그는 앞으로 펼쳐질 조정의 모습을 그려본다. 인한은 누워 있는 왕과 중신들 사이를 바삐 오가며 때로는 미소를 띠고, 때로는 언성을 높이며 왕의 말을 전할 것이다. 권력자의 말을 전하는 자에게는 자연스레 힘이 생긴다. 사람들은 알아서 인한의 눈치를 살필 것이고 후겸은 뒤에서 이 모든 것을 지켜볼 것이다.

두둥! 어디선가 전투를 알리는 북소리가 들린 것 같다.

긴장하지 말자! 과도한 긴장은 실수로 이어질 수 있어. 그는 크게 한번 숨을 들이켜고 건물 주변을 둘러봤다. 춘방을 채운 공기에는 뭔가 음울한 기운이 섞여 있었고 그는 속이 울렁거렸다. 사람들은 밝은 빛을 피해 어두운 그늘 속으로 숨어들어서는 곁눈질하고 속삭였다. 존현각은 음모와 공모, 불신, 배반이 뒤섞여 악취가 났고 손을 잡았다가도 돌연 비틀고 칼로 찌르는 일이 언제라도 벌어질 것만 같았다.

국영은 춘방을 벗어나고 싶다는 생각을 떨칠 수 없었다. 누군가는 동궁 곁에 있어야겠지만, 그 사람이 자신일 필요는 없다고 생각했다. 더 늦으면 원하지 않아도 발목이든 손목이든 제대로 잡힐지 모른다는 두려운 생각이 들었다. 그리고 필요할 때 가족 곁에 없었다는 죄책감까지 마음 한쪽에서 떠나지 않았다. 주애의 얼굴에 감돌던 은은한 광채가, 귀엽고 예쁜 새가 노래하듯 곁에 누워 말을 걸던 목소리가, 그는 그리웠다. 기환은 장사를 함께 하자고 성화였다.

이런저런 생각으로 느린 걸음을 걷던 그는 잠시 뒤 동궁의 방 앞에서 크게 숨을 들이쉬고는 방문을 열었다. 문이 열리자 무거운 한숨들이 쏟아져 나왔다. 민시, 하유, 동궁이 그를 맞았다.

"이걸 보게."

국영이 자리에 앉자마자 하유가 종이 한 장을 건넸다.

덕을 잃은 세손을 교체하라!

벌써 시작인가? 이렇게 빨리?

"누가 이런 짓을?" 국영이 물었다.

"별감 하나가 마당에 떨어진 것을 주워왔어."

하유가 인상을 잔뜩 찌푸린다.

"이름도 없는 서한이라…… 결례군. 예의범절이라고는 도통 배우지 않은 사대부일 거야."

"저하를 반대하는 자들이 조직적으로 움직이기 시작한 것 같습니다." 늘 차분한 민시도 목소리에서 긴장감을 숨기지 못한다. "앞으로 이런 일이 더 잦을 텐데 걱정입니다."

따랑따랑. 그때였다. 밖에서 무슨 소리가 났다. 동궁이 고개를 홱 돌려 창밖을 바라보았다. 끊긴 듯하던 소리가 다시 이어졌다. 방울 소리? 흠칫하던 동궁이 밖을 향해 외쳤다.

"어느 쪽에서 나는 소리인가?"

"집경당 쪽입니다."

박내관의 대답에 안절부절못하던 동궁이 안도했다. 동궁의 처소인 홍정당은 집경당과 화완옹주의 처소인 영선당하고 통했는데 처마 끝에 방울을 달아 두 전각의 문과 연결하여 손님들이 드나들 때 소리가 울리게 했다. 영선당은 화완옹주의 처소였다. 웬일인지 그녀는 자신의 거처를 춘방 근처에 있는 영선당으로 옮겨왔다. 방울 소리가 영선당에서 난 것이 아니라 하니 동궁이 안도한 것이다. 동궁은 꽤나 예민해져 있었다. 민시와 하유도 동궁의 모습에 당황한 듯했다. 그들의 눈빛이 불편해서, 그리고 어색해진 침묵을 메우기 위해 국영이 입을 열었다.

"이런 쪽지들이 궁 안에 뿌려지는데 그냥 두고 보시겠습니까?"

"춘방에 있는 한 놈 한 놈을 다 족을 칠까요? 아니면 머리통에 화살을 쏴버릴까요?"

"그것참…… 도움이 되는 말이군."

국영은 얼굴이 벌게져 흥분한 하유의 말에 픽 웃었다. 가끔 그는 하유의 저 넓은 어깨 위에 달린 머리가 무슨 생각을 하는지 궁금할 때가 있다.

"춘방이 직접 나서는 것보다는 포도청에 수사를 하라고 하는 것이 어떨까요?" 민시였다.

"포도청까지 나설 일인가? 나는 그리하지 않아도 알 것 같은데. 근원을 캔다고 해서 뾰족한 수는 없을 거네."

동궁의 말에 하유가 뭐라 대답하려는 걸 국영이 눈짓으로 막고 말했다.

"맞는 말씀입니다."

그때 밖에서 인기척이 들렸고 곧이어 "들어가겠습니다." 하는 말과 동시에 문이 열렸다. 박내관의 손에 종이 한 장이 들려 있는 게 보였다.

"가지고 오시오."

동궁이 종이를 받아들고는 모두가 볼 수 있게 책상 위에 펼쳤다.

말의 근원을 알려면 성상께 알리라.

"오늘만 벌써 두 번째 연서戀書군요."

정신 차릴 틈을 주지 않는군. 국영은 적의가 조금씩 끓어오르는 걸 느꼈다.

"일을 키우려는 것 같습니다. 성상이 아시면 자초지종을 물으실 테고 그러면⋯⋯" 민시가 조곤조곤 얘기한다. "그렇게 되면 그동안의 일들을, 입에 담기도 민망한 말들을 아뢰어야 합니다." 민시의 말투는 듣는 사람을 차분하게 하는 힘이 있다.

"그래서는 안 되지요." 동궁이 작게 고개를 끄덕이며 말했다.

박내관이 조용히 방을 빠져나갔고 방 안 분위기는 더 깊게 가라앉았다.

"자!"

그때 국영이 무슨 생각인지 갑자기 양손으로 무릎을 내리치더니 자리에서 벌떡 일어나 두 팔을 양옆으로 뻗고는 손을 흔들었다. 손을 잡으라는 신호!

하유가 엉거주춤 먼저 일어섰고 민시도 따라 일어난다. 잠시 주저하는 눈빛으로 국영을 바라보던 동궁도 두 손으로 서안書案을 짚고 자리에서 일어섰다. 넷은 빙 둘러 손을 맞잡았다.

"눈을 감으세요." 명령처럼 국영이 말했다. "서로의 호흡을 찾아내서 느끼는 겁니다."

눈을 감자 밖에서 새들이 지저귀는 소리가 귀를 파고들었다. 춘방에 종종 몰려와 수다를 떠는 새들이다. 검은 머리에 회색 털이 가슴을 덮고, 푸른빛 날개를 가진 새들. 움츠러들었던 심장이 새들의 지저귐에 맞춰 다시 뛰기 시작했고 힘차게 피를 뿜어냈다.

밖에서 들려오던 소리가 잦아들었고 방 안을 헤매던 호흡도 서서히 가라앉았다. 주위를 감싼 따뜻한 기운이 어깨를 다독이고 가슴을 채워갔다. 그제야 네 사람은 눈을 떴다.

"기가 손을 타고 흐르면서 맥박처럼 뛰었어요." 동궁이 한결 편해진 얼굴로 신기하다는 듯 말했다.

"이건 주술도 미신도 아닙니다." 국영이 미소 지었다. "무언가 밝은 빛이 보이지 않던가요? 난 봤는데요."

방 안 분위기가 바뀌었다.

"저하! 저희 셋이 함께할 겁니다. 걱정하실 일이 없습니다."

국영이 자신감 넘치는 어조로 말하고는 하유와 민시를 데리고 방에서 물러나왔다.

"그런데 어찌해야 하지?"

하유가 뭔가 좋은 수를 내놓아보라는 듯이 국영을 바라본다. 국영은 눈동자를 빠르게 굴려 주변을 살폈다. 날은 이미 어두웠고 전각 처마 끝에 달린 등은 힘겹게 마당의 어둠을 밀어내고 있었다. 그는 어디에선가 자신들을 지켜보고 있을 눈을 의식하는 듯 목소리를 낮췄다. 궁에 들어오면 사방을 살피며 작은 소리에도 귀를 열어두어야 한다. 자물쇠가 덜컥거리는 소리, 내관들과 나인들이 종종걸음을 걷는 소리, 새들이 나뭇가지를 차오르며 퍼덕거리는 소리에도. 종일 책상에 앉아 하는 일이건만 집에 가면 늘 피곤이 밀려와 의아했는데 예민한 신경이 그를 더 힘겹게 하고 있는지도 몰랐다.

"앞으로 저하께 올리는 음식은 박내관이 맛보도록 해주게. 나인들도 믿을 수 없어. 말은 곧 새어 나갈 테니까 음식으로 장난칠 생각은 못 하겠지. 아, 그리고 촛불이 잘 꺼져 있는지도 늘 확인하고, 외부에서 들어오는 물건이나 선물도 함부로 받아서는 안 돼."

그는 무엇보다 동궁의 상태가 걱정이었다. 방울 소리에 소스라치게 놀라던 동궁의 모습이 떠오른다. 다행이라면 지금까지 지켜본 동궁은 어두운 얼굴로 하루를 넘기는 법이 없었다. 금세 기운을 회복해서 관료들과 토론하고 왕의 처소로 달려가 병간호를 하곤 했다. 쉽사리 좌절하지도 포기하지도 않는 힘을 ─ 혹은 성격이라고 해야 할까 ─ 동궁은 갖고 있는 듯했다. 걱정해야 할 사람은 오히려 늘상 두통과 우울감에 시달리는 자신일 거라고, 그는 속으로 생각하며 웃었다.

지금까지 그래왔던 것처럼 결국 동궁 스스로 헤쳐 나가야 한다. 그럴 수 없다면 왕이 된다 해도 매번 울상인 얼굴을 하고 신하들에 휘둘리겠지. 그런 매력 없는 왕이 사는 곳이라면 난 궐 방향을 쳐다보지도 않을 거야.

"이제 사방에서 우리에 대한 비난과 음해가 시작될 거야. 사직상소를 써서 승정원에 보내놓게. 우리가 자리에 연연하지 않는다는 걸 보여줘야 해."

"그러다 성상이 덜컥 받아들이시면?"

하유가 걱정하는 얼굴로 묻는다.

"성상을 모르는군. 조정에 있는 신하들 머리를 다 합쳐도 성상을 이기지 못해. 왜 날 춘방으로 보냈겠어? 홍대감과 정참판이 천거해서?"

국영은 왕의 얼굴을 떠올리다 무슨 생각에선지 서둘러 자리를 떴다.

"부탁이 있어 왔습니다." 화완옹주를 찾은 국영이 자리에 앉으며 말했다.

"내게요?" 반기는 표정으로 그를 맞던 옹주가 가슴을 펴며 자세를 바로 잡았다.

"정참판이……."

아들 이름에 놀란 것인지 그녀가 순간 흠칫한다.

"부탁보다는 마마께 묻고 싶은 것이 있습니다."

옹주의 반응에 그가 말을 바꿨다.

"말씀하세요."

"왜 정참판이…… 저하를 믿지 못한다는 말을 제게 하는 것입니까?"

"후겸이가 그런 말을 했던가요?"

옹주가 놀란 표정으로 입을 다물었다.

"둘 사이에 어떤 오해가 있습니까? 그렇다면 마마께서……."

국영은 돌이킬 수 있다면 돌이키고 싶다. 싸움이 확대되는 건 모두에게 좋지 않다. 저들의 공격을 막아낸다면 ― 물론 당연히 그렇게 되겠지만 ― 후겸의 미래는 보장할 수 없을 것이다. 어디에서부터 실이 엉켜버린 것인지는 알 수 없었지만 분명한 건 그 실을 자를 수 있는 건 동궁과 후겸뿐이다.

고개가 천천히 좌우로 움직이는 것 같더니 조용히 옹주의 입술이 열렸다.

"후겸이가 내게로 온 것이 열여섯 살 때입니다. 좀 더 일찍 양자로 들였으면 좋았을 것을. 짝을 찾을 나이였어요. 궁에서 생활한 지 얼마 되지 않았을 때인데 서둘러 혼인을 시켜 분가시켰습니다. 모자간에 정이 들 시기를 놓친 셈이에요. 후겸이가 제 처를 맘에 들어하지 않았어요. 홍설서도 알겠지만 후겸이는 생각이 분명하고 남에게 순종하는 성정이 아니지요. 지금 생각해도 놀랄 정도로 완강했지요." 옹주의 입에서 작은 한숨이 새어 나온다. "난 후겸이가 내게 도전하는 것으로 느꼈어요. 모진 말을 하고 억지로 혼인을 시켰습니다. 돌이켜보면 좀 더 시간을 주고 원하는 사람을 찾아주었어야 했어요."

"뭐라 하셨습니까?"

"심한 말이었어요. 네가 언제부터 임금의 손자가 되었느냐?

생선 장수 네 아비는 돈 몇 푼에 굽실거리며 너를 내 양자로 보냈다. 그런 미천한 네가, 비루하고 가망 없는 인생을 살았을 네가 국왕의 외손이 되는 은혜를 입은 거야. 넌 하라는 대로 하면 된다. 뭐, 이런 말이었을 거예요."

"상처가 되었겠군요."

자, 그러니까 집에 정 줄 대상이 없어서, 실패한 사랑 때문에 그 비상한 머리가 온통 조정 일 생각뿐이라고?

"궁으로 들어올 때면 그래도 내가 어미라고 힘든 결혼생활에 대해 여러 번 내색을 하였어요. 아내와 맞지 않는 듯했지요. 나중에 아들 집 노복을 불러다 다그치니 후겸이가 며느리 방에 드는 것을 본 적이 없다더군요. 난 그때 보듬어주기보다 매몰차게 대하는 것이 마음을 다잡는 데 도움이 된다고 생각했어요. 어미 앞에서 힘든 내색을 하지 말라고 여러 번 호되게 혼을 냈어요. 그 뒤로 아들은 우리 사이에 벽을 세웠지요. 어쩌면 아들은 내게 지금 항의하고 있는 것인지도 몰라요. 복수일지도 모르고요. 그래요! 며느리는 사실상 죄수처럼 살고 있지요. 결혼한 숫처녀로요."

가족 간에는 웬일인지 점차 생각과 마음을 숨기게 된다. 말이 없어도 알아줄 거라 여기면서, 때로는 상처 주고 싶지 않다는 핑계로. 그렇게 시간을 흘려보내고 낭비한다. 그러다 어느새 우리는 소중한 사람에 대해 아무것도 모르게 되어버린다.

"내 탓이라는 생각이 들었어요. 어미도 과부로 지내는데 아들, 며느리도 같은 처지로 만든 건 아닌가 하는 자책이 들었죠. 내가 할 수 있는 건 관직을 높여주는 일이었어요. 아바마마는 내 부탁을 거절하는 법이 없으셨죠. 나이 스물에 승정원 승지를 시켰고, 다음 해에는 종2품 개성유수를 지냈어요. 지금은 참판 자리를 얻었죠. 후겸이가 추천하는 사람들은 내가 다 자리를 주었습니다. 아, 물론 아바마마가요. 그런데 나는 한다고 하는 일인데 어쩌면 이번에도 또 일이 어그러지고 있다는 생각이 들어요." 말끝을 흐리는 그녀의 눈가에 살짝 주름이 잡혔다.

후겸은 행복한 가정을 꾸리지는 못한 모양이군. 화려함은 늘 이런 식이긴 하지. 들추고 깊숙이 들여다보면 늘 상처와 자기연민, 비하, 그리고 원망이 똬리를 틀고 있으니까.

국영은 옹주의 이야기를 들으며 오늘 조금 더 후겸을 이해했다고 생각한다. 미천한 신분에서 오는 상처, 부모에 대한 배신감, 사랑 없는 가족. 후겸은 자신의 공허함을 무언가로 채우고 싶겠지. 하지만 그것이 야망과 허영을 위한 것이라면 갈증은 해갈되지 않을 거야.

며칠 전 수화가 편지를 보내왔다. 후겸이 자신을 선택한 건 그저 남들에게 손에 쥐고 자랑하고픈 물건을 보여주기 위해서라고. 후겸의 마음엔 누구도 들어갈 틈이 없다고. 편지에는 수화의 쓸쓸함이 묻어나 있었다.

음…… 본래 축첩제는 본부인도 소실도 행복하지 않은 오직 남자만을 위한 제도인데 이 친구는 수화를 데려가서 뭘 하고 있는 거지? 수화는 행복해져야 할 사람이라고!

"저하가 안전하게 왕위에 오를 수 있도록 도와야 합니다. 모두를 위해서." 그는 얘기를 마무리 짓고 싶었다. 국영은 오늘 존현각에서 있었던 일을 얘기하려다 그만둔다.

"왜 아니겠어요? 그게 내가 바라는 겁니다. 지금 아들과 우상 홍대감이 하는 일이 그 일이라고 생각했는데요."

"제가 걱정하는 것이 바로 그것입니다."

그의 대답에 옹주의 눈이 흔들렸다.

"그랬군요." 옹주가 힘없이 고개를 끄덕였다. 이야기는 이제 제자리를 찾았다. "분명히 말하지요. 동궁에게도 전해주세요." 옹주의 얼굴에 왕족의 위엄이 나타났다. "후겸이가 원하는 건 동궁에게 맞서는 것이 아닙니다."

"마마, 그렇게 보이는 것이 문제입니다!" 그 말에 옹주의 얼굴이 굳어졌다. "제가 보기엔 정참판이 저하를 무릎 꿇리려 하고 있습니다."

"동궁은 어떤가요? 자신의 길에 후겸이가 방해가 된다고 생각하나요? 도움이 아니라?" 옹주의 목소리가 높아졌다. "그래서 고모인 나도 멀리하는 것이고? 이해할 수 없군요." 목소리가 떨린다. "동궁은 정치적으로 아직 어립니다. 가르침이 필요하고 방패막이 필요합니다. 연륜과 지혜를 갖춘 누군가가 뒤를 받쳐주어야 해요. 왕이 되고 나서 얼마간은 더욱 그럴 겁니다. 지금 조정을 보세요. 성상이 병석에 계신데도 큰 무리 없이 국사가 잘 처리되고 있지 않나요? 만약 우상과 후겸이가 역할을 못 한다면 그동안 숨죽이고 있던 수많은 목소리들이 튀어나올 겁니다. 조정은 난장판이 될 테고. 동궁에게 우상과 후겸이는 정치적 자산입니다."

옹주의 눈빛이 그의 생각이 다른 방향으로 움직이지 못하도록 붙잡아두고 있었다.

"난 동궁을 잘 알아요. 고집이 세고 또 명석하지요. 그런데 조카가 모르는 것이 있어요. 왕은 한 명이고 조정 신하는 수백입니다. 그들의 도움을 받아야 합니다. 그렇지 못하면 자신이 원하는 나라라는 건, 말 그대로 꿈이 되고 말아요. 결국 신하들에게도 외면당할 거고요. 그걸 왜 모를까요." 그는 옹주의 얘기가 맞을지도 모른다고 생각한다.

"만약…… 아니에요." 그녀가 말을 하려다 힘없이 고개를 저었다. 무엇에 대한 주저일까. "난 오라버니를 잃었고 남편과 딸을 잃었고…… 이번에는 조카 아니면 아들을 잃게 되는 건가요?"

그는 무거운 마음으로 옹주를 바라보았다.

"원하든 원치 않든 후겸이와 난 어미와 아들로 묶여 있어요. 내겐 선택권이 없습니다." 옹주가 잠시 말을 끊었다. "홍설서! 잘 생각해보세요. 무엇이 조선을 위한 일인가를. 신하들 편에 서서 동궁을 설득해주세요. 그게 모두를 위한 길입니다."

옹주의 말을 충분히 알아들었다고 생각한 그는 몸을 일으켰다. 그때 구석에 세워져 있는 가야금이 보였고 그는 잠시 멈칫하다가 다시 자리에 앉았다. 옹주를 보는 건 어쩌면 오늘이 마지막일지도 모른다.

배를 타고 선창을 떠나…… 국영의 입에서 노래가 흘러나온다. 가야금 소리에 맞춰 배는 일정한 속도로 물 위를 미끄러진다. 물을 가르는 뱃머리 양쪽으로부터 물살이 뻗어져 나오고 물방울이 튀어 올랐다. *닻 올리자 배 떠나니 이제 가면 언제 오오…… 만경창파에 가시는 듯 돌아오오…….*

옹주는 어느새 지그시 눈을 감았다. 그는 옹주에게 신세를 갚고 싶었다. 하지만 어쩌면 옹주에게 들려주는 노래라기보다 스스로에게 불러주는 노래인지도 몰랐다. 그는 배 위에 앉아 햇빛에 반짝이는 수면을 바라보는 자신을 상상했다. 멀고 깊은 바다로 나가서 시름을 던지고 돌아오고 싶다. 아니 한동안 그곳에 머물고 싶었다.

해 다 지고 저문 날에 새는 깃을 찾아 무리무리 날아드는데…… 밤은 깊어 갈 길조차 희미하오…… 배는 다시 돌아왔고 노래는 끝났다.

마지막 호흡을 길게 음미하고서 그는 가야금을 조용히 옆으로 밀어놓았다. 옹주의 눈이 천천히 열렸다.

"매일 그대의 노래를 들으면 얼마나 좋을까요."

옹주의 볼이 붉게 물들었다.

"제 부친께서 즐겨 부르는 노래입니다."

국영의 말에 옹주가 환하게 웃었다.

궁에서는 그가 노래를 부르고 다닌다는 — 한 번밖에 부르지 않았음에도 — 소문이 난 지 오래였다. 한번 돌기 시작한 소문은 또 모습을 바꿔가고 있겠지. 어쩌면 홍국영이 옷을 벗고 춤까지 춘다고 할지도 모르지. 그는 상처받지 않는다. 소문이란 본래 그런 것이니까.

공기가 차분히 가라앉았고 그는 옹주에게 허리를 굽혀 인사하고는 방을 빠져나왔다. 영선당 뜰에서 그는 잠시 눈을 감았다. 공기는 차고 깨끗했다. 문득 등 뒤로 인기척이 느껴져 돌아보니 옹주가 서 있었다.

"마마, 밖까지 이렇게…… 몸이 얼겠습니다."

"이제 동궁과 궐 밖으로 나가지 마십시오. 궐 밖에서 동궁을 기다리는 사람들이 있어요. 설마 동궁 몸에 위해를 가하지는 않겠지만 지니고 있는 물건을 훔친다거나 소란이라도 나면…… 성상 앞에서 동궁을 망신시키려 들 겁니다."

옹주가 그의 소매를 잡았다.

"서연도 열어선 안 됩니다. 서연에서 오가는 말과 행동, 그 어디에 어떤 함정이 숨겨져 있을지 몰라요. 눈곱만한 흠이라도 찾으려 들 겁니다." 옹주의 말은 다급하게 계속 이어졌다. "오라버니도…… 버티고 버티다 천천히 무너진 거예요. 난 동궁이 무너지길 원치 않아요." 그녀가 말을 멈추고 그의 눈을 보았다. "홍설서가 보기에 동궁은 강한가요?"

옹주는 찬 공기 때문인지 떨고 있었다. 그도 덩달아 몸이 떨리는 것 같다. 그는 옹주의 말을 이해하는 데 조금 시간이 걸렸다.

"마마! 저하는 이겨낼 겁니다. 그런데 왜 제게……."

그때 건물 기둥 뒤로 검은 그림자가 살짝 움직이는 것이 보였다. 감시의 눈!

"노랫값이라고 해두죠. 멋진 노래에는 턱없이 부족하지만요." 그렇게 말을 하는 옹주의 얼굴은 쓸쓸해 보였다. 그녀는 그의 옷자락을 놓더니 몸을 돌려 건물 안으로 천천히 사라졌다.

동궁의 일상은 낮에는 대전에 있다가 밤늦게야 처소로 돌아와 눈을 조금 붙이고 아침에 다시 왕에게 달려가는 일의 반복이었다. 옹주의 충고를 따르고 말 것도 없이 궁 밖에 나갈 일도, 서연이 열릴 수도 없는 상황이었다.

오른쪽 날개에 기대어

동궁은 요즘 극도로 언행에 조심하고 있었다. 왕이 무武를 싫어한다 하여 좋아하는 활쏘기도 그만두었고 낮에는 병간호로 왕의 곁을 지키고 밤에는 잠을 줄여가며 책을 읽었다.

그럼에도 궁 안팎에서는 동궁에 대한 악의적 낭설과 뜬소문이 파다했다. 동궁이 궁 밖을 나갔을 때 호위무사들의 과잉 경호로 백성 여럿이 다쳐 앓아누워 있는데 어디에 하소연도 못 한다는 말이 돌았다. 어처구니없는 얘기였다.

동궁이 춘방에서 술을 마신다는 소문도 있었다. 왕은 역대 왕중 금주에 가장 엄격했고 제사에도 술을 사용하지 못하게 했다. 매일 일기를 쓰면서 말 하나 몸짓 하나라도 왕의 눈에 벗어나지 않으려 애쓰고 있는 동궁이었다. 성군이 될 자질을 갖췄다는 소문이 나도 모자랄 판에 술을 빚어 마신다니.

지금도 까마귀 같은 자들이 동궁을 음해하는 말들을 한 방울 한 방울 왕의 귀에 흘려 넣고 있을지 모른다. 사람들이 동궁 주변에 몰려가서는 왕의 시대가 갔다고 속삭인답니다, 동궁이 권력승계가 미루어지고 있는 것에 불만을 품고 발톱을 갈고 있다고 합니다…… 사도세자에 대해 그랬던 것처럼 왕의 의심병을 자극할 것이다.

며칠 전 건물 마루에서 또다시 종이쪽지가 발견되었다. 동궁이 아비의 원수를 갚을 거라며 죄인의 아들은 왕이 될 수 없다는 글이 적혀 있었다. 풍문의 힘은 섬뜩할 정도로 위력이 있었고, 백성들에게 외면당하는 자에게는 왕의 자리도 없다는 걸 저들은 너무나도 잘 알았다.

가을빛이 짙어가는 아침. 회색 기와 아래 자주색 문을 지나 동궁과 후겸이 존현각 뜰로 들어서고 있었다. 후겸은 동궁 옆에서 무언가를 계속 말하고 있다. 동궁은 뒤따르는 내관과 나인들을 멀리 세워둔 채 계단 위로 올랐다.

"어제 일이 맞는 일입니까?" 달라붙듯 동궁을 따라 방으로 들어온 후겸이 따지듯 물었다. "성상의 명을 저하께서 반포하지 말라고 명하셨다면서요? 성상의 명령은 감히 임의대로 거두지 못하는 법입니다."

왕은 요즘 다리 부종으로 힘겨워했고 눈에는 붉은빛이 감도는 흰 막이 끼어 특유의 예리한 눈빛을 잃은 지 오래였다. 저 희미한 눈이 감기면 한 시대가 끝나리라! 왕의 눈을 보며 사람들은 그런 생각을 하고 있었다.

왕은 온종일 누워 있다가 탕약을 마실 때만 자리에서 일어났다. 정신이 온전치 못한 상태에서 말을 내뱉기 일쑤였고 왕의 말은 누가 곁에 있는지에 따라 다른 모양과 색을 띠었다. 위험한 상황이라 판단한 동궁은 가능한 한 왕의 곁을 떠나지 않았다. 동궁을 빼고 왕 가까이 있는 사람은 셋. 홍인한, 화완옹주, 정후겸. 홍인한은 삼정승 중 한 명으로 왕의 건강을 살피는 책임을 맡았고 화완은 딸이라는 자격으로, 정후겸은 외손의 이름으로 매일 병문안을 했다.

왕이 사리에 맞지 않는 말을 하면 동궁은 그 뜻을 다시 물어 확인했다. 하지만 불순한 기운이 ― 그것은 왕좌를 살라 태울 수도 있는 것이었다 ― 어느 틈에 곁으로 다가올지는 예측할 수 없었다.

왕도 자신의 상태를 잘 알았고 시종들에게 자신의 말을 함부로 옮기지 말라고 주의를 주었다. 그럼에도 잘못된 지시가 걸러지지 않을 가능성은 상존했다. 어제 아침 동궁이 잠시 자리를 비운 때 또 일이 있었다. 헛소리를 시작한 왕이 어명이니 속히 알리라고 소리쳤다. 대전 내관이 급히 왕의 말을 받아 적고는 승정원에 명을 전하러 대전 문밖으로 나갔고 동궁이 이를 알고는 급히 사람을 보내어 멈춰 세웠다. 후겸이 그 일을 알고 춘방에까지 동궁을 쫓아온 것이다.

"그걸 내가 모를까요? 승정원에 명령한 것이 아니에요. 내관이 승정원에 가기 전에 멈춰 세운 것뿐입니다." 자리에 앉으며 동궁이 억울함과 답답함이 뒤섞인 얼굴로 말했다.

"제가 잘못 들었다는 말씀이십니까?"

"내가 거짓말을 하겠소? 어제 있었던 일은 지금 말한 그대로입니다."

후겸이 믿지 못하겠다는 얼굴로 자리에 앉았다.

"괴이한 말이 돕니다. 당초 내관이 알리려던 말도 성상께서 친히 말씀하신 것이 아니라 하더군요."

후겸의 말에 동궁은 무언가 속에서 툭 튀어나오려는 걸 급히 눌렀다. 표정을 감추세요! 동궁은 국영의 목소리를 떠올린다. 마음을 다스리세요. 속마음을 숨기는 기술을 익히고 때에 따라 여러 목소리를 가지셔야 합니다. 형용할 수 없는 모욕감을 느끼더라도 저들의 얘기를 듣고 틈을 찾으세요. 국영은 또 말했다. 화를 내야 할 때 때론 의미심장한 미소를 보여보세요.

"그대의 말은……" 동궁의 얼굴에 미소가 나타났다. "내가 성상의 말을 지어내고는 마음에 들지 않아 다시 스스로 거두어들였다는 뜻인가요?"

"그러실 일이야 있겠습니까? 그런 있을 수 없는 말이 돈다는 것입니다." 후겸은 쉬이 흥분하지 않는다.

할 말이 남은 걸까. 후겸은 방을 나갈 마음이 없어 보였다.

"성상의 환후가 좋지 않아요." 동궁이 말을 돌렸다. "탕약이 효험이 없는 듯한데 바꾸는 게 좋겠어요. 대부께 일전에 말씀드렸더니 어의가 만든 탕약을 어찌 쉽게 바꾸겠느냐 하더군요."

동궁은 오랜 기간 왕의 병 수발을 들었고 의약에 밝았다.

"일시적인 환후일 뿐입니다. 말씀하실 때도 큰 문제가 없습니다. 모두가 그리 느끼고 있지요."

일시적이다? 동궁이 후겸의 말을 속으로 곱씹었다.

"그런데……" 후겸이 고개를 살짝 꺾는다. "무슨 큰일이라도 난 듯이 염려하시는군요. 저하께서는 늘 그러셨지요."

후겸이 이쯤 하겠다는 듯 말끝을 흐렸고 동궁이 그 말이 언뜻

이해가 되지 않아 눈을 가늘게 떴다.

"저하께서 매번 이런 반응을 보이시니 어찌 해석해야 할지 모르겠습니다. 조정과 백성들이 동요할 수 있습니다."

묘한 추궁이었다.

"며칠째 잠도 제대로 못 주무시고, 어젯밤에도 헛소리를 하셨는데 어찌 걱정이 안 되겠소? 음식도 죽이나 미음만 드시고 있어요. 요즘은 묽디묽은 미음도 넘기지 못하고 계세요."

애써 붙들고 있던 자제심의 끈이 끊어졌고 동궁은 아차한다. 흥분은 저들이 좋아하는 것이다. 냉정해지지 않으면 틈이 드러난다. 틈이 생기면 벌어지기 마련이고 그러면 어떤 것도 비집고 들어올 수 있다.

후겸의 얼굴에 결국 동궁이 우려하던 그 미소가 나타났다. 아직 넌 많은 부분이 부족해! 하고 재미있어하는 표정. 동궁은 낭패감을 느낀다. 분명 아니, 적어도 조금은 그랬다.

"오늘 저와 같이 성상을 뵙지 않았습니까. 얼굴색이 여전하셨지요. 아닌가요?" 후겸은 여유롭게 미소 짓고 있었다. "저하의 이런 걱정을 저 혼자 듣는 것이야 문제가 있겠습니까? 하지만 사람들은 다른 뜻이 있다고 생각할지도 모르지요."

동궁은 숨을 들이쉬었다. 호흡이 흐트러져서는 안 된다. 몸으로 들어오고 나가는 숨이 흔들리면 정신도 흔들리게 된다. 국영이 말하기를 정참판은 머리 회전이 놀랍도록 빠른 데다 언제나 냉정함을 유지할 수 있는 자라고 했다. 오늘 그 말뜻을 새삼 깨닫는다. 이렇게 대화가 흘러가서는 득 될 것이 없다. 말을 만드는 것은 저들이다.

"생각해보니 그대 말이 맞는 것 같군요. 내가 좀 예민해져 있는 모양입니다. 앞으로는 말을 좀 더 조심하도록 유념하지요."

동궁의 말에 후겸의 눈이 그윽해지더니 얼굴에 만족스러운 빛을 띠우고 그제야 방을 나갔다.

간만에 허락된 시간이었지만 동궁은 편하게 눈이라도 붙여볼 마음이 사라졌다. 그때 국영과 민시가 방으로 들어섰다. 후겸이 왔다 갔다는 말을 들었는지 굳은 얼굴들이다.

"저하! 시간이 되십니까?"

"우리가 모이면 말을 만들어내는 자들이 바빠질 텐데요."

두 사람의 등장에 동궁의 얼굴이 밝아졌다.

"저하께서 그자들을 걱정하시는 건가요?"

국영은 동궁에게 걱정할 사람이 누구인지 상기시킨다.

"물론 아니지요. 그런데 내가 그대들을 만나서 조정의 중요한 일을 논의하고 신하들을 평가하고, 또 뭐라던가요. 내가 저자들을 마음으로부터 미워한다고."

"그건 사실 아니었던가요?"

국영은 일부러 표정을 밝게 했다. 동궁의 기분을 조금이라도 풀어주고 싶다. 아니, 사실 그 자신이 억지 농담이라도 해서 웃고 싶은 심정이었다.

"홍사서가 잘못 알고 있습니다." 국영은 얼마 전 춘방 소속 정6품 사서司書가 되었다. 그보다 과거에 늦은 민시는 정5품 문학文學이다. 그는 아무래도 좋았다. "난 미워하지 않아요. 마음으로부터 미워한다는 말은 더 억울합니다." 동궁의 얼굴은 이제 평온을 되찾았다. "사실 아바마마가 돌아가시고 난 우울한 감정에서 헤어나지 못했어요. 어린 나이라 성상 앞에서도 표정이 그대로 드러났을 겁니다. 그때 성상이 나에 대해 정을 떼지 않도록 늘 날 감싸주고 칭찬해준 사람이 고모님이에요. 홍대부도 그렇습니다. 조정에서 말하고 행동하는 법, 그리고 사람들을 대하는 태도와 관계를 맺는 법 모두 홍대부에게 배웠습니다. 내게 그런 고마움이 있어요." 동궁이 자신의 맘을 알겠느냐고 묻는 얼굴로 국영과 민시를 보았다.

"하지만……" 동궁이 잠시 머뭇거린다. "나는 그 사람이 누구든 인척은, 인척은 정치에 관여해서는 안 된다고 생각합니다."

인척이라…… 국영은 동궁의 인척들을 하나하나 떠올려본다. 그런데 내가 동궁과 몇 촌이었더라?

"난 성상의 탕평이 실패했다고 생각해요. 당파는 이제 의미가 없습니다. 난 새 생각을 가진 사람들로 조정을 채우고 그들을 끊임없이 설득하며 나라를 이끌 겁니다. 신하들이 아니라 백성들을 바라보고 정치를 할 거예요."

동궁의 말에 둘은 천천히 고개를 끄덕였다. 말 그대로가 동궁의 생각이라고 국영은 이해했다.

"또 대전으로 가셔야지요?" 민시가 차분하게 말했다.

"아닙니다. 그대들을 만나려고 기다렸던 것입니다."

동궁은 친밀함이 가득 담긴 시선을 — 이건 특별한 무엇이다 — 둘에게 선물로 준다.

"그런데 그대들을 춘방에서 내보내라고 여러 번 얘기하더군요. 특히 홍사서를 가까이 두는 것은 자신들과 척을 지게 되는 일이라고."

인한은 요즘 궁에서 국영을 마주칠 때마다 경멸이 담긴 싸늘한 눈빛으로 그를 쏘아보곤 했다. 조금 떨어진 거리에서도 그 냉기와 가시가 느껴질 정도였다. 국영은 빈틈을 보이지 않으려 했지만 이미 그들의 표적이 된 건 어찌할 도리가 없었다.

궁에서 사람들은 요즘 홍국영이 동궁의 우익右翼이 되었다고 떠들고 다닌다. 오른쪽 날개라…… 국영은 그 말을 듣고 생각했다. 그렇게 되면 동궁은 더 높이 그리고 더 빠르게 날아야 할 거라고.

"아, 내가 얘기했던가요? 홍사서가 하마터면 제주에 갈 뻔했어요." 동궁이 뭔가 재미있는 얘기를 들려주겠다는 얼굴이다.

"제주요?"

"제주에 재해가 심해 조정에서 조사관을 파견해야 하는데 홍사서를 보낸다고 하더군요. 내가 미리 알았기에 망정이지. 성상께 말씀드려 절대 안 된다고 했지요."

"축하하네!"

민시가 불쑥 말했고 영문을 몰라 국영이 민시를 쳐다봤다.

"그만큼 자네를 위험하다고 보는 거겠지. 자네가 춘방을 비우기를 원한다는 뜻일 테니까. 아마, 제주로 가는 길에 자네가 배와 함께 바닷속에 가라앉기를 바랐는지도 몰라."

"그랬을까? 그래도 그 섬은 한번 가보고 싶었는데. 좋은 기회를 놓쳤군."

그는 동궁이 막지 않았더라도 성상이 자신을 제주로 보내는 일은 없었을 거라고 생각했지만 그래도 아쉬운 마음이 든다.

"또 다른 얘기도 있어요." 동궁이 계속한다. 내가 홍사서와 이번 과거 정시庭試 합격자에 대해 이러쿵저러쿵했다는군요. 누구누구는 부정으로 합격한 자다. 이렇게 말하면서요. 정참판이 와서는 언제부터 동궁이 과거 일에도 관여를 했냐고 언성을 높이더군요. 부정이 있었는지 어찌 아느냐고 따지면서요. 요즘 정참판의 눈에서 난 가끔 살기를 봅니다."

후겸은 때론 노골적인 협박으로 때론 은근한 위협으로 — 두 방식이 적절히 합쳐질 때의 힘을 인식하고 있음이 분명하다 — 동궁을 압박하고 있었다. 군불을 때며 계속 구들장을 덥히듯이.

며칠 전 과거시험에 대해 얘기를 나눈 것은 사실이었다. 힘 있는 자들, 특히 한양 명문가 출신들만 과거에 합격해서야 되겠냐고, 되레 과거시험이 신분을 고착시키고 조선의 인재를 망가뜨리는 것 같다고 국영은 말했다. 사실 그는 유교 신봉자들을 뽑는 과거시험을 없애야 한다고 생각했다. 뭐, 그 정도의 걱정이었다. 수학, 과학, 기술을 과거에 포함시키고 역사도 중국 역사가 아니라 우리 역사를 공부하게 해야 한다고. 그는 그런 말을 할 입장은 아니어서 그 대화를 기억하고 있었다. 내용이 보태지고 과장되는 경우는 있어도 후겸의 정보는 대개는 정확했다.

"이 일로 무슨 옥사라도 일으키려 하느냐고 내게 따지더군요." 그 기억이 떠오르는지 동궁이 얼굴을 찡그린다.

옆을 보니 민시의 표정이 자못 심각하다. 민시는 동궁과 속 깊은 얘기는 나누지 않는 듯했고 엄연히 신하라 할 수 있는 후겸이 동궁에게 소리치고 다그친다 하니 충격을 받은 듯했다.

"또 있나요?" 국영이 물었다.

"이런 얘기는 재미없지 않습니까?"

동궁의 목소리는 다시 가라앉았다.

"전혀요. 제가 이야기를 사랑한다는 건 아시잖아요."

돌아가는 상황을 알려면 가능한 한 모든 일을 알아두어야 한다. 국영의 말에 동궁의 다시 표정이 살아났다.

"홍사서가 북촌 사람들을 다 없애라고 했냐고 따져 묻더군요." 북촌 사람이라면 인한 쪽을 말하는 것이다.

"그래야 하나요?"

"내 의견을 묻는다면, 난 말리지 않겠네."

민시가 불쑥 끼어든다. 민시가 하는 말은 뭐든 진지하게 들린다. 동궁이 잠시 민시에게 눈길을 주더니 다시 국영을 보았다.

"내가 이 자리에 있는 것이 다 외가와 자기 집 덕택이라고 하더군요."

외가라면 홍인한, 자기 집이라면 화완옹주와 정후겸 자신을 가리키는 말이리라.

"그리 슬픈 얼굴은 하지 마세요. 난 이제 울지 않습니다."

그의 마음이 눈빛에 드러났을까. 동궁이 국영을 다독인다.

후겸은 정말 끝까지 가려는 걸까. 실패한다면? 그땐 돌이킬 수 없을 것이다. 위험천만한 줄타기. 줄에서 떨어질 수도 있다는 생각은 하지 않는 건가. 아니 어쩌면 이건 후겸의 결정이 아니라 동궁이 강요한 것일 수도 있다. 그는 불현듯 그런 생각이 들었다.

"그런데 저들은 날 손아귀에 틀어쥐고 있다고 생각하는 모양입니다." 동궁의 음성은 나직하지만 분명히 들렸다. "그렇게 생각한다면 내겐 오히려 다행이지요."

"……."

"정참판과 홍대감은 묘한 관계지요." 동궁의 눈에 어떤 빛이 순간 나타났다 사라지는 걸 보며 국영이 대화를 이었다.

그는 후겸과 인한이 지금은 힘을 합친 형세지만 둘의 동맹이 실제 굳건한지 의심이 들었다. 의심과 불신은 다만 겉으로 드러나지 않았을 뿐이다.

"며칠 전 대전에서 성상을 뵙고 나오며 홍대감과 정참판이 말다툼을 했다는군요." 국영이 동궁의 표정을 살피며 말한다. "정참판이 정색을 하고는 홍대감에게 쏘아붙였다 합니다. 말을 정확히 옮기면, '내가 우상 쪽 사람들 수십 명에게 자리를 주었는데 나를 아랫사람 대하듯 말하십니까?'라고 했다는군요." 그는 자신도 모르게 후겸의 표정과 말투를 흉내 내고 말았다. "정참판의 말보다는 당황하는 우상대감의 모습을 처음 보았다고 대전 사람들이 놀랐다 합니다."

동궁이 작게 고개를 끄덕이더니 돌연 살며시 웃었다.

"그런데 그런 얘기는 어디에서 듣소?"

"홍사서는 궁 안에 친한 내관, 나인들이 많습니다. 우리가 지금 이만큼 버티는 것도 홍사서의 정보력 덕택이지요."

민시가 대신 대답한다.

내관, 나인들, 특히 나인들은 그를 좋아했다. 나인들은 그와 대화를 나누면서 까르르 웃는 것을 좋아했고 웃음소리에 또 다른 나인들이 국영을 둘러쌌다. 그들은 그가 묻지 않아도 그의 관심사가 무엇인지 알았고 바로 그 얘기를 겉저고리에 숨겨오곤 했다. 국영은 여자들 틈에 있을 때 훨씬 편안해 보였고 그들과 허물없이 대화를 나눌 수 있는 재능이 있었다.

"정참판이 궁 안에 갖고 있는 눈과 귀에 비하면 턱없이 부족합니다."

춘방 어느 곳에 어떻게 덫이 놓여 있는지는 알 수 없는 상황이었다. 춘방 사람들은 돈과 선물 그리고 또 다른 무언가로 매수되었고 ― 그들 외에도 수많은 도둑고양이들이 춘방을 드나들었다 ― 그들은 동궁의 사소한 말과 동작 하나하나까지도 밖으로 실어 날랐다.

국영도 가만히 있지는 않았다. 인한과 후겸의 수족들로 의심되는 사람들을 이런저런 이유를 들어 조심스레 한 명 한 명 춘방에서 내보냈고 그 자리를 공평무사한 자들로 채워나갔다.

후겸과 인한도 지금쯤이면 눈치를 챘을 테지. 자기 사람들이 어느새 상당부분 잘려 나갔다는 것을.

"으음……." 작은 신음과 함께 동궁의 안색이 어두워졌고 짙은 눈썹은 더 짙게 보였다.

다시 침묵이 찾아왔다.

"일을 진척시켜야 할 것 같습니다." 국영은 그동안 마음에 담아두었던 말을 조심히 꺼내본다. 계속 이렇게 수세적으로 갈 수는 없다. "성상께서 대리청정을 말씀하시도록 해야 합니다."

"청정을요?" 동궁이 놀라 되물었다.

"그 말을 신하들이 먼저 꺼낼 수는 없네." 민시가 끼어든다.

맞는 말이다. 대리청정 얘기는 신하가 꺼낼 수 없는 얘기다. 그것은 동궁도 마찬가지. 그 말은 왕의 입을 통해 나와야 한다.

그러지 않으면 살아 있는 왕 앞에 수의를 들이미는 행동이 될 수 있다. 또, 설령 왕이 그런 명령을 내렸다 해도 조정 신하들 중 어느 누구도 '분부를 따르겠나이다.' 하고 나서지는 못하겠지. 잘못 처신하면 언젠가 잔뜩 독이 오른 재앙이 그들의 집으로 찾아가 — 심지어 자손에게까지 — 문을 두드려댈 수 있을 테니까. 신하들도 그쯤은 알았다. 최소한 몇 번은 머리를 땅에 찧으며 불가하다고 눈물을 흘려야 한다. 과거에도 대리청정이라는 이름으로 왕이 세자에게 권한을 위임한 적이 있었다. 사람들은 그 씁쓸한 기억을 잊지 않고 있었고 그로부터 교훈을 얻었다.

국영은 여전히 왕의 의중을 읽을 수 없었다. 누가 봐도 날이 얼마 남지 않았는데 왜 아직 왕위를 넘기지 않는 걸까. 어쩌면 건강이 회복되기를 내심 바라고 있는 건가? 아니면 동궁의 이복동생들이라는 대안을 완전히 버리지 못한 것인지도 몰랐다.

이 모든 혼란의 원인은 왕의 머뭇거림 때문일 수도 있었다. 그리고 그가 아는 왕은 죽기 전까지 왕좌에서 내려올 위인이 아니었다. 그는 병석에 누워 오락가락하는 왕을 쳐다만 보고 있어야 하는 것이 불안하고 답답했다. 뒤에서 폭풍이 들이닥치고 있는데 배를 항구에 대지 못하는 뱃사람의 심정을 알 것 같았다. 동궁은 하늘과 선왕들이 자신을 보호해줄 거라고 했지만 그에게는 그 말이 기우제를 지내자는 말로 들렸다.

"제가 움직여보겠습니다."

국영의 말에 동궁의 눈이 커졌다.

"저하가 대리청정을 하고 있어야 저들이 딴생각을 품을 수 없습니다. 문제는 누가 성상께 이 얘기를 꺼내느냐인데……."

"그러니까 그걸 누가?" 민시가 국영을 보며 묻는다.

"화완옹주!"

"……."

"저하! 그게 무엇이든 홍사서 말대로 우리 쪽도 뭔가 방책을 세워야 합니다. 계속 이렇게 방어만 하는 것은 위험합니다." 민시가 말했다.

"음……." 동궁의 한숨에 답답함이 묻어났다.

국영은 생각을 집중하고 지금의 상황을 다시금 정리했다. 지금 조정에서는 심적으로 저하 편에 선 자라도 감히 나서서 저하를 옹호하지 못하고 있다. 그래서 어쩌면 적들은 모두가 자신들의 편에 섰다 믿고 이 승부에서 이길 수 있다고 생각하고 있는지도 모른다. 그래! 당분간은 그렇게 생각하도록 두자! 지나친 자기 확신과 자만으로 판단력이 흐려지도록. 인생에 단 한 번의 전투가 있다면 아마 지금이 그때일 거야.

"홍사서."

동궁이 생각에 잠긴 그를 불렀고 국영은 자신의 앞에 앉아 있는 동궁의 눈을 보았다. 그리고 속으로 '무슨 말씀이 하고 싶으신가요?' 하고 물었다. 둘은 이제 서로의 눈을 들여다볼 수 있는 사이가 되었다.

"걱정됩니다. 저들이 어떤 일을 벌일지. 저들이 특히 홍사서를 원수로, 눈엣가시로 여깁니다. 난 느낄 수 있지요. 나한테야 직접 해를 입히지는 못하겠지만 그대는 조심해야 합니다. 말 한마디, 음식 하나하나, 궁을 오가는 길목이든 뭐든 매사에."

"……."

"근무를 조정해줄 테니 오늘부터는 항상 김시직과 함께 움직이세요. 춘방 군사들도 필요하면 사용하세요."

"알겠습니다." 그가 작게 고개를 끄덕였다. 그렇지 않아도 궁 안을 걷다 보면 뭔지 모를 불쾌하고 섬뜩한 기운에 소스라치게 놀라는 때가 있었다. 집과 궁을 오가는 길에서도 눈을 굴리며 주위를 두리번거렸다. 지난밤에는 거대한 저울에 올라가 있는 꿈을 꾸었다. 저울 한쪽이 점점 기울어졌고 그는 떨어지지 않으려 애써 버티다 눈을 번쩍 떴다. 누군가가 자신의 목숨을 달아 보고 있다는 생각에 영 기분이 좋지 않았다.

후겸은 이제 티 나게 세를 과시하고 있었다. 모임은 주로 도성 밖 수화의 집에서 열렸고 그 집에 초대받지 못한 사람은 춘방에 있는 국영과 민시 정도일 만큼 조정 사람들은 그 모임을 연일 화제 삼았다. 그의 귀에 종종 평양, 기생, 이런 말이 섞여 들려왔다. 반면 국영의 집을 찾는 손님은 끊겼고 그에게 호의적이었던 중신들도 조심스레 그를 피했다. 춘방에서도 그는 경계와 시기의 대상이었다. 하유의 말에 의하면, 춘방 관료들은 모이기만 하면 국영 얘기를 했고 눈빛에 적의를 띠고 어떻게 하면 그를 춘방에서 내보낼지, 심지어 제거해야 한다는 말까지 나돈다고 했다. 국영은 그 얘기를 웃어넘겼지만 자신이 예민해져가고 있다는 걸 아니, 어쩌면 약해지고 있다는 걸 — 그 둘은 잘 분간이 되지 않았다 — 부인하긴 어려웠다. 신경이 조금씩 두들겨 맞는 느낌이었고 그 충격은 몸에 고스란히 쌓여갔다. 그는 어느 때보다 상처받기 쉬운 상태였다. 자신에 대한 의심이 싹텄고 미래에 대한 확신은 없었다. 아직은 버텨야 한다고, 동궁보다 자신이 먼저 무너져서는 안 된다고 마음을 다잡았다.

"처음에는 그대에 대해 조금 의심을 했습니다." 동궁이 국영의 눈동자에 시선을 고정했다. "저들 편이라고 볼 많은 정보가 있었으니까요."

그랬을 것이다. 조정의 모든 사람들이 그렇게 알고 있었으니까.

"난, 홍사서가 군대를 이끌고 궁에 쳐들어오는 일만 아니라면 어떤 일을 해도 용서할 겁니다." 동궁의 마음이 전해져온다. 하지만 그가 느끼는 감정은 기쁨보다는 가슴을 울리는 무엇이다. "그대가 내 곁에 오래 머물러줬으면 좋겠어요. 난 아직 모르는 게 많습니다."

"저하……." 그는 무언가를 말하려다 그만둔다.

그때 밖에서 날카로운 외침 소리가 났고 우르르 사람들이 몰려오는 발소리와 함께 방문이 열렸다. 사색이 된 나인의 얼굴이 나타났다.

"동궁 저하! 박내관이……."

국영이 벌떡 자리에서 일어나 방을 나섰다. 복도엔 박내관이 배를 움켜쥔 채 신음 소리를 내며 쓰러져 있었고 그 곁에 나인 서넛이 걱정스러운 얼굴로 서 있었다.

"무슨 일인가?" 동궁이 그의 뒤로 다가서며 말했고 박내관이 천천히 고개를 들었다. 고통스러운지 얼굴이 일그러져 있다.

"저하, 제가 다과의 맛을 보고 방으로 들여보냈는데 갑자기 배가 칼로 찌르듯 아파서 급하게 달려오는 길입니다."

"독인가?"

"모르겠습니다."

"밖에서 도둑고양이 한 마리를 잡아올까요?" 독이 든 음식인지 확인해보자는 뜻으로 나인 하나가 말했다.

"아니! 그것도 하나의 생명 아닌가?"

국영이 말을 하고는 손을 뻗어 나인이 들고 있는 소반 위에서 약과 하나를 조심스레 집었다. 이어 조금 베어 물고는 맛을 음미하려는 듯 눈을 감았다. 모두가 걱정스러운 눈으로 그를 지켜봤다. 주위로 팽팽한 긴장감이 흘렀다.

"음…… 목이 따끔거리기 시작했어. 뭔가 슬슬 배에 반응이 오는데." 그가 말을 하고는 눈을 떴다.

"저하! 어떻습니까? 독이 맞지요? 적은 양에도 반응이 이 정도라면……."

"그런 것 같네. 잠시만!" 동궁이 뒤돌아 방으로 들어가서는 책상 서랍에서 작은 병 하나를 꺼내와 그에게 건네준다. 해독제 비슷한 것인 모양이다. 국영이 병을 받아 먼저 박내관에게 건넸다. 박내관이 약을 마셨고 이어서 그가 받아 마셨다.

나인들은 사색이 되어 고개를 떨구고 바들바들 떨고 있었다. 자신들의 짓이라고 의심받는 것이 두려운 듯했다.

"저하, 이번 다과는 생과방에서 직접 가져온 겁니다. 범인을 잡으려면 생과방에서 일하는 사람 전체를 조사해야 합니다." 박내관이 여전히 힘겨워하며 말했다.

"이 일은 밖에선 몰라야 한다. 만약 새어 나간다면 엄히 책임을 물을 것이다. 알겠느냐!" 동궁이 말끝에 힘을 주었고 나인들이 다시 한번 고개를 크게 조아렸다.

저하에게까지 직접 위해를 가하려는 건가? 그런데…… 독이 치명적일 정도가 아닌 건 실수일까? 아니라면 공포를 극대화하기 위한 것? 언제든 끝낼 수 있으니 이쯤에서 무릎을 꿇으라는 뜻으로?

六

잠도 자지 않고 고민하고 책을 보면서

그런 왕이 되기를 꿈꾸셨습니까?

끝까지 포기하지 않고 무릎 꿇지 않는 게

저하 아니셨던가요?

사랑은 늘 그곳에 있었지

(영조 51년, 1775년 겨울)

집 담장 끝, 수화가 보였고 그녀 옆엔 이전에 본 적이 있던 심
부름꾼 사내가 서 있었다.

"어떻게?"

국영이 수화에게 다가갔고 두 팔로 그녀의 팔을 잡았다.

"저, 평양에 가요. 아버지가 아파요."

수화는 후겸이 손님들과 나누는 얘기를 들으며 돌아가는 일
을 알게 되었다. 국영이 사람들에게 공공의 적이 되어 있다는
사실도. 국영이 없어지면 동궁은 무너질 거라는 말도 여러 번
들었다. 그 뒤로 수화는 그에게 도움이 될 만한 정보들을 여러
번 전해왔다.

"우리가 처음 만난 날이 생각나요." 수화가 머리를 가리고 있
던 장옷을 내리며 국영을 바라보았다. "한양에 와서 새로움도
잠시, 다시 이전의 삶과 같은 처절한 공허가 찾아왔어요. 그때
였죠. 이제 그만 고향에 가서 생을 끝내도 되겠다는 생각이 든

게. 그리고 그즈음 부잣집 도련님들 모임에 불려갔다가 당신을 보았어요. 당신이 제게 말을 걸어줬죠. 그 순간 죽어 있던 제 영혼에 새로운 숨결이 들어왔지요. 살고 싶다는 생각이 들었어요. 세상엔 아직 아름다운 것들이 많이 남아 있는 것 같았고요. 그 뒤로의 인생은 덤이었어요."

"그날은 내게도 특별한 날이었지."

국영이 살며시 그때 생각에 젖어들었다.

"……정대감과는 끝났어요. 제가 부족했나 봐요. 그 사람에게 썩 도움이 되지 못한 것 같으니까. 외로움이 깊은 사람이에요. 세상에 다른 길이 있다는 것도 알지 못하는 것 같고요. 한 곳만 바라보는 사람이죠."

"……"

수화의 시선은 그의 어깨 너머 어딘가에 머물러 있었다.

"아," 수화의 눈이 다시 그를 향했다. "알려줄 게 있어요. 정대 감이 사람들 있는 곳에서 말했어요. 내일 저녁 출궁 길 당신 몸을 상하게 할 거라고. 저 들으라고 한 말일 거예요."

"……"

"피하셔야 해요."

"그럼 넌?"

"제 걱정은 마요."

수화의 속눈썹에 물방울이 맺히는 게 보였다.

"건강할 거지?"

수화를 잡은 손에 살짝 힘을 주며 그는 오늘이 분명 마지막은 아닐 거라고 생각했다.

"부탁이 있어!" 불현듯 떠오르는 게 있었다. "지난달에 얼박의 딸이 제 아비를 평양으로 데려갔거든. 내 신세를 계속 질 수 없다면서. 둘이 평양에 있을 텐데 어찌 지내는지…… 사실 며칠 전에도 인편에 쌀과 고기를 좀 부치긴 했는데 그 뒤로 소식을 못 들었어."

수화가 작게 고개를 끄덕이며 그의 눈을 다시 똑바로 쳐다봤다.

"아, 그런데 알 수 없는 말을 들었어요. 사냥을 할 거라고. 기린이라고 했어요. 그게 뭐죠?"

"기린?"

"맞아요. 분명 그렇게 말했어요."

순간 그의 눈이 번뜩였다. 국영이 다시 물었다.

"언제지?"

수화가 그의 물음에 고개를 저었다.

다음 날 그는 군사 여럿을 데리고 궁을 나왔다. 온 정신을 집중하고 걷고 있을 때 뒤에서 휘파람 소리가 들렸다. 휙 돌아보니 한눈에 봐도 왈패인 것 같은 자들이 국영을 노려보며 간악하게 웃고 있었다. 군사들이 국영을 호위하듯 에워싸자 그들은 땅에 침을 뱉더니 사라졌다.

저치들은 본래 날 해칠 마음이 없었어. 그는 알 수 있었다.

집으로 돌아온 그는 방에서 동궁의 안위를 걱정하고 있었다. '저하가 위험하다!'

새벽부터 궁에 가려면 일찍 잠자리에 들어야 했지만 그의 머리는 쉴 새 없이 움직이고 있었다.

저하가 춘방에 오는 시간은 불규칙했다. 늦은 밤 올 때도 있고 왕 옆에서 밤을 새우고 낮에 잠시 춘방에 들를 때도 있었다. 지금은 왕 옆에 있을 테니 안전한 시간이다.

그때 익숙한 목소리가 들리는가 싶더니 방문이 조심스레 열렸다. 진이! 이 시간에?

"쉬는 날이었던가?" 반은 반기는 얼굴로 반은 의아한 표정으로 국영이 그녀를 맞았다.

"불쑥 왔네요." 진이가 자리에 앉으며 말했다.

진이는 춘방과 가까운 영선당에 있었음에도 그는 최근 그녀를 만난 적이 없었다.

"저……" 진이가 그의 눈을 쳐다보았고 그는 순간 긴장했다. "박내관과 계속 만나고 있었어요."

아…… 둘이 만나고 있었구나. 떠나간 감정이 돌아왔던가? 그럴 수도 있겠지. 그는 놀라지 않는다. 춘방과 옹주의 거처는 가까웠고 사그라졌던 불꽃은 다시 타오를 수도 있었을 테다.

그때 그녀의 허리춤에 무언가가 매달려 있는 것이 보였다. 그의 시선을 따라 진이의 시선도 아래로 향했고 곧 그녀가 노리개를 쥐어 들었다.

"아, 이거요. 그 사람이 만들어준 거예요." 진이의 목소리엔 자랑스러움과 사랑의 감정이 함께 묻어났다.

"아주 근사한걸." 건네받은 노리개 위에는 포도 조각이 새겨진 반원 모양의 나무 장신구가 매달려 있었다. "박내관은 집에 있을 텐데. 며칠째 궁에서 숙직을 했으니." 노리개에서 눈을 떼지 않은 채 그가 말했다.

"맞아요. 그러잖아도 오랜만에 그 사람 만날까 기대하고 나왔는데 갑자기 일이 있다며 궁으로 급히 들어갔어요. 전 도련님 생각이 나서 여기 왔고요."

궁으로? 순간 번쩍 든 생각에 그는 벌떡 몸을 일으켰다. 그리고 입고 있던 옷 그대로 문을 밀고 밖으로 뛰어나갔다.

그는 궁 방향으로 달린다. 설마, 아닐 거야!

춘방에 도착한 그는 알 수 있었다. 날은 어두웠지만 존현각 마당엔 알 수 없는 긴장감이 가득했다. 그때 전각 밖으로 나오던 나인 하나가 그를 보더니 급히 들어오라는 손짓을 했다. 국영은 서둘러 안으로 들어갔다. 복도 저편으로 내관과 나인들이 문밖에 옹송그려 모여서 얘기를 주고받고 있다. 사달이 난 것이 분명했다. 그가 나타나자 사람들이 자리를 비켜주었다.

방 안에 들어서자 낯익은 등이 보였다. 한 사내가 바닥에 꿇어앉아 머리를 숙이고 있었다. 그는 옆에 서 있는 나인 한 명에게 눈짓으로 설명을 요구했다.

"우리가 잡았어요! 며칠 전부터 뭔가 수상하다고 우리들끼리 얘기가 많았어요. 그런데 퇴궐했던 사람이 갑자기 다시 나타났는데 눈빛도 행동도 수상한 티가 팍 나더라고요. 손까지 떠는 걸 보고 뭔가 이상해서…… 무슨 예감이었는지 김나인과 제가 저하 방에 들어가서 숨어 있었어요. 시간이 꽤 지나도 아무 일도 없길래 괜한 일을 했는가 보다 해서 밖으로 나오려던 차에 박내관이 들어왔어요. 그리고 품속에서 뭔가를 꺼내 찻주전자 속에 넣으려는 걸……." 말을 끝맺지 못한 그녀가 고개를 숙이고 있는 박내관을 노려보았다.

311

그녀가 말을 잇지 못하자 옆에 서 있던 김나인이 이어 말했다.

"저희가 소리를 지르고 박내관을 덮쳤어요."

눈을 돌려보니 과연 바닥에 찻주전자와 찻잔이 나뒹굴고 있었다.

"왜 그랬지?"

그가 묻자 박내관이 고개를 들어 국영의 얼굴을 올려다보았다. 깊은 절망의 눈이다.

"그 일이 알려지면 죽을 거라고, 그것도 잔혹하게." 박내관의 목소리가 순간 커졌고 국영은 처음 들어보는 박내관의 음성에 저도 모르게 소름이 돋았다. "말을 들으면 신분과 이름을 바꿔서 궁 밖으로 내보내준다고 하셨습니다."

하셨습니다? 그는 그 말을 속으로 되뇌어본다. 눈앞에 후겸의 얼굴이 나타났다. 그런데 진이와의 관계를 어떻게 알았을까.

국영은 눈짓으로 내관과 나인들을 밖으로 내보냈다.

"왜 내게 말하지 않았지? 협박을 받았다고."

그 말에 박내관이 모든 걸 내려놓은 표정으로 천천히 고개를 젓고는 말했다.

"진이와 혼인을 해서 같이 살고 싶었어요. 아이도 입양하고, 행복하고 안정된 가족을 만들어보고 싶었습니다." 잠시 얼굴에 미소가 피어나는 것 같던 박내관이 감정이 북받치는지 얼굴을 바닥에 묻고 한참 동안이나 어깨를 들썩이다 고개를 들었다. "아이들에게 좋은 교육을 시키고, 우리는 좋은 아비와 어미가 될 거라고. 역시 주제넘은 욕심이었어요. 되지도 않을 일을."

가족이라…… 배신감보다 안쓰러운 감정이 인다.

"저하!" 박내관이 한마디도 하지 않고 있던 동궁을 불렀다. "저하는 어떻게든 지켜드리려 했어요. 믿지 못하시겠지만요. 변명은 아닙니다. 그저 전…… 저하! 죽여주시옵소서."

동궁은 말없이 서 있었다. 충격을 받은 걸까.

"집으로 돌아가 있게." 동궁의 말이었다.

옆에 서 있던 하유가 박내관을 일으켜 세워 방을 나갔다.

"저하, 괜찮으십니까?" 국영이 말했다.

"박내관이…… 사랑하는 사람이 있었던 모양이지? 그런데 정말로 날 죽이려 했을까?" 동궁이 천천히 고개를 저었다. "아닐 거야."

국영이 동궁의 방을 나왔을 때 나인들이 눈빛을 주고받으며 기다리고 있다가 그를 둘러쌌다.

"자네들 덕택일세. 겁도 없이 정말 대단한걸."

그가 환하게 웃으며 그녀들을 둘러보았다.

"우리도 저하 편이라고요."

나인 하나가 재빠르게 답했고 또 다른 나인이 바로 말을 보탰다.

"홍사서님 부탁이 아니었다면 이렇게까지는 못 했을 거예요."

그녀의 말에 나인들은 저마다 스스로가 대견한지 서로를 쳐다보며 고개를 끄덕였다.

다음 날 춘방에 나와 전각 주변을 빠르게 훑고 있는 국영에게 나인 하나가 다가와 무언가 나지막이 속삭였다. 국영은 이내 팔을 툭 늘어뜨리고 가만히 고개를 들어 하늘을 올려다보았다.

박내관이 집에서 목을 맸다.

잿빛 구름 하나 없는 푸르른 하늘이 그의 눈을 가득 채웠다.

꼭 그렇게 목숨까지 버려야 했던가? 가족을 갖고 싶다며 흐느끼던 박내관의 모습이 떠오른다. 그리고 어디선가 울고 있을 진이의 얼굴도. 편히 가게나. 그대는 꽤 괜찮은 사내였네. 저승에서 진이를 만난다면 그때는 꼭 사랑을 이루시게.

이건 내가 원했던 그림이 아니야. 국영은 고개를 저었다. 그리고 그는 이 싸움을 끝내야겠다고 생각했다.

왕이 잠에서 깨어 헛소리를 하기 시작했고 시중드는 자들이 놀라 달려왔다. 옆에 앉아 졸고 있던 동궁도 깜짝 놀라 자세를 고쳐 앉았다. 왕의 눈은 몽롱해 보였다. 왕이 말했다.

"중신들을 불러들여 집경당 뜰에서 잔치를 베풀라!"

오늘은 예정된 행사가 없을뿐더러 밖은 아직 여명도 없는 깜깜한 새벽이었다. 자리에 누운 채 손까지 내저으며 왕은 계속 소리치고 있었다. 당황해하는 시종들을 보며 동궁이 굳은 표정으로 고개를 가로저었다.

"상태가 좋아지시면 내가 다시 여쭙겠다. 지금 헛소리로 하신 말을 듣고 이 새벽에 신하들을 어찌 불러들인단 말인가."

날이 조금씩 밝아오고 있을 때 누가 불렀는지 홍인한이 급한 걸음으로 안으로 들어왔다. 영의정과 좌의정, 승정원 승지들이 뒤를 따랐다.

"성상께서 혼미하신 와중에 내린 말씀입니다. 사리에 맞지 않는 하교는 가리라고 누누이 말씀하셨으니, 이것도 반포해서는 안 될 일이오."

늘어서 있는 신하들을 보며 동궁이 심각한 표정으로 말했다.

방에 모인 사람들이 수긍하듯 고개를 끄덕일 때 "아니 될 일입니다!" 하는 뻣뻣한 말투가 방 안에 울려 퍼졌다. 홍인한이다.

"듣자 하니 성상께서 여러 번 말씀하셨다는데 마땅히 따라야 합니다. 신하들을 조정에 들라 해야 합니다."

인한이 고집을 피우며 동궁을 자극하고 도발한다.

신료들은 둘 사이의 일은 둘이 해결하라는 듯 고개를 숙이며 눈을 피했다. 한동안 불편한 침묵이 흘렀고 잠이 든 왕을 내려다보던 동궁이 천천히 고개를 돌렸다.

"도승지는…… 우상 말씀대로 하세요. 중신들이 집경당에 모일 수 있도록." 동궁이 입술을 깨물었다.

얼마간 시간이 흘렀고 왕은 아침 식사로 미음을 들고 있었다. 시종 한 명이 들어와서는 중신들이 집경당에 모여 있다고 왕에게 고했다. 왕의 희미한 눈이 ― 하지만 초점이 잡힌 눈이었다 ― 식사 시중을 들고 있는 동궁에게로 천천히 옮아갔다. 신하들도, 동궁도 어려워하는 그 눈빛.

"이게 무슨 말이지?"

"성상께서 신하들을 불러 모아 잔치를 열라는 하교를 내리셨습니다." 동궁이 난처해하는 표정으로 말했다.

"내가?" 왕이 작은 한숨을 내쉬며 방 안에 있는 사람들을 둘러보았다.

"그러합니다." 서 있던 시종들이 왕의 눈빛을 피해 얼른 머리를 조아리며 기어가는 목소리로 답했다.

"나를 노망난 늙은이라고 하겠군. 그런데…… 신하들이 너에게 묻지도 않고 내 헛소리를 그대로 알렸단 말이냐?"

왕의 질책에 동궁은 눈을 마주치지 못한다.

"음…… 이미 모인 자들은 간단히 의식을 행하고 돌아가도록 하라." 왕의 목소리에선 피곤함과 노기, 실망감이 그대로 묻어났다. "오늘 진료는 받지 않겠다. 모두 물러가라! 동궁도 춘방으로 돌아가라." 왕은 도로 자리에 누우며 고개를 돌려버렸다.

삼삼오오 집경당에 모여 있던 백관들이 대전에서 있었던 일을 전해 듣고는 수군대다 흩어졌다. 그렇게 동궁의 위신은 또한 번 가라앉았고 인한의 이름은 꼭 그만큼 위로 떠올랐다.

대전에서 소란이 벌어지고 있을 때 존현각 마루 위에서는 외투를 어깨에 걸치고 밤을 새운 국영이 막 눈을 뜬 참이었다. 날이 밝았고 사람들은 속살거리거나 흘깃대며 그를 지나갔다. 그의 어깨는 햇살로 하얗게 물들어 있었고 앞에는 회색빛 재가 수북이 쌓인 화로가 놓여 있었다.

근무를 교대하러 온 하유가 그의 어깨를 잡았다. 국영이 앉은 채로 기지개를 켜자 몸이 얼어 있었는지 허리에 경련이 일었다. 손을 비비고 얼굴과 귀를 문질렀다. 하유는 오늘도 예정된 시간보다 일찍 궁에 도착했다. 이 시간에 오려면 캄캄한 새벽에 집을 나섰겠지. 그는 친구의 마음 씀씀이가 고맙다.

박내관이 그렇게 떠나고 국영과 하유, 민시는 돌아가며 존현각 마루에서 화로를 끼고 밤을 새웠다. 동궁이 돌아오는 시간은 ― 근래 동궁은 처소인 흥정당에서 자지 않는다 ― 가늠할 수 없었지만 셋 중 누군가는 밖에서 동궁을 기다렸다. 전각 안에 있으면 잠이 들기 쉬웠고 바깥에서 일어나는 일의 낌새를 알아채기 어려웠다. 세 사람은 서로를 의지하며 버티고 있었지만 그들에게 궁은 사방이 트여 바람막이 하나 없는 겨울 들판처럼 느껴졌다.

국영은 춘방을 빠져나온다. 제대로 잠을 자진 못했지만 정신은 겨울 공기처럼 맑고 찼다. 땅에 바싹 붙어 있는 풀잎 위에는 밤새 얼었던 작은 얼음들이 크고 작은 물방울로 변해가고 있었다. 나뭇가지에서 거미줄이 은빛으로 반짝였다. 발이 이끄는 데로 그는 몸을 내맡긴다. 문 하나를 통과하고 또 하나, 또 하나…… 돌로 만들어진 길을 한참 걸었다고 생각했을 때 어느새 금천교를 지나고 있었다. 다리 난간 기둥에 엎드려 있던 해태가 오늘도 그를 맞이하며 웃었다. 국영이 손을 뻗어 녀석을 쓰다듬는다. 해태의 머리는 얼음처럼 차갑다.

그는 속으로 중얼거렸다. 넌 선과 악을 구분한다면서? 아무리 생각해도 우리는 나쁜 쪽은 아니란 말이지. 그러니 저하와 나, 그리고 민시와 하유를 지켜다오! 내 말 알아듣는 거야? 허리를 숙여 해태와 눈을 마주친 그는 싱긋 웃었다.

궁을 나선 그는 집으로 향하지 않고 마포강 쪽을 향해 걸었다. 궐 밖은 궁 안과는 달리 딴 세상처럼 평화롭다. 두툼한 흰옷으로 몸을 감싼 건장한 사내들이 씩씩하게 입김을 뿜어내며 스쳐 지나갔고 지게에 독을 매고 오는 상인의 이마에는 이른 아침부터 땀이 흘렀다. 하늘은 붉은 기운이 아직 남아 있었고 개천에는 안개가 피어올라 다리들이 구름 위에 떠 있는 것처럼 보였다. 남대문 밖 칠패시장은 도처에 활기가 넘친다. 그는 장터의 부산함이 늘 그리웠다.

국영은 언제나 그렇듯 팔을 앞뒤로 크게 휘저으며 걸었다. 이른 아침 푸른 관복을 입고 거리를 지나가는 그를 사람들이 수군대며 쳐다본다. 사람들의 시선이 그의 가슴을 파고들었고 그는 어깨를 쫙 폈다.

한참을 걸어 마포진에 도착했다. 강은 얼어 있었고 시간은 겨울 골짜기의 가장 깊숙한 곳으로 들어서고 있었다. 국영은 두 손을 소매에 넣고 강 위로 올라섰다. 걸어서 강을 건넜던 때가 언제였던가. 기억의 밑바닥을 건져 올리려 눈을 감았을 때 겨울 바람이 오랜만이야, 하고 인사하며 ― 아니, 그가 건넨 말이리라 ― 그의 뺨을 핥고 지나갔다. 고맙게도 몸에 달라붙어 떨어질 줄 모르던 뻣뻣한 긴장과 음습한 기운을 데려간다.

눈을 떴다. 시야는 멀리 트여 있었다. 한 걸음 내디딜 때마다 발아래 밟히는 희열이 몸을 타고 머리 위로 올라왔다. 오랜만에 느껴보는 순수한 만족감이었다.

"살이 빠졌구나."

집 마당에서 복이와 인사를 주고받고 있을 때 방문이 열렸고 이옥이 모습을 보이며 말했다. 어미는 찰나에도 자식의 상태를 알아차린다.

"아이들을 보고 온 게냐?"

그 말에 국영이 고개를 숙여 자신의 발치를 내려다보았다. 물기 젖은 신발에는 풀과 흙이 잔뜩 묻어 있었다. 아이들의 무덤을 눈으로, 손으로 쓰다듬고 오는 길이었다.

"아버지는요?"

그의 눈은 사랑채로 향했고 이옥은 조용히 창호문을 닫았다. 문살은 낡은 듯했고 창호지는 누런 얼굴로 힘이 없어 보였다. 그는 잠시 뜰에 서서 집을 둘러본다. 마당의 풀들도 꽃들도 오랜 친구를 맞아주는 듯했지만 눈길이 닿는 곳마다 왠지 쓸쓸함이 일어났다.

그는 신을 벗고 사랑채 마루에 올랐다. 왜 이곳에 있는 거지? 국영은 가만히 서서 스스로에게 묻는다. 문득 떠오르는 생각이 있다. 지난 몇 년간 날 움직였던 건 어쩌면 아니, 고백하건대 아버지처럼 살지 않겠다는 의지였을지도 모른다고.

그는 무언가를 깨달은 것처럼 작게 고개를 끄덕인 뒤 "국영입니다." 하고 소리를 내고는 방문을 밀었다. 그의 눈에 들어온 것은 겨울산이었다. 노복을 거느린 사대부 한 명이 눈 덮인 산을 올려다보고 있었다. 초로初老에 들어선 남자. 산 아래 마을엔 눈이 수북이 쌓인 초가지붕 몇 채만이 겨우 고개를 내밀고 있었다. 순간 그림 속 마을에 실제처럼 눈이 내리기 시작했다. 사방은 고요하고 눈발은 그림 속 남자의 온몸에 부딪혀온다.

낙춘은 방에 들어선 아들을 보며 천천히 붓을 내려놓았다. 낙춘의 피부는 얇고 처졌지만 얼굴만큼은 환하고 편안해 보였다. 그러나 국영의 기억 속 얼굴은 아니다. 그는 절을 하고 아버지와 마주앉았다.

"변한 것 같구나."

"아버진 좋아지셨어요." 솔직한 생각이었다.

"……."

"가끔 장터는 나가시고요?" 국영이 딴소리를 한다.

"그럼 그리는 게 좋다."

목소리와 표정에선 기분 좋은 여유가 느껴진다. 어쩌면 아버지는 장터에서 노래 부르던 시절을 흘려보내고 새로운 삶의 경로로 들어선 것인지도 몰랐다.

"도성으로 들어오시는 것은 어때요?"

"무얼 위해 말이냐?"

둘의 눈이 마주쳤고 잠시 침묵이 흐른 뒤 낙춘이 입을 열었다.

"그런데, 일이 있나 보구나."

"사람들이 싫어지기 시작했어요."

답을 하며 국영은 낙춘의 시선을 피했다.

"그러지 말거라. 저마다 자신의 인생에 책임을 지려는 것뿐이야. 내가 최선을 다하고 있는 것처럼. 난 그걸 이제야 깨달았지."

낙춘의 눈은 깊고 고요했다. 아버지의 말뜻을 되짚으며 국영이 말없이 앉아 있다가 천천히 몸을 일으켰을 때 낙춘이 말했다.

"이걸 네 어미에게 갖다주겠니?"

국영이 이옥의 방으로 건너갔을 때 그녀는 방에 들어서는 아들을 보며 말을 건넨다.

"시들어 쭈그러진 무 같구나. 네 얼굴 말이야."

"요즘 추운 데서 밤을 새우는 게 일이에요."

그는 한 손으로 턱을 쓸어보았다. 얼굴에서 버석한 나뭇잎 느낌이 난다. 걱정을 끼치러 온 건 아니었다.

"그렇게까지 할 일이 있다면 다행 아니냐. 동궁 저하는 강녕하시고?"

"저하는 잘 버티고 계세요. 제가 걱정이죠. 곧 끝날 거예요."

그러기를 바라고 한 말이었다. "그런데 이거…… 아버지 그림."

그가 책상 위에 조심히 그림을 폈다. 그림을 내려다보는 이옥의 입가에 미소가 번지는 게 보였다.

"눈 속에 산다화가 피어올랐어."

그 말에 국영이 다시 그림을 보았다. 정말로 초가 한 채 옆에 붉은 산다화 두 송이가 피어 있었다.

"……."

"궁을 또 나오려는 게냐?" 다시 입을 연 이옥의 목소리가 젖어 있는 것 같다. "그럼…… 사람들이 널 보고 도망쳤다고 할 거다. 나쁜 습관은 애초에 들이면 안 돼."

"제가요?" 억울한 소리를 들었다는 듯 그가 반문했다.

"난 한 번도 도망치지 않았지. 그래, 단 한 번도."

말을 하고 이옥의 시선은 다시 그림으로 옮겨갔다.

그녀의 머리는 어느새 반백이었다. 뺨에선 혈색이 빠져나갔고 눈은 빛이 꺼졌고 입가와 볼에는 낯선 주름이 보였다.

"인생에 대한 대답은 자신만이 할 수 있는 거야."

이옥의 말에 국영은 속으로 중얼거렸다. 맞아요. 난 지금 그 대답을 하고 있는 거고요. 난, 이 시대를 매듭짓고 새 시대를 열려고 해요.

조금은 흔들려도 괜찮아

이른 아침, 죽을 몇 수저 뜨고는 왕이 자리에 막 누운 참이었다. 신하 한 명이 침전에 들어와서 왕 앞에 부복했다.

"전하, 평안감사와 훈련대장의 교체를 청하옵니다."

"경은 누구인가?" 왕이 눈을 감은 채 말했다.

"좌의정 홍인한입니다."

늘 주고받는 인사처럼 홍인한이 태연히 답했다.

"좌상 또 그대인가? 뭐라 했지?"

"평안감사와 훈련대장을 바꿔야 한다고 했습니다."

"요즘 왜 이리도 자리 교체가 잦은가?"

왕이 인상을 찡그리며 겨우 말했고 옆에 앉아 있던 동궁은 걱정되는 얼굴로 누워 있는 왕을 내려다보았다.

"전하!" 인한의 목소리가 커졌다. "더 이상 늦출 수 없는 일입니다."

"하……" 왕의 호흡이 편치 않아 보인다. "경이 늙은 짐을 힘들게 하는구나."

"전하, 지난번 말씀드린 자들을 후보군 가장 위로 올리겠습니다. 점만 찍어주시옵소서." 직 한 자리를 결정하기 위해서는 세 명의 후보가 필요했고 왕은 붓으로 점을 찍어 그중 한 명을 낙점하게 되어 있었다. "신, 이제 물러가도 되겠습니까?" 애초부터 답에는 관심이 없었다는 듯 인한이 제 할 말을 하고 자리를 떴다.

동궁은 무슨 생각인지 인한의 뒤를 서둘러 쫓았다. 침전 앞마당이었다.

"대부, 평안감사와 훈련대장은 중요한 자리이고 군軍하고도 관련이 있는데, 어찌 이리 서두르세요? 성상께서 상태가 좋아지시면 다시 한번 여쭙는 것이 어떻겠습니까?"

훈련도감은 도성과 궁을 지키는 왕의 친위대로 군의 핵심이었고 평안감사가 있는 평양에는 조선의 변방을 지키는 정예군이 주둔했다. 인한은 사람들에게 자리를 주며 세력을 불려갔고 군권에까지 영향을 미치려는 의도를 빤히 드러냈다. 강력히 무장된 군대는 어떤 명령이든 따를 만반의 준비를 마친 것처럼 보였고 애석하게도 그들을 막아낼 동궁의 군대는 아직 보이지 않았다.

인한은 조정 신료들을 — 붉고 푸른 옷의 값을 셈하며 자기 몫을 챙기려는 사람들 — 자신의 영향력 아래 두고 동궁을 향해 시위를 하고 있었다. 사람들은 존경심 때문이든 두려움 때문이든 그를 따랐고 인한의 권력은 점점 위협적이 되어갔다. 그의 별은 여전히 떠오르는 듯 보였다.

동궁의 말에 인한이 마뜩잖은 표정으로 고개를 돌렸다.

"저하, 성상께서 그리하라고 좀 전에 고개를 끄덕이신 것을 보지 못하셨습니까? 중요한 자리이니 더 시급히 처리하는 것이 맞습니다. 인사는 동궁이 관여할 일이 아닙니다. 오해받을 일은 피하셔야지요."

반박은 허락하지 않겠다는 말투와 눈으로 인한은 동궁을 한 번 찍어 누른 뒤 몇 걸음 걷다 반쯤 몸을 돌려 말을 이었다.

"모두 저하의 신하들이 될 사람들입니다. 걱정하실 것이 없습니다." 인한이 자리를 떴고 동궁은 입을 꾹 다물고는 허공을 응시했다.

침전으로 들어온 동궁은 왕 옆에 앉아 천천히 눈을 감았다. 기척을 느꼈는지 왕의 손이 동궁을 찾았다.

"인내해야 한다. 인내하는 자만이 원하는 걸 얻을 수 있는 법이지. 내가……" 왕이 천천히 숨을 고른다. "언제부터 왕 노릇을 제대로 했는지 아느냐. 30년. 자그마치 30년이 지나서야 신하들이 날 인정했지. 그 시간이 쉬웠겠느냐." 할아버지가 손자를 다독이고 있었다. "그런데 내가 이리 누워 있으니 또 본분을 잊은 자들이 고개를 드는구나." 왕은 눈을 감은 채였다. "기억해두어야 한다. 왕의 자리를 지키려면 꼭 필요한 자질이 있어. 어떤 사람을 믿어야 하고 또 어떤 사람은 믿을 수 없는지, 그리고 무엇보다도 누가 위험한 자인지를 가려낼 눈이 있어야 해." 왕이 맞잡은 손에 힘을 주었고 동궁은 그 손의 무게와 온기를 느꼈다. "더는 미룰 수 없겠다. 대리청정을……."

왕이 말을 뱉으며 눈을 떴다.

"신…… 받들기 어렵습니다."

대리청정이라는 말에 동궁이 놀라서 더듬거렸다.

왕이 동궁의 눈을 올려다봤다.

"아니다! 지금도 많이 늦었지. 화완이 어제 말하더구나. 세손에게 대리청정을 명해야 한다고. 오늘 내가 이 꼴을 당해보니 알겠어." 왕이 동궁을 잡은 손에 힘을 주었다. "자신 있느냐?"

"……."

"손자는 할아비와 한 약속만 지키면 된다."

왕이 무언가를 작심한 표정으로 동궁에게서 시선을 떼고는 내관에게 대신과 승지들을 불러들이라 명했다. 이내 밖이 부산해졌고 신하들이 하나둘 도착해 문밖에서 대기했다. 눈빛을 교환하며 신하들이 방으로 들어서 읍하는 예를 보이고는 엎드렸다. 앞쪽에는 홍인한이 자리를 했고 그 뒤로 대신들이, 그 뒤에 승정원 승지와 사관이 있었다. 힘겹게 왕이 몸을 일으켰다.

"흐음…… 경들도 알겠지만," 왕이 입을 뗐다. "내 정신이 자주 혼미하다. 때론 사람도 구분 못 해 재상들을 내쫓기도 했지. 하……" 왕이 숨을 몰아쉰다. "짐이 이 몸으로 국사를 감당할 수 없다. 나이 여든이 넘은 지 오래, 왕위를 당장 물려주고 싶지만…… 세손의 마음이 힘들까 하여 대리청정을 하고자 한다."

말을 마치고 왕이 엎드려 있는 자들을 둘러보았다. 하지만 석상처럼 신하들은 미동도 없다.

"경들…… 생각은 어떠하지?"

왕이 눈을 좀 더 크게 뜨고 다시 물었다.

누군가 나서주기를 기다리고 있는 걸까. 침전은 고요 속에 가라앉아 있었고 뒤쪽에 앉은 사관만이 말을 받아 적기 위해 고개를 빼고 있었다. 왕의 목소리는 작았고 사관과의 거리는 멀었다.

"전하, 이리 강녕하신데 있을 수 없는 일입니다."

누군가 입을 열었고 그것이 약속한 신호라도 되는 듯이 뒤쪽에 앉은 신하 하나가 불가함을 외쳤다. 왕의 몸이 동궁의 어깨에서 한 번 떨었다.

"신하 된 자들이 청정의 명을 바로 받들 수 없겠지. 이해하고 말고! 하지만 난 진정으로 하는 말이다. 그리 알고 더 이상 반대하지 말라."

"전하, 청정은 안 됩니다. 신들도 충심으로 드리는 말입니다. 통촉하소서." 엎드려 있는 자들 중에서 목소리가 튀어나왔다.

"어찌…… 이리하는가? 짐이 힘겨워하는 것이 불쌍하지도 않은가?" 노쇠한 목소리가 흔들렸다.

"도끼로 가슴을 찍는다 해도 신하 된 자가 받들 수 없는 말씀입니다."

인한이었다. 곧 대신 하나가 뒤따랐다.

"전하의 총명이 여전하신데, 어찌 이런 말씀을 하십니까."

"그래? 그럼 요즘 궁궐 수비가 영 형편없다고 하던데, 궁궐 수비 문제는 동궁에게 맡기는 건 어떻겠는가? 그것도 안 되는가?" 왕이 다그친다.

"전하, 제가 오늘 뵈니 젊은 시절 성상을 뵈는 것 같습니다. 건강과 총명이 여전하시니 염려할 것이 무엇이겠습니까. 궁궐 수비 문제는 군과 관계된 것이니 성급히 결정할 일이 못 됩니다." 영의정이 말했다.

"그것도 안 된다?" 왕의 말에 노기가 그대로 드러났다. "그럼 이건 어떤가? 이제부터 인사와 관련된 일은 나에게 보고를 하되 최종적으로는 세손이 결제하도록 하겠다."

덜덜 떨리는 목소리로 왕이 명을 내렸다.

"전하!" 신하들이 일제히 고개를 들었다가 다시 엎드리며 온몸으로 그냥 물러서지 않겠다는 결기를 드러냈다.

동궁에게 기대어 있던 왕이 팔을 들어 손짓했다.

"승지는 앞으로 나오라. 전교를 하겠다. 받아 적으라." 왕이 힘을 짜낸다. "앞으로 회의는 동궁이 주관할 것이다. 중요한 일은 침전에서 동궁과 함께 결정할 것이나 그렇지 않은 일은 동궁의 판단을 받으라."

말을 마친 왕이 힘에 부치는지 도로 자리에 누워 숨을 몰아쉰다. 동궁이 걱정되는 낯빛으로 다시 고개를 돌렸을 때 인한이 무서운 얼굴로 한 손을 머리 뒤로 들고 있었고 ― 승지에게 전교를 쓰지 말라는 뜻이었다 ― 승지는 난처한 표정으로 중신들 사이에서 홀로 서 있었다.

왕이 다시 기운을 차렸는지 승지에게 받아 적은 전교를 읽어보라 명했고 승지가 당황해서 어쩔 줄 몰라 하는 사이 인한이 다시 끼어들었다.

"감히 들을 수 없는 하교를 어느 신하가 읽을 수 있겠습니까?"

"그대들이!" 왕이 누운 채 말을 내뱉었지만 방 안을 쩌렁 울려야 할 목소리는 너무나도 왜소했다. 자신의 무력함을 깨달은 걸까. 왕의 얼굴에 체념의 빛이 드러났다. "보기 싫구나. 당장 물러가라."

돌아누운 왕을 보며 인한이 손짓을 했고 신료들이 방을 빠져 나가기 시작했다. 눈물을 흘리며 누워 있는 왕…… 동궁이 무슨 생각인지 천천히 자리에서 일어섰고 신료들과 함께 침전을 나 가려는 인한을 붙잡았다.

"대부! 내가 대리청정을 철회해달라는 상소를 올리려면 기록 이 남아 있어야 합니다."

"나는 모릅니다. 알아서 하세요."

인한이 싸늘하게 말을 끊고는 그대로 휙 나가버렸다.

문밖으로 보이는 뜰을 한참 멍하니 바라보던 동궁은 침전으 로 돌아와 누워 있는 왕의 손을 잡았다. 신하들이 떠난 자리엔 늙은 할아버지와 상처 입은 손자가 말없이 함께 있었다.

열흘이 흘렀고 누워 있는 왕 앞에 신하들이 — 중신들 대부 분이 불려왔다 — 다시 모였다. 공간이 모자라 방 밖의 복도에 까지 신하들이 가득했다. 팽팽한 긴장의 줄이 방을 가로지르는 듯했고 서 있는 시종들은 어쩔 줄 몰라했다.

"경들은 왜 머뭇거리는가? 장승한테 얘기해도 이보다 못하겠 는가?"

베개를 벤 채 고개를 옆으로 돌리고 왕이 힘껏 소리를 높였 지만 호통 소리는 이내 스러졌다. 지난번 왕의 명령에도 조정은 움직이지 않았고 그동안 회의는 열리지 않았다. 춘방에서도 아 무런 반응을 보이지 않았다.

"전하 옆에서 동궁이 도와드리면 될 일입니다."

왕의 분노가 느껴졌는지 앞쪽에 앉은 대신 하나가 조심스레 나섰다. 대리청정은 안 된다는 뜻이다. 오늘도 자리 배치는 그대로였다. 홍인한이 맨 앞, 그 뒤로 대신들, 그리고 승정원 승지와 중신들······ 승정원 주서, 사관이 있었다.

"나와 동궁이 밤낮 붙어 있으란 말이냐?"

왕이 손을 뻗었고 동궁이 급히 손을 잡아 왕을 일으켰다. 자리에 앉은 왕이 숨을 몰아쉬었다. 얼굴은 실룩거렸고 눈은 운 것처럼 붉게 부어 있었다.

"좌상. 경이 답하라. 늙은 왕이 왕세손에게 대리청정을 시키는 것이 불가한가? 내가 지금 당장 전위傳位를 할까?"

뒤쪽에 있던 신하들 몇이 왕좌를 넘긴다는 말에 놀랐는지 고개를 들었다. 왕은 근래 주로 침전에만 있었고 신하들 대부분은 왕의 상태를 정확히 알지 못했다. 그도 그럴 것이 인한과 후겸은 왕의 건강에 대해 엄히 입단속을 했고 누가 물어보면 왕의 건강은 문제없다고 했다. 신하들에게 전위라는 말은 갑작스러웠다.

"성상께서······" 방 안 분위기를 눈치챘는지 좌의정 홍인한이 입을 열었다. "50년을 보위에 계셨습니다." 위엄과 확신에 찬 목소리. 조정에서 이런 목소리를 낼 수 있는 사람은 왕과 홍인한 둘뿐이었고 그중 한 명은 근래 그 목소리를 잃은 듯했다.

"부족한 신들을 가르치며 나라를 이끄셨고 종묘사직의 토대는 흔들림 없이 굳건해졌습니다. 지금 우리는 성군의 시대에 살고 있습니다. 전하처럼 단 한 순간도 백성을 잊은 적이 없고 또 그들을 위해 진력을 다한 왕이 이 땅 어디에 있었습니까? 그런데 지력이 전과 다를 바 없으시고 아직도 백성들을 위해 할 일이 많이 남았는데 어찌 이리 급하게 대리청정을 명하신단 말씀입니다. 근래에 조금 환후가 있는 것은 늘 그랬듯이 곧 좋아지실 것입니다. 그동안 신들이 뜻을 받들어 국정을 처리하겠습니다."

장광설은 아니다. 인한의 말은 한마디 한마디 힘이 있었고 방 안에 있는 모든 사람들의 귀에 날아가 그대로 꽂혔다.

"동궁은…… 아직은 당색을 알 필요도, 국사를 알 필요도 없습니다."

인한의 말이 끝나자 신하 몇 명이 하교를 거두어달라고 떼를 쓰듯 외쳤다. 왕의 입술이 움직였지만 동궁은 그 말을 알아듣지 못했다. 왕의 눈이 흐릿해지더니 앉아 있는 것이 힘이 드는지 손을 내저으며 다시 자리에 누웠다.

동궁은 춘방에 전갈을 보냈고 왕이 잠들기를 기다렸다가 존현각으로 급히 건너왔다. 동궁은 하루 대부분을 대전에 머물렀지만 그곳에서 누구에게 의지해야 할지 알 수 없는 상황이었다. 대전에서 급한 일이 생겼을 때 자신의 뜻을 춘방에 전할 사람도 마땅치 않았다. 그만큼 고립되어 있는 상황, 동궁은 그 불안감을 홀로 감당해야 했다.

국영과 민시, 하유가 걱정되는 얼굴로 동궁을 맞았다.

"오늘 아침 성상께서 또 청정이라는 말을 꺼내셨어요. 앉았다가 눕기를 반복하며 신하들을 달래고 목소리를 높이시고…… 그런데 중신들은 진정한 충심도, 심지어 일말의 동정도 보이지 않더군요. 성상께도 내게도 말입니다. 어찌 되실까봐 난 그저 성상의 팔소매만 붙들고 있었습니다. 사람이 물에 휩쓸려 떠내려가는데 누구 하나 손을 뻗지도, 소리쳐주지도 않는 그런 느낌이 들었어요. 이 나라가 누구의 나라인지는 몰라도 왕의 나라가 아닌 것만은 분명해 보이더군요."

참혹한 전장에서 막 돌아온 사람처럼 동궁은 지치고 불안해 보였다.

"하아……" 큰 한숨에 동궁의 심정이 그대로 드러난다. "나야 하늘과 선왕들이 지켜주길 바랄 뿐이지만 그대들까지……" 잠시 생각에 잠기는 것 같던 동궁이 이어 말했다. "그대들은 도성을 빠져나가야 합니다. 동이든 서든, 더 늦기 전에. 그대들의 가족들도 위험할지 몰라요."

세 사람은 대답하지 않는다.

"난 왕이 될 수도 있겠지만 나도 모르는 역모에 얽혀 위험에 처하게 될지도 모릅니다. 아바마마가 그랬던 것처럼."

국영은 깊게 가라앉은 동궁의 눈빛을 보며 아침의 일을 떠올린다.

후겸이 밖에서 그를 찾고 있었다. 존현각 뜰로 나오자마자 후겸의 말이 거칠게 달려들었다.

"이제 그만하는 게 좋지 않을까."

그건 국영이 하고 싶은 얘기였다. 그는 후겸을 다치게 하고 싶지 않았다.

"쉬운 말로 해주겠나?"

"자네의 그 교묘한 말과 얼굴로 옹주마마를 속였더군. 그로 인해 어머니께서 성상께 대리청정을 해야 한다고 말씀드렸고."

"옳다고 생각한 걸 말씀드린 것뿐이야. 성상의 건강이 하루

앞을 내다볼 수 없는 상황이니 성상을 위해서라도 그리고 안정적인 국정을 위해서라도 대리청정이 필요하니까."

"음. 자네가 이번엔 빨랐다는 걸 인정하지. 하지만 청정은 받아들여지지 않을 걸세. 어머니도 청정은 안 된다고 다시 성상을 설득하고 계시고." 후겸은 그에게서 눈을 떼지 않는다. "대리청정을 바라는 것은 역심을 품었다는 증거일 수 있어. 동궁이 늙은 임금의 왕위를 빼앗으려 한다는 말이 돌면 백성들이 어떻게 생각할까. 자네는 소문이 어떻게 몸집을 불리는지 잘 알 텐데."

물론이다. 소문은 전염병과 같아서 정직한 자, 악한 자를 가리지 않고 생명을 앗아간다. 또, 그것은 어딘가에 시작점이 있기 마련이지만 그 근원을 찾아 발본색원하기는 어려운 법이다. 궁 안팎에서 동궁이 늙은 왕을 밀어내고 권력을 마음껏 휘두르기 시작했다는 말이 돌고 있었다.

"지지 세력을 얻지 못하면 저하가 왕이 된다 해도 자기 정치는 할 수 없어. 자네가 상황인식을 제대로 하고 있다면 동궁을 설득해야 해! 아직 늦지 않았어." 후겸의 눈빛은 차가웠지만 그나마 국영에게 최대한의 예의를 보여주고 있었다. "성상도 선왕을 암살했다는 오명에서 자유롭지 못하셨고, 왕위에 오르자마자 조선 전역에서 반란이 일어나 곤욕을 치르셨지. 같은 일이 반복되길 바라는 건가."

"……."

국영은 후겸을 보며 좌절감과 함께 어떤 슬픔을 느낀다.

"그런데, 지금 수화는 어디 있지?"

후겸이 갑자기 화제를 바꿨다.

"자네와의 계약은 끝났다고 하던데."

"그렇게 말하던가? 그래, 그녀는 그럴 권한이 있지."

"수화는, 자넬 사랑했어!"

그 말에 후겸의 눈이 흔들렸다.

"수화는 자네에게……."

후겸의 말에 그는 천천히 그러나 분명하게 고개를 저었다.

"홍사서, 난 자네가 부러웠어. 내가 갖지 않은 것을 갖고 있다고 생각했어. 명문가 출신에 열정과 풍부한 감성. 사람들과 잘 어울리는 성격도. 아마, 그대가 나보다 더 나은 인간일지 모른다는 두려움이 있었는지도 몰라. 그런데 자넨 날 떠났지. 그리고 수화도 자네를 선택했다고 생각했어."

그는 후겸과의 좋았던 시절로 잠시 돌아간 듯한 기분이었지만 이내 마음을 다잡았다. 싸움을 끝내야 한다!

"공자께서 말씀하셨지요." 후겸과의 일을 떠올리며 국영이 입을 열었다. "죽고 사는 것은 하늘에 달려 있으니 걱정할 일이 아니라고요. 저희가 피하고자 한들 어디로 가겠습니까."

"아닙니다! 무모함을 분별할 줄 알아야 해요!" 위로가 되기에는 부족했을까. 동궁이 단호하게 말했다. "오늘 보니 무슨 일이 나도 날 겁니다……" 동궁은 걱정을 시작하면 멈추지 않고 끝까지 달려가는 버릇이 있었다. "이건 나까지 포함해서 하는 말입니다. 어쩌면 아바마마가 그리되셨을 때 나도 진작에 죽었어야 했는지도 몰라요. 오늘이 무사히 지나간다 해도 내일은 또 어떻게 버텨낼지 알 수 없는 상황입니다."

"······."

"그 전에 피해야 합니다." 동궁이 흔들리는 눈으로 말했다.

"고집이었을까요? 그것도 망상에 가까운?" 동궁이 다시 말했고 국영은 무언가를 말하려다 그만두었다. 자신도 답을 알지 못했으니까. "그만할까 하는 생각이 들어요. 난 그저 백성을 위한 정치를 하려는 것뿐인데, 내가 틀리고 저들이 맞을 수도 있지 않습니까." 동궁의 얼굴에 힘없는 미소가 떠올랐다. "홍대부, 정참판. 같이 갑시다! 그러고는 웃으며 손을 맞잡는 겁니다. 아니 빌어볼까요?"

"저하." 그는 동궁의 목소리에서 체념, 슬픔, 분노, 수치를 읽었다. 순간 자괴감이 훅 밀려왔다. "저는 어느 쪽도 상관없습니다. 하지만 저하는······" 목소리가 떨린다. 눈이 괜스레 뜨거워진다. "잠도 자지 않고 고민하고 책을 보면서 그런 왕이 되기를 꿈꾸셨습니까? 끝까지 포기하지 않고 무릎 꿇지 않는 게 저하 아니셨던가요?" 그는 동궁의 눈 깊숙한 곳을 들여다보았다. "어느 길입니까? 선택하셔야 합니다."

"저하!" 민시와 하유도 동궁을 바라보았다. 국영은 그 순간 동궁의 마음을 읽었다고 생각했다.

"저와 정문학이 상소하겠습니다." 그는 '목숨을 걸고'라는 말을 하려다 참는다. 그런데 상소가 왕의 책상 위로 올라가더라도 왕이 분명하게 춘방 편을 들어주지 않는다면? 그럼 난 민시와 함께 온몸이 찢긴 채 길바닥에 내던져지게 되겠지. 저하도 어찌 될지 모르고.

"상소요?" 동궁이 그의 말을 받았다. "지금 상황을 몰라서 하는 말입니다. 그대들이 올린 상소가 올라갈 거라고 보는 겁니까? 오늘도 성상의 말씀을 기록하라는 내 말을 승정원에서 거역했습니다." 동궁이 머리를 숙이고 고개를 저었다. "설령 그것이 가능하다 해도 모두들 내가 시킨 일이라고 하겠지요. 난 괜찮습니다. 하늘이 보고 있어요."

조금만, 조금만 더 걸어보자. 조금 흔들리는 것쯤은 상관없어. 어차피 매일매일 흔들리는 것이 삶이니까. 그리고 어두운 밤에 빛은 더 빛나기 마련이다. 주저앉지만 말자.

국영의 머리가 명민하게 돌기 시작했다. 어설프게 움직였다가는 틈을 노리고 있는 저들에게 되레 공격당할 것이다. 찌르고 베는 전장에서 진심이니, 충정이니 하는 순진한 생각 따위는 죄악이다. 조정은 저들에게 장악되고 춘방은 고립되어 있다. 어쩐다…….

"어떻게 할 건가?" 민시가 물었다.

"움직여야지." 국영이 말했다.

"어떻게?" 하유가 물었다.

"다른 사람이 상소를 올린다면요?"

국영의 말에 모두가 그의 입을 쳐다보았다.

그때 밖에서 누군가 급히 다가오는 발소리가 들렸고 동궁의 허락에 문이 열렸다. 내관이 눈을 커다랗게 뜬 채 헐떡이고 있었다.

"성상께서…… 청정의 전교를 내리셨습니다."

대리청정의 명을? 대신들이 움직이지 않자 왕이 승정원 승지를 불러 직접 명을 내렸다는 얘기였다. 왕이 혼미한 정신에도

335

― 정말 선왕들이 돕고 있는 걸까? ― 사력을 다해 일을 진척시켜놓은 것이다. 이번엔 성상이 화완옹주의 청을 들어주지 않은 모양이었다.

"난 받을 수 없어요." 동궁이 고개를 젓는다.

그때 내관이 다시 입을 열었다.

"지금 중신들이 전교가 내려졌다는 말에 대전으로 몰려가서는 성상 앞에 엎드려 있습니다."

대전에서 벌어지는 광경이 눈앞에 그려졌다. 홍인한과 대신들이 임금을 압박하고 있을 것이다. 늙은 임금이 버텨낼 수 있을까. 버틴다면 얼마나? 이건 너무 잔인하다. 떼로 몰려가 노인을 괴롭히다니. 국영이 보기에 홍인한의 속셈은 분명했다. 임금은 전위를 해서도 안 되고 대리청정을 명해서도 안 된다. 왕이 눈을 감게 되면 자신이 장악하고 있는 조정은 동궁과 담판에 나설 것이다. 그리고 만약, 동궁이 고분고분한 모습을 보이지 않으면 마지막 반전을 노리려는 심산이겠지. 그는 동궁의 이복동생들이 아직 살아 있는 게 마음에 걸렸다.

"저하!" 국영이 동궁을 불렀다. 하지만 당장 무슨 묘안이 떠오르지는 않는다. 다만 그는 생각한다. 왕이 먼저 움직였으니 이제는 이쪽에서 길을 내야 한다고. 그는 동궁이 지금껏 견뎌온 시간과 고민의 깊이를 떠올렸다.

내 방식으로 움직이고 그대로의 결과를 받아들이는 거야. 난 얄궂은 운명 따위에 휘둘리고 싶은 생각은 없어.

마포강 은빛 물결 빛나고

용상에 앉은 왕의 모습을 보는 건 실로 오랜만이었다. 신하들은 갑자기 소집된 회의에 불려와 의아한 표정으로 서로 시선을 주고받았다. 무엇이 왕을 일으켜 세운 걸까.

대리청정의 명이 내려진 지 한 달이 되었지만 조정은 눈치를 보며 머뭇거렸고 동궁은 쌓여가는 문서들을 바라보며 이러지도 저러지도 못하는 상황이었다. 신하들 눈치는 볼 필요가 없다고 왕이 말했다지만 대신들이 들고 일어선 마당에 정신이 오락가락하는 왕만 믿고 움직일 수도 없는 노릇이었다. 동궁의 얼굴엔 수심의 흔적이 깊게 새겨졌다.

"오랜만에 보오." 왕은 오늘 기분이 좋아 보인다.

"전하! 천수를 누리소서!" 신하들이 한 목소리로 답했다.

"승정원은 준비되었는가?"

신하들의 말에 흡족한 표정으로 고개를 끄덕이던 왕이 도승지를 내려다보며 말했다. 어떤 지시가 있었던 모양이다. 도승지가 왕의 말을 듣고 눈짓을 했고 승지 한 명이 편전을 빠르게 빠져나갔다. 사람들은 무언가 일이 벌어질 거라는 예감에 시선을 문 쪽으로 돌렸다.

잠시 뒤 승지와 내관들이 편전 입구에 나타났고 그 뒤로 때가 가득 묻은 더러운 옷을 입은 백성들이 뒤따라 들어왔다. 남자 넷, 여자 둘로, 총 여섯이다. 신하들은 바로 상황을 알아차렸다.

순문詢問! 임금이 관료나 백성에게 궁금한 것을 묻는 일. 백성들 옷차림으로 미루어 보아 급하게 사람들을 모아온 듯했다.

"어서들 오라. 내 사랑하는 백성들이여."

왕은 호기심이 많았고 꼼꼼했다. 왕위에 오르자마자 관료들에게 나라 안팎 상황에 대해 이것저것 묻기 시작했다. 조정의 중신들과 지방에 파견되는 관리들, 그리고 때때로 지방에 있는 관리들을 불러올려 지역의 실정과 백성들의 삶을 물었다. 권장할 만한 일이었다. 신하들은 자신들의 의견을 존중해주고 언로를 넓혔다며 왕을 칭송했다. 그랬던 것이 왕이 점차 순문의 대상을 확대해가면서 신하들은 불편해지기 시작했다. 도성 안 백성들, 도성을 지키는 군사들, 노인들, 상인과 공인들…… 궁 밖으로 순행을 나갈 때도 행차를 멈추고 백성들을 불러 이것저것 묻기 일쑤였다. 전례에 없던 일이었다. 지엄한 왕이 일개 백성들과 얼굴을 맞대다니.

때로 왕은 백성들에게 나라의 중요한 정책에 대해서도 물었다. 세금 제도와 군사 제도는 바꿀 것이 없는지, 개천 준설 공사를 하려는데 어떻게 생각하는지.

왕은 백성들에게 직접 자신의 얼굴과 목소리를 드러내길 원했고 자신이 백성을 얼마나 존중하고 사랑하는지 그들이 알길 원했다. 백성을 위해 임금이 있는 것이지 군주를 위해 백성이 있는 것이 아니라고 했다. 하지만 순문엔 다른 목적도 숨어 있었다. 왕은 백성들에게 직접 정보를 얻음으로써 관료들의 말을 확인하고자 했다. 신하들로서는 여간 곤혹스러운 게 아니었다. 하지만 왕의 기력이 쇠하면서 순문의 횟수가 점차 줄어들었고 최근에는 신하들의 머릿속에서 순문에 대한 걱정도 잊혔다. 그런데 오늘 갑자기 순문이 열린 것이다.

급하게 궁으로 불려온 사람들은 편전 바닥에 머리를 조아린 채 두려움과 긴장감에 떨고 있었다.

"놀라지 말라! 짐이 묻고 싶은 것이 있어 부른 것이다." 왕이 자식을 대하는 부모처럼 자애로운 목소리로 말했다.

신하들은 눈앞에서 벌어지는 일에 신경을 집중했다. 대답할 수 있겠느냐는 왕의 물음에 백성 여럿이 작은 목소리로 연신 머리를 조아리며 "말씀만 하소서."라고 말했고 왕의 얼굴엔 미소가 번졌다.

"짐이 여든을 넘긴 지 오래다. 언제까지 왕위에 있을 수 있겠는가. 그래서 왕위를 물려주기 전에 세손이 나랏일을 익힐 수 있도록 대리청정을 시키려고 한다. 백성들 생각은 어떠한가?"

"전하! 백성들에게 어찌 그런 중요한 일을 물으십니까!"

사람들로부터 답이 없자 신하 한 명이 항의하며 나섰다.

"정치는 백성을 위해 있는 것. 백성에게 묻지 않으면 누구에게 묻겠는가? 경들에게도 다시 물을 것이니 끼어들지 말라!"

서릿발 같은 왕의 말에 신하들의 고개가 다시 내려갔다.

"대리청정 뜻을 모르는가? 짐을 대신해서 손자가 나랏일을 살피도록 한다는 뜻이다."

사람들이 말을 알아듣지 못했다고 생각했는지 왕이 설명을 했다. 그래도 대답이 없자 왕이 소리를 더 크게 했다.

"두려워 말고 말해보라. 짐은 백성들 생각이 궁금할 뿐이다."

왕의 채근에 한 남자가 조심스레 고개를 들었고 주위를 살피더니 입을 뗐다.

"대리청정을 속히 하소서. 성군이 계신데 무엇이 문제이겠습니까? 세손 저하는 잘하실 것입니다."

남자의 말을 만족스러운 표정으로 듣고 있던 왕이 다른 사람들도 같은 생각인지 물었다. 모두들 고개를 조아리며 "청정을 하소서."라고 말했다.

"시장터에서 백성들은 뭐라 하는가?"

왕이 다시 물었고 편전에 불려온 백성들은 모두들 같은 생각입니다, 라고 대답했다.

백성들이 물러나고 왕이 편전을 내려다보았을 때 신하들은 불편한 숨을 내쉬고 있었다.

"백성들의 뜻은 경들과는 다른 모양이군." 왕의 목소리엔 여유가 넘쳐흐른다. "그런데 오늘 더 중요한 일이 있다. 상소 하나가……" 그 말에 신하들의 눈이 순간 번뜩였다. "올라왔다. 짐이 직접 확인하고 싶은 것이 있다."

편전은 아직 추웠고 신하들은 관복 속의 소매 안에서 두 팔을 겹쳐 맞잡은 손에 힘을 주었다.

"이조참판은 앞으로 나오라!"

단호한 어조로 왕이 말했고 신하들이 일제히 고개를 들었다. 예상하지 못한 일이었는지 신하들의 눈이 커졌다. 이조참판 서명선! 서명선이 편전에 나와 있었던가.

오랜만에 듣는 이름이다. 서명선은 몸이 좋지 않아 근래 조정에 나오지 않았고 신하들은 그의 이름을 잊고 있었다. 서명선이 용상 쪽으로 천천히 걸어 나왔고 돌처럼 무표정한 얼굴로 상소문을 건네받았다.

"경이 올린 상소문을 읽으라."

왕의 말에 신하 몇이 침을 꿀꺽 삼킨다. 서명선이 글을 읽어 내려가기 시작했다. 어찌 저리 무미건조할 수 있을까, 하는 목소리로.

"그만!" 짧은 외침. "뭐라 했는가?" 서명선이 읽고 있던 부분을 왕이 다시 물었다.

"좌의정 홍인한이 동궁은 당색을 알 필요도, 국사를 알 필요도 없다고 했습니다."

상황의 엄중함을 깨달은 신하들의 고개가 절로 숙여졌고 뒤늦게 상황 파악을 한 몇몇 신하들이 뒤따라 머리를 조아렸다.

"경들은 들었는가? 저 말이 기억나는 듯도 한데…… 이걸 어떻게 받아들여야 하는가?"

왕이 물었지만 신하들은 이미 얼굴을 감춘 뒤였다.

"영상은 어찌 생각하는가?"

대답이 없자 왕이 영의정을 지목했다.

"신…… 그날 뒤쪽에 있어 제대로 듣지를 못하였습니다."

"그럼, 저 말에 대해서는 어찌 생각하는가."

"신, 그날 잘 듣지를 못해…… 상소를 적은 자가 알 것입니다." 영의정이 더듬댔다.

"저 말이 옳은가 그른가만 말하라!" 피해 달아나려는 영의정을 왕이 붙잡고 놓지 않는다.

"뭐라 드릴 말씀이 없습니다." 누가 보아도 비굴하게 꼬리를 감추는 모양새의 영의정이 같은 말을 반복했다. 인한이 허수아비로 앉힌 위인이었다.

"우상은 어찌 생각하는가?" 왕이 이번에는 우의정을 찾는다.

"신의 생각을 물으신다면…… 서명선의 상소가 지나치게 진지한 듯합니다." 우의정이 고개를 들지 않은 채 답했다.

"진지하다?" 왕이 그 말을 반복한다. "진지하다는 뜻은 아무 일 아닌 것으로 소란을 피운다는 말인가?"

왕은 오늘 힘이 넘쳤고 특유의 비웃음도 드러냈다. 인한과 후겸의 바람대로 건강을 회복한 것일까?

"동궁은 당색을 알 필요도, 국사를 알 필요도 없다?"

왕이 단어 하나하나를 곱씹으며 힘주어 말했고 신하들의 몸은 더 움츠러들었다.

"곧 조선의 국왕이 될 동궁이 국사를 알 필요가 없다?

그럼 누가 알아야 할까. 그대들이? 아니면 동궁의 이복동생들인가? 이건 그럼, 반역이 아닌가!"

왕의 목소리는 크지 않았지만 신하들은 벌벌 떨기 시작했다. 아직 겨울은 물러가지 않았고 한낮임에도 편전은 추웠다.

"승정원 주서는 당일 일을 기록했겠지?" 왕이 목소리를 높여 다그쳤고, 곧 "거리가 멀어 듣지 못해 기록하지 못하였습니다."

라는 가늘고 심하게 떨리는 목소리가 들려왔다. 왕이 인상을 썼고 의자 팔걸이에 얹은 두 손에 힘을 주었다.

"홍사관이 이 자리에 있는가?"

사람들은 왕이 누구를 부르는 것인지 몰라 주위를 두리번거렸다. 국영은 본래 참여하는 회의가 아니었음에도 동궁의 지시로 편전에 들어와 있었고 사람들은 입구 가까이 엎드려 있는 그를 눈치채지 못했다.

"신, 홍국영!" 그의 목소리가 편전을 크게 울렸다. "지금 춘방에서 사서로 있습니다."

"그날의 상황을 말하라."

사관인지 사서인지는 왕에게도 그에게도 중요하지 않았다.

"신은 그 말을 직접 듣지 못하였지만……" 국영이 일어섰고 그는 모두의 시선이 자신에게로 옮겨오는 것을 느꼈다. "그날 동궁이 춘방으로 와서 대리청정을 사양하는 상소를 쓴 것으로 알고 있습니다."

"상소를?" 왕이 용상 아래쪽에 자리한 동궁을 내려다본다. 사람들의 시선이 이번에는 동궁 쪽으로 옮겨갔다. 그때 또 다른 목소리가 튀어나온다.

"어찌 춘방 궁료의 말을 그대로 믿을 수 있겠습니까?"

홍인한이 고개를 돌려 국영을 쏘아보며 ― 자신이 보여줄 수 있는 최대의 위엄을 드러내며 ― 호통을 쳤다.

"그대가 말한 상소가 언제 쓰인 것인가? 이조참판과 혹 춘방 사이에 말이 오간 것 아닌가?"

편전이 술렁이기 시작한다. 그때였다.

"흐으으…… 꺼억, 꺼억…….."

서명선이 선 자리에서 주저앉더니 통곡하기 시작했다. 큰 울음소리와 함께 바닥을 두 손으로 내리친다.

"신이 주상 앞에서 거짓을 고하리까?"

왕의 얼굴이 구겨졌다. 서명선은 부모가 죽을 때나 보일 법한 눈물을 흘리며 울음소리를 내고 있었다. 국영은 울고 있는 서명선을 바라보며 얼마 전의 일을 떠올렸다.

국영은 민시를 데리고 서명선의 집을 찾았다. 동궁과는 상의하지 않았다. 만약 일이 잘못된다면 동궁을 보호해야 했다.

규모가 크진 않았지만 뭔지 모를 찬 기운을 뿜어내는 집이다. 집은 그곳에 사는 사람의 취향과 성정 등 삶의 체취가 풍겨 나오기 마련이다.

"대감, 강녕하십니까?" 방이 춥다고 생각하며 국영은 명선에게 예를 표했다. 민시도 옆에 자리를 잡았다.

서명선이 갑작스레 들이닥친 둘을 물끄러미 바라봤다.

"그대들은 춘방 사람들 아닙니까? 춘방에서 내게 볼일이 있소?" 명선의 목소리는 감기에 걸렸는지 탁했고 코끝에는 콧물이 고여 있었다. 국영은 속으로 혀를 차며 사람을 잘못 찾아온 것은 아닌가 하고 순간 불안한 마음이 들었다.

"대감. 도와주셔야 할 일이 있습니다."

서명선의 눈동자 속에 작은 불꽃이 일었다가 사라졌다.

"나 같은 사람이 무엇에 도움이 되겠소?"

서명선은 사람들을 끄는 매력도 없는 데다가 사람들과 어울

리는 성격도 아니었다. 궁 안 사람들은 서명선의 존재를 잊고
있었지만 국영은 과거의 일을 기억해냈다. 조정 중신들이 대놓
고 국영을 피하며 지나갈 때 누군가 그의 어깨를 슬며시 다독
여주며 지나갔다. 서명선이었다. 국영은 명선과 말 한번 제대로
나눈 적이 없었지만 그 일을 머릿속에 담아두었고 줄곧 그에게
호의를 품어왔다.

국영은 마음에 걸리는 것이 있어 서명선과 홍인한의 관계를
탐문했지만 둘 사이의 관계는 분명치 않았다. 국영은 자신의 감
각을 믿기로 했다. 하지만 분명 위험한 일이었다. 만약 잘못 짚
었다면 그래서 서명선에게 도움을 청한 일이 홍인한과 후겸에
게 알려지기라도 한다면 치명적인 상황을 초래할 수 있었다.

하지만 그저 기다릴 수는 없다. 그건 동궁의 방식일지는 몰라
도 그의 방식은 아니다. 상대는 이미 너무 가까이 와 있었다. 칼
을 휘두르면 닿을 수 있는 거리. 이런 상황에선 무슨 일이 어떻
게 일어날지 어느 쪽도 장담할 수 없다. 언제 끊어질지 모를 정
도로 팽팽하게 당겨진 끈. 먼저 자르는 쪽이 안전하다. 목숨을
각오하고 도와줄 자를 찾아야 한다.

조정 사람들은 인한과 후겸의 위세에 눌려 숨을 죽이고 있었
지만 어떤 식으로든 결말이 지어지기를 기다리고 있는 것처럼
보였다. 국영의 생각을 알았는지, 그래서 친구에게 홀로 짐을
지우고 싶지 않았는지 민시가 고집을 피우고 따라왔다.

"저하가 위험합니다. 대감께서 바로잡아주셔야겠습니다."

"내가요?" 놀란 표정으로 서명선이 국영의 눈을 재빠르게 읽
는다. "저하가 위험하다니, 누가 저하를 위협이라도 한다는 말

처럼 들리는군요."

"대감," 그가 서명선을 똑바로 쳐다봤다. "이미 오래되었습니다." 그는 대화를 길게 끌고 싶지 않다. "저하께서는 힘겹게 버티고 계십니다. 그리고 이제는……."

"이제는?"

"뒤로 물러설 수도 없는 상황까지 오게 되었습니다."

국영은 근래 후겸과 인한이 동궁에게 했던 말, 왕 앞에서 오가던 대화를 얘기한다. 그리고 그 자신과 동궁에게 있었던 위협을 말했다. 얘기를 듣는 명선의 눈동자에서 불꽃이 크게 일었고 그는 안도했다. 서명선은 홍인한의 편에 서지 않을 것이다.

"날 찾은 건, 저하의 뜻이오?"

"아닙니다." 그는 머뭇거리지 않는다. "저하는 모르십니다."

"음……" 서명선이 고개를 끄덕인다. "그럼 내가 어떻게 하면 되겠소?"

"상소를 올려주십시오."

방 안에 얼마간의 침묵이 흘렀다.

"그 전에 궁금한 게 있소." 명선의 말에 국영은 대답할 준비를 한다. "중신들은 여전히 저하를 의심하고 있어요. 저하가 속을 숨기고 있다고 생각하지요. 아마 홍사서도 소문을 들었을 테지요? 저하가 왕이 되면 돌아가신 세자를 복권시킬 거라는. 그런데 당사자가 적극적으로 나서서 그 불안을 풀어주지 않으니. 어쩌면 신하들의 그런 반응은 당연한 것일 수도 있소. 또, 저하의 통치가 성공적일지에 대해서도 회의적인 시각이 많소. 저하는 지지자들을 확보하지 못했어요."

그는 속으로 고개를 끄덕이며 명선의 말이 이어지길 기다렸다.

"왕이 된 후에도 저하께서 그 일을 담아두고 계시다면 아마 지금 조정에 있는 사람들 반 이상은 목숨을 내놓아야 할 겁니다. 그 가족들의 운명도 마찬가지겠지요. 난 그걸 원하지 않아요."

서명선도 그 얘기를 하고 있었다. 동궁이 왕이 되면 조정이 다시 감당할 수 없는 격랑에 휩쓸려 가는 건 아닌지에 대해.

"분명히 말씀드리지요. 그 소문은 거짓입니다. 저하께서도 중신들의 그런 걱정을 잘 알고 계시고 성상 앞에서도 여러 번 다짐하셨어요. 믿어드려야 합니다."

동궁은 감정적인 사람이 아니다. 성상 앞에서 한 약속을 뒤집을 사람도 아니다. 동궁은 조심히 물길을 내며 조선이라는 배를 신중히 운항해 나갈 사람이라고 국영은 믿었다. 오히려 그가 걱정하는 건 동궁의 성격이 지극히도 조심스럽다는 데에 있었다.

"난 신하들의 대오에서 이탈해 있긴 하지만 지금 이 일은 신하들 전체를 적으로 돌리는 일입니다. 지금 조정에서 내 뒤에 설 사람은 없어요. 이것이 그대가 생각해낸 유일한 방법이라면 성공 가능성은 높지 않소."

명선의 눈은 그럼에도 불구하고 계획에 변함이 없을지를 묻고 있었다. 국영의 눈빛은 흔들리지 않았다.

"보탬이 된다면, 기꺼이 상소는 쓰지요. 하지만 나 하나 바보로 만드는 것은 그들에게는 쉬울 거요. 그리고 일이 실패한다면 팔도의 유림들과 대신들, 그리고 삼사에서 우릴 공격하는 탄핵 상소가 빗발칠 테고." 그는 명선의 말을 들으며 일이 잘못될 경우 벌어질 일들을 상상한다. "그 첫 단계는 유배일 테고, 저하가 혹 살아 계셔서 왕이 된다면 우린 풀려나겠지만 그렇지 않다면 아마 우린 그곳에서 생을 끝내겠지요. 나야 영원히 잠들면 그만이지만 내 가족은 눈물로 하루하루를 보낼 거요. 자손들은 가난을 겪고 치욕을 뒤집어쓴 채 고개를 들지 못하고 살아야 할 테고. 때론 살아 있는 자의 고통은 죽음보다 훨씬 크지요."

명선은 말을 마치고서 잠시 허공에 시선을 던졌다. 그리고 먹을 갈기 시작했다.

그랬다. 그가 서명선에게 부탁한 것은 상소를 올려달라는 것까지였다. 하지만 명성이 있는 자들은 무언가 무기를 숨기고 있기 마련이다. 감추어진 그것을 확인하기 전까지는 그 사람을 함부로 재단하거나 판단해서는 안 된다. 오늘 보니 서명선은 뛰어난 연기자였다. 어쩌면 국영 자신보다도. 서명선은 눈물을 닦으며 자신의 역할을 훌륭히 끝냈다.

"제가 증명할 수 있습니다."

상황을 지켜보던 국영이 큰 소리로 외쳤다. 이제는 그의 차례였다. 그는 왕의 귀를 신뢰하지 않는다. 그에게 매번 신하들의 말을 되물었던 왕 아닌가. 지금은 왕과 국영 사이에서 말을 대신 전달해줄 사람도 없다.

"증명한다?"

인한이 되물었고 모두의 시선이 자신에게 쏠리는 것을 느끼며 국영은 다시 용상을 올려다보았다.

"전하! 신, 홍국영이 증명할 수 있습니다."

웅성거리는 사람들을 뒤로하고 국영은 왕의 말을 기다리지 않고 재빨리 몸을 돌려 편전을 빠져나갔다. 왕을 포함해 편전 안 사람들은 그저 그가 돌아오기를 기다려야 했다.

얼마 지나지 않아 평복을 입은 어떤 남자의 손을 잡고 국영이 편전으로 다시 들어왔고 사람들은 영문을 모른 채 웅성거렸다.

"이 무슨 주제넘은 짓인가?" 인한이 조소 가득한 목소리로 외쳤다. "그런데 이자는 장악원에서 가야금을 타는 자가 아닌가? 홍사서 그대가 궁에서 노래를 부른다는 소문이 있던데. 편전에서, 성상 앞에서 연회를 열 텐가?"

왕 앞에서 노래를 부른다고? 국영은 잠시 기분 좋은 상상에 빠졌다가 정신을 차리고서 아지의 손을 고쳐 잡고 왕을 똑바로 바라보았다.

"전하, 장악원에서 가야금을 타는 아지라는 맹인입니다."

"기억이 있다."

왕이 관심을 보이며 몸을 앞으로 조금 기울였다. 왕의 얼굴을 보자 그는 마음이 급해진다. 왕의 집중력이 언제까지 유지될지는 그 누구도, 왕 자신도 알 수 없다. 서둘러야 한다. 일을 마무리 지어야 한다. 오늘 이 회의가 끝나면 누구는 비탄과 통한의 길로, 누구는 승리와 영광의 길로 들어서게 되리라.

"전하! 아지는 한번 들은 말은 글자 하나도 틀리지 않고 외울 수 있는 능력이 있습니다. 하늘이 맹인에게 준 특별한 선물이지요." 그가 아지를 돌아본다. 아지는 평온한 얼굴이다. "요즘 춘방에서 문서도난 사건이 너무 잦았습니다. 그래서 그날 동궁 저하가 상소를 쓰고 차마 성상께 올리지 못하고는 혹시 모르는 일이라 맹인 아지를 불러 그 내용을 외우게 했습니다."

국영은 오늘을 기다렸다. 왕이 명한 대리청정을 홍인한이 막아섰던 일을 기록으로 남기라는 동궁의 말이 있었지만 승정원의 주서도, 사관도 따르지 않았다. 이런 상황이라면 상소문을 써두는 것이 좋겠다고 국영은 동궁에게 말했고, 아지를 불러 상소문을 외우게 했다. 그리고 추후 왕과 신하들이 모인 자리에 서명선을 불러내고 아지도 등장시켜 일의 전모를 밝히리라.

"아지가 외운 게 그날 그 상소였다는 걸 누가 증명하지?"

누군가 다급하게 소리친다. 웅성거림이 편전에 퍼져나갔다. 국영은 '왕은 내 말을 정확히 알아들어야 해. 무슨 뜻인지 되물어서는 안 돼!'라고 생각하며 큰 소리로 또박또박 말했다.

"공교롭게도 그날은 장악원이 평양에서 열리는 행사에 초대되어 궁을 나가는 날이었습니다. 궁을 나서기 직전이었고 아지가 춘방에 머문 시간은 채 일각이 안 됩니다."

"장악원의 책임자가 말해보라."

왕은 다행히도 대화를 쫓아오고 있다.

"사…… 사실입니다. 아지는 장악원 소속이며 그 날짜에 평양으로 출발했고 오늘 도착하기로 되어 있었습니다. 신이 회의에 들어오기 전까지는 아직이었습니다."

왕의 명령에 중신 하나가 대답한다. 편전의 술렁거림이 잦아들었고 신하들은 또 한 번 몸을 떨었다.

"동궁이 쓴 상소문을 외우라."

왕의 명령에 아지의 입을 통해 동궁이 썼다는 글이 흘러나오기 시작한다. 구구절절이 대리청정을 사양하는 내용이다. 눈을 감고 고개를 끄덕이며 듣고 있던 왕이 좌의정 홍인한이 말한 문제의 대목에 이르자 눈을 뜨고는 아지의 말을 중단시켰다.

"역시, 그 말이 들어 있어!"

그때였다. 출입문 쪽을 살피던 국영이 큰 소리로 말했다.

"전하, 동궁의 상소문이 춘방에서 도착했습니다."

민시가 상소문을 들고 편전으로 들어서고 있었다. 지금 이곳은 국영에게 허락된 무대였고 그의 말과 행동에 따라 사람들은 놀라기도 하고 가슴을 쓸어내리기도 하였다.

민시가 용상 쪽으로 천천히 걸어간다.

"승지가 읽으라."

왕의 명령에 상소문을 건네받은 승지가 종이 두루마리를 펼쳐 읽기 시작했다.

성상께서 신에게 청정을 하라 명하셨고, 말씀은 진실하고 간절하여 어리석은 미물도 감동할 만하였습니다. 두렵고 가슴이 먹먹하여 저도 모르게 눈물이 앞을 가렸습니다. 아, 신은 나이도 어리고 배운 것도 적으며 식견도 얕고 재주도 없으니 동궁의 지위를 차지하고 있는 것만으로도 두려워 떨립니다. 어찌 소자의 애타는 심정을 헤아려주지 않으시고 예사롭지 않은 일을 명하신단 말입니까.

승지는 계속 읽어 내려갔다. 뒤의 내용에서 동궁은, 좌의정 홍인한이 동궁은 아직 국사를 알 필요가 없다고 한 말을 근거로, 성상이 건재하신데 자신이 대리청정을 할 수는 없는 법이라고 주장하고 있었다.

"그만! 저 맹인이 외운 것과 한 글자도 차이가 없구나."

왕이 탄식을 한다. 여기저기서 으음, 하며 목청을 가다듬는 소리가 들리기 시작했다.

"좌상!" 결국 왕의 목소리가 홍인한을 불러냈고 사람들 몇은 질끈 눈을 감았다. "동궁이 그대가 하지 않은 말을 날조해서 상소문을 쓰고 그것을 증명하기 위해 그날 맹인에게 글을 외우게 하고 다시 서명선을 시켜 상소를 올리게 한 것인가? 내가 그리 믿어야 하는가?"

인한은 홀로 심판대 위에 섰다. 하지만 신하들 어느 누구도 인한의 편에 서지 않는다. 왕에게 대적할 그 정도의 배짱은 당신이 늘 보여주지 않았냐는 듯이. 다시 그 모습을 보여달라고 인한의 등을 떠밀고 있었다. 아니 어쩌면, 신하들은 인한에 대해 이미 심판을 내린 것인지도 몰랐다.

"전하. 제가 그렇게 말했다면, 신의 뜻은……" 인한이 더듬거렸다. "성상께서 그리 애쓰신 것이 탕평인데…… 그래서 당색을 알 필요가 없다고 한 것입니다. 그리고 국사를 알 필요가 없다고 한 것은 성상께서 아직 건강하시니 때가 이르지 않았다는 것을 말씀드린 것입니다. 다른 뜻이 있겠습니까?"

"구차하구나. 좌상! 경은 고개를 들라."

인한의 고개가 천천히 들렸고 국영은 곁눈질로 그 모습을 지켜보고 있었다.

"그대가 조정에 들어왔던 때가 기억나는구나. 그때 나는 그대의 자질을 꿰뚫어 보았다. 내 기대대로 경은 그동안 나를 도와 일국의 대신이 되어 나라를 이끌었지. 중신들도 경을 따랐지."

옛일을 떠올리는 걸까. 왕의 얼굴에 미소가 번졌다. "그것이 내가 보아온 경이다!" 왕이 말을 멈췄다.

"그런데 경은 왜……" 왕이 뜸을 들인다. "내가 여러 번 말했음에도 대리청정을 막았지?" 미소는 사라지고 왕의 얼굴에는 싸늘한 표정만이 남았다.

"그, 그건…… 성상께서 아직……."

인한의 목소리가 흔들린다.

"경은 나보다 내 건강을 더 잘 알아야 하는 직임에 있지 않은가?" 왕이 인한의 목줄을 잡았다. "그대는 나에게 시간이 얼마나 남았다고 생각하는가?"

"전하, 어찌 그런 말씀을……."

"내가 경에게 기대한 것은 신의와 충성…… 그런데 그대는 최근에 신하로서의 현명함을 보여주지 못했지. 경이 조정을 그대의 사람으로 다 채우려 해도 그냥 두었어. 늙은 나를 말로, 눈빛으로 희롱해도 가만두었지. 신하들이 짐의 의지보다 한 당파의 영수인 경의 한마디를 더 믿게 되었어. 그럼에도 짐은 그대가 동궁에게 충신이 되길 바라며 기다렸다. 그런데……" 왕이 말을 길게 늘였다. "짐이 기다린 것은 그것이었는데 그대가 기다린 것은 무엇인가? 나의 죽음인가?"

왕의 입에서 나온 말들은 매서운 채찍같이 조금의 동정도 없이 인한의 얼굴을 후려쳤다.

"전하!"

인한이 무엇에 놀란 듯 큰 소리로 왕을 부르고는 바닥에 급하게 엎드렸다. 신하들도 못 들을 소리를 들었다는 듯이 다 함께 바닥으로 몸을 던지며 "전하!"를 외쳤다. 국영과 민시 그리고 아지만이 편전 한가운데에서 고개를 숙인 채 서 있었다.

매섭게 추궁하는 왕을 보며 국영은 비로소 깨닫는다. 오늘 이 무대는 자신이 아닌 왕이 연출한 것일 수도 있다는 걸. 왕은 언제부터 홍인한을 제거하기로 마음먹은 걸까.

"내일 당장 대리청정 의식을 거행하라! 백관들은 내일 모두 동궁에게 하례하라."

왕이 크게 명령했다. 왕은 힘을 짜내고 있었다. 그때였다.

"전하!" 홍인한이 크게 외치며 자리에서 벌떡 일어섰다. "청정은 안 됩니다."

인한은 엎드려 있는 신하들을 천천히 둘러보았다. 분노가 담긴 매서운 눈이다.

"그대들 모두 나와 함께 충심으로 청정이 불가하다고 외치지 않았던가? 일국의 신하라면 어찌 이리 비겁한가! 자기 보호본능이 충성심을 갉아먹는 것인가!"

신료들로부터 아무런 반응이 없자 인한의 얼굴이 흉하게 일그러지기 시작했다.

"내가 앞에 서서 싸우고 외칠 때 당신들은 무얼 했지? 내가 쓰러지면 그대들이 다음 차례라는 걸 모른단 말인가?"

인한이 누구를 보고 하는 말인지 크게 소리치더니 용상에 앉은 왕을 다시 보았다.

"전하, 조선은 왕 혼자 이끌어 갈 수 없습니다. 신하들과 머리를 맞대고 함께 국사를 논하셔야 합니다."

"좌상 대감!"

그때였다. 크지 않지만 차분한 목소리가 사람들 귀로 파고들었다. 정후겸이 천천히 자리에서 일어서는 게 보였다.

"성상께서 대리청정의 뜻이 확고하시다면 신하 된 도리로 따라야 마땅할 것입니다. 동궁 저하가 국정을 익히도록 도와야 합니다. 자중하시지요!"

홍인한이 고개를 돌려 정후겸을 노려봤지만 후겸은 아랑곳하지 않는다.

"그대가 어찌……." 인한의 목소리는 분노로 떨렸다.

"경이 내게 추천한 중신들은 역시 경의 말대로 충신이로다. 아무도 경의 곁에 서질 않는구나. 좌상은 그만하라! 삼정승은 오늘 모두 파직한다. 특히 좌의정 홍인한은 궐 밖에서 대기한다."

왕이 말을 끝냈다. 그러고는 자리에서 천천히 몸을 일으켰다. 비틀거리며 일어서는 왕을 시종들이 급히 부축했다.

국영은 다리에 힘이 빠져나가는 걸 느낀다. 아지가 조금만 더 늦게 도착했더라도 오늘 일은 어그러졌겠지. 그러면 난 먼바다의 어느 섬 아니면, 국경 어딘가 궁벽진 곳으로 보내져 생을 마감했으리라.

왕이 엎드려 있는 신하들에게 눈길 한번 주지 않은 채 편전을 빠져나갔다. 동궁이 왕을 뒤따랐다. 결국 선왕들이 자신을 지켜줄 거라는 동궁의 말이 맞았다.

"신, 명을 받들어 궐 밖에서 대기하겠나이다."

뒤에서 인한의 떨리는 목소리가 크게 울렸다. 하지만 인한의 말은 이제 왕의 귀에 닿지 않을 것이다.

신료들이 서로를 힐끗 보며 하나둘 일어섰고 저마다의 생각에 잠겨 자리를 뜨기 시작했다. 그들은 문 옆에 서 있는 국영과 눈을 마주치지 못한다. 편전을 빠져나가는 무리 속에 후겸이 보였다.

국영은 차가운 바닥에 엎드려 있는 인한을 바라본다. 인한은 자신의 패배에 대해 대비하지 않은 것 같다. 그건 일종의 나약함이고 자신에 대한 배신이라고 여겼을지도 모른다. 아니 어쩌면 자신이 없는 조정을 상상하지 못했을 수도 있다. 하지만 상상력이 부족한 사람들은 늘 대가를 치르기 마련이다.

이제 인한의 이름 앞에는 역逆 자가 — 인한이 이전에 보았다던 자신의 미래 — 붙으리라. 인한의 별은 졌다.

지극히 온당하고 적절한 결말이라고 국영은 생각한다. 당신은 충분히 누렸어. 존경과 찬양과 위세. 당신에게 잘못이 있다면 자신을 진심으로 믿었다는 거야. 안타깝게도 그건 허영에 가까웠지. 당신이 그토록 원하던 영광의 유산은 이제 상속되지 않겠지만 그리 억울할 건 없을 거야.

국영은 자신의 감정을 들여다봤다. 정의의 승리, 사필귀정, 인과응보. 이런 뻔한 감정은 아니다. 생각해보면 인한을 미워하는 것 같지도 않다. 아니, 오히려 이해하는 쪽이다. 그는 엎드려 있는 자에게 아량을 베풀고 위로를 건네는 사치를 즐기고 싶은 마음도 없다. 그래, 안도감. 일을 잘 마무리했다는 안도감.

강선이와 어린 딸이 그의 곁을 떠났다. 하지만 아직 곁에 남아 있는 소중한 사람들. 주애, 민시, 하유, 진이, 자영. 그리고 얼박과 수화.

얼박은 지금 딸 옆에서 행복할까. 수화는 아버지의 병 수발을 들고 있으려나. 국영은 지금 당장이라도 평양으로 달려가 그들의 인생과 만나고 싶다는 생각이 든다.

그때 왕을 따라 나갔던 동궁이 편전 안으로 들어섰다. 시종들은 문밖 뜰에서 대기하고 있다. 동궁이 문 옆에 서 있는 국영의 손을 살짝 잡아주더니 그를 지나쳐 인한에게로 다가갔다. 엎드려 있던 인한이 천천히 일어섰다. 그러고는 다가오는 동궁을 보며 앞으로 두 손을 모아 공손히 예를 보였다. 진작부터 이런 광경이었다면 좋았을 거라고 그는 생각한다.

"대부……"

"저하……" 무언가 말하려는 동궁의 말허리를 인한이 잘랐다. "뵙는 것은 오늘이 마지막일 것 같습니다."

인한이 잠시 동궁을 바라보는 것 같더니 다시 한번 읍하고는 문 쪽으로 걸어 나온다. 그러더니 문 가까이 멍하니 서 있는 국영 옆에 멈추어 섰다. 국영은 저 멀리 「일월오봉도」에서 흘러내리는 물줄기를 바라보고 있었고 인한은 열린 문으로 보이는 바깥 풍경을 응시했다. 그렇게 둘은 한동안 말없이 서 있었다. 얼마나 지났을까. 인한이 문턱을 넘어 밖으로 사라졌다. 편전 안도, 밖도 추웠다.

동궁은 대리청정을 시작했고 대신들이 새로 임명되고 군의 중요한 몇 자리가 바뀌었다. 돌풍이 한차례 휩쓸고 지나간 궁은 다시 깨어났고 꿈틀대기 시작했다. 권력이 새로 이동해 온 곳에는 어느 틈엔가 ─이리 빠를 수 있나 싶을 정도로 ─ 사람들이 몰려들었다.

동궁은 후겸이나 인한에 대해서도 그리고 옹주에 대해서도 뭐라 입을 열지 않았다. 다만 사도세자 사건이 자세히 기록된 승정원 일기의 해당 부분을 삭제해주기를 왕에게 간청했다.

석 달 뒤 왕은 이승에서의 마지막 숨을 내뱉고 자신의 치세를 마쳤다. 망자의 나이 83세. 원대로 왕의 권위를 한껏 누렸지만 그 대가로 후계자였던 아들을 희생시킨 왕은 이제 조상들의 시간과 하나가 되었다. 늙은 내관이 집경당 지붕 위로 조심히 기어올라 북쪽을 향해 왕이 평소에 입던 옷을 흔들며 혼이 돌아오길 기원하는 '상위복上位復'을 세 번 외쳤다. 그러고는 옷을 땅으로 던졌다. 하지만 왕은 돌아오지 않을 것이다.

왕은 관 속에 누워 입 안에 쌀과 진주를 머금었고 조정은 사직과 종묘에 왕의 죽음을 고했다. 길었던 한 시대가 그렇게 끝났고 조선의 통치권은 동궁에게로 넘어왔다.

동궁은 왕의 시신이 놓여 있는 빈전 옆에 위치한 여막 안에 있었다. 상복을 벗고 태양과 달, 용이 수놓아진 검은 면복으로 갈아입었다. 면류관을 쓰고 붉은 신을 신었다. 동궁의 나이 25세. 조금 있으면 경희궁 숭정문에서 즉위식이 열릴 것이다. 사람들이 여막 안팎을 부지런히 들고 났다.

하유와 민시는 입구 쪽에 서서 의자에 앉아 있는 동궁을 바라보고 있었다. 둘은 여러 감정이 교차하는 표정이다.

"정문학!"

"네. 저하."

부름에 답하는 민시의 얼굴에 잠시 머뭇거림이 보인다.

"아직은 전하가 아닐세." 민시의 생각을 읽었는지 동궁이 미소 지었다. "그런데⋯⋯" 동궁이 주변을 살폈다. "홍사서가 안 보이는군."

하유와 민시는 동궁을 바라본 채 답을 하지 않는다.

"떠났던가?"

"좀 전에 존현각에서 짐을 챙겨 궐을 나갔습니다."

하유의 말에 동궁의 눈앞에 드리워진 면류관 구슬이 흔들렸다.

"내게 전한 말은 없던가?"

"그렇지 않아도 할 말이 없느냐고 물었더니⋯⋯" 하유가 면구한 표정으로 머뭇거렸다. "조선의 왕이 장사를 할 수 있다면 자신은 언제든 환영이라고 하더군요."

국영은 흥화문을 뒤로하고 걷는다. 왕은 떠났고 대신 봄이 왔다. 사람들의 얼굴에서 막연한 기대와 희망을 보는 계절. 나무 잎사귀는 맨질맨질하고 땅은 푹신하고 바람은 잔잔한 향기를 실어 나르는 시간.

땅을 밟는 발바닥의 감각이 점차 희미해졌다. 몸은 바람에 들릴 것처럼 가볍다.

국영은 왕좌에 앉은 동궁의 모습을 떠올렸다. 진중한 표정과 진실된 눈동자로 자신을 바라보던 눈빛. 하지만 그는 이내 고개를 저었다. 이제 그 눈빛은 과거의 것이다. 동궁은 조선의 국왕! 민시도 하유도 이제는 새로이 변하는 왕의 표정을 세심히 관찰해야 하리라.

동궁은 어떤 왕이 되려나. 그의 기대처럼 영광과 번영의 황금기를 불러올 수 있을까.

저하! 그는 속으로 동궁을 불러본다. 그토록 고대하던, 누구에게도 빚지지 않은 왕좌에 앉으셨군요. 이제 우리가 꿈꿨던 근사한 나라를 만들어보십시오! 잊지 않으셨죠? 새로운 나라는 관념과 허상과 신분이 사람을 옭아매는 곳이 아니라 만인이 온전히 자신의 머리와 근육에 기대어 운명을 시험해볼 수 있는 곳이어야 합니다. 자신의 날개로 어디든 날아갈 수 있는 그런 나라를 만들 수 있다면 신, 홍국영은 당신을 마음으로부터 조선국의 왕으로 인정하겠습니다.

이젠 저하의 시대가 되었군요. 저는 여기까지입니다. 이제 전, 저의 인생을 살겠습니다!

어리석은 자는 존재의 근원을 쉬이 잊어버리고 지혜로운 자는 늘 그곳을 찾는다. 그는 마포강으로 간다. 하얀 햇살이 강 수면에 부딪혀 반짝이고, 맑디맑은 물이 모래톱에 부딪혀 찰싹이는 곳. 잔물결에 흔들리는 나무배를 생각하니 얼굴에 미소가 피어올랐다.

나루 근처는 지금쯤 활기로 가득할 거야. 사람들은 뭐 하다 지금 오느냐고 툭 농담을 던질 테고. 난…… 뱃머리에 걸터앉아 애정이 담뿍 담긴 눈으로 그들과 얘기를 나누겠지. 아! 얼마나 근사하고 신나는 이야기들일까.

〈끝〉

작가의 말

역사는 언제나 미완성이고 허구처럼 보였다. 동시대의 진실도 알지 못해 힘겨워하는 상황에서 과거에 속한 인물과 사건으로부터 확정적 교훈과 진실을 찾는다? 적어도 내겐 무모한 도전처럼 느껴졌다.

하지만 어쩌면 역사적 진실을 찾을 수 있는 대안이 존재할지도 모른다는 생각이 들었다. 흩어져 있는 역사적 사실들의 조각을 모으고 그 구성과 해석에 상상과 추론, 논리를 섞어서 베일에 가려진 시대의 모습을 구현해내는 방식으로.

진실을 찾아 나서는 여정에서 작가는 때로 역사가를 앞설 수 있다. 보다 솔직히는 훨씬 유리한 면이 있다. 역사가가 성취한 작업의 토대 위에서 상상력과 통시적 관점을 더해 과거의 사건과 인물을 눈앞에 되살리고 생명력을 불어넣는 데 재능을 발휘할 수 있으니까. 작가는 천에 둘둘 말려 땅속 깊이 묻혀 있던 물건을 꺼내 들고 신선한 공기와 햇빛 속에서 주문을 왼다.

이제, 감춰진 의미와 진실을 보여주렴!

문학이라는 거울을 통해 역사는 비로소 얼굴을 드러낸다.

홍국영에 관한 사실의 편린들은 아래와 같다.

당대 유력한 풍산 홍씨 가문에 속했지만 부친의 기행으로 평판이 좋지 않은 집에서 태어났다. 집은 한양 도성 밖에 있었고 외모가 훌륭하고 예술적 재능이 있었으며, 비정기 과거시험에서 마지막 순위로 합격했다. 조정에서는 왕을 보좌하는 승정원에서 근무하다 역사를 기록하는 사관이 되었고 동궁(훗날 정조)의 공부를 지원하는 기관인 춘방에서 일한 것이 인연이 되어 동궁의 최측근으로 왕위 등극 과정에서 크게 힘을 보탰다.

정조의 치세가 시작되는 1776년 이후 그는 정조의 절대적 신임하에 권력을 쥐었다가 1779년 가을, 갑작스레 정조의 명에 의해 실각하게 된다. 이후 복귀를 노렸지만 1781년 34세의 나이로 세상을 떠났다.

그에 대한 역사적 평가는 어떨까. 역사서는 그가 공을 세웠지만 왕의 신임을 믿고 권력을 휘두르다 실각했다고 적고 있다. 그리고 그를 역적이라고 불렀다. 하지만 그가 실제 한 일이 무엇이었고 그의 인간적 면모와 정책적 비전, 정조와 홍국영의 실제 관계, 그가 역사의 무대에서 갑자기 사라진 원인에 대해서는 충분한 설명을 해주지 않는다. 역사를 기록한 사람들은 홍국영의 영혼에 대해서는 알 수도 없었겠지만 관심도 없었을 것이다.

작가는 홍국영에 대한 평가 즉, 권력을 다루기엔 미성숙했고, 역량 부족이었으며 심지어 왕권에까지 도전한 역적이라는 말에 쉬이 수긍이 가지 않았다. 왜냐하면 정조가 가장 믿고 의지했던 사람이 홍국영이었기 때문이다. 그리고 정조는 신하들을 학문적으로 압도했을 만큼 지적으로 뛰어났고 부친 사도세자 사건으로 사람들을 쉽게 믿지 못했던 까다로운 인물이었다.

정조의 왕위 등극 과정에서 홍국영은 용기와 지략을 보여주었고 정조도 그런 그의 공로를 공식적인 문서로, 신하들과의 대화에서도 여러 번 인정했다. 그는 말 그대로 정조의 남자였다. 그런데 어떤 이유에서, 악조건에서도 능력을 발휘했던 충신이 권력의 탐욕을 드러내는 무능한 인간으로 변한 걸까? 그것이 진실일까? 그렇다면 그건 그의 잘못이었을까 하는 궁금증이 자연스레 생겼다.

작가는 홍국영이라는 역사적 인물에 대한 재조명이라는 목적 외에도 조선, 특히 조선 후기를 다루어보고 싶다는 욕심이 있었다. 조선은 우리의 문화와 관습, 의식세계 및 사고방식에 여전히 강하게 연결되어 있기 때문이다.

본 작품의 시대적 배경은 1770년대 영조 치세기로, 당시 중국은 청나라의 전성기라 할 수 있는 건륭제 시기였고 일본은 에도 막부 시대가 이어지고 있었으며 서양은 근대화가 시작되었고 아메리카에서는 영국과의 전쟁을 통해 미국이라는 신생국가가 탄생하는 때였다. 당대 조선에 살고 있는 인물들의 생각과 세계관이 궁금했다.

책 한 권에 모든 걸 담아내려는 욕심을 내려놓고 이 작품은 홍국영 인생의 전반부만을 좇았다. 작품에 관련된 접근 가능한 모든 국내 논문, 단행본, 역사적 자료를 확인하려고 노력했다. 다만 작품의 배경이 되는 시기의 『승정원일기』가 번역되지 않아 그중 일부 내용만을 검토한 것이 못내 아쉽다.

『승정원일기』는 『조선왕조실록』에 비해 그 분량이 방대하다. 고전번역원에 확인해보니 5~6년 이후에나 번역이 될 것 같다고 한다. 부분적으로나마 읽은 『승정원일기』에서 재미있는 역사적 사실들을 발견했기에(예를 들어, 홍국영에게 아들이 있었고 아들을 궁에 데리고 가서 왕을 알현하게 한 사실) 전체 『승정원일기』를 다 독해할 수 있었다면 좋았을 거라는 아쉬움이 남는다.

역사소설을 쓸 때는 등장인물들의 말투나 대화를 포함한 단어 사용이 고민된다. 가능한 한 현대어로 쓴다는 원칙을 세웠다. 결국 작가는 스스로 해석하고 자신의 언어로 건축물을 만들어 독자들에게 보여주어야 한다.

당시 사용했던 말들을 최대한 복원하려는 선택도 좋았겠지만 조선시대를 배경으로 하는 소설들이 사용하는 전형적인 어투나 단어들을 피하고 싶었다. 본 작품에서 사용된 단어들은 지극히 작가 개인의 취향이 반영된 말들이다.

역사소설을 읽는 독자들은 내용 중 어느 부분이 사실이고 어느 것이 허구인지를 궁금해한다. 난 그 둘의 구분이 큰 의미가 없다고 생각하지만 독자들을 위해 밝혀두자면, 조정에 들어가기 전까지 홍국영에 대해 밝혀진 역사적 사실은 많지 않다.

조정에서 일어나는 일들은 창조된 화자에 의해 표현되거나 어느 정도 그 시기가 조정되었지만 많은 부분 사실에 부합한다. 영조, 정조, 홍인한, 정후겸, 화완옹주, 정민시, 홍국영의 가족은 실제 역사적 인물이고 김하유, 박얼박, 현기환, 진이, 수화는 그 이름으로 역사에 존재하지 않았다.

의리주인義理主人

초판 1쇄 발행 · 2023년 3월 17일

지은이 · 강희찬
펴낸이 · 김요안
편집 · 강희진

펴낸곳 · 북레시피
주소 · 서울시 마포구 신수로 59-1
전화 · 02-716-1228
팩스 · 02-6442-9684
이메일 · bookrecipe2015@naver.com | esop98@hanmail.net
홈페이지 · https://bookrecipe.modoo.at
등록 · 2015년 4월 24일(제2015-000141호)
창립 · 2015년 9월 9일

ISBN 979-11-90489-77-5 03810

종이 · 화인페이퍼   인쇄 · 삼신문화사   후가공 · 금성LSM   제본 · 대흥제책